Los remedios de Manuela

Los remedios de Manuela

Ricardo Alfonso Meric Acevedo

www.librosenred.com

Dirección General: Marcelo Perazolo
Diseño de cubierta: Laura Gissi
Ilustración de cubierta: Ricardo Alfonso Meric Acevedo

Primera edición en español - Impresión bajo demanda

© LibrosEnRed, 2020
Una marca registrada de Amertown International S.A.

ISBN: 978-1-62915-453-4

Para encargar más copias de este libro o conocer otros libros de esta colección visite www.librosenred.com

La lluvia fue amainando con la llegada de la noche, hasta que el cielo quedó límpido; daba sus últimos suspiros una borrasca repentina. El aroma de los guayabos y las gardenias, perfumaban el ambiente, y el canto de los grillos, unido al de los sapos, se volvía estentóreo. Un diluvio de sonidos abrumaba el espacio, que se extendía desde la selva más allá de la marisma, hasta el río que plateaba el reflejo de la luna. Esa noche, sobre su curso serpenteante entre la espesura de la selva, navegaba impasible una misteriosa embarcación solitaria. Viajaba con mesura, lentamente, dejando una estela que se extendía en la inmensidad de sus aguas, como un oscuro presagio que se acogía en Frondoso. Un pequeño poblado en el estado de Veracruz a orillas del río "Hondo", cuyo cauce hacia el sur se une al "Huitzilapan" para desembocar en el mar.

Frondoso era un bello y plácido pueblo, habitado por españoles, criollos y mestizos; gente apacible y cordial. La prosperidad de su economía estaba sustentada en una floreciente actividad agropecuaria y pesquera, bien organizada, y contaban con una sólida administración consistorial. Por las tardes sin más ocupaciones, varios de sus pobladores varones se reunían en "La Castellana", una taberna a la cual llegaban con frecuencia, y en donde todos tenían su lugar. Un grupo de seres heterogéneos amalgamados por la bebida, que siempre comentaban los sucesos del día; si estos no eran importantes decidían contar sus viejas historias. A fuerza de hacerlo una y otra vez, parecían más frescas y mejoradas, como si fueran hechos recién ocurridos, y en los que todos participaban. Cuando alguien iniciaba un relato los demás permanecían atentos esperando su turno para enriquecer la historia. En parte por sus delirios, y en parte, porque casi nunca ocurría nada. En su interior todos deseaban que algo sucediera para renovar su repertorio, y romper un poco la monotonía de sus existencias.

Esa noche no sería distinta, de no ser por la embarcación que apareció río abajo; venía de Veracruz y había entrado por donde lo hiciera Cortés siglos atrás. Era pequeña pero bien equipada: tenía dos sencillos compartimientos interconectados; el de adelante, con una mesa y dos bancas empotradas en el piso; el de atrás, con dos camastros laterales y un armario; la cabina de mando estaba situada al pie del palo mayor que alcanzaba varios metros de altura. Dos grandes lámparas de aceite iluminaban el río, y otras más pequeñas a sus cinco ocupantes: dos tripulantes, dos soldados y un civil. Uno de los tripulantes era negro y hacía las maniobras guiado por el otro; robusto y musculoso, de cuello ancho, se movía con gran elasticidad, daba la apariencia de un felino. El otro era blanco, caucásico, más viejo y confiado, su piel parecía curtida por el sol; usaba una gorra de capitán medio·roída y un tanto descolorida. Los soldados, un teniente y un raso, eran mestizos de rostros macilentos, de la clase de sujetos que ensalza el uniforme. El civil rompía la nota, permanecía sentado enfrascado en sus pensamientos, observando cada paso que daban. Por momentos tranquilizaba a un par de magníficos corceles andaluces de su propiedad, un blanco y un tordo, de cuello encorvado, perfil acarnerado, de formas fuertes y redondeadas, mientras echaba una mirada en el entorno. Usaba un sombrero oscuro de fieltro, de borde ancho con los costados ligeramente doblados hacia arriba, y hacia abajo por el frente; una camisa blanca, y unos pantalones grises metidos en unas botas negras de montar poco gastadas; encima, una capa plomiza oscura con dos faldones que salían a la altura de los hombros. Alto, delgado, de ojos azules, portaba un gran bigote y una piocha, que acariciaba de cuando en cuando por cortos intervalos de tiempo, mientras los soldados permanecían absortos en una charla muy confidencial, como murmullos apenas audibles.

Sentado en la proa, con los ojos avispados observando con detenimiento, el que venía dirigiendo de pronto descubrió lo que buscaban; extendió su brazo señalando con el dedo índice, y exclamó con un tono de triunfo:

—¡Ahí está! ¡Ese es el peñón!...solo tenemos que encontrar el recodo del río que lleva a la casona, debe estar por aquí

Todos fueron de prisa a estribor, poniendo atención para encontrarlo; incluyendo al negro, que por momentos atoraba el timón con un palo para secarse el sudor, y examinar la margen del río. Pasados unos minutos, el mismo negro con una vista de lince, y, acostumbrado a navegar por la noche, lo encontró.

—¡Es ese!...¡Puedo verlo! —dijo, señalándolo.

Era un canal que daba hacia el río, con una entrada custodiada por una especie de gran portón de hierro apenas perceptible entre la maleza, y parecido a la reja de una celda. Carcomido por el óxido, quedaba poco del armazón y algunas partes de arriba, en donde se apreciaban aún pedazos de lo que fuera un escudo de armas, como la inscripción de una lápida abandonada. Derribaron el portón oxidado, que finalmente cedió a los golpes del mazo del negro, pero era imposible continuar por el canal, la frondosidad de la maleza era muy densa, y creaba una especie de túnel inaccesible para la navegación. Acercaron la embarcación a la orilla, botaron una rampa para bajar a los caballos, los cargaron de equipaje, y los soldados con el hombre del sombrero, siguieron a pie abriéndose paso con el machete por una orilla del canal, mientras la embarcación los aguardaba. En el camino se toparon con los restos de una vieja barcaza. Derruida por la humedad y el tiempo, parecía la osamenta de una gigantesca bestia de carga. Poco después llegaban a una añeja casona abandonada: la mansión de los Linares. Una antigua familia de Cádiz que llegó a la Nueva España, y que, favorecida por sus relaciones con don José Gálvez - visitador general de México, que intervino en los asuntos del virreinato a cargo de su hermano Bernardo, durante 1786 -, hizo construir la gran mansión.

Se detuvieron frente a la entrada, en medio de la barda atestada de maleza que corría a ambos lados de los viejos portones. Algunos tablones podridos aún se mantenían de pie, como vástagos de la misma espesura, solo tuvieron que empujarlos un poco para echarlos abajo. El soldado de mayor rango, escondiendo una sonrisa mordaz y, codeando al otro con disimulo, dijo:

–¡Ahí la tiene, señor!...¿No es espléndida? –guiñando el ojo discretamente al subordinado, sin siquiera tener idea de su valor ni su significado para el hombre que los acompañaba.

El hombre no contestó, permanecía impávido en silencio, como hechizado. Sin dejar de mirarla se quitó el sombrero muy despacio con una actitud reverencial, como si fuera a entrar en una iglesia. Se notaba emoción en su rostro, sus ojos que parecían brillar, giraban sobre sus órbitas de un lado a otro, y en sus mejillas afloraron las comisuras de una leve sonrisa. Caminando de un extremo a otro, se dedicó a observar con esmero la vieja construcción desde todos los ángulos posibles, que apenas se distinguía con la luz de la luna y de su lámpara de aceite. La veía como si hubiera descubierto un verdadero tesoro.

Rodeada por la espesura de los arbustos que, en sus tiempos de gloria fueron bellos jardines, se erguía majestuosa con su belleza herida por el abandono; lucía como si hubiera brotado de la misma tierra entre la inmensidad de una selva inexpugnable. Por sus gruesos muros de piedra y estuco, trepaban raíces que parecían enredadera. Con el tiempo crecieron como arterias aferradas a la casona, como si quisieran darle vida para no dejarla morir. El enorme latifundio que la circundaba, ahora tenía otros dueños; los que trabajaron sus tierras por décadas. Sin embargo, la barda que rodeaba a la mansión, aunque no completa, permanecía de pie delimitando su territorio.

El hombre se introdujo lentamente, mientras los uniformados esperaban. A través de las ventanas solo se observaba la luz de su lámpara moverse de un lado a otro, como si fuera gigantesca luciérnaga que volaba de extremo a extremo, en el interior de la casona. Hasta que minutos más tarde salió, y se dirigió al teniente con una cara de satisfacción:

—¡Es tal como la había imaginado! —dijo, notoriamente enardecido.

Ante tal exclamación, ambos sujetos se vieron mutuamente con incertidumbre.

—Llevaré estos documentos al registro de Veracruz, y usted se queda con estos. Si tiene algún problema sabe adonde dirigirse —refirió el teniente, entregándole los papeles un tanto desconcertado ante la euforia del sujeto.

Poco más tarde, luego de ayudarlo a descargar los caballos, los oficiales se despidieron del hombre del sombrero. Abrocharon sus gorros y, con un dejo de indolencia, volvieron a la embarcación con un destino incierto.

EL hombre se quedó solo y feliz, sin siquiera apesadumbrarse por el calor extenuante y los insectos, contemplando conmovido y maravillado, al que fuera el espléndido hogar de su familia. Ciertamente era uno de ellos, Alfonso Linares que, a través de la embajada española y el consulado en Veracruz, había solicitado al gobierno conservador de Maximiliano, la restitución y legitimación, de sus bienes. Maximiliano de Habsburgo, que había sido elegido por una junta de notables en Francia, tenía menos de dos años de haber asumido la corona, el 10 de abril de 1864.

Un halo de misterio rodeaba a la mansión, desde que cierta noche se escucharon unos gritos de pánico. Al otro día toda la familia huyó de ahí, como si algo sobrenatural y diabólico, hubiese ocurrido. A nadie dieron explicaciones, desaparecieron abandonando la propiedad como si escaparan de una fatalidad; reunieron sus pertenencias con rapidez y nerviosismo. Se escuchaban gritos por doquier, y la gente presurosa moviéndose de un lado a otro, cargaba los carruajes y un lanchón, con rostros que reflejaban su ansiedad. Tenían cierta riqueza, muebles y artículos europeos de gran valor, decoraban el lugar, pero poco se llevaron, además de sus tesoros y el ganado.

La mansión era realmente bella y suntuosa, tenía más de dos mil metros cuadrados de construcción, contaba con un sinnúmero de grandes habitaciones, y su arquitectura andaluza, que reflejaba la variedad de pueblos que, a lo largo de su historia, se asentaron en el sur de España, la distinguía de cualquier otra construida en el sureste de México. Una gran parte de los materiales para su edificación fueron importados de España; principalmente los acabados: pisos, cornisas, puertas, etc. Estuvo por años abandonada, y eso la convirtió en una rica fuente de inspiración para los lugareños. Cada uno creaba su propia versión de lo que ahí sucedió, y, según sus propios relatos, continuaba sucediendo; todos hablaban de maldición y de muerte. Lo cierto es que nadie investigaba ni se acercaba lo suficiente, para averiguar si había una verdad entre todos los mitos. Aunque la realidad tampoco era conocida por los Linares, solo una fábula creada por sus propios temores, que los sumergió en un estado de pánico incontrolable, y los orilló a tomar una decisión equivocada.

Cierta noche un esclavo escapó de la finca, hacía tiempo que lo había planeado y estudiado con detalle. Sus deseos de libertad iban más allá de todo, de ser castigado severamente e incluso muerto. Era bien alimentado y recibía buen trato, pero aun así era un esclavo. Había sido privado de su libertad desde pequeño y, aunque se encontraba muy lejos de su tierra, anhelaba la libertad. Sabía que estaba del otro lado de la finca, en la selva, en los ríos y en los valles, en la vegetación exuberante y pródiga, que alimenta y guarece a los seres que la habitan; así fue su vida, así la concebía y no desistiría. Bajó de su camastro lentamente y, una vez en el suelo, se arrastró como serpiente hacia la puerta. Cada ronquido del capataz era un paso más a su libertad; tenía miedo, el sudor de su frente escurría sobre sus ojos, y el ardor lo cegaba como si fuera una penitencia, pero siguió hasta que logró salir de la barraca. Continuó reptando como una sombra escurrida en el suelo sin que nada la proyectase. Afuera lo esperaban los enormes mastines, pero los había contemplado en su proyecto de fuga. Fueron sus cómplices, no ladraron, él los cuidaba, los alimentaba y lo querían, solo se acercaron para tratar de juguetear en el momento menos oportuno. Acarició sus cabezas, lo lamieron, y siguieron tras él brincando silenciosamente, y demostrándole su afecto con suaves mordiscos, hasta que abandonó la finca.

Más tarde vagaba entre la selva en su tan ansiada fuga, cuando varios cazadores que habían acampado cerca de los límites de la propiedad, lo vieron huyendo. Bebían alrededor de una fogata donde asaban un par de aves, y de paso ahuyentaban a los moscos. Un venado yacía en el suelo abatido quizá por una bala, con los ojos abiertos como si estuviera disecado; no tenía expresión, nunca la tienen. Tal vez su muerte fue instantánea y no sufrió, pero, ¿cómo saberlo? Reían, posiblemente por el éxito de sus crímenes, en sus rostros rojizos por la luz del fuego había perversidad, y mostraban con frescura los efectos del alcohol. Uno de ellos fue a orinar y escuchó ruidos, pensó que era un animal y se ocultó entre las frondas. Al poco tiempo lo descubrió, dio aviso a los demás, lo cercaron y lo atraparon como si fuera una presa más; hasta ahí llegó su escape tenaz. Insensibilizados por su embriaguez, y, con una atrocidad sin límites, lo sujetaron y torturaron, infligiéndole quemaduras en varias partes del cuerpo, antes de golpearlo en el vientre hasta darle muerte. Las quemaduras fueron hechas con un fierro candente sin pegarlo a la piel, solo lo suficiente para dejar el cuerpo ampuloso; les divertía ver como se inflaba la piel con el ferrete abrasante. Los golpes en el estómago provocaron entallamiento de vísceras, que manifestó con vómitos de sangre, y dejaron su piel amoratada. Poco después, agotados y aburridos de golpearlo, lo lanzaron al río. El cuerpo sin vida, llegó con la corriente hasta la entrada del canal que daba a la mansión, uno de los vigilantes lo encontró flotando y dio aviso; cuando fueron a verlo comenzó el caos. Confundidos, creyeron que había muerto por una peste. Quemaron el cuerpo del infortunado esclavo, y prepararon la retirada; se llamaba Ayanú. Al otro día ni siquiera se acercaron a la barraca, partieron a Veracruz, en donde vendieron los caballos y el ganado, y dieron aviso a las autoridades de sanidad. Cuando se comenzaron a realizar las investigaciones, ellos cruzaban el Atlántico rumbo a España.

Al verse libres, algunos esclavos que servían como domésticos huyeron de prisa, pero días después volvieron a la mansión. No sabían lo que había ocurrido pero ni les importaba. A excepción del yugo y los rituales aviesos de sus ancestros, no temían, ni creían en nada. Una noche como animales nocturnos salieron con sigilo entre la espesura de la selva, en medio de las lucecitas verdes de los cocuyos. Solo se distinguían en los jardines por el brillo de sus ojos, cuando la luz de la luna caía sobre sus rostros. Se metieron en silencio e iniciaron el pillaje; la mansión estaba indefensa. Fuera de algunos grillos, ratas y otros bichos, nadie la habitaba. Cargaron con lo que pudieron dentro y fuera de la casa, comenzando por el vino, para después huir hacia la selva. Víveres, artículos decorativos, gallinas y cerdos, formaron parte del botín. Ahora eran libres y podían hacer lo que les diera a gana, mientras no los descubrieran; fueron los únicos saqueadores y no volvieron. La gente del lugar tampoco sabía lo que sucedió, pero le temían; la creían maldita. Los que alguna vez pasaban por ahí hasta se persignaban, y ni con la luz del día se aventuraban a entrar; ese temor logró que el resto permaneciera a salvo.

Cuando los jornaleros volvieron estaban temerosos, pensaban que algo aterrador debió haber sucedido. De pronto se encontraban sin patrón y sin trabajo, y, aunque las tierras de labranza estaban a un poco más de quinientos metros de la mansión, decidieron no arriesgarse y emprendieron la retirada. En ese tiempo laboraban en ella más de cincuenta hombres sin incluir a los domésticos, doce esclavos. Siete mujeres y cinco hombres, que hacían las tareas de la casona; habitaciones, cocina, jardines, costura, bodega, y atendían a los animales. Fue durante esa época que muchos de los trabajadores lugareños se fueron instalando en las afueras de Frondoso, por lo que al paso del tiempo se fue extendiendo desde los límites de la mansión hacia el pueblo, como una mancha entre el río y la selva.

Tiempo después de que la mansión quedó desierta, todos los trabajadores decidieron volver y reunirse, para decidir el destino de la tierra; tenían varias semanas sin trabajar y dependían de ella para el sustento de sus familias. Algunos habían probado suerte en la pesca, otros en fincas de Frondoso y de San Miguel, unos más como sirvientes, y el resto se dedicó a la fiesta y a mendigar; algunos de ellos llegaron a la reunión aún con resaca. Finalmente decidieron repartirla equitativamente por iniciativa de don Juan Montoya, el antiguo administrador de la propiedad, y a quien eligieron como su líder. Después de todo, de él fue la idea y los había reunido; acostumbrados a laborar con él no tuvieron objeción en apoyarlo. Era un hombre criollo, blanco, de pelo castaño y rostro indefinido, muy trabajador y duro, pero justo. Nunca abusó de su autoridad, por lo que había ganado el respeto de todos. En su momento dio consejos a cada uno para realizar provechosamente sus faenas. Él por su lado estaba satisfecho, le concedieron la mejor parte aunque eso obedeció a ciertos intereses: don Juan era el hombre de confianza de los Linares, y de ellos aprendió en qué momento y a donde debían enviarse las cosechas, con quienes y en cuanto negociarlas. A diferencia de los trabajadores mestizos y nativos, sabía leer, escribir, y era muy hábil con los números; conocía los secretos de todo lo que ahí sembraban: frutas, legumbres y verduras; era diestro para implementar sistemas de riego y fertilizar la tierra, aunque lo mejor, era que todos conocían de sobra su notoria honradez. Cuando daba el aviso, todos levantaban sus cosechas a tiempo para el manejo de su embarque, estaba calculado para venderse una parte en San Miguel, y otra no menos importante en Veracruz; pagaban mejor. La mercancía tenía que llegar a su destino en óptimo estado, sin importar las condiciones y el tiempo del viaje. La travesía en barcazas por río y por mar, les brindaba la oportunidad de incrementar el volumen de carga, y les daba seguridad. El camino a San Miguel que corría al lado del río, era proveedor natural de algunos negros cimarrones que, en ocasiones, sorprendían a los viajeros despojándolos de sus pertenencias.

Muchos de los actuales habitantes de Frondoso, eran descendientes de los antiguos trabajadores de la finca, o bien emparentados con ellos. De tal suerte que, en su mayoría, de algún modo tenían relación con el feudo, aunque ni siquiera los más viejos trabajaron ahí; había transcurrido casi un siglo desde que desaparecieron los Linares.

*****

Los soldados llegaron a la entrada del canal, y abordaron la embarcación para iniciar el retorno. Se recargaron en la barandilla sosteniendo sus fusiles muy cerca de los tripulantes; se dirigían río abajo con rumbo al mar. De pronto, con miradas alevosas comenzaron discretamente a hacerse señas. Uno de ellos asintió con la cabeza, y al mismo tiempo se lanzaron sobre los tripulantes sin compasión alguna, hundiendo sus bayonetas en la humanidad de los infelices. No tuvieron tiempo para defenderse, fue un ataque sorpresivo y artero, que no esperaban. El cuerpo del hombre blanco se desvaneció sin vida al instante con el corazón atravesado; el negro quedó herido, con una mano deteniéndose las entrañas y con la otra sujetándose al timón; su rostro impávido estaba distorsionado, presa de pánico, viendo que su vida acabaría en instantes. El motivo vino a su mente al mismo tiempo que un culatazo en la sien izquierda, que lo privó de la vida.

—¡Listo!...mitad y mitad —exclamó el teniente –, después nos deshacemos de todo – agregó.

Con una insensibilidad marcial y perniciosa, envolvieron los cuerpos con una vieja lona de vela, y los ocultaron bajo uno de los camastros; después medio limpiaron las manchas de sangre echándoles baldes con agua del río, y por último rompieron la puerta del armario. Sacaron una botella de aguardiente y un pequeño costal repleto de perlas, que un poco antes les había presumido el confiado capitán como su tesoro. Las contaban entusiasmados con avidez y rapacidad, mientras bebían unos tragos a boca de botella. Las dividieron, las guardaron en sus mochilas, y continuaron su camino a Frondoso. Más tarde en una playa desierta le prenderían fuego al bote, para desaparecer todo vestigio de su crimen aciago.

Cuando llegaron al pequeño muelle de Frondoso, con una impasibilidad descarada se dirigieron al pueblo, pero tras ellos arribó un pescador: el negro Simón. Recorría el río sacando peces y moluscos, que vendía en las casas a lo largo de la ribera. Cuando ató su bote reconoció la embarcación: "La Odisea" del "Caimán", como le decían a su capitán, y "Sombra", al negro que lo acompañaba. Les llamó con insistencia sin obtener respuesta, le pareció extraño encontrar la embarcación en el muelle, y más aún desierta. Regularmente "La Odisea" transportaba mercancía y a veces pasajeros, de Veracruz a San Miguel, únicamente en ocasiones extraordinarias llegaba a Frondoso. Nunca estaba sola, siempre había alguien custodiando el tesoro como un policía en su garita. Cuando el caimán bajaba para cualquier asunto, sombra permanecía en el bote y viceversa, de otro modo ambos estaban en ella; La Odisea era su transporte, su trabajo y su hogar.

Algo andaba mal, lo presentía, pero no podía luchar contra la irresistible tentación de apropiarse de las perlas, y la abordó. Era sabido por todos, que el caimán las juntaba para cambiar su embarcación por una más grande. Guiado por la luz de una lámpara, penetró sigilosamente en el primer compartimiento, y siguió al fondo. Notó la puerta del armario rota, cuando sus pies descalzos pisaron una sustancia viscosa que lo hizo resbalar, bajó su lámpara y descubrió el charco de sangre que escurría por debajo de uno de los camastros. Se inclinó, abrió la lona y encontró los cuerpos sin vida de los tripulantes. Le entró pánico y se persignó temblando, al tiempo que decía: "Dios me ampare, virgen santa". Sin buscar más detalles en los cuerpos, volvió a taparlos y salió de prisa, no sin antes llevarse algo de paso: un viejo sextante, una brújula, un arpón y la botella de aguardiente a la mitad; "algo es mejor que nada", pensó mientras le daba un trago. Sabía que las perlas habían sido la causa, ignoraba quien lo hizo, las codiciaban tantos… Pero al estar ocultos los cuerpos en el bote, él o los autores, podrían estar en Frondoso y volver en cualquier momento. Subió a su pequeño bote y, antes de ser sorprendido, huyó lo más lejos que pudo para evitar a los asesinos o hasta alguna vinculación con los hechos.

Más tarde se detuvo en una playa solitaria, limpió la sangre de su bote y enjuagó sus pies, mientras bebía otros tragos. "Este es del güeno, del que le gustaba al caimán"; se dijo, cuando tapaba la botella, y a la luz de su vieja lámpara veía la etiqueta, tenía unos trozos de caña dibujados bajo un letrero que decía "Don Luis". No sabía leer, la reconocía por las cañas. Después, escondió el botín para venderlo cuando todo hubiera pasado. Una vez que el susto y el alcohol, desaparecieron, tiró la botella y se fue medio alegre rumbo a su choza.

La llegada de los soldados a Frondoso, despertó la curiosidad de algunos residentes; no se imaginaban qué asunto los había llevado. Portaban el uniforme que usaban en el puerto, y su presencia caía en lo irregular; era un lugar agradable y tranquilo, rara vez había problemas. De los pocos enredos, disturbios y delincuentes, se hacía cargo la comandancia de la localidad. Su visita en el pueblo no era oficial, hicieron escala solo para meterse a una tasca a beber unos tragos, y posteriormente marcharse; seguramente a celebrar su abominable fechoría. Nadie imaginaba que su presencia estaba vinculada con uno de los propietarios de la vieja mansión. Cuando regresaron al bote estaban tan ebrios, que ni siquiera notaron las huellas que dejó Simón con la sangre de sus víctimas, aunque nada que descubrieran alteraría las cosas.

Al día siguiente, Alfonso Linares se apareció a caballo en Frondoso, fue a comprar provisiones, y de paso contratar a algunos trabajadores. Llegó al pequeño zócalo rodeado de pintorescos portales y grandes ceibas, espléndidamente frondosos; quizá por los que surgió el nombre del pueblo. Bajo su sombra se refugiaban del sol radiante, algunos de sus moradores para charlar en las bancas de hierro, mientras la suave brisa del río se paseaba con indulgencia de un lado a otro. Se apeó del caballo, lo dejó en un atadero, y caminó hacia la tienda de don Celedonio, un hombre rechoncho nacido en Veracruz, con una gran calva, solo tenía pelo de sus sienes hacia atrás. Simpático, bonachón, y un magnífico negociante, pero avaro. En su tienda tenía de todo: comestibles, trastos, materiales para construcción, y hasta aguardiente que vendía a granel, en pequeños vasos para beber ahí. Una vez que Linares compró lo necesario, don Cele, como todos le llamaban, le comentó que solo encontraría trabajadores disponibles hasta septiembre, que iniciaban los temporales. Muchos pescadores durante ese tiempo, preferían dedicarse a otras faenas, y evitar el mal tiempo mar adentro.

Cuando salió de ahí lo esperaban varios curiosos: los chismosos de Frondoso. La noticia de su llegada había corrido pronto al pueblo. Algunos lo veían como si fuera un fantasma. Deseaban saber quién era, de donde venía, y qué hacía en la mansión, pero nadie se atrevía a preguntar, solo se codeaban los unos a los otros para ver quien se animaba, pero ningún codazo encontró respuesta. Aunque lo ignoraba, él era parte de una leyenda o más bien de muchas. Caminó hacia su caballo saludando con ligeros movimientos de cabeza, que acentuaba con su mano tomando el borde del sombrero por el frente. Hasta que de pronto, sus ojos azules se iluminaron cuando se topó con María, la bisnieta de don Juan Montoya; alta, hermosa y con una estupenda figura. En ese instante sintió una sensación desconocida pero muy placentera: un cosquilleo en el vientre que acompañaban un aumento en su ritmo cardiaco, y una ligera sudoración de manos; era una emoción jamás vivida. A sus treinta y dos años, nunca se había enamorado realmente, fuera de su madre, sus hermanas y su nodriza, no tenía contacto con mujer alguna; se había entregado a su trabajo en cuerpo y alma. Esa sensación tenía un aura de erotismo que no había experimentado con tan solo ver a una mujer, fue cuando ella le sonrió que invadió todo su cuerpo. Por su parte, María no lo vio con malos ojos, por el contrario, se sintió extrañamente subyugada por él. Además de buen mozo y con una gran personalidad, estaba rodeado de un halo de misterio que lo hacía aún más interesante y atractivo. Alfonso, sin quitarle la mirada de encima, montó a su caballo y se marchó, haciéndole una caravana con el sombrero e inclinando su caballo, que acabó por arrancar una sonrisa de María.

De regreso a la mansión no podía apartarla de su mente. Cuando cerraba los ojos la recordaba con detalle caminando hacia él, con su andar elegante y seguro, con su espesa cabellera ondulada como olas que caen enrolladas en la playa. Con sus ojos grandes y claros, que cerraban unos párpados de pestañas largas y rizadas, como si abanicaran el brillo de su mirada soñadora; con su nariz respingona, y su boca de labios carnosos, que parecía esbozada por un artista, mostrando con naturalidad un impecable collar de perlas cada vez que sonreía. Se había enamorado.

Por la tarde, terminó fatigado de escombrar una de las alcobas más habitables, cuando le pareció escuchar un caballo; no le extrañó, durante todo el día tuvo visitas. Afuera de la casona, agazapados entre las verdes frondas, habían estado varios curiosos que lo siguieron desde el pueblo, ocultándose a buena distancia para no ser vistos. Cuando salió su sorpresa fue mayúscula al encontrarse con María, que detuvo su caballo frente a él. Se apeó, y con una mirada coqueta le extendió la mano.

–Soy María Montoya. Nos conocimos esta mañana en "La Valenciana", la tienda de don Cele, ¿me recuerda?

¿Cómo podría olvidarla?, si la había dejado grabada en su mente como un retrato del realismo flamenco. Se quedó pasmado, parecía una figura marmórea empotrada en el piso. No llegaban a su mente las palabras apropiadas para saludarla, solo asintió con la cabeza, y le tomó la mano para llevársela a los labios con delicadeza. Al besarla sintió que todo su cuerpo se estremecía al contacto de su piel tersa y aromada.

–Espero no ser inoportuna. Paseaba por los alrededores y decidí venir a saludarlo

Más motivada por la curiosidad que por cualquier cosa, María se había propuesto ser la primera en descifrar el misterio de la mansión. Era un gusanito que daba vueltas en su cabeza, desde que la vio de pequeña, y escuchó de sus múltiples leyendas. Después de unos instantes, superando su emoción y sus temores, Alfonso se presentó:

–¡Es un verdadero placer conoceros! Soy el arquitecto Alfonso Linares, para servir a vos y a Dios

Una vez que rompieron el hielo, María comenzó un interrogatorio que, con gran habilidad, disfrazó de amena charla. A pesar de solo tener dieciocho años diez meses, era una mujer sagaz, inteligente y de gran tenacidad. Caminaron largo rato por la mansión y sus alrededores; era un escenario natural y bello, que sensibilizaba todos sus sentidos. Ambos se agradaban, y su mutua compañía los llenaba plenamente; la atracción era recíproca. Poco a poco fueron desapareciendo los fantasmas del pasado que, tanto María, como muchos otros, por no decir que casi todos los del pueblo, imaginaron. Más tarde ella se detuvo, volteó a verlo con una mirada de tristeza, y le dijo:

—Me voy antes de que caiga la noche. Otro día vendré a saludarlo

—Si preferís yo podría visitarle

—¡No! Prefiero venir

—¿Lo prometéis?

—¡Lo prometo!

Alfonso la ayudó a montar al caballo, y no le quitó la vista de encima hasta que se perdió en el camino. Se quedó solo en su mansión, entre una selva rumorosa de pronto desolada, y sintió su ausencia en el corazón. Por primera vez lo invadió una extraña sensación de soledad que apagaba su ánimo; una inmensa oquedad. Hasta el bello escenario con los vivos colores de su vegetación exuberante, en ese momento le pareció gris. Ya no había fisgones, aunque los fantasmas de la mansión habían desaparecido con su presencia, no estaban seguros de que él mismo no lo fuera.

Toda la noche estuvo pensando en María, ningún otro pensamiento podía ocupar su mente. Entrada la madrugada y, enredado en su mosquitero, se quedó profundamente dormido. Por la mañana lo despertaron a gritos.

—¡Señor Linares!...¡Señor Linares!

Un ayudante de don Cele le traía sus provisiones, venía en una carreta acompañado de un muchacho.

–Aquí le traigo sus cosas. Me dijo don Cele, que le dijera que ayer no se las mandó porque no fui a trabajar, y que aquí le manda a Ezequiel pa ver si le sirve, y pa que lo ayude a uste

Ezequiel tenía veinte años, era humilde, trabajador y fuerte, pero algo tonto.

–¿Cuántos años tenéis, Ezequiel? –preguntó Alfonso.

–No sé…no me recuerdo, pero ai póngale asté, pue –contestó el muchacho.

No teniendo a nadie más, Alfonso solo dijo:

–Ayudadme a bajar las cosas de la carreta, después veré que hago con vos

Cuando quedaron solos le encomendó algunas de las muchas tareas, que habrían de esperarlo en la abandonada casona.

Los días fueron pasando mientras Alfonso, con la ayuda de Ezequiel y uno de sus primos que estaba sin trabajo, habían hecho algunas reparaciones, pero solo era el principio. María no volvía y las dudas comenzaron a asaltarlo, se preguntaba si la habría decepcionado, que tal vez no le había gustado o que quizá le había parecido algo mayor para ella; pero no lograba apartarla de sus pensamientos. Cuando despertaba era lo primero que venía a su mente, y, por las noches al acostarse, se quedaba dormido pensando en ella. En ocasiones por las tardes, echaba una mirada hacia el camino que daba al pueblo, con la esperanza de verla venir; lo único que encontraba eran los pájaros que atiborraban los árboles, y los susurros inherentes de la selva. Pero María ya no estaba interesada en los misterios de la mansión, después de todo ya no había ni maldiciones ni fantasmas a quien temerles; ahora le interesaba Alfonso. Ella también lo recordaba, le había gustado desde que lo vio montado en su tordo andaluz, y sonriéndole cuando se despedía. Le gustaban sus ojos azules de mirada misteriosa, y los hoyuelos de sus carrillos cuando sonreía. Daba rienda suelta a su mente despierta, se imaginaba desposada con él y viviendo en la casona que soñaba reconstruida, rodeada de sirvientes como en sus mejores tiempos, y atentos a cumplir sus caprichos. Hasta había imaginado cuántos y cómo serían sus hijos. Había tenido pretendientes pero nunca se había enamorado; ahora parecía estarlo.

Por fin una tarde esplendorosa, decidida se dirigió a la vieja mansión. Cuando llegó, Alfonso estaba parado frente a la entrada principal, parecía que la estuviera esperando, y quizá lo estaba. La había esperado por varios días que para él fueron eternos. Al verla lo invadieron con más fuerza los sentimientos de los encuentros anteriores. La ayudó a apearse con una gran sonrisa en los labios, y tomándola de la cintura para cargarla. Por su parte, a María le pareció más apuesto, más atractivo, y más le sedujo la idea de iniciar un romance con él; estaba decidida a conquistarlo.

–¡Qué bueno que decidisteis venir, María!, me da mucho gusto –dijo, con una amplia sonrisa.

–¿De verdad?, ¿o lo dice por mera formalidad?

–De verdad. Me da mucho gusto, seáis bienvenida

Ninguno ocultaba el gusto por verse nuevamente, en sus rostros se dibujaban tan claras sus emociones, como si fueran palabras escritas en sus frentes. Lleno de entusiasmo, Alfonso le enseñó las reparaciones que comenzaban a notarse en la casona; había logrado conseguir más trabajadores: parientes y amigos de Ezequiel. También le mostró el proyecto de la restauración, María lo contemplaba feliz y complacida. Más tarde encontraron un lugar íntimo y cómodo, que a partir de ese día sería su refugio. Ahí en un viejo diván que acondicionó Alfonso, diariamente pasarían horas aflorando sus sentimientos, hasta que por fin un día, exhaustos de amor y deseo, sucumbieron al placer. Esa ocasión María había llegado escurriendo la lluvia que la atrapó rumbo a la casona. Alfonso quedó embelesado al verla con sus ropas empapadas ceñidas al cuerpo, dibujando su escultural figura. Le ofreció ropas secas para cambiarse, pero María con cierta malicia y, sin pudor que la intimidara, lo hizo poco a poco frente a él. Cuando estuvo desnuda, Alfonso deslumbrado con su belleza se quedó inmóvil, María lo tomó por el cuello y lo besó, él respondió con desenfreno, y, desprendiéndose de su ropa, la amó con frenesí. La lluvia y los relámpagos, que ahogaron sus gemidos amorosos, fueron testigos. Nunca habían amado pero lo hicieron con una pasión desbordante. Era tanto su deseo que casi desmayan, y cuando alcanzaron el éxtasis pensaron que agonizaban.

Al terminar la lluvia todo había pasado, el ambiente era tibio. Solo se escuchaban caer sobre pequeños charcos, las gotas de lluvia que escurrían de los árboles, y la algarabía de los zanates, que se llamaban para mudarse de rama con insistencia. Dentro de la casona, los enamorados parecían un par de cachorros hambrientos que acababan de saciar su apetito; la felicidad afloraba en sus rostros. Durante un rato no se hablaron, no había nada que decir, pero tampoco hallaban las palabras para describir sus sentimientos. En tan solo unos minutos, habían vivido un vendaval de emociones jamás experimentadas; se quedaron recostados haciéndose caricias.

A partir de ese día sus encuentros eran muy frecuentes. Paseaban por los alrededores en los caballos de Alfonso, entre una selva indómita y rumorosa, con paisajes plenos de color que juntos fueron descubriendo. Esa libertad los llenaba de vida y de ilusiones, que volaban en sus corazones enamorados, igual que las crines de los corceles con el viento, cuando cabalgaban al galope. María montaba a "Lucero", el magnífico andaluz blanco, era muy noble y le había tomado un gran cariño; Alfonso montaba al tordo igual de imponente, le llamaba "Campeador". Cuando el paseo llegaba a su fin se metían a la casona; reían, charlaban y bromeaban, antes de sumergirse en el placer. Alfonso se había convertido en un buen amante, complacía todos los deseos de la enamorada María, que parecía un volcán en erupción.

Inalterablemente María iniciaba sus paseos a la misma hora, las ganas de estar con Alfonso cada vez eran más grandes y más frecuentes, pero después de unos meses de silencio y actitud esquiva, doña Isabel, su madre, comenzó a inquietarse. Un día la hizo seguir sin que se diera cuenta, pero María no podría notar nada, estaba tan enamorada que solo tenía ojos para Alfonso, y su contemplación por él desvanecía su entorno. A su regreso, hasta don Carlos, su padre, se había enterado de todo. Indignado y ofendido, abofeteó a María, advirtiéndole:

–Desde hoy vivirás como una fiera, encerrada y sin ver a nadie. Ya me encargaré del tal Linares

Fue tal su actitud y ofuscación, que María pareció desconocerlo, se llevó una mano a la mejilla y lo miró desconcertada, como si fuera un extraño. Por más que Isabel trató de suavizarlo, sus esfuerzos fueron vanos. Era reacio, orgulloso, y un verdadero experto en agraviar, pero se sintió muy ofendido. El idilio secreto de María había sido como una espina, que parecía clavada más en su arrogancia que en su honra. Dadas las consecuencias, Isabel se arrepintió de haberlo enterado pero su remordimiento no cambió las cosas.

Don Carlos Montoya era un hombre robusto de mediana estatura, algo calvo y con el pelo entre cano; sus arrugas bien definidas, mostraban un carácter áspero y disímbolo. Gozaba por su herencia (sumada a la también cuantiosa de la familia de Isabel), de una buena posición. Era conocido y respetado, no solo en Frondoso, también en San Miguel y en Veracruz, donde tenía fama por su mal carácter. Muchos le debían favores, entre ellos don Blas, un viejo amigo de su edad con el que hacía algunos negocios, pero también uno de sus mejores compañeros de copas. Le pidió visitar a Alfonso, deseaba saber qué lo había traído, y cuales eran sus planes. Estaba enterado que era uno de los herederos de la propiedad, que se extendía en poco más de veinte hectáreas de las quinientas originales. Las demás fueron usurpadas, y su abuelo, don Juan Montoya, había sido el principal beneficiado; en el curso de una reclamación él mismo podría verse afectado. Necesitaba que alguien de toda su confianza obtuviera información, pensaba que, conociéndolo mejor, encontraría alguna forma de fastidiarlo.

A María la consumía la tristeza, estaba muy enamorada. Amaba a Alfonso con toda su alma, y esa separación la angustiaba hasta el suplicio. No hallaba la forma de huir de su encierro para encontrarse con él. En lo posible trataba de sobornar a Milagros, su nana (una negra, que desde pequeña había servido en la casa de Isabel), para que llevara una carta a Alfonso. Para su desgracia, el día que accedió llevarla se topó en la casona con don Blas; más tardó en verla que en enterar a don Carlos. Ese día, Alfonso había sido hábil y esquivo con don Blas, y la información obtenida no fue la que esperaba, sin embargo, el encuentro fortuito con Milagros lo compensó. La situación empeoró para María, ahora solo su madre podría verla y llevarle sus alimentos.

Después de dos semanas de haber recibido la carta, Alfonso no soportaba la ausencia de María, y, con las indicaciones de Ezequiel, se dirigió a la casa de los Montoya. Estaba situada en la zona más bella del pueblo, era grande, tenía una barda de piedra, por donde asomaban las ramas de unos árboles enormes, que lucían serenas contemplando el exterior. El tejar de la entrada cubría a una reja de hierro forjado, desde ahí se apreciaban los jardines, y al fondo la casa de dos pisos con un gran portón de madera. Por la parte de arriba sobresalían los balcones de cada habitación, con pequeños macetones que colgaban escurriendo flores de colores. A un costado de la casa, había un ancho pasadizo con otro portón de madera abierto de par en par, que conducía a las caballerizas, y también por donde entraba y salía el carruaje. Alfonso estuvo parado en la reja durante largo tiempo, como un soldado montando guardia, y tocando insistentemente la campana, pero no le permitieron verla, y ni siquiera hablar con don Carlos. Más tarde, salieron algunos trabajadores armados y amenazantes, para echarlo como si fuera un pordiosero. Deseaba pedir la mano de María; nunca más tendría oportunidad de hacerlo. Se fue de ahí triste y decepcionado.

Así pasaron los días hasta que una noche lluviosa, no pudiendo guardar su secreto, el negro Simón se embriagó. Era demasiado grande para llevarlo él solo, y en su borrachera contó todo con detalle, exceptuando lo de su robo. Lo hizo en la cantina de siempre, una muy pequeña con un fuerte olor a orines, y al pescado que servían de botana, pero la bebida era barata. Sus amigos los pescadores difundían las noticias como el mejor de los pasquines, y, dentro de su embriaguez, se le soltó demasiado la lengua. Sus ganas de contarlo eran más fuertes que el temor a ser implicado en el asunto, incluso, más que el riesgo de ser encarcelado, y hasta tal vez ejecutado. No le importaba, solo quería quitarse esa carga de encima, aunque nada le sucedería.

La noticia en boca de los pescadores se difundió muy pronto, y si bien era cierto que Alfonso contrató la embarcación del Caimán en Veracruz, y que, posteriormente fue vista en el muelle de Frondoso por Simón, nada lo acusaba. Pero hambrientos de sucesos y, por recibir los favores de don Carlos, algunos de los que investigaban el caso crearon falsos argumentos que lo implicaron en el crimen. Finalmente y, aunque ni las perlas, ni La Odisea, ni los cuerpos aparecieron, Alfonso fue acusado y detenido por el robo, y el doble homicidio. Se lo llevaron directo a San Miguel, en donde el alcalde Emilio Espinosa en contubernio con don Carlos, sin juicio alguno lo mantendría preso y oculto, bajo el nombre de Juan Martínez Pérez, con el que iniciaría su vía crucis.

Lo ocurrido causó estragos en la salud de María. Tuvo que ser atendida por el doctor, quien no tardó en descubrir su embarazo, y escandalizar a todos con la noticia. María se puso feliz, pero Isabel y Milagros, sabían las consecuencias y estaban descorazonadas. Lo único que pudieron hacer fue procurar su embarazo con esmero, ante los ojos recelosos y ofendidos, de don Carlos, a quien cada día pesaba más en su existencia todo lo ocurrido. Al menos, su cólera había sido apaciguada por el encierro de Alfonso Linares.

El embarazo de María transcurría normalmente, hasta que un día la despertó el aroma de unas flores que adornaban su habitación, y se le hizo agua la boca. Meditaba sobre ese antojo irracional pero también inexorable, y sin pensarlo más se las comió. El deseo por comerlas era más fuerte que su voluntad, pero las saboreó con gran placer, como si fueran un verdadero manjar. A partir de ese día su apetito por ellas era insaciable, solo quería comer flores. Su madre preocupada consultó con el doctor.

–Flores y agua, es lo único que ingiere, doctor –le comentó.

–No le harán ningún daño, siempre que no se coma algún bicho –dijo, el doctor -. Aunque me extraña que sean flores, y no otra cosa lo que despierta su antojo –añadió sonriendo.

Desde que amanecía se iniciaba la recolecta de las flores que terminaba a media mañana, a tiempo para la hora del almuerzo. Llevaban de todas las que se daban en los alrededores, y se mandaron sembrar muchas otras especies para el caso; una gran variedad de tamaños y colores. Su gusto por comerlas era extraño, este se inclinaba al color más que al sabor, como si para ella el sabor fuera de colores. Según su estado de ánimo las comía: blancas cuando estaba tranquila, amarillas cuando estaba contenta, violáceas o azules cuando estaba triste, rojas cuando estaba enojada, etc., flores por la mañana, a mediodía y en la noche. Lejos de hacerle mal, las flores la volvían más bella y rozagante, como si fuera un capullo de flor que abre para mostrar su belleza, o una fruta en plena madurez para ser comida con deleite.

Cuando llegó el momento del parto, además del doctor y, a petición de don Carlos, hizo su aparición una mujer llamada Manuela, y solo él conocía el motivo de su visita.

Manuela era una joven mestiza de espesa cabellera negra, cara redonda, ceja poblada bien delineada, y ojos grandes de mirada expresiva; nariz afilada, labios gruesos y un cuerpo escultural. Era una mujer guapa –en el entendimiento de que, la definición de guapa, describe sensualidad más que belleza –, pero tenía una enorme cicatriz en forma de circular, que fruncía su mejilla izquierda, y abarcaba desde la comisura donde termina el ojo, hasta la boca. A esa cicatriz le debía que algunos se referían a ella como "la marcada". Con ese estigma, cualquier rostro por bello que fuera, luciría grotesco.

Se había casado muy joven con Pedro, un pescador aficionado a la bebida, y con muchos deseos de tener una familia, pero el tiempo transcurría, y Manuela no mostraba señas de procrear. Pedro se desesperaba y en ocasiones bebía más de la cuenta. Comenzaba discutiendo con Manuela para terminar golpeándola. "¡Carajo!, hasta cuando me vas a dar un hijo", le gritaba, sin saber quien de los dos era el estéril. Él la culpaba, aseguraba que era Manuela, y lo afirmaba inventándose aventuras que dieron frutos en puertos lejanos. Nunca hubo pruebas ni testigos que lo confirmaran, pero ni quien se pusiera a investigar, solo a él le importaba. La esterilidad era como un estigma, que se convertía en una pesada carga para su orgullo y su hombría.

Una noche calurosa y tranquila, se escuchaba perdido entre el canto de los sapos, un leve golpeteo a la orilla del río: la estela de una embarcación. Era la de Pedro que llegaba al pequeño muelle de su casa. Tenía la mirada torpe y los ojos vidriosos, venía ebrio; llevaba una botella de licor en la mano. Bajó del bote y bebió un sorbo antes de entrar en la casa; su andar era tardo. Levantó a Manuela de la cama solo para seguir reprochando, y en la discusión no tardó en presentarse la violencia. De un golpe derribó a Manuela, ella se levantó encolerizada para propinarle una bofetada. Se puso iracundo y apuró lo que restaba del licor; parecía haber bebido al mismo demonio.

Con los ojos desorbitados tomó la botella por el cuello, la estrelló contra la mesa, y se echó sobre Manuela empuñando el trozo de vidrio, ella trató de esquivar el golpe pero la alcanzó con el filo en la mejilla; la sangre acabó por desquiciarlo. Se preparaba para continuar su escabechina, cuando Manuela, viendo que su vida peligraba y, sacando fuerzas de un odio insondable, se abalanzó sobre de él. Se apoderó del cuchillo que Pedro portaba en el cinto, y se lo hundió en el vientre lo más profundo que su rabia le permitió. Aún con el cuello de botella en la mano, cayó sobre Manuela el cuerpo sin vida de Pedro. Ella gritaba horrorizada hasta que acudieron unos vecinos, y encontraron el cuadro dantesco; la escena hablaba por sí sola. No hubo cargos contra Manuela, su castigo fue la cicatriz y la soledad. Pocos se le acercaban, quizá por su rostro marcado o por temor, tal vez por la combinación de ambos.

*****

El único síntoma que acusó María llegado el momento del parto, fue un continuo cosquilleo en el vientre, como si el bebé le estuviera avisando su nacimiento, solo dijo:

—¡Ya es hora, mamá!, mi bebé está por nacer. Avísenle al doctor

Cuando el doctor la revisó no mostraba los síntomas de una mujer en la última etapa de embarazo, fuera de la protuberancia en el vientre, parecía que ni siquiera estuviera a punto de parir; con toda tranquilidad ella misma dijo al doctor:

—¿Qué desea que haga, doctor?

El doctor la acomodó, y dispuso todo para iniciar el trabajo del parto. Comenzaba a auscultarla, cuando repentinamente se rompió la fuente. El propio doctor se quedó atónito ante lo que veían sus ojos: el líquido que salía del vientre de María no parecía amniótico sino agua, idéntica a la que dejan las flores en un recipiente después de marchitarse. Al ver la expresión del galeno Isabel se asustó, y preguntó desconcertada:

—¿Qué está pasando, doctor?

–¡No lo entiendo! -Repuso el galeno –¡en vez de líquido amniótico, parece como si fuera el agua de un florero!... ¡Tiene hasta minúsculas partículas de flores! –añadió.

–¡No es posible! –dijo Isabel, llevándose una mano a la boca con estremecimiento.

No acababan de salir de su asombro, cuando el ambiente comenzó a impregnarse de un fuerte olor a flores, a muchas de ellas, como si estuvieran en medio de una gigantesca florería; era el bebé que ya tenía la cabeza de fuera. El doctor apenas tuvo tiempo de sostenerlo entre sus manos; sin mucho esfuerzo, y, sin mostrar dolor alguno, fue expulsado del vientre de María, que lucía feliz y tranquila, preguntando:

–¿Cómo está, doctor?... ¿Qué es, niño o niña?

Era un varón y olía a flores, tal vez a la conjunción de todas las que ella había ingerido. Solo María estaba serena, el doctor y las dos mujeres, no podían salir de su asombro y nerviosismo, para sobreponerse a los hechos tan insólitos. Finalmente mostraron el bebé a María, lo abrazó, lo olió, lo besó tiernamente, y se quedó dormida, en un sueño profundo y anormal, pero todo lo que estaba sucediendo lo era.

Más tarde, el doctor se marchó impresionado por lo que había presenciado; "¡Es imposible!, ¡es imposible!". Se repetía una y otra vez, meneando la cabeza. Poco después, cuando Isabel y Milagros, abrieron la puerta para salir de la habitación con la criatura, se toparon con don Carlos y Manuela.

–Entrega el bastardo a esta mujer –dijo, don Carlos lleno de ira, y como si se tratara de una gallina o un conejo.

–¿Qué estás diciendo? –preguntó, Isabel incrédula.

–¡Lo que oíste! –dijo, con un grito.

Isabel, impotente y sometida, por los gritos de su marido, rompió en llanto, y dijo suplicante:

–¡No es posible que quieras hacer semejante locura!... ¡te lo ruego!, ¡es nuestro nieto!

—Yo no soy abuelo de ningún bastardo. Si no se lo das, haré que lo tiren —Replicó don Carlos fuera de sí, como si el pequeño fuera un veneno que consumía su orgullo.

Las súplicas de Isabel no sirvieron de nada. Cuando entre lágrimas con las manos temblorosas entregaron el niño a Manuela, les dijo amenazante con el ceño fruncido, el puño cerrado, y apuntándoles con el dedo índice como si fuera una pistola:

—A cualquiera de las dos que hable sobre este asunto, yo mismo le sacaré las entrañas, ¿entendido? —ya no contestaron, de sus ojos brotaban lágrimas empañando sus miradas de odio profundo.

Mientras nacía la criatura, sin el menor rescoldo de humanidad, don Carlos había mandado cavar una tumba; le haría creer a María que el niño había muerto. El sueño profundo en el que había caído, le vino del cielo a su canallada. Días después, el hombre que la cavó la fosa y enterró la caja, apareció misteriosamente ahogado en el río; era un buen nadador, pero aseguraron que estaba ebrio.

Cuando María despertó después de dos días, le contaron la falaz tragedia del bebé creada por su padre. Sus nervios ya no pudieron más y se desmayó; cuando volvió en sí entró en un estado de shock. En adelante no podía valerse por sí sola, tenían que ayudarla a bañarse, vestirse, alimentarse, etc., como si fuera una marioneta. El doctor la revisó con detalle, un poco después recomendó llevarla a Veracruz con un psiquiatra. Lo hicieron pero tendrían que dejarla internada en un hospital para enfermos mentales. Isabel se opuso terminantemente, y volvieron a Frondoso con María sin cambio alguno, pero ni aun así encontró la conmiseración de su padre. Manuela por su parte estaba feliz, ya no estaría sola, ahora tendría con quien compartir su desolada existencia.

Ese fin de semana Isabel fue a confesarse, la cobardía de no enfrentar a don Carlos la tomó como un pecado. Era débil y sumisa, con mansedumbre se sometía a sus caprichos como un perrito a las órdenes de su amo. La última palabra la tenía el esposo; así la habían educado. El padre Cipriano, su confesor y amigo, no salía de su asombró con la historia. Era un hombre sencillo, humilde y de buen corazón. Durante el embarazo de María le habían mentido igual que a todos, argumentando: "María se fue a estudiar a México". Don Carlos no quería que nadie se enterara para evitar una vergüenza. El cura se indignó, y calificó de despreciable la actitud de don Carlos. Nada podía hacer, de todo se había enterado por la confesión de Isabel, y era un secreto inviolable; "las confesiones son palabras que se lleva el viento y nunca vuelven", se repetía. Sin embargo no quería quedarse con los brazos cruzados; estuvo pensando de qué manera hacerle entender que su comportamiento había sido vil e indigno, y debía corregirlo.

El domingo durante la misa, el padre Cipriano se jugaría su última carta para hacerlo razonar. Se le ocurrió algo que, tal vez, podría tocar su corazón, pero la ingenuidad del cura era como una hojita flotando sobre un río caudaloso: la soberbia de don Carlos. Cuando estaba en el púlpito, por un momento dirigió su mirada a don Carlos, y en la parte siguiente del sermón, dijo:

—Hijos míos, el señor nos dice que debemos amarnos los unos a los otros. Todos somos sus hijos, y como hermanos que somos debemos hacerlo. Y así, como él perdona nuestros pecados, nosotros debemos perdonar los pecados de nuestros semejantes y, especialmente, los de nuestros hijos, para que la familia permanezca siempre unida. Somos seres imperfectos y cometemos errores, el único perfecto es Dios. En la Biblia dice: "todos nosotros nos descarriamos como ovejas, cada cual se apartó por su camino; mas Jehová cargó con el pecado de todos nosotros". Si él nos perdonó y cargó con nuestros pecados, nosotros debemos perdonar a nuestros hijos y encausarlos por el camino del bien y del amor, no del rencor y del odio.

No hay que olvidar que el señor es quien obsequia esos frutos del amor: los hijos. Hay de aquellos padres que separen a sus hijos por su conducta, cualesquiera que esta sea debemos permanecer con ellos, unidos en las buenas y en las malas…

Mientras el padre Cipriano pronunciaba su inspirado sermón, por momentos Isabel volteaba discretamente de reojo a ver a don Carlos, con la esperanza de encontrar en él un gesto de arrepentimiento. Volvía su mirada al cristo del retablo, y pedía fervorosamente por ese acto de contrición que nunca llegaba, y se dijo: "con todo y su maldad, Cristo hubiera muerto por él". Pero con una soberbia tan grande como sus propios pecados, don Carlos permanecía duro como una piedra. Las palabras del cura se le resbalaban sin hacer el menor efecto en su conciencia.

—Escucha lo que está diciendo el padre —le dijo Isabel, en voz baja.

—Lo estoy escuchando, que no soy sordo —le contestó don Carlos, susurrando.

—Pues lo que hiciste es un pecado

—El pecado lo cometió tu hija

—Si no corriges lo que hiciste Dios te va a castigar

—A quien va a castigar es a tu hija por su pecado, por tratar de avergonzarme, y guarda silencio que estamos en misa

Ni el sermón ni las palabras de doña Isabel, lograron hacerlo cambiar de opinión y todo quedó igual: María en su desgracia, y el niño en los brazos de Manuela.

El mismo día que le dieron al bebé, Manuela se fue a San Miguel tan de prisa, que hasta podría decirse que iba huyendo de cometer un robo. Se fue a casa de su madre, pero al cabo de un año decidió volver a Frondoso. Ahí había hecho su vida y se sentía a gusto, además pensaba que había transcurrido el tiempo suficiente para que el asunto estuviera olvidado. Tenía su casita a la orilla del río, pequeña pero confortable, contaba con una estancia, cocina y tres habitaciones; en una de las cuales tenía sus yerbas, y los productos que vendía. Por la parte de atrás tenía un soportal que daba al embarcadero, con una hamaca en donde se pasaba las horas escuchando el murmullo del río, y viendo pasar los botes que se dirigían a Frondoso, hasta que los moscos invadían el lugar. Aún conservaba el bote de pesca de Pedro que, en ocasiones, solía rentar, aunque otras tantas se convertía en refugio de varias aves atraídas por el olor a pescado. Cuando enviudó se vio en la necesidad de trabajar más, pero los resultados fueron gratificantes; era evidente que estaba en mejores condiciones que cuando vivía su marido. Con el tiempo fue comprando animales con lo que le dejaba la venta de los santos curados, amuletos y sus remedios; brebajes compuestos que elaboraba a base de hierbas, y que daban mejores resultados a sus clientes que una sola, o un té simple. No le faltaba leche, huevos, fruta, verdura y pescado. Con cierta frecuencia viajaba a San Miguel de donde era originaria, para visitar a su madre, y de vez en cuando a Veracruz para ver a su hermano, y comprar artículos de santería que, gracias a las benditas creencias, se vendían tan bien en Frondoso.

Desde que don Carlos fue a verla para ofrecerle a su nieto con una jugosa recompensa, comenzó a preparar todo: empacó sus cosas, rentó su bote a don Javier que, aunque era el menos le pagaba, con él estaría seguro. Compró ropa, algunos juguetitos para el bebé, y algunas otras cosas que adquirió en San Miguel para tales fines. Era cierto que le atraía el dinero, pero más la idea de ser madre, eso era primordial. Ya ni siquiera le importaba que viniera de un vientre ajeno, del que fuera. Había pasado mucho tiempo ilusionándose por quedar embarazada de Pedro, pero mes con mes se atormentaba cuando comenzaba a sentir las molestias que anunciaban la menstruación. Las últimas que pasó al lado de Pedro, hasta procuraba esconderlo por temor a sus represalias. Para don Carlos, ella era la candidata perfecta, tenía veintitrés años, y vivía sola del otro lado del pueblo. Era discreta, saludable, trabajadora, con un gran instinto de supervivencia, y no se relacionaba con nadie, de no ser exclusivamente por sus remedios. Además había acordado abandonar el pueblo para siempre, y, aunque era una mujer de palabra, odiaba que la misma gente que la había visto crecer en San Miguel, ahora la señalaba por la cicatriz de su rostro. También era independiente, y no le gustaba vivir con su madre, pero en el fondo amaba a Frondoso, se enamoró del lugar desde que Pedro la llevó por primera vez.

Cuando le entregaron al niño lo tomó en sus brazos, lo envolvió en su reboso y se fue de prisa a recoger sus cosas; ni siquiera se detuvo a observarlo. Fue hasta San Miguel que notó su extraño aroma asociado a una combinación de flores, a muchas. Pensó que tal vez lo habían perfumado con una fragancia floral, pero después de haberlo bañado en varias ocasiones, aún persistía el aroma. Le asombró esa peculiaridad tan especial, pero no imaginaba a qué se debía, tampoco si eso fuera bueno o malo, un defecto o una virtud; "a caballo dado no se le ve diente", pensaba, pero el aroma era realmente agradable.

En ese tiempo, Benito Juárez no cejaba en su empeño por defender al país en contra de los invasores franceses, y la forma de gobierno impuesta al pueblo; corría el año de 1866. Era un hombre querido y respetado por la gran mayoría, y su nombre estaba en boca de todos, incluyendo a Manuela que, en su honor y al de San Benito, fundador de la orden Benedictina y patrono de Europa, decidió bautizar al pequeño con ese nombre.

Conforme pasaba el tiempo, Benito mostró ser un vegetariano nato. Cuando comía papilla de carne de res o de cerdo, le brotaban pequeñas ronchas que invadían todo su cuerpo. La primera vez Manuela pensó que era sarampión y le dio un té de borraja, volvía a comer carne y se repetía el mismo cuadro, pero desaparecían al otro día; "no era sarampión sino alergia", meditaba. Le daba té de manzanilla, y aplicaba hojas de durazno machacadas en los brotes. Fuera de ello gozaba de excelente salud, nunca se enfermaba, y tenía una gran vitalidad. Manuela le había tomado verdadero cariño y este era recíproco, era una clase de amor que había esperado en su oscura soledad desde hacía tiempo. Cuando comenzaron a verla con Benito, nadie se preguntaba de donde había salido, quien era el padre o cuando lo había tenido. A nadie le importaba, era como si no existiera, como si fuera un fantasma que vagaba frente a todos sin ser visto. Su pasado lo llevaba en el rostro marcado, y eso la convertía en nada, en un pasado muerto, en algo que nadie quisiera ver o recordar, excepto cuando necesitaban sus productos. Para Manuela esto resultaba muy conveniente, no tenía que dar explicaciones a nadie. Su madre y su hermano, eran los únicos que conocían el verdadero origen de su hijo adoptivo.

Manuela metió a Benito en la escuela desde muy pequeño, además de educarlo quería que tuviera amiguitos de su misma edad, compañeritos que se preocupaban más por jugar y su mamá, que por indagar su alcurnia y su pasado. No tenía ningún problema, solo en ocasiones veía la silueta de una mujer que observaba a lo lejos, aunque no estaba segura de que tuviera alguna relación con Benito. Con el tiempo se acostumbró a verla deambular por ahí de vez en cuando, pero nunca logró verla de cerca.

Benito era de piel clara, tenía los ojos de un color azul grisáceo, y otros rasgos que delataban su linaje, pero muy poca gente conoció a su padre, por lo que nadie lo asociaba con él. Era reservado y un poco tímido, y fuera del suave aroma a flores que llevaría hasta su muerte, era un niño físicamente normal...en apariencia.

*****

En Cádiz, la preocupación hacia presa a los padres y hermanos de Alfonso; la falta de sus noticias los inquietaba profundamente. En la residencia del mismo estilo que la mansión Linares en Frondoso, ya solamente vivían los padres y la hermana menor de Alfonso. Sus cuatro hermanos restantes estaban casados; dos hombres y dos mujeres. Tenían sus propios hogares pero eran muy unidos. Todos los fines de semana había una gran comilona, en la que se reunían todos los miembros de la familia; en las últimas solo se hablaba del ausente. Con justa razón, Alfonso había sido un magnífico hijo, muy querido por todos, y había prometido escribir periódicamente. Hacía casi tres años que no escribía ni sabían nada de su paradero, como si se lo hubiese tragado la tierra. Don Rodrigo, su padre, en ocasiones creaba sus propias justificaciones a su distanciamiento, "natural en un hombre soltero de su edad", decía; en otras no podía dejar de pensar en lo peor. Para doña Carolina como para cualquier madre, las cosas eran diferentes; no tener noticias de su hijo desde los primeros meses la fue angustiando. Sus corazonadas muy atinadas, la estremecían hasta convertirse en un incesante dolor, que solo se aliviaría con la aparición de Alfonso.

—¡Basta de llantos, mujer! Así no solucionareis nada —decía don Rodrigo, viendo el sufrimiento de su esposa que, a estas alturas, no era menor al de él.

—Pues tenéis que hacer algo, y debéis hacerlo ahora. No quiero a mi hijo perdido por un pedazo de tierra, que heredasteis en un país lejano

—De acuerdo, mujer. Si con eso os sentiréis más tranquila mandaré buscarle —determinó don Rodrigo, que, en parte, necesitaba el motivo para esconder su debilidad y transigencia.

Don Rodrigo habló con sus hijos, y esa misma semana partía de Cádiz un barco con destino a Veracruz, llevando una comitiva formada por cuatro integrantes encabezada por Rodrigo Linares, hermano mayor de Alfonso. Lo acompañaban un abogado, un miembro del departamento de relaciones de Cádiz, amigo de Rodrigo y un sirviente. Con una serie de recomendaciones y, un tanto angustiados, los padres de Alfonso los despidieron en el muelle de la bahía.

–Ve con Dios, hijo mío, pero por favor regresa pronto, que acabareis matándome de angustia –decía, doña Carolina, abrazando a Rodrigo con desconsuelo.

–Pierda cuidado, madre. Os prometo que volveré lo más pronto posible

–Os lo ruego, hijo mío

Semanas después, el 11 de agosto de 1869, hicieron su arribo al puerto de Veracruz en el "Albatros". Hacía más de dos años que las fuerzas de Juárez, quien gobernaba al país, habían derrotado a los conservadores, y ejecutado a Maximiliano junto con sus generales Miramón y Mejía.

Ignorando el paradero de Alfonso, contrataron una pequeña embarcación que los llevó hasta San Miguel; seguirían la misma ruta que Alfonso. Llegaron por la noche, y se hospedaron en el "Hotel Principal" frente al zócalo del pueblo; ocuparon las cuatro únicas habitaciones disponibles. Entre los nervios, el calor y los moscos, escasamente pudo dormir Rodrigo, pero los ruidos de la noche no enmudecían los de sus pensamientos. Abrió la puerta del balcón de par en par para refrescarse, apenas soplaba la débil brisa del río, con un aroma impreciso y desconocido. Una mixtura de olores de la selva, del pueblo, hasta quizá con una pizca de pescado que manaba de los botes anclados tan cerca; el muelle de pescadores estaba a cincuenta metros del hotel. Al otro día muy temprano, Rodrigo trataba de conseguir un transporte que los llevara a Frondoso para continuar su viaje: un carruaje fue lo primero que encontró. En unos minutos estaban abandonando el lugar donde tuvieron preso y oculto, a su hermano. Los trasladaron hasta el muelle de Frondoso, donde intentaban conseguir otro transporte que los llevara a la mansión por tierra o por el río, les daba lo mismo, lo importante era llegar. Pero algunos los miraban como si fueran almas del purgatorio, y se daban la vuelta sin responder. Tiempo después, uno con más avaricia y confiado, interesado más por el pago que en su seguridad, los llevó en su bote.

Navegando por el río Hondo a la luz del día, lograron encontrar fácilmente el canal que llevaba a la mansión. Cuando la embarcación no pudo continuar descendieron y caminaron por la orilla, tal como lo hiciera Alfonso tres años atrás. El paisaje no había cambiado mucho desde que él llegó, salvo la proliferación de la maleza caprichosa que había vuelto a cerrar el camino, y las nuevas generaciones de aves y animales silvestres, que parecían no alterar los designios de la naturaleza con su población. Mientras se abrían paso, Rodrigo comenzó a sentir que los latidos de su corazón se apresuraban cada vez más. Con cada latido sentía que su cuerpo se sacudía de pies a cabeza, y como si con cada uno, se deshiciera de las gotas de sudor que lo empapaban; no sabía lo que encontrarían y estaba alterado. En su vientre sentía una gran oquedad, y sus nervios estaban tan tensos como cuerdas de guitarra. Llegaron hasta la mansión, pero fuera de los zanates que no dejaban de graznar en los árboles, y otros animalejos ocultos en el entorno, la hallaron desierta. No había rastro alguno de Alfonso, excepto por algunas de sus pertenencias revueltas por los uniformados que aún permanecían ahí, y que Manuela prefirió no llevarse. Estuvieron un par de horas buscando algún indicio. Al no encontrar ninguna pista decidieron volver a Frondoso.

Los observadores que los vieron en el muelle fueron muy comunicativos, de tal suerte que en todo Frondoso ya se conocía la presencia de los forasteros, pero como siempre, aunque nadie sabía quienes eran ni qué asunto los había llevado, de todos modos cada quien sacaba sus conclusiones, y creaba su propia historia; después encontrarían el lugar y el momento, para contarla.

Anduvieron investigando en varios lugares, pero los pocos que lo habían visto no sabían nada de su paradero. Tiempo después y, por sugerencia del abogado, fueron directamente a la guarnición. En Frondoso también la hacía de prisión, tal vez ahí sabrían algo. Un amplio y sencillo edificio de una planta, un tanto derruido. En algunas partes pegadas al suelo, las paredes reverdecían de lama sobre el estuco y el adobe. Las oficinas, comedor, dormitorios y baños, estaban al frente. Un patio grande en donde a veces, entre sus eternos descansos, los uniformados jugaban rayuela, los separaba de las celdas. Por la parte de afuera y, a lo largo, tenía un techo de teja enmohecido que daba hacia la calle, donde solo había un vendedor de empanadas bajo una palmera, y un perro pulguiento que los miraba con indiferencia mientras se rascaba. El ardiente sol de la tarde mantenía a todos refugiados en la sombra. Les informaron que el comisario estaba muy ocupado y no podían interrumpirlo, permanecía encerrado en su despacho pero hasta afuera se escuchaban sus ronquidos; dormía la siesta. La espera y el calor, inquietaban a Rodrigo, quien terminó por permanecer de pie en la puerta del recibidor abanicándose con una carpeta, que cada vez se doblaba más con el sudor de su mano. Poco después por fin se despertó y los recibió, pero la conversación terminó pronto. Sabían quien era Alfonso pero desconocían su destino, les dijo: "vayan a San Miguel, tal vez se fue pa'lla y sepan algo".

Volvieron con el lanchero hasta San Miguel, y comenzaron sus averiguaciones preguntando por él en todas partes, hasta que llegaron al palacio de la regiduría; un bello edificio colonial. Sus altos portones custodiados por dos columnas descansadas sobre unos peldaños, le daban una apariencia majestuosa. Sus hermosos jardines daban el toque de color con una gran variedad de flores bien cuidadas. Toda vez que se anunciaron fueron recibidos por el regidor: don Abelardo Rodríguez. Un tipo flemático, impecablemente vestido con un traje de lino color paja, delgado, de lentes y nariz aguileña. Les informó que no conocía ni sabía nada de Alfonso Linares, y tampoco había estado en la prisión; al menos hasta que asumió el cargo. Él mismo acababa de remitir a las autoridades de Jalapa a varios reos para desahogar su penal y revisaran sus casos, pero nadie con ese nombre iba entre ellos. Por último les recomendó que hicieran una pequeña investigación en Frondoso, si es que ahí radicaba; hicieron caso omiso, de ahí venían con un palmo en las narices. Nadie sabía nada, su desaparición la encontraban llena de misterio, y con cada intento fallido, Rodrigo se sentía impotente, y esa impotencia parecía desmoronarlo. Al otro día partieron a Veracruz.

Inició un verdadero calvario en la búsqueda de Alfonso. Se encontraban en un país extraño, con la aplicación de leyes distintas a las suyas, y atravesando por una situación política hasta cierto punto cambiante e inestable, pero aun así no cejaron en sus investigaciones. Fueron a solicitar ayuda al consulado español, en donde fueron recibidos con cordialidad, y apoyados en todas las acciones que se tomaron. Por primera vez desde su llegada, Rodrigo veía algo familiar: los emblemas de su patria, las comidas y los vinos que compartieron con ellos. Sentía que, al menos, sus compatriotas estaban indignados y preocupados, con la desaparición de Alfonso y, aunque eso no se lo devolvería, cuando menos había mucho más gente participando en la interminable búsqueda.

Después de varias semanas de indagaciones infructuosas, Rodrigo, desesperado, decidió contratar los servicios de Agustín Limón, un investigador que entrevistó en el puerto, para que averiguara su desaparición, y les avisara toda vez que fuera localizado. Partió hacia Cádiz con el corazón destrozado, sin saber qué comunicar a sus padres del resultado final de su pesquisa. Solo hasta que el barco abandonaba el puerto fue que, no pudiendo controlar más sus emociones, su frustración y su impotencia, lloró.

*****

Juárez aún estaba al frente del gobierno liberal cuando Benito cumplió cinco años. Una mañana Manuela lo llevó a la vieja casona construida por el bisabuelo de Alfonso, aunque fue su abuelo quien le habló de ella, y sembró en él la inquietud por conocerla. También se llamaba Alfonso y nació precisamente en la mansión, pero estaba en la pubertad cuando la abandonaron. Esta, como en otras ocasiones, Manuela y Benito, se la pasaron hurgando entre las cosas de Alfonso: planos, ropa, instrumentos de arquitectura, y daguerrotipos de la familia. Desconociendo su origen, las cosas que veían no tenían ningún significado para Benito, mucho menos para Manuela. También se entretenían jugando a las escondidas, Manuela solo tenía que seguir el rastro que dejaba el olor de Benito para encontrarlo; ya se había acostumbrado. Nunca pensó que ese olor pudiera llegar a tener consecuencias, y no le daba importancia. Cuando el juego terminó, Manuela se preguntaba con cierto temor, ¿cuál habría sido el destino del pequeño si no se lo hubieran regalado?, ¿y qué sería de ella sin él? Cuando esto vino a su mente lo abrazó y lo besó, no queriendo enfrentar una suposición que pudo haber hecho sus vidas diferentes. Lo miró a la cara y le dijo con seguridad:

—Nunca te abandonaré, siempre estaré contigo. Te lo prometo, hijo

Y volvió a abrazarlo, cuando de pronto escuchó un carruaje. Venía por el camino del pueblo, pero no lo percibió hasta que entró sobre el empedrado frente a la mansión; el resto del camino era arenoso, y ensordecía los ruidos producidos por los carruajes y los caballos. Apenas le dio tiempo de cargar a Benito, salir de prisa por un costado, y ocultarse entre la maleza.

—¡No hagas ruido, Benito! ¡Guarda silencio! —susurró Manuela, poniendo su dedo índice sobre sus labios. Le intrigaba saber qué personas llegaron a la casona; que ella supiera nadie se acercaba por ahí.

Era un coche cubierto tirado por dos caballos; el chofer se detuvo justo frente a la mansión. Poco después descendió

María Montoya en compañía de su nana, la negra Milagros, que le decía:

—¡Mira, mi niña!...aquí te encontrabas con Don Alfonso.... fue aquí donde se enamoraron... ¿Lo recuerdas? —le decía Milagros, tratando de sacarla de su estado catatónico.

María con la mirada perdida, se dejaba guiar como si fuera un títere. Repentinamente el viento cambió en dirección hacía María, pero soplaba en línea recta desde donde Manuela y Benito, se encontraban. Al aspirarlo María reconoció el olor, cambió la expresión de su rostro, y rompiendo su largo silencio, dijo:

—¡Mi hijo!...¡mi hijo! —al tiempo que trataba de encontrar de donde provenía el aroma, tal vez imperceptible para otros. Milagros trataba de tranquilizarla:

—¡Cálmate, mi niña!... Tu hijo murió hace mucho...tal vez no debí traerte aquí

María seguía buscando la fuente del aroma, cuando Manuela reaccionó temblando y llena de pánico. Hasta ese momento se dio cuenta de su indolencia ante esa peculiaridad de Benito, y de lo que podría ocurrir si era descubierta. Lo cargó y sigilosamente se alejó de ahí, huyó por la orilla del canal que daba hacía el río lo más rápido que pudo, como si fuera un animal que persiguen para darle caza. Mientras María caminaba de prisa de un lado a otro buscando inútilmente.

—¡Mi hijo está vivo!... ¡Estuvo aquí!... ¡Puedo jurarlo!

Decía rompiendo en llanto al perder el rastro, y dejándose caer de rodillas. Después de cinco años era la primera vez que hablaba, como si el aroma de Benito hubiera sido la pócima que la despertó de su silencio aletargado.

—¡Ahora sé que está vivo!... Mi hijo vive y lo voy a encontrar —agregó, cuando Milagros la ayudaba a levantarse.

—¡Vámonos de aquí, mi niña!... Ya no llores

Le decía, al tiempo que ella misma secaba sus propias lágrimas, sin comprender lo que había sucedido. Cuando se marcharon de ahí, María llevaba otro semblante: el de una mujer viva pero llena de dolor, de coraje y de impotencia.

–Tú debes saber algo, nana –le dijo a Milagros con voz serena, y determinación –, pero no importa, yo lo averiguaré... Me quitaron al único hombre que he amado en mi vida, y al fruto de nuestro amor. Pero Dios dejó en mi hijo una huella indeleble, y puedo reconocerlo entre un millón –ya no dijo nada, permaneció en silencio con la mirada extraviada.

Manuela aún temblaba cuando llegó a su casa indemne. Jadeante abrazaba y besaba a Benito, como si acabara de recuperarlo de haberlo perdido, y se juró no volver a llevarlo a la mansión. Estuvo a punto de perder al pequeño por su incuria.

El día que don Carlos le entregó a Benito, le dio una bolsita de cuero con monedas de oro, le habló de la mansión y le hizo una advertencia.

–Espero que esto sea suficiente. La casona y lo que hay en ella, le pertenece al mocoso por su padre, pero tendrás que irte de Frondoso, no te quiero por aquí, ¿entendido?

No mencionó que ya se había apoderado de los magníficos caballos andaluces de Alfonso, que valían una fortuna puestos en suelo mexicano. Jamás pisaron su casa, los llevaron pronto a Veracruz para su venta; tenía temor que María los reconociera. El día que la siguieron para espiarla, la vieron montando a lucero, y notaron su gran cercanía con el animal; hasta esos detalles triviales le habían sido informados.

Cuando Manuela volvió de San Miguel, guardó celosamente las monedas para su vejez; "el oro siempre será oro", pensaba. Sabía que la mansión, tal vez por herencia, le pertenecería a Benito, siempre y cuando, pudiera demostrarse la consanguinidad con su padre, pero era un riesgo quedarse en ella; no podía saber si alguno de su familia llegaría a reclamarla y quitársela fácilmente. Por el momento nadie, de no ser el mismo Alfonso, contaba con algún papel que pudiera demostrar su propiedad. Además, si volvía a repetirse el incidente de la casona, quizá perdería a Benito. Pensaba que hasta podrían acusarla de haberlo robado o algo peor, especialmente por la indignación de don Carlos que, al no obedecerlo, seguramente quisiera tomar represalias. Era un hombre sin escrúpulos, lo había demostrado al regalarle a su nieto, sin tentarse el corazón ante el dolor de su propia hija. Ese temor la hizo razonar, se preguntaba si la extraña mujer que, en ocasiones aparecía, tendría algo que ver con Benito, y eso le asustaba; no toleraba la idea de que pudieran arrancarlo de su lado.

Benito fue bautizado y registrado, en San Miguel, como Benito Cruz López, los apellidos de Manuela que, cada vez que veía sus papeles, se arrepentía de haber participado en el dolor de María, y se le llenaban los ojos de lágrimas; después de todo ya sabía lo que era ser madre. Era una mujer de buen corazón, aunque eso no la ablandaba lo suficiente para devolver a Benito.

El día que don Carlos se enteró que Manuela había vuelto a Frondoso, le hizo una visita pero no de cortesía. Sin bajar del caballo le estuvo llamando hasta que salió.

—¡Manuela!, ¿en qué quedamos? —le preguntó, iracundo.

—Lo siento, pero no recuerdo —contestó, con cierto cinismo.

—Que te irías de Frondoso

—¡Ah!, que me iría a San Miguel —le dijo con ironía.

—¿Y qué diablos haces aquí?

—Pues me fui a San Miguel como le prometí, y estuve por allá más de un año

—Ese no fue el trato

—Entonces, ¿cuál fue?

—Quedamos en que te quedarías por allá

—Es que ya pasó tiempo, y no creo que haya problemas. De todos modos aquí casi nadie me conoce, y estoy bastante lejos del pueblo, ¿no cree?

—Tienes que respetar lo que habíamos acordado

—Acordamos en que nadie lo viera, y nadie lo ha visto; en que me fuera y me fui, pero ya volví. Además lo registré en San Miguel —dijo, haciendo una mueca.

—Aun así tendrás que irte

—Pues no me iré. Aquí tengo mi casa y tengo todo

—Ya lo veremos —dijo iracundo.

Don Carlos dio la vuelta, y se fue de prisa fustigando al caballo. No lo hacía feliz que alguien le llevara la contraria, pero Manuela era caprichosa y nunca cedería a sus peticiones, aunque sabía que, enfrentarse a él, podría acarrearle serias consecuencias. Pero para don Carlos sería riesgoso seguir rascando por ahí, Manuela era bien conocida y, tomar represalias en su contra, podría desencadenar un acercamiento entre su hija y Benito. Muy a su pesar, por el momento prefirió dejar las cosas como estaban.

Al regresar con Milagros de la mansión, María se encerró en su cuarto, y espero que todos estuvieran dormidos. Esa noche el clima era templado, y las chicharras cantaban en una gran fiesta de sonidos discrepantes; había esperado ese momento para salir. Oculta entre la oscuridad de la noche fue directamente al cementerio. Ahí la esperaba Jacinto, el sirviente de la casa, en una carreta; llevaba una lámpara grande de aceite. Entraron y comenzaron a buscar la tumba hasta que dieron con ella, estaba cerca de la de sus abuelos pero no lo suficiente. "En verdad que el odio de mi padre es tan grande, que hasta muerto lo quiere lejos de la familia", pensó. Jacinto cargaba la lámpara y una pala, y María un pico que, por los nervios, dejó empapado de sudor por el mango. Entre ambos no pudieron remover la pesada lápida; Jacinto cavó a un costado poco más de un metro, posteriormente lo hizo por debajo de la tumba. Después de un tiempo por fin topó con una caja que sacó con dificultad. María temblaba de pies a cabeza y su corazón latía apresuradamente. Tenía que estar segura, saber la verdad, aunque era una verdad que en el fondo ya conocía, el inconfundible aroma de su hijo no pudo haberla engañado; solo quería cerciorarse. Cuando Jacinto abrió la caja descubrieron un saco de arena envuelto en mantas. María rompió en llanto con mezcla de risa y de alivio, como si fuera un tapón de vino espumoso que liberó sus sentimientos en ese instante.

Después de unos momentos dejó de llorar, y su mirada quedó vacía, perdida en el espacio. Jacinto se sintió solo, María no hablaba y tampoco respondía; volvió a su estado catatónico. Todo quedó en silencio, excepto por las chicharras que no dejaban de entonar su canto discordante. Se apresuró a enterrar la caja, pero no pudo ponerla en su lugar, la dejó en el hoyo que cavó; "pa enterrar un pinche costal de arena da lo mismo a onde"; dijo. Repentinamente comenzó a caer una ligera llovizna, se dio prisa y cubrió la caja. Finalmente ahí quedaba enterrada una mentira, la que destruyó el corazón y el juicio de María. Jacinto la tomó por el brazo, la subió a la carreta, y la llevó a su casa empapada. Al llegar la recargó frente al portón, y tocó la campanilla, cuando asomó Milagros, arreó los caballos para salir con urgencia, como si hubiera cometido una diablura; la negra salió de prisa con un manto para cubrirla de la lluvia, y abrazándola lloró. Se había hecho ilusiones, pensó que se había recuperado, y al verla nuevamente en ese estado, su decepción fue dolorosa. No soportaba la idea de que, a sus poco más de veinte años, María se encontrara en esas condiciones, y no disfrutando de la vida y de su juventud. Sentía un odio profundo por don Carlos, jamás le perdonaría su infamia. Sus lágrimas se perdían con la lluvia, cuando pasó el brazo de María por su hombro, y la condujo a su habitación. No sabía de donde venía, pero podía imaginarlo; de algo estaba segura: si María superaba su estado, no declinaría en la idea de encontrar a su hijo, y tal vez, hasta de vengarse de su padre.

Por primera vez Manuela se dio cuenta de la importancia de esconder el olor de Benito. Era un rastro tan claro para María como dibujarle un mapa; tenía que ocultarlo, era una obligación perentoria. Seleccionó entre sus hierbas las de olor más agradable y sustancialmente fuerte, para cubrir u ocultar el olor. Tomó hojas de salvia y de espliego, las hirvió en agua para obtener un concentrado, después las molió y las puso en una fina malla, oprimiéndolas hasta sus últimas gotas. Después puso a hervir en agua un trozo de tronco machacado de sándalo a fuego lento, que dejó evaporar hasta que quedó otro concentrado. Más tarde, en un frasco limpio puso un poco de alcohol que rebajó con agua hervida, un poco de raíz estragón, y le vació el concentrado de sándalo. Después le agregó unas gotas del extracto de salvia con espliego, y roció con un poco a Benito en un brazo. Pasaron unos minutos, y comparó ambos brazos. Así fue agregando el extracto hasta que el olor de Benito quedó oculto. Por último, le puso unas gotas de almizcle de venado como fijador. Anotó las cantidades en un papel y lo guardó. Era la fórmula para esconder a Benito, y cada vez que abandonaba la seguridad de su casa, lo ungía en todo el cuerpo con la poción. A pesar de todo lo que implicaba su constante preparación, nunca se quejaba, por el contrario, lo hacía con gusto; cualquier tarea era mejor que exponerse a perderlo.

Ese incidente hizo meditar a Manuela acerca de lo que el pequeño representaba en su vida, y desde ese día se volvió más cautelosa; cuando lo llevaba a la escuela lo metía hasta su salón. Cuando iba por él entraba justo un minuto antes de la hora de salida. Para su fortuna, la pobre María seguía hundida en ese lamentable estado, y, aunque a Isabel y a Milagros se les partía el corazón, el temor a las amenazas de don Carlos las mantenía en silencio. Isabel no dudaba que su marido sería muy capaz de cumplirlas.

*****

El tiempo siguió transcurriendo, y el investigador que contrató Rodrigo Linares no había obtenido ningún resultado. Viajó nuevamente a Veracruz, lo visitó en su despacho, y después de una serie de argumentos que, consideró sin fundamento, decidió prescindir de sus servicios y contratar a otro. Pero sucedió lo mismo, y en cada viaje terminaba por cambiarlos, y los años seguían corriendo, pero su amor de hermano no flaquearía hasta encontrarlo. Finalmente y, por recomendaciones del consulado español, contrató a Sergio Salvatierra. Un abogado astuto, bien relacionado, ambicioso, y con un buen equipo de investigadores que ahondaban profundamente en las pesquisas de sus casos. En ocasiones se valían de muchas marrullerías para lograr sus propósitos; "el fin justifica los medios", les decía. Tenía cuarenta años, era criollo, de ojos claros y pelo castaño; alto y delgado, vestía trajes claros de lino y algodón, que acentuaban con elegancia su posición.

–Pierda cuidado, don Rodrigo, que yo daré con el paradero de su hermano, puedo jurarlo –le dijo, muy seguro de sí, pero esa seguridad la tenía gracias a sus redes de investigación bien colocadas en lugares estratégicos.

–Eso espero, vuestras recomendaciones hablan muy bien de vos

El aplomo y la seguridad, de Salvatierra, le dieron confianza a Rodrigo. Cuando se embarcó hacia España, se recargó en el puente mientras veía alejarse la costa veracruzana, se quedó pensando en las palabras de Salvatierra, y se dijo: "no sé por qué pero pienso que él lo encontrará", y no se equivocó. Tiempo después, las investigaciones realizadas por Salvatierra dieron sus frutos. Lo habían localizado, conocía cual había sido su trayectoria en reclusión, y logró hacer contacto con él. Descubrió que su nombre había sido cambiado, y que había sido llevado con otros presos a Jalapa, a México, y finalmente al fuerte de San Juan de Ulúa, adonde penaría su condena, y en donde se inició el largo proceso de su liberación. Cada paso se convertía en una escala de dolor y de tiempo, que pesaba sobre todos los Linares. Alfonso llevaba más de trece años de injusto castigo, por la mente torcida y perversa, de don Carlos.

Salvatierra escribió a Rodrigo de inmediato, con las nuevas un tanto grises sobre Alfonso. Hubo lágrimas de felicidad y de amargura, en la familia, pero dentro de todo los tranquilizó. Estaba vivo y eso era lo importante; al no haber podido dar con su paradero durante tantos años temieron que hubiera muerto. En cuanto recibieron la carta, Rodrigo se alistó para viajar a Veracruz, esta vez solo lo acompañaba Francisco, el fiel sirviente de la casa. Semanas después arribaban en el muelle de San Juan de Ulúa. Salvatierra lo recibió feliz en su despacho, sentía que sus logros irían más allá de un simple agradecimiento; eran una familia adinerada, y seguramente habría una recompensa adicional. Estaba sentado en su sillón de piel con los brazos sobre el escritorio. Tras él había un librero repleto de archivos, y uno que otro libro. Fumaba un puro con aires de grandeza, y sus ojos claros brillaron cuando inició su larga historia para poner al tanto a Rodrigo, de los increíbles antecedentes y de su sorprendente hallazgo, inventando una que otra hazaña para dejar en claro lo laborioso que fue el desarrollo de la investigación. El principal problema para dar con su paradero fue ocasionado por el cambio de nombre. Cuando fue detenido dijeron que se llamaba Juan Martínez Pérez y, que quizá, él trataría de cambiarlo. Bajo ese nombre había estado de penal en penal, pero a través de sus exhaustivas indagaciones logró hacer el descubrimiento; Rodrigo estaba feliz. Al fin, después de tantos años de dolor, Alfonso aparecía vivo y hasta podría verlo.

Al día siguiente, se presentó con el comandante encargado del castillo de San Juan de Ulúa, acompañado del licenciado Salvatierra. La noche anterior apenas pudo dormir de la emoción, y ahora no se imaginaba qué decirle a su hermano cuando lo viera, y tampoco lo que Alfonso le diría. Sin embargo lo que más afligía era flaquear frente a él, solo pensaba de qué forma sacar la fortaleza para permanecer impasible, aunque lo veía muy difícil; "las emociones nos devoran", se decía. Después de mucho tiempo de explicaciones y papeleo, les permitieron pasar. Mientras caminaban por un largo pasillo, Rodrigo iba temblando de nervios pero estaba ansioso. Cada paso que daba le costaba más trabajo sostenerse de pie, como si sus piernas se estuvieran volviendo de trapo. El escenario lo abatía, creía escuchar susurros y lamentos de dolor, que parecían haberse quedado prisioneros entre los gruesos muros de coral, que lloraban gota a gota el agua que aspiraban del mar. Había diferentes clases de reos, aunque finalmente todos estaban en pésimas condiciones. El hacinamiento en las celdas se hacía más evidente por el fétido olor que despedían. En cada pasillo había un celador en los extremos; uno de ellos lo llamó. Al fondo se distinguía una silueta delgada y marchita, esfumada en el ambiente, que mientras se iba acercando apenas se hacía reconocible.

—¡Hermano! —dijo, Alfonso efusivo, tratando de abrazar a Rodrigo entre la reja.

—¡Alfonso!, ¡hermano querido!, Pronto os sacaremos, lo prometo —le dijo Rodrigo, con la voz temblorosa y tratando de contenerse lo más que podía, pero le fue imposible, sus lágrimas escurrían incontenibles.

—Estamos trabajando, don Alfonso, de verdad lo sacaremos —dijo el abogado.

Alfonso no podía contestar, su emoción y sus lágrimas, lo enmudecieron; fue un regalo increíble y maravilloso. Ver ahí a su hermano, le parecía como un sueño, no podía siquiera expresar su dicha. Había pasado muchos años desprendido de un rostro familiar y amable que, en sus circunstancias, pensó que jamás vería otra vez. Cuando pudo hablar, comentó a Rodrigo su desgracia desde que había comenzado su tormentoso encierro, pero no necesitaba decir nada, su rostro deslucido hablaba de su martirio; el tiempo que les concedieron pronto se agotó. La despedida dejó al menos una promesa, y, durante su estancia en Veracruz, Rodrigo logró verlo en varias ocasiones, y con cada visita se restablecían los ánimos de Alfonso.

Para Rodrigo fue igual de emotivo, amaba a su hermano, y su ausencia solo le había dejado desdicha, y un gran vacío en el corazón. Después de unas semanas partió a Cádiz, pero volvió a Veracruz en otras tantas ocasiones; cada vez que lo hacía Alfonso le tenía la pregunta obligada: "¿Cuándo saldré?". Nunca quiso que su padre lo acompañara, sabía que lo destrozaría verlo en esas condiciones, y, tal vez, hasta la misma pena lo mataría.

El día que arrestaron a Alfonso, fue una mañana muy temprano. Estaba afuera de la mansión cuando llegó un pelotón de soldados a caballo. Sin más, desmontaron y lo tomaron preso. Les pidió una explicación pero en vez de darla lo golpearon. Ninguno tenía una mente capaz de reflexionar o concordar, solo su prepotencia uniformada; cualquier intento de razonar con ellos hubiera sido inútil e incomprensible. Apuntándole con los fusiles, lo amenazaron con dispararle si se resistía al arresto. Catearon la mansión buscando las perlas, al no encontrarlas lo llevaron directo a San Miguel, en donde, sin juicio previo, fue a parar a una celda. Por más que lo exigió no le concedieron ningún derecho. Ahí lo tuvieron más de tres años. Los primeros días pensaba que vivía una pesadilla, al paso del tiempo un infierno; lo trataban como animal. La comida era la misma todos los días: caldo, con papas que acompañaban con un trozo de pollo, carne o pescado, frijoles y tortillas. El desayuno y la cena: una pieza de pan y café, y cuando estaban de buenas, casi nunca, les daban gordas con frijoles. Por la mañana agregaban una fruta, plátano o naranja, y a pesar del calor extenuante, se les racionaba el agua a tres vasos por día. Todos los domingos permitían el baño de los reos para visitas dominicales. A él lo privaron de todo privilegio, pero al menos tenía derecho al baño semanal. Había otros reos en su celda: Andrés, un anciano acusado de haber violado a su cuñada menor de edad; llevaba preso más de diez años. Se juraba inocente, que lo habían acusado su esposa y su suegra, para despojarlo de sus bienes dejándolo en la ruina. El otro era Jesús, un mulato acusado de homicidio; hacía cinco años que lo habían arrestado. Durante una pelea mató a dos sujetos que violaron y asesinaron a su hermana; no se arrepentía, decía que si tuviera oportunidad volvería a hacerlo. Ambos hicieron su estancia menos difícil, desde que llegó se llevaron bien, lo respetaban por su carisma y cultura, les gustaba que les hablara de historia y otros temas, principalmente de Europa. Estaban en la zona de "los especiales", como llamaban a los peores: insurrectos, asesinos y violadores.

A la muerte de don Emilio Espinosa al caer de un caballo, lo sucedió en la alcaldía de San Miguel: don Abelardo Rodríguez. Tratando de evitar el hacinamiento en la pequeña prisión, estudió con detenimiento los expedientes de los presos para enviar a algunos a Jalapa, entre ellos a los que penarían una larga condena: "los especiales". Al revisar el expediente de Alfonso bajo el nombre de Juan Martínez Pérez, pensó que podría ser un riesgo tenerlo en San Miguel, finalmente alguien tendría que rendir cuentas, y no deseaba cargar con culpas ajenas. Presentaba varias anomalías, entre las que faltaba integrar la parte acusadora, declaraciones de testigos, juicio, sentencia, etc., además de que los cuerpos nunca aparecieron y el móvil tampoco. Había un escolio con el nombre de un ex alcalde de Frondoso anotado en una esquina: Carlos Montoya; eso le dio la clave del enredo. Jamás simpatizó con él, sabía que era un hombre a los que les gustaba comprar a la gente, y le debieran favores para después cobrarlos con intereses; seguramente había comprado a Espinosa. En varias ocasiones escuchó de sus fechorías cuando tuvo a su cargo la alcaldía. Prefirió darle la vuelta, y también enviar a Juan Martínez Pérez. Decidió quedarse con los ladrones, borrachos, pendencieros y algunos otros. Aquellos que su sentencia era corta, y no implicaban ningún riesgo para su carrera política. Finalmente, "los especiales" fueron reinstalados en otras prisiones del estado, comenzando por Jalapa.

Alfonso estuvo otro tanto en Jalapa, pero algunos eran enviados a México y muchos, entre viaje y viaje, terminaban en San Juan de Ulúa como los presos políticos. Por ser extranjero y, acusado de asesinar a dos mexicanos, le dieron el mismo tratamiento que a los enemigos del gobierno. Después de seis años de haber sido arrestado y bajo un nombre ficticio, llegó a San Juan de Ulúa. Solo los reos, sus compañeros de celda, conocían su verdadero nombre, y por los que, finalmente, los hombres de Salvatierra lograron encontrarlo. Ahí las condiciones no eran mejores, compartía la celda con reos de toda clase: ladrones, criminales, políticos insurrectos, etc. Nunca fue cambiado de celda, convivió con algunos condenados que desde que llegó cumplían sentencia, y continuarían ahí por varios años más. En momentos pensó que jamás podría salir de ahí, al menos con vida.

Cierta noche los reos de su celda en confabulación con un celador, lograron escapar. Estuvo tentado a seguirlos, ansiaba ser libre únicamente para encontrarse con María, pero no deseaba convertirse en un prófugo inocente, y dejó pasar la oportunidad. Entre la oscuridad apareció una sombra que caminó hacia su celda, abrió la reja, y uno a uno comenzó a escabullirse sigilosamente, hasta que se quedó solo; los demás se lanzaron al mar. De pronto se escuchó un silbatazo seguido por disparos; los habían descubierto. Algunos fueron muertos, otros detenidos, y otros simplemente desaparecieron en el mar, nadie podía asegurar si alcanzaron la playa y lograron escapar. Tal vez murieron en el tiroteo o quizá por los tiburones, solo cuatro quedaron en la celda; ocho no volvieron.

Cuando pasaba los peores momentos pensaba en María. Aunque la sabía de memoria, leía su carta una y otra vez. Reconstruía cada día que pasaron juntos. Lo hacía con tanta

vehemencia que, por momentos, su mente abandonaba totalmente su cuerpo, como si sufriera un desprendimiento que se
llevara a su alma viajando a otra dimensión, lugar y tiempo,
sin la pesada carga de su cuerpo atormentado. Había logrado
revivir cada minuto a su lado, recordar cada palabra, cada gesto, cada caricia, y cada aroma que emanaba de María; podía
disfrutar y sentir a través de su mente. En ella se refugiaba
para vivir otra vida, una más feliz. Su inconmensurable amor
por María obró milagros en su desgracia, mitigando su dolor,
y haciendo soportable su existencia.

*****

Los años siguieron avanzando. El presidente Manuel
González tenía dos años en el poder, cuando Benito era un
adolescente, pero los excesivos cuidados de Manuela lo habían
privado de una vida un tanto normal en jóvenes de su edad.
Salió de la secundaria y estaba terminando de estudiar la preparatoria. Después deseaba realizar sus estudios de medicina
en el Puerto de Veracruz.

Un domingo en la mañana, al despertar más tarde que de
costumbre, Manuela notó la ausencia de Benito; se vistió y
salió a buscarlo. De pronto, tras unos arbustos muy cerca del
río notó que algo se movía, pareció reconocerlo y lo llamó,
pero al escucharla salió huyendo; Manuela no se imaginaba
que ese día cambiaría su vida para siempre. Se acercó tratando
de averiguar lo que hacía, cuando escuchó la voz de una mujer
canturreando alegremente una melodía. Llegó muy cerca de la
orilla, se fue escurriendo hasta donde le pareció verlo, y observó discretamente, haciendo a un lado una de las grandes hojas
tras las que Benito se ocultaba; las llamaban orejas de elefante.
Descubrió a una joven desnuda bañándose en el río. Era de
cabello largo, de facciones finas y delicadas, ojos grandes y
expresivos; delgada pero de figura armoniosa y bella. Cuando
soltó la hoja su mano estaba empapada, al verla se dio cuenta
de lo que Benito había estado haciendo; excitado por la desnu-

dez de la joven se había masturbado. Lo que había en su mano era semen, sin embargo el aroma que despedía era exquisito, la inconfundible fragancia de flores igual que el aroma de su cuerpo. Se disponía a limpiarse la mano, cuando recordó lo que decía doña Clotilde, una de sus clientas más asiduas: "yo me pongo el semen de mi marido en la cara, para mantener el cutis joven". El aroma era tan agradable como si fuera una crema perfumada. Sin más se lo untó en el rostro pensando en que, si no mejoraría su cutis, tampoco lo empeoraría. Terminó de ungirlo y marchó rumbo a su casa. Cuando ambos estuvieron de regreso no hizo ningún comentario, preparó el desayuno y charlaron. El resto del día sintió una ligera comezón en su mejilla, pero no prestó mayor importancia.

Al otro día se iba a peinar cuando se descubrió frente al espejo. Se tapó la boca para ahogar un grito de dicha, no podía creer lo que veían sus ojos, y temblando se llevó la mano al rostro. La horrible cicatriz que fruncía la piel de su mejilla, jalaba el ojo y distorsionaba su boca, había desaparecido, solo quedaba una ligera manchita como una línea muy fina, casi imperceptible. Se habían regenerado todos los tejidos volviendo a su forma original. Incrédula se veía una y otra vez, y se pellizcaba para cerciorarse de no estar soñando. De pronto vino a su mente la causa: el semen de Benito. La invadió una enorme dicha, a ello se debía el milagro y lo tenía en su propia casa; temblaba de pies a cabeza de la emoción. Benito también quedó muy sorprendido al verla, pero frente a él, Manuela dio todo el crédito a sus brebajes, argumentando: "es una de mis últimas mezclas con las hierbas que por fin está dando resultado".

Le parecía un sueño, se contemplaba feliz y le parecía verse hermosa, había añorado durante muchos años verse así, sin ese horrendo chirlo que era un estigma lleno de dolor. Había odiado a la gente que la veía como si fuera una apestada, incluso a sus amistades añejas que, con semejante cicatriz, la veían como un bicho raro, pero ahora todo había cambiado y gracias a su hijo. Apenas pudo esperar a que Benito volviera a escabullirse con rumbo al río, cosa que no ocurrió sino hasta el domingo siguiente, pero toda la semana estuvo pensando que hacer con tan maravillosa panacea.

El domingo despertó mucho antes que Benito pero se quedó en la cama fingiéndose dormida, y suponiendo que de un momento a otro, se levantaría para espiar a la muchacha. No se equivocó, Benito despertó y sigilosamente se dirigió al mismo lugar. Manuela se vistió con urgencia, lo siguió a cierta distancia ocultándose, y rogando a Dios porque que la jovencita se estuviera bañando. Después de un rato se puso feliz, cuando escuchó la dulce voz tarareando una melodía. Esperó pacientemente, y cuando Benito abandonó el lugar, se acercó de prisa a recolectar el preciado líquido. Cuando llegó lo buscó con especial atención, y con extremo cuidado lo fue vertiendo en un frasquito limpio. Estaba en cuclillas terminando de recolectarlo, cuando notó un rasguño en su pie, hecho quizá por alguna planta. Con el residuo que quedaba en una hoja lo cubrió, y ante sus ojos se hizo la magia: el pequeño rasguño desapareció sin dejar rastro alguno. Temblando emocionada arrancó la espina de una rama, se sentó, descubrió sus piernas, y en uno de los muslos enterró la punta, con los nervios ni siquiera sintió dolor. Limpió la sangre y una vez que secó la herida, volvió a repetir la misma operación, la ungió con un poco de esperma, y el milagro se hizo de nuevo; la herida desapareció sin dejar rastro. Apretó el frasquito, lo besó y lo ocultó entre sus senos. Estaba feliz, era poseedora de un elixir maravilloso que sanaba las heridas y borraba cicatrices, pero muy pronto le descubriría otras propiedades.

Al día siguiente no dejaba de pensar en todo lo que podría hacer con ese líquido mágico, al mismo tiempo que ocupaban su mente una lluvia de interrogantes: si Benito descubriera su don extraordinario; si la muchacha ya no se bañara en el río;

cómo mejoraría su vida una vez que empezara a aplicarlo como parte de sus remedios, etc., aunque por otra parte, reflexionaba si realmente estaría preparada para tal acontecimiento, pues aunque humilde le gustaba su vida.

Cerca del mediodía se encontraba de compras en el mercado, cuando topó con una muchacha en el puesto de las verduras que llamó su atención; llevaba el brazo izquierdo vendado, y descansando sobre un lienzo en forma de cabestrillo. Era joven, guapa, de magnífica figura y de origen humilde, su semblante no era bueno, el dolor marchitaba su rostro, y de cuando en cuando lo descomponía con muecas de aflicción. Sin titubear se acercó a ella, y le preguntó:

—¿Qué te pasó en el brazo, muchacha?

—Me mordió un caimán —contestó.

—¡Santo Dios!... ¿Y cómo fue que pasó?

—Fuimos a nadar a la ensenada, en la parte baja del río, y me salió uno que me agarró por el brazo, gracias a Dios no era de los grandes. Mi primo le dio un machetazo en a cabeza y me soltó, pero me hizo heridas que no se han querido curar

—¿Puedo verlas? —le preguntó, ansiosa por saber si podría probar con ella su reciente hallazgo.

Cuando la joven descubrió su brazo, Manuela titubeó; este presentaba no una sino varias heridas grandes producidas por los colmillos, que, además de haber desgarrado la piel, estaban infectadas. Si seguían con ese tratamiento, en un par de semanas estaría lista para una amputación del brazo.

—¿No te han llevado con un doctor?

—Pos como no tenemos dinero, me ha estado curando una vecina

—¿Con qué te ha curado?

—Me lava con un jabón y té de manzanilla, después me pone alcohol y luego estas yerbas

—¿Cómo te llamas, muchacha?

—Carmen

—¿Y cuántos años tienes, Carmen?

—El sábado cumplí diecinueve, señora, ¿usted sabe curar?

—Tal vez pueda curarte. Ve a mi casa mañana a las cinco. ¿Sabes dónde vive Don Tobías?

—Sí, señora

—Bueno, pues de donde están los platanales de Don Tobías, tomas el camino que no está empedrado y va hacia el río, al llegar a un palmar doblas a la derecha, ese camino te lleva directo a mi casa. Hay otros caminos como llegar pero cuando nunca has ido, ese es el más sencillo

—Está bien, señora. Mañana iré a las cinco

Se despidieron y, después de hacer sus compras, Manuela se dirigió a su casa un poco más de prisa que de costumbre, deseaba llegar a preparar un remedio para ver si lograba curar el brazo de la joven.

Se le presentaba una buena oportunidad para que su descubrimiento pasara su prueba de fuego, aunque en el fondo reconocía que, para ella, la había pasado con la cicatriz de su rostro. Pensaba en todo lo bueno que esto le traería, pero también en lo que podría ocurrir si no planeaba bien las cosas, y aplicaba el tratamiento adecuadamente. Lo primero que tenía que resolver era la forma de utilizarlo, lo que había recolectado era muy poco, y la herida muy grande. Por otra parte debía crear fórmulas que disfrazaran sus remedios, para confundir y no despertar sospechas en los más suspicaces; no habría explicación alguna para el poder contundente del elixir.

Una vez en su casa, se encerró en el cuartito donde preparaba sus remedios. Después de pensarlo mucho tiempo, hirvió mercadela con todo y flor; tiene grandes propiedades analgésicas, antiinflamatorias, cicatrizantes, y combate las bacterias. Cuando estaba caliente puso una parte en un tazón; antes de enfriar le agregó una gota del preciado líquido y lo mezcló. Después hirvió unos rizomas de orozuz hasta obtener una especie de extracto o concentrado; agregó unas gotas que dieron un tinte café a la mezcla. Salió del cuarto, buscó una rama seca, la quebró y tomó un pedazo. Se metió a su cuarto, se sentó en su cama nerviosa, descubrió sus piernas y, confiando en su descubrimiento, contuvo el aliento y se asestó un golpe en un muslo. Soltó el aire con un gesto de dolor, y una lágrima irreprimible escapó de uno de sus ojos; el palo tenía diversas puntas filosas que causaron una herida con varios orificios. Procedió a limpiarla, la cubrió con un paño limpio que empapó en el brebaje, y finalmente vendó la pierna. Por la noche antes de dormirse, la curiosidad la tentó, y quiso descubrir la herida, pero pensó que podía interrumpir el proceso de curación, y la dejó; sin embargo se dio cuenta de que el dolor había desaparecido. Al día siguiente apenas amaneciendo, el canto de un gallo en las cercanías la despertó. Antes de levantarse, con nervios, más que curiosidad, revisó la herida, quitó el vendaje con cierto temor, ignoraba qué efectos tendría su poción una vez mezclada y rebajada, de ello dependería la creación de muchos remedios que, además de sanar las heridas, también sanarían su bolsillo. Al descubrir la herida por poco salta de gusto, al ver que casi había desaparecido. El remedio era un éxito, funcionaba y, además, tenía un buen disfraz que evitaría cualquier suspicacia.

Por la tarde llegó Carmen llena de esperanzas, con la ilusión de que Manuela pudiera sanarla. Todas sus ilusiones se habían reducido a esa, ahora no tenía más. Por las noches casi no dormía, por leve que fuera cualquier movimiento la despertaba el dolor. No podía correr, ni siquiera caminar de prisa ni moverse con libertad; el daño iba en aumento y temía por su brazo. Ahora recordaba con nostalgia todo su pasado detrás del incidente, y lo sentía tan lejano como si hubieran transcurrido años. Se apostó anhelante bajo el almendro de afuera; el sol y el calor aún no aminoraban. De su frente manaban gotas de sudor que escurrían por sus sienes hasta su pecho. Se agachó para levantar una pequeña piedra de río, y una mueca de dolor desfiguró de súbito su rostro. Comenzó a golpear con discreción en los maderos de la reja al tiempo que le gritaba. Manuela se encontraba sola, cuando la escuchó levantó su vestido, miró la cicatriz de su muslo, la tocó con la yema de sus dedos y sonrió, se bajó el vestido y abrió la puerta.

–Buenas tardes, señora –dijo, la muchacha al verla salir.

–Buenas tardes, Carmen, ¿cómo te sientes?

–Pos peor que ayer, señora, cada día me duele más

La infección continuaba avanzando. Nada de lo que habían usado estaba resultando, y Manuela lo sabía.

–Pásale, vamos a ver si logramos curar ese brazo

–Ojalá que sí, señora, ya no aguanto los dolores –dijo, haciendo una mueca de dolor.

La hizo pasar; ambas estaban un poco nerviosas. Mientras conversaban Manuela limpió la herida con agua hervida y jabón de raíz; la pobre Carmen se retorcía de dolor. Después sumergió un paño limpio en el remedio y envolvió la herida; posteriormente la rodeó con hojas de plátano limpias para que conservara la humedad, y por último la vendó.

–Huele parecido a una cosa que me ponen cuando me curan –comentó Carmen.

–Debe ser el jabón de raíz... –contestó Manuela –te puse un remedio de gran poder curativo para que te alivies pronto, nada más procura no mojar el vendaje. Ven el próximo jueves como a las cinco, y veremos qué tal funcionó –agregó.

Carmen se fue feliz con la ilusión de aliviarse, y Manuela se quedó tranquila, segura de que su remedio funcionaría, hasta volvió a levantar su vestido para ver la herida, y sonriente meneó la cabeza con gran satisfacción. Acelerar el proceso curativo agregando más esperma, no sería prudente. No era el momento para comenzar a dar explicaciones de algo extraordinario, aunque faltaba confirmar si rebajado y, sobre una herida infectada, también funcionaba.

El jueves por la tarde, Carmen llegó con un mejor semblante. Cuando tocó, Benito abrió la puerta, y la hizo pasar, ella se le quedó mirando sorprendida; no imaginaba que Manuela tuviera un hijo y menos tan apuesto. Se ruborizó un poco, pensó que Benito había notado la atracción que le produjo. Ya no tenía los terribles dolores, y al quitar el vendaje descubrieron la razón; con profunda alegría, ambas notaron que las heridas ya no estaban infectadas y, de hecho, habían disminuido.

–¡Ya lo ves! –dijo Manuela, orgullosa y feliz –.Te aliviarás totalmente –agregó.

–¡Con razón ya no me duele! –dijo Carmen, con una felicidad desbordante.

Después de unos segundos Manuela reaccionó. Para una herida de tales dimensiones y, además infectada, no existía nada conocido que pudiera sanarla, tampoco regenerar los tejidos dañados, y mucho menos tan rápidamente.

–Espérame tantito, voy a preparar tu remedio –dijo Manuela, dirigiéndose a la cocina.

Hirvió otros rizomas de orozuz, la otra parte del remedio que quedaba la rebajó a la mitad, le vació el extracto nuevo, y procedió a curarla igual que la vez anterior.

–Ven dentro de una semana –dijo Manuela, cuando salió a despedirla.

Carmen tomó con sus dos manos la de Manuela, y apretándola cariñosamente le dijo con sinceridad:

–Muchas gracias, señora... No tengo cómo pagarle

–No te preocupes, ya encontraremos algo –dijo Manuela, sonriendo conmovida, y guiñándole el ojo.

Sin quererlo, Carmen había servido de su conejillo de indias. Era la primera paciente que trataba con su descubrimiento y, aunque aún no sabía de qué forma, estaba segura de que de alguna se cobraría, pero estaba feliz. Aun mezclado y rebajado, su hallazgo funcionaba, y eso, de momento, era mejor que cualquier pago.

En el transcurso de la semana, Manuela notó que el remedio tenía una doble función: cicatrizar las heridas y borrarlas. Si continuaba aplicándolo en una herida, llegaría el momento en que desaparecería sin dejar huella, pero si solamente lo aplicaba el tiempo necesario para sanar una herida, la cicatriz permanecería. Cuando curó la que se provocó con la rama, sanó con una sola curación, sin embargo a los pocos días mientras se bañaba, advirtió las pequeñas cicatrices, pero parecía que tuvieran años. Ese día por la noche volvió a repetir la curación, y fue entonces que desaparecieron por completo. Esto le daría la oportunidad de tratar, incluso, pacientes que, como en el caso de ella, tuvieran cicatrices añejas, y, que por estética, quisieran desaparecerlas.

Llegó el domingo, día de la recolección; era una bella mañana, y Manuela estaba despierta desde muy temprano. El gallo había cantado varias veces, y le siguieron otros menos madrugadores, pero, igual que el domingo anterior, seguía en su cama haciéndose la dormida, y esperando con impaciencia a que Benito se levantara para espiar a la joven. En su interior seguía el cierto temor de que algo pudiera suceder, y le impidiera recolectar su valioso tesoro. Como un día lluvioso, que Benito se quedara dormido, o que la joven no estuviera. Pero Benito volvió a levantarse, y tentado por su propia naturaleza, con sigilo se dirigió hacia el río; ahí estaba la muchacha, cantando en su desnudez despreocupada. Cuando Benito se marchó repitió la operación de la vez anterior, y volvió a su casa. Más tarde se la pasó meditando de qué forma obtener su elixir en mejores circunstancias: con más tranquilidad, más fácilmente, y sin que hubiera desperdicio. Tenía que asegurarse de obtenerlo periódicamente. Fue así que vino a su mente Carmen; no sabía cuando ni cómo lo haría, pero sí que le serviría para tales fines.

*****

Manuela nunca había soñado con tener fortuna, ganarse un premio, y menos aún heredar a un pariente adinerado. Su padre vivió y murió en la pobreza, y sus pocos familiares con vida eran humildes. Sabía que todo lo que obtuviera sería por su propio trabajo y esfuerzo, y, aunque son pocos los que de pronto reciben riqueza sin cambiar sus actitudes, Manuela podría recibirla en abundancia sin que ello alterara su cordura y sencillez. El futuro promisorio que vislumbraba, cayó de súbito sin siquiera soñarlo, no obstante permanecería inmutable.

Habían transcurrido más de dieciséis años desde el día en que salió de la casa de María con Benito en los brazos, tiempo que había pasado como una eternidad para María, y que, sin embargo, para la yerbera había transcurrido como un breve período de tiempo, sin precisar cuánto, solo pensaba que la vida pasaba muy rápidamente viendo crecer a Benito, que se había convertido en un mozuelo muy bien parecido, y que estaba cerca de alcanzar el metro ochenta y cinco, de la estatura de su padre.

Ahora más que nunca se congratulaba por haber aceptado quedarse con él, a pesar de que, en el fondo, no había dejado de pensar en lo que habría sufrido María al separarla de su hijo. Lo fue comprendiendo a medida que pasaba el tiempo, y su amor por él crecía todos los días. El simple hecho de pensar su vida sin Benito, la estremecía.

La pobre María ni con el paso de los años lograba quitarse la amargura; el rencor contra su padre vivía latente en sus sentimientos. Hubo un tiempo, cuando Benito era un pequeño, que el propio don Carlos, en un acto insólito de contrición, pensó buscar a Manuela para quitarle a Benito y devolverlo a María. Pensó que, tal vez, eso cambiaría su estado y volvería a ser la de antes, pero ignorante de lo que ella sabía, solo pensaba que, de todos modos no lo perdonaría nunca, y prefirió dejar las cosas como estaban. Isabel y la negra Milagros, se habían dado tiempo para hacer menos desdichada la existencia de María, colmándola de atenciones que superaban las que tenían con los otros miembros de la casa: su padre y sus hermanos, Carlos e Ismael, menores que ella. Ahora estaban casados y tenían sus propios hogares.

María aún era joven y hermosa, como si el efecto que causaron las flores durante su embarazo, hubiera dejado una huella perenne en su belleza. Hacía tiempo que se había logrado recuperar totalmente de su estado, pero, a pesar de los esfuerzos de su madre para que rehiciera su vida, con la pérdida de su hijo y de Alfonso, parecía haberse quedado sin corazón. Ni viajes, ni regalos, ni las propuestas de amor de jóvenes pretendientes, lograban entusiasmarla. Lo único que llamaba su atención era pasear a caballo de vez en cuando por la vieja mansión Linares. Se imaginaba montando a lucero, galopando con Alfonso a su lado. Recorría los mismos parajes que conocieron juntos entre la selva que, a pesar de su exuberante vida y belleza, cuando volvía a su realidad miraba con desolación y tristeza, como si fueran desiertos áridos y muertos. Se la pasaba recordando sus encuentros amorosos, con los deseos inquebrantables de vivirlos nuevamente, y la esperanza de encontrar a su hijo.

Isabel trataba inútilmente de convencerla, para que aceptara las invitaciones de algunos jóvenes pretendientes sin ningún resultado. Habló con el padre Cipriano para ver si él lograba persuadirla. No era justo que, una joven tan buena y hermosa, no se diera la oportunidad al menos, de abrir su corazón a otros caballeros que la cortejaban.

—A ver si usted puede hablar con ella, padre, aconsejarla…

—¡Pero, hija!, es cuestión de que ella se abra conmigo, si no de qué otra forma —dijo, poniendo una mano sobre la otra.

—A usted lo aprecia mucho, padre. Estoy segura de que si la aconseja ella cambiará de opinión

—Está bien, hija, veré que puedo hacer. Solo necesito que se decida a venir

—Trataré de que venga a confesarse, padre

A partir de ese día, Isabel estuvo insistiendo a María para que fuera a la iglesia. A menudo le pedía que conversara con el padre Cipriano y se confesara; "así estarás más cerca de Dios y escuchará tus ruegos", le decía. Después de tanto insistir, María decidió hacerle caso a su madre; "tal vez tenga razón, y Dios me haga el milagro", pensó.

Una tarde, María fue a la iglesia y la encontró desierta. Al ver las figuras y los cuadros con imágenes de santos, se sintió extraña, tal vez apenada; hacía muchos años que no volvía. El olor del incienso combinado con el de las maderas del altar, de los marcos y de las butacas, le traían recuerdos gratos de su infancia; muchos de alguna celebración. Se sentó cerca del altar, se persignó, y apacible comenzó a rezar, pidiéndole a Dios por Alfonso y por su hijo. Aspiraba gratamente ese peculiar olor a iglesia, como si fuera un aroma sacro que, al entrar en su cuerpo, apaciguaba su alma. Momentos después, el padre Cipriano salía de la sacristía y la vio; se puso feliz. Se frotó las manos, y se acercó a conversar con ella. Él llegó desde muy joven a la parroquia de Frondoso, fue a reemplazar el lugar que dejó el padre Lucho al morir; hacía muchos años de eso. Conocía bien a todos los feligreses, de los primeros eventos que le tocaron participar en la iglesia, fue el bautismo de María. Tenía un afecto muy especial a todos los parroquianos a los que él había bautizado; particularmente a ella por ser la primera.

—¡Buenas tardes, María! ¡Qué gusto verte, hija! —le habló, con una amabilidad que se sentía en el ambiente.

—Buenas tardes, padre —contestó, un tanto apenada.

—¿Cómo has estado, hija mía?

—Bien, padre, ¿y usted?

—También, hija. Me parece un milagro verte. Hace varios años que no te veía por aquí, ni siquiera acompañando a tu madre

—Así es, padre. A veces quisiera venir, pero…

—¿Pero qué, hija?

—Es solo que…a veces siento que Dios me abandona

—¿Por qué dices eso, hija? Dios nunca te abandonará

—Llevo años de sufrimiento, padre, y no alivia mi dolor

—Acércate a él con fe y resignación, hija mía, verás que tu corazón al menos encontrará la paz

El padre, enterado de todo por lo que pasaba María, sentía verdaderos deseos de ayudarla a mitigar su pena, pero si ella no se atrevía decirle, él tampoco podría ayudarla.

—¿No quieres confesarte, hija? Tal vez así descanse tu conciencia

—Está bien, padre

El padre se puso feliz y nervioso, como si fuera la primera confesión que recibía. Ahora tenía la ocasión de aconsejarla, siempre y cuando, ella confesara lo de su hijo; pero María terminó con sus pocos pecados y no lo hizo. Se sintió defraudado, como si María le hubiera puesto un límite a su amistad y a su confianza. Pero antes de que se levantara y abandonara el confesionario, el cura le preguntó con avidez:

—¿Eso es todo, hija mía?

—Sí, padre, es todo

—¿No hay algo más que desees confesarme? —preguntó, tratando de convencerla—. Quiero que me tengas confianza, hija, y estoy seguro de que algo te pasa. Te conozco y lo presiento, pero tal vez no quieres confesar

—Bueno, hay algo más, padre, pero…no sé si quiero confesarlo

Por fin, veía la oportunidad y la alentó con extrema amabilidad:

—Hazlo, por favor, hija, una confesión debe ser completa, total. Tenme confianza, y veme como lo que siempre he sido para ti, un amigo y tu guía espiritual. Cuéntame

—Está bien, padre… ¿Usted conoció al dueño de la vieja Mansión?

—Bueno, lo vi solo par de veces, hija. Lo recuerdo vagamente, y el escándalo del crimen por las perlas, también

—Pues yo me enamoré de él, padre, y tuvimos relaciones amorosas

—¡Hija! Fuera del sagrado matrimonio es un pecado

—Eso no es todo. Tuve a su hijo, pero mi padre se deshizo de él para que nadie supiera lo que hice. También acusó injustamente a Alfonso de haber asesinado a los lancheros, pero es inocente. Solo lo hizo para vengarse —dijo, con el rostro descompuesto.

—¿Hace cuánto de eso, hija?

—Muchos años, padre

—¿Por qué no me lo habías dicho, hija?

—Primero, por el estado en el que me puso mi padre, en segundo porque me prohibieron hablar de ello…, después, porque no me atrevía

—Caíste en un gran pecado, hija, pero tu padre hizo algo mucho peor, tal vez imperdonable. Ojalá que la justicia divina no caiga sobre él

Después de implantar la penitencia con quien sabe cuantos Padres Nuestros y Aves Marías, la aconsejó:

—María, eres una mujer joven y hermosa, debes salir, y conocer a otros muchachos para que rehagas tu vida

—No quiero a otro hombre, padre. Quiero a Alfonso Linares, él es el amor de mi vida y el único para mí

—Te quedarás a vestir santos, hija. No rehúyas a encontrar la felicidad en el sagrado matrimonio, puedes encontrar a otro hombre que merezca tu amor

—No rehúyo, padre, es solo que deseo casarme con Alfonso, y con nadie más. Si no es con él no será con ningún otro

—Bueno, hija, mucha gente viene a hablar conmigo. Te prometo que trataré de averiguar si alguien sabe cuál es su paradero

—¿De verdad, padre?

–Te lo prometo, hija

–Gracias, padre

María se fue tranquila, con la esperanza de que el padre obtuviera alguna noticia sobre Alfonso, cosa que nunca ocurriría. Pero el padre se quedó convencido de que jamás lograría que María olvidara a Alfonso Linares, algo que sí era un hecho.

*****

El día de su curación, Carmen llegó muy temprano en compañía de doña Refugio, su madre. Una mujer delgada pero recia, sus manos hablaban de duras faenas y sus ropas de humildad. Carmen se había deshecho del cabestrillo, y mostraba alegría y desenfado, resultado de una total recuperación. Cargaban algunos regalos para Manuela: una gallina, unos huevos, y una pequeña canasta de mimbre con frutas frescas recién cortadas: plátanos, nanches, guanábanas y mangos. Se quedaron bajo la sombra del almendro, en la pequeña reja que separaba unos metros a la puerta. El sol comenzaba a calcinar la tierra; amenazaba un día caluroso.

–¡Buenos días! –gritó Carmen, esperando a que saliera Manuela, golpeando la reja de madera con una piedra.

Salió Manuela, y dijo:

–¡Hola, Carmen! ¿Y ahora?, ¿por qué tan temprano?

–Es que vengo con mi mamá, que quiere darle las gracias y le trae unos regalitos. Después ella tiene quehacer

La madre de Carmen se acercó con las cosas.

–Buenos días, Manuela, soy Refugio, la mamá de Carmelita. Le vengo a dar las gracias por curar a mi hija de su brazo. Ya lo siente rete bien, y pos aquí le traigo estos regalitos –dijo, al tiempo que entregaba la cesta.

–No se hubiera molestado, en verdad no fue nada –contestó.

Las hizo pasar al cobertizo de atrás, y sacó unas sillas. Mientras conversaba con ellas quitaba las vendas del brazo de Carmen, para descubrir los prodigiosos efectos de su descubrimiento; estaba totalmente curada. Todas las heridas habían cerrado, y solo quedaban unas pequeñas costras con la apariencia de rasguños. Ambas voltearon a verse sonriendo.

—¡Ya no es necesaria otra curación! —dijo Manuela, sorprendida —, estás curada, solo vente en unos días para revisar como evoluciona la cicatriz, pero deja que las costras se caigan solas. No te las arranques porque pueden volver a infectarse —añadió.

Manuela deseaba continuar manteniendo el contacto con Carmen, era necesario estrechar lazos de amistad y cordialidad, solo así crearía la confianza suficiente para poder involucrarla en sus propósitos de recolección. Después de todo, ese debía ser el centro de su atención y preocupaciones, de ello dependería el éxito de sus remedios, o más bien, de sus "nuevos remedios".

Las invitó a desayunar, y doña Refugio, olvidando todos sus quehaceres, aceptó. Conversaron sobre el incidente que incluyó un regaño de la señora para Carmen, y la prohibición de volver a nadar en ese lugar. Doña Refugio se veía una buena mujer, tenía cincuenta años aunque aparentaba más, quizá por los efectos del sol sobre su piel, y Manuela pensó: "tal vez hasta las arrugas se desvanezcan con el elixir mágico de Benito, a lo mejor y un día hago la prueba". Cuando terminaron su desayuno, se despidieron.

—Muchas gracias, Manuela —dijo Carmen.

—¡Dios se lo pague! — dijo, Doña Refugio —, y le quedó muy sabroso el desayuno — añadió sonriendo.

—Gracias, Doña Refugio. A ver si en la semana te vienes a cenar conmigo, Carmen. Le dará permiso, ¿verdad, señora?

—Desde luego que sí, Manuela —respondió, doña Refugio con una sonrisa.

—Está bien, Manuela, vendré —y se retiraron felices.

Esa noche Manuela se acostó más temprano, estuvo pensando en Carmen. Hasta que decidió que lo ideal sería, que ella y Benito, se trataran, se enamoraran, y se hicieran novios; "Benito no dejará pasar de largo a esta joven. Finalmente todas las parejas acaban fornicando", pensó. Una vez que iniciaran, ella sería quien recolectara el elixir maravilloso. En un principio había pensado en contratar a una prostituta, pero desechó la idea. No podía gastar en viajes para conseguirla; tendría que ser de fuera. Las pocas que había en el pueblo eran bien conocidas, y, pedirles favores especiales, implicaría tener que darles muchas explicaciones por pagar sus servicios. Sin embargo y, aunque no conocía muy bien los gustos de Benito, Carmen tenía ciertas similitudes físicas con la muchacha del río, y era tácito que le gustaba. Sus ojos eran grandes y expresivos, su cabello largo, nariz recta y labios carnosos; no era tan delgada, pero la superaba en armonía, tenía una espléndida figura: de piernas hermosas, bien torneadas; las nalgas redondas y levantadas; la cintura más pequeña, y el busto más grande; "con ese cuerpo, Benito caerá pronto", pensó Manuela. Solo quedaba esperar su visita para comenzar a prepararla.

Con Carmen aprendió como usar su descubrimiento, pero había muchas cosas que aún debía aprender. Sin embargo, los milagros que habían presenciado sus ojos, eran la mejor prueba de su gran poder curativo. Fue con las mismas pacientes que con el tiempo aprendería a usarlo y a conocer sus limitaciones. Con Carmen utilizó sus remedios tradicionales, pero ignoraba que, al ponerle el producto de Benito, incrementó el poder de sus propiedades curativas, aunque no estaba muy lejos de saberlo.

Cierta tarde comenzaba a ocultarse el sol, Manuela se dirigía a su casa para refugiarse de los moscos, cuando se topó con una antigua maestra de Benito, doña Aurora; una señora entrada en años. Obesa, canosa, de piel muy blanca, y con tipo de española, que apenas podía caminar encorvada, y apoyándose sobre un bastón. Su brazo gordo temblaba como gelatina cada vez que apoyaba el bastón para dar un paso. Sus mejillas colgadas acusaban su edad, y sus ojillos que, parecían un par de capulines entre la blancura de su rostro, se iluminaron al ver a Manuela, a quien saludó con gusto:

—¡Manuela!, ¡qué gusto! ¿Cómo te va, hija?

—Buenas tardes, maestra, Bien, gracias

—Qué bueno ¿Cómo está Benito? No lo veo desde que salió de la primaria, ya ha de estar muy grande, ¿verdad?

—Sí, maestra, y usted, ¿cómo está?

—¡Ay, hija!, estas reumas que me están matando, apenas y puedo caminar

—¿Ya la vio algún doctor?

—Ya, hija, pero creo que más bien ya no tengo remedio, porque la medicina no me hace nada

—A ver si le preparo un remedio para que le ayude un poco

—Gracias, hija, aunque también es mi edad la que ya no me ayuda mucho, je je je

—No es tan grande, le prepararé algo, y se lo llevo mañana, maestra

—Pues muchas gracias, hija. Salúdame a Benito, y dile que me gustaría verlo, hace tanto tiempo que no lo veo...

—Por supuesto, maestra, a ver si él mismo me acompaña a llevarle su remedio. Hasta mañana

Cuando llegó a su casa, buscó entre sus hierbas hojas de primavera o huachata; no encontró ni una ni otra, las pocas que tenía las había usado en un remedio que le preparó a doña Concha, una de sus clientas regulares. Confiando en su elixir maravilloso, pensó que cualquier preparación sería conveniente, así que preparó un poco de té de hierbabuena, la entintó y le puso una gotita de su secreto. Al otro día, cuando Benito llegó de la escuela, le pidió que por la tarde la acompañara a casa de la maestra a llevar el remedio, y él accedió con gusto. Después de comer esperaron a que bajara el intenso calor, y partieron a casa de la maestra. Cuando llegaron, Manuela se adelantó a tocar. Era una casita blanca con un acogedor cobertizo, que adornaban varios macetones con plantas bien cuidadas; afuera y a un costado, había una enorme ceiba pegado al atrio, que contrastaba con el tamaño de la casa, pero su sombra majestuosa la mantenía fresca. La maestra salió con dificultad.

—Buenas tardes, maestra. Aquí le traigo su remedio, y también a Benito

—¡Ay, hija! Pues muchas gracias… ¡Pero mira a Benito! —exclamó, asombrada —, ¡qué grande estás, hijo!, no te hubiera reconocido, ¡estás muy guapo! —dijo, dándole un beso –, pero pasen por favor —añadió.

—Gracias, maestra —dijo Benito, un poco ruborizado.

—¿Les ofrezco una limonada?

—Sí, maestra, gracias. El calor está fuerte, pero aquí adentro está muy fresco

La maestra estaba muy contenta de verlos, tanto por el remedio como por Benito, había sido un alumno eximio; regularmente los que eran buenos estudiantes, gozaban de todo su aprecio. Estuvieron charlando varios minutos, hasta que decidieron marcharse.

—Bueno, maestra, ya nos vamos. Ahorita se toma el té, una parte en la noche, y el resto mañana

—Está muy bien, hija, te lo agradezco mucho

—Yo vendré a verla mañana para ver cómo siguió

—Hasta mañana entonces, hija. Adiós, Benito, me dio gusto verte —le dijo a Benito, dándole un beso.

—A mí también, maestra —contestó.

La maestra siguió las instrucciones de Manuela, no obstante, al otro día que volvió a verla, las molestias aún persistían como si no hubiese tomado nada.

—¿Segura que se lo tomó cómo le dije? —preguntó Manuela, incrédula.

—Sí, hija. Me tomé la primera tasa luego que te fuiste, después por la noche al acostarme, y por último en la mañana

"Algo está mal, tal vez el remedio no sirvió, posiblemente la poción ya está caduca", pensó Manuela.

—Bueno, maestra, le traeré un remedio más potente que este

—Está bien, hija, no te apures

Salió malhumorada y un tanto decepcionada. Su remedio era infalible, pero no sabía durante cuanto tiempo podría ser útil o si ingerido también daría resultados, aún no lo conocía del todo. Cuando llegó a su casa lo primero que hizo fue cerciorarse. Arrancó una espina de un limonero, se metió a su cuarto y se la enterró en un muslo, limpió la sangre y se puso una pizca de su pócima mágica: cerró de inmediato. Algo estaba mal, no se explicaba. Por momentos hasta llegó a pensar que era una locura, que solo a ella se le había ocurrido que funcionara de esa forma. Pero de pronto recordó que había omitido las hojas de primavera, el remedio lo preparó con hierbabuena, y tal vez a eso se debía; nada perdería con hacer un nuevo intento. Salió a conseguir las hojas o en su defecto un sustituto; podía escoger entre casi treinta diferentes. Hizo una infusión concentrada con ayahuixtle, una planta con grandes propiedades para tratamientos reumáticos. Le agregó una gota del líquido mágico, y regresó con la maestra. Ahora saldría de dudas, si su elixir también funcionaba ingerido en forma de té. Conversaron unos momentos, y le entregó el remedio.

—Maestra, este remedio es mucho más fuerte, tómelo igual que el otro, y mañana vengo nuevamente a ver cómo le fue ¿De acuerdo?

—Gracias, Manuelita, no te hubieras molestado, hija

—No es molestia, maestra. Hasta mañana

Para ciertos tratamientos su panacea necesitaba de un vehículo, una especie de canalizador que le indicara el camino. La hierbabuena se usaba para remedios digestivos, no tenía relación alguna con el reumatismo; "tal vez esa fue la falla", meditaba. Al otro día en la mañana, estaba ansiosa por comprobarlo; esta vez el efecto fue contundente. La maestra se sentía tan bien que caminaba sin la ayuda del bastón. Manuela descansó, se sintió aliviada al ver que los mágicos poderes del remedio habían dado un resultado extraordinario, aun ingeridos.

—¿Cómo se sintió, maestra?

—¡Me siento de maravilla, Manuela! ¡Dios te bendiga, hija!

Eso fue lo último que escuchó Manuela, cuando se marchó triunfante de casa de la maestra. Estaba feliz, lo que veían sus ojos no podían engañarla, y ahora sabía en qué forma trabajaba su elixir. Si lo aplicaba sin mezcla en la zona afectada, actuaba de inmediato, siempre y cuando, tuviera un ingrediente que le indicara el camino; si era rebajado, también tenía que prepararse con un remedio específico. En ambos casos, su descubrimiento incrementaba el poder de los ingredientes cientos o miles de veces, en uso interno o externo.

*****

Desde tiempos inmemoriales, las parejas han buscado la forma de tener relaciones sexuales, sin el riesgo de contraer una enfermedad venérea, pero también para evitar un embarazo. Se han utilizado diversos remedios, fórmulas y otros métodos añejos, entre los que se encontraba el condón (del latín condus, que significa receptáculo). Este era elaborado con vísceras de animal: mollejas de aves o tripas de carnero. Fue utilizado siglos atrás, pero, además de no ser agradable e higiénico, su seguridad era precaria; sin embargo era una posibilidad que no debía descartarse. Algunas de las mujeres que la visitaban para comprar sus remedios los habían usado con éxito, ella no tendría por qué ser la excepción. Una vez que se decidió, consiguió lo necesario para su elaboración usando su ingenio y habilidades, para mejorarlos. Compró tripas de carnero, semillas de lino, nueces y semillas de colza. Lavó las tripas, y las cortó en trozos un poco más grandes del tamaño de una cuarta de su mano, los lavó y los metió en alcohol para desinfectarlos. Después los secó a la intemperie, sin que les diera el sol. Más tarde elaboró dos tipos de aceite, uno de semillas de colza y otro de nuez. A ambos les agregó un poco de polvo de semillas de lino como suavizador - Del lino se extrae un aceite que, por su secado rápido, se utiliza como mezcla en la preparación de pinturas artísticas, sin embargo, con sus semillas se elabora una especie de harina, que se usa como suavizante en cataplasmas emolientes -, posteriormente puso unos trozos de tripa secos en el aceite de nuez, otros en el de colza y cerró los recipientes. Difícilmente escapaban de sus conocimientos las propiedades de un vegetal: plantas, árboles, semillas, raíces, etc., pero nunca había pensado utilizarlos para tales fines.

Transcurridos un par de días los revisó. Los que estaban en aceite de nuez no habían logrado conservarse del todo, en cambio los que puso en aceite de colza, aunque su tonalidad varió un poco, se encontraban en buenas condiciones: olor, tacto y resistencia; pasaban la prueba. Les hizo un pequeño nudo en uno de los extremos, y finalmente los obsequió a varias de sus clientas que buscaban remedios para evitar el embarazo, con las recomendaciones necesarias para su buen uso.

Días después, una noche tórrida y quieta, arrullada por el canto inagotable de las chicharras, Manuela dormía plácidamente cuando la despertaron los gritos desesperados de Carmen. Se incorporó asustada, encendió una lámpara, y aún amodorrada se acercó de prisa a la puerta.

—¿Quién es? – preguntó desde adentro.

—¡Soy yo!... Carmen... Mi mamá se está muriendo, Manuela, tiene que venir —le dijo, con voz sollozante.

Manuela abrió la puerta y salió de prisa.

—¡Cálmate! ¿Qué le pasa a tu mamá? —preguntó.

—Estuvo mala todo el día, pero ahorita ya ni siquiera puede ni moverse por el dolor de estómago

—Yo no soy doctora, Carmen. Tienes que buscar al doctor, quien sabe que sea lo que tenga – contestó, Manuela.

—Ya fui a buscar al doctor y no está, se fue a San Miguel pero usted puede curarla. Sus remedios son muy buenos, venga a verla por favor –imploraba Carmen, tomando a Manuela de una mano.

Manuela con gran nerviosismo, no se atrevía a contestar nada. Guardó silencio por varios segundos, mientras su mano trémula sostenía la lámpara de aceite, iluminando el rostro angustiado de Carmen, y hacía brillar las gotas escurridizas que manaban de sus ojos. Se presentaba una nueva oportunidad para seguir en contacto con Carmen, y también para probar su hallazgo, pero temía descubrir que su efectividad no fuera contundente en este caso. No sabía ni qué preguntas podrían aproximarla a un diagnóstico, pero guiada por su instinto, accedió:

–Bueno, está bien ¿En dónde tiene el dolor?...

–En esta parte –dijo Carmen, señalándose el estómago a la altura del ombligo.

–¿Empezó con vómito o diarrea?

–Con diarrea y el cólico del estómago, luego con vómito

–¿Está muy caliente?

–Está hirviendo –agregó.

–Espérame aquí, ahorita nos vamos para ver que podemos hacer por ella

–¡De prisa, Manuela! –dijo Carmen, estaba tan desesperada que ni siquiera se sentó en la hamaca del atrio, se la pasó de pie caminando de un lado al otro y tronándose los dedos.

Lo único que necesitaba, era dar con el vehículo adecuado para su panacea. Por la diarrea, el vómito y la temperatura, sabía que era una infección intestinal, pero ignoraba si podría ser mortal. Se decidió por el arándano, y mientras se vestía lo puso a hervir. Por sus propiedades antibióticas y astringentes, entre otras, regularmente la usaba para múltiples trastornos gastrointestinales. Después le vertió un poco de extracto de orozuz para entintarlo, y finalmente le agregó una gota completa de la magia de Benito. Lo mezcló y lo vació en una botella. Minutos después salió y dijo:

—¡Estoy lista!, ¡vámonos!

Se fueron de prisa a casa de Carmen, casi corriendo. Manuela solo pensaba en su remedio pero de pronto la asaltaba una duda, tal vez estaba confiando demasiado, y no podía estar segura de su efectividad, pero también pensaba en lo que había visto, y eso le devolvía un poco la confianza. Después de unos minutos llegaron jadeantes. Manuela ya no sabía si era por la fatiga o por los nervios, quizá por ambas. Carmen tomó una taza de la cocina, y se dirigieron a la habitación de su madre. Cuando entraron, el cuadro no era alentador. Doña Cuca, como era conocida Refugio, presentaba un serio estado de gravedad que solamente Manuela no pronosticaba un desenlace fatal. Una veladora encendida sobre una mesita, parpadeaba frente a una imagen de Jesucristo; una lámpara en el buró iluminaba sutilmente el entorno, pero se apreciaba el rostro desencajado y mustio de doña Cuca. Estaba claramente deshidratada, tenía la frente y las mejillas, perladas de sudor, tal vez por la fiebre o el calor. Había un nauseabundo olor a vómito y diarrea, y, por añadidura, los hermanos menores de Carmen, un niño de trece años y una niña de once, no dejaban de llorar. Permanecían frente a la cama de su madre, mientras su abuela rezaba de rodillas frente a la imagen, con los ojos rojos e hinchados por el llanto. A diferencia de doña Cuca, era una mujer obesa, de pelo blanco y espaldas fuertes, y, mientras elevaba sus plegarias, temblaba notoriamente, aunque más por la posición que por los nervios. Al ver a Manuela solo volteó a verla, e inclinó la cabeza sin interrumpir sus oraciones.

—¡Manuela, gracias por venir! —dijo, con dificultad doña Cuca, que apenas podía hablar y abrir los ojos.

—No hay de qué, doña Cuca, quiero se tome esto

Sin conocer con precisión la sintomatología que presentaba un cuadro de tifoidea, cólera u otra afección, lo primero que le había venido a la mente fueron los intestinos, y esperaba no equivocarse. La enderezó y le dio a beber el remedio. Esta vez rezó fervorosamente pidiéndole a Dios que su pócima funcionara, principalmente por comprobar la efectividad o limitaciones de su descubrimiento, pero también porque Carmen y doña Refugio, le agradaban. Eran buenas personas, y el gesto de amabilidad que tuvieron al llevarle los regalos de agradecimiento, la había conmovido.

Mientras el remedio hacia su efecto, Carmen aseó el cuarto, Manuela tranquilizó a los niños y los llevó a su habitación que, de tanto llorar, ya no tenían lágrimas. Al cabo de un rato se quedaron dormidos. La abuela terminó con sus rezos, las rodillas adoloridas, y también se fue a recostar, pero doña Cuca seguía quejándose. Manuela se sentó sobre una hamaca pero estaba desesperada, ansiosa por los resultados que no se manifestaban. Cuando pensaba que su remedio no funcionaría para sanar a la enferma, pensó volver a su casa y preparar otro, pero la voz de Carmen la detuvo.

–¡Mire, Manuela!, ¡ya se quedó dormida! –dijo Carmen, al tiempo que Manuela se levantó de la hamaca y fue tocar su frente.

Notó que la temperatura había descendido por completo, y doña Cuca dormía con sosiego. Respiró profundo y con tranquilidad, se dio cuenta de las enormes virtudes de su elixir, y no pudiendo contenerse más, escaparon de sus ojos unas lágrimas de emoción. Lloró al descubrir los extraordinarios beneficios del remedio, pero también porque en ese momento se dio cuenta de que, sin ser médico o una santa, seguramente había salvado una vida; en realidad así fue.

A pesar de haber transcurrido tan solo unas horas, cuando comenzó a clarear las cosas eran diferentes. Excepto Manuela, todos dormían a pierna suelta incluyendo a doña Cuca, que lo hacía plácidamente. Manuela la despertó con suavidad, la enderezó para darle lo que restaba del remedio, y se regresó a la hamaca; en unos minutos más ambas se quedaron profundamente dormidas. Horas después doña Refugio se despertó, aunque todavía se encontraba un poco mareada y débil, por los efectos del día anterior, las molestias habían desaparecido por completo; sentía que había vuelto a nacer. Agradeció a Manuela con un sincero reconocimiento una y otra vez, el haberla sanado; "sentía que me moría, Manuela", le dijo, y de hecho lo estaba. Después de convidarle un buen desayuno, Manuela se fue a su casa; estaba feliz. Las virtudes de su secreto, poco a poco iban evidenciando su gran poder curativo y mágico.

No había obtenido ninguna ganancia por sus curaciones; "el dinero no lo es todo en la vida", se decía, justificando su altruismo. De todos modos pensaba que había tenido la oportunidad de usar sus remedios, y mejor aún, conocerlos y comprobar su efectividad en casos extremos: eso era elemental y necesario. Se resignaba tomándolos como una práctica que la preparó para casos aún más difíciles. Ahora necesitaba encontrar la forma de que, las personas del pueblo con mejor posición, se enteraran de los grandes poderes curativos de sus remedios. Si bien tenía las ganas y el ánimo de aliviar, también era cierto que aspiraba a una vida mejor para ella y Benito.

La abuela de Carmen por su cuenta, con su natural boca floja comenzó a trabajar para Manuela sin proponérselo. A todas las señoras con las que se encontraba, en cualquier parte a donde fuera, entre sus chismes más frescos les contaba la gravedad de Refugio, y los efectivos remedios de Manuela; "yo la daba por muerta, y me la sacó adelante con sus remedios", les decía. Ello comenzó a rendir sus frutos, y Manuela comenzó a incrementar sus ingresos. Periódicamente le llegaban enfermas del estómago, reumáticas, y de varios otros males, a solicitar sus remedios.

Había transcurrido algún tiempo desde que Manuela obsequiara los condones, era el momento de verificar sus resultados. Comenzó a visitar a todas a quienes los había repartido, y con gusto comenzó a comprobar su efectividad. Bajo sus propias indicaciones, solamente debieron usarlos cuando estuvieran en los días de procreación, y posteriormente a la eyaculación quitarlos enseguida. Para su fortuna todos fueron puestos a prueba durante ese período, y dieron resultado. Las usuarias que sirvieron de conejillas de laboratorio, hasta le pidieron otros más para continuar sus relaciones sin riesgos. Ahora los podía elaborar bajo pedido, y, aunque esa no había sido su principal finalidad, eran otras entradas extras con las que no contaba.

Cierta mañana se dirigía a casa de una de sus clientas a llevar unos condones, no había caminado más de un par de cuadras cuando se topó con Carmen. La saludó tan efusivamente como si se tratara de alguien muy querido, y que hacía mucho tiempo no veía, pero Manuela solamente miraba en ella al instrumento de su recolección.

–¡Manuela, qué gusto me da verla! –dijo, abrazándola con verdadera alegría.

–¡También me da mucho gusto verte, hija! –Contestó, al tiempo que apretaba entre sus manos el recipiente que contenía los condones. Como acariciando la llave que le abriría las puertas a su tesoro.

–Ahora iba a su casa saludarla y a que viera mi brazo. El otro día con lo de mi mamá, ni siquiera nos acordamos, pero, ¡mire que bien me quedó! ¡Ya no tengo ni las costras! –Dijo Carmen, mostrando su brazo.

Manuela observó con detenimiento las pequeñas cicatrices que habían quedado en el brazo, parecían estrías o rasguños añejos. Sabía cómo desaparecerlos pero no lo mencionó. Solo recordando la herida infectada podía contemplar los efectos maravillosos de su remedio. Mientras platicaban pensaba en qué forma hablar con ella sin abochornarla, y menos ahuyentarla. Pero pensó que, después de todo, no era un pecado hacerla de cupido. La invitó a su casa para poner en marcha su plan de recolección.

—¿Por qué no me acompañas a dejar este remedio con la señora Sara?, de ahí nos vamos a la mía a tomar un cafecito, y a platicar un rato —le preguntó, ansiosa.

Carmen recordó a Benito, y se quedó pensando por un momento en sus quehaceres; finalmente no eran tantos y podría hacerlos después, aunque se sumaran a los "después" del día anterior, al fin eran cosas sin importancia que siempre estaba postergando.

—¡Está bien!, la acompaño

Acompañó a Manuela a casa de Doña Sara. Era una construcción blanca de un piso, con un gran jardín por la parte de atrás. Al frente, un portón de madera con la parte de abajo carcomida en una esquina, como una especie de agujero, y a ambos lados había algunos arbustos de azaleas y pensamientos. Cuando tocó en la puerta, un perro sacó el hocico por el hoyo de abajo y comenzó a ladrar; parecía una rata asomando en su madriguera. Doña Sara se asomó por la ventana; esperaba sus preservativos desde el día anterior. Poco después abrió la puerta, y salió seguida de un perro blanco con manchas cafés, que no paró de ladrar hasta que lo acalló de un trapazo.

—¡Cállate, pipo! —dijo al perro, y saludó a Manuela —¡Hola, Manuelita!

—Buenas, Doña Sara. Aquí le traigo su encarguito

—¡Qué bueno que me los traes!... —dijo, Doña Sara —los estaba esperando desde ayer... Hasta mi viejo me preguntó por ellos, porque andaba ganoso, ¿sabes?, pero ahorita sin esto, nos fregamos... ¿Cuánto te debo?

Manuela pensaba que, las cosas que traen consigo grandes satisfacciones, tienen un valor especial y contestó:

—Lo que usted crea conveniente para tener relaciones cuando quiera, sin riesgos de quedar preñada —dijo, guiñándole un ojo.

Sara se quedó pensando unos momentos en el razonamiento de Manuela, y entró a la casa; salió con una pequeña bolsa, sacó unas monedas, y se las entregó.

–Ya te iré a buscar cuando necesite más, que espero sea muy pronto –dijo, guiñándole el ojo –. Adentro, pipo –le dijo al perro mientras se metía sonriendo, y tras ella el perro muy ufano, meneando la cola y viéndolas de reojo con desdén.

Carmen intrigada comenzó a interrogar a Manuela: "¿Qué es eso?, ¿para qué sirven?, ¿cómo se usan?", sin imaginar siquiera que fue ella quien propició su elaboración. Manuela evitó las preguntas prometiendo una explicación posterior.

Mientras se dirigían a su casa, Manuela reflexionaba sobre la forma de abordar el tema con la chica, y cuando llegaron se sentaron en el cobertizo que daba al río. Estaba un poco nerviosa, pero con su acostumbrado aplomo y sin titubear, se decidió.

–¿Le pongo azúcar a tu café?

–Una, por favor

–Creo que ya conoces a Benito, mi hijo –dijo, mientras le daba el café y se sentaba junto a ella –, Carmen asintió con la cabeza, y continuó Manuela –. Cómo verás es un jovencito bien parecido, guapo, espero te guste porque te voy a pedir un favor

–¡Usted dirá!

–Me gustaría mucho que salieras con él. Es un muchacho muy solitario y está en la edad...tú sabes...de comenzar a salir con muchachas y esas cosas, te lo pido porque a ti te tengo confianza, te considero una amiga. No se lo pediría a ninguna otra. ¿Qué dices?...¿aceptas?

De pronto se iluminaron los ojos de Carmen, y una sonrisa mojigata y contenida, la delató anticipándose a su respuesta. Únicamente había visto una vez a Benito, pero bastó para que no lo hubiera olvidado. No era una clase de muchacho común en la región; si por ella fuera lo haría encantada, pero le avergonzó reconocerlo. De todas maneras, de algún modo tendría que agradecer a Manuela lo que hizo por ella y por su madre; ese era un buen pretexto.

—Con gusto lo haré por usted, solamente que dependerá de que yo le guste a su hijo, porque si no... —arguyó, haciendo una mueca.

—Estoy segura de que le gustas —dijo, Manuela feliz, comparándola mentalmente con la muchacha del río —, aun así, cuando regrese de la escuela trataré de averiguarlo y, ¿sabes?, me gustaría que me hablaras de tú —agregó.

—De acuerdo, Manuela —dijo, Carmen complacida, deseando en sus adentros gustarle a Benito.

—Gracias, hija —dijo, con una sonrisa.

Manuela descansó, sintió como si uno de sus remedios hubiera sanado a un paciente quitándole un gran peso de encima. No había necesidad de pedirle más, sabía que, una vez que se conocieran y se hicieran novios, acabarían teniendo relaciones sexuales. Estaba segura de que a Benito, no le disgustaría la idea de tener amoríos con Carmen. La primera parte de su plan estaba en marcha.

Ese mismo día empezó a poner en práctica la segunda etapa; comenzó encomiando a Carmen con Benito. Cada vez que podía la mencionaba; "¡qué guapa es Carmen!, ¡qué hermoso cuerpo!, ¡qué simpática!", etc. A partir de ese día continuamente la invitaba a comer y a cenar, para después dejarlos a solas. A Benito también le gustaba Carmen, y de hecho Manuela no se equivocó. Esto se debía al parecido físico con la muchacha del río, que más bien, lo que las hacía parecidas eran sus formas armoniosas, y que ambas pertenecían al mismo tipo de mujer.

Al cabo de unas semanas, Manuela notó con profunda alegría, que la amistad entre Carmen y Benito, iba un poco más allá. Al primer descuido se tomaban de la mano y desaparecían; se ocultaban para besarse y acariciarse. Eran sensaciones desconocidas para Benito que precisaban de un espacio aparte, íntimo. Pero este lo encontraban en cualquier lugar lejos de los ojos de Manuela: en el pequeño muelle de la casa, en el cuarto de trabajo, en la cocina, y hasta detrás de una puerta, en donde fuera que no los tuviera a la vista; todo estaba saliendo como ella lo había planeado. Benito continuaba acudiendo a sus citas dominicales en el río, y Manuela seguía haciendo su recolección en la forma habitual, no obstante se dio cuenta de que, después de ver a Carmen, Benito se quedaba muy excitado y se masturbaba en el cuartito del baño; todo se perdía en la fosa séptica. Tenía que poner en práctica la última parte de su plan: aleccionar a Carmen sobre las relaciones, y evitar el desperdicio de tan preciado líquido.

Una tarde Manuela salió decidida a buscar a Carmen; cerró la puerta de su casa y se retiraba, cuando escuchó un carruaje que venía sobre el camino, unos metros arriba. Le pareció extraño, esos carruajes nunca andaban por sus rumbos. Marchaba muy despacio, parecía que anduviera perdido. Siguió caminando hasta que el conductor se detuvo a unos pasos, y descendió una joven que señaló a Manuela volteando hacia el coche. Enseguida bajó una señora que caminó hacia ella. Tenía poco más de cincuenta años, alta, delgada, bien vestida, muy arreglada y de rostro afable; por el tipo de coche sabía que era de clase acomodada.

—Buenas tardes ¿Es usted Manuela? —le preguntó, con una mirada que la recorrió en unos segundos.

—Lo soy ¿En qué puedo servirla? —contestó Manuela, con seguridad.

—Soy la señora Mendoza. Aquí mi muchacha, dice que usted tal vez pueda ayudarme con alguno de sus remedios, según me ha dicho son muy efectivos

—Tal vez pueda ayudarla, señora... ¿Qué le pasa?

—No soy yo la que está enferma, sino mi suegra

—Ya veo, ¿y qué es lo que le pasa?

La mujer describió lo mejor que pudo el cuadro que presentaba su suegra. Se trataba de un severo caso de gastritis.

—¿Qué le han dado? —preguntó Manuela, para cerciorarse de su propio diagnóstico.

—Unos polvos que le recetó el doctor que se disuelven en un poco de agua, y por nuestra cuenta también le hemos dado té de boldo

—¿Desde cuándo está así?

—Pues ya tiene tiempo y no mejora

Por el té de boldo Manuela pensó que quizá los síntomas, les hicieron suponer a las damas que, por la inflamación de la mucosa del estómago y los gases, el hígado era un tanto responsable de sus molestias. No necesitaba ver a la paciente para preparar uno de sus remedios, sin embargo le dijo:

—Vamos a verla, necesito revisarla

Subieron al carruaje y partieron. Manuela deseaba ver con qué clase de gente trataría, era el momento de empezar a cobrar mejor por sus servicios; pero desde que trepó se dio cuenta de su posición. El asiento estaba acojinado y forrado en piel; se sentía confortable. Su sistema de muelles sopanda suavizaba el camino, y las ventanas tenían cortinillas; era la primera vez que subía a un coche tan elegante. Llegaron a una hacienda con portones de madera muy grandes. Dentro había dos caminos empedrados: uno daba a la casa, y el otro hacia las caballerizas. Descendieron en un pórtico, y el chofer se adentró con el carruaje hacia la parte trasera. Entraron a un recibidor donde había algunos muebles finos y artículos de buen gusto. Manuela de reojo observaba con indiferencia cada detalle sin demostrar emoción alguna. "Esta gente sí que tiene dinero", pensó. Desde el umbral de una puerta se apreciaba un huerto interior perfectamente cuidado, que rodeaba a una fuente con la figura de un ángel de piedra en el centro, y mientras la conducían a la habitación de la enferma, observaba algunos cuadros y otros objetos de valor que decoraban el lugar. Pensaba que, al menos esta vez, sus remedios podrían ser bien remunerados. Ella lo ignoraba pero el propietario era uno de los hombres más ricos del pueblo, contaba con varias propiedades entre las que figuraban algunos ranchos importantes de la región, que atendían sus hijos.

Entró a una amplia recámara, el ropero y la cómoda de madera, tallados con buen gusto, y las telas del sofá armonizaban con las cortinas importadas, que escurrían a los lados de una ventana abierta hacia un jardín. La enferma, doña Beatriz Ruiz viuda de Mendoza, yacía en su cama de latón con un semblante deprimente. Tenía setenta y ocho años, era blanca y excedida en su peso, de facciones muy finas y ojos azules, que lucían marchitos por sus dolencias. Manuela se acercó a ella.

–Ella es Manuela, doña Beatriz –dijo su nuera.

–¡Qué bueno que viniste! Dice una de nuestras muchachas que tus remedios son muy buenos –le dijo, enderezándose un poco con cierta dificultad.

–Bueno, hasta ahora han dado buenos resultados, y seguramente así seguirán

La seguridad con la que Manuela le habló, inspiró confianza en doña Beatriz. Comenzó a revisarla con la misma seguridad que lo haría un doctor, haciendo preguntas que solo confirmaban lo que había dicho su nuera, y concluyó:

–Tengo que ir a mi casa, necesito preparar los remedios

–Ahora mismo la llevan –dijo la señora Mendoza, haciendo señas a una de las muchachas para que avisaran al chofer.

Cuando descendieron el coche estaba listo en el pórtico. Manuela trepó, y la señora Mendoza le dijo al chofer:

–Lleva a la señora a su casa, la esperas, y la traes de regreso

Durante el trayecto a su casa Manuela iba pensando en la preparación de su remedio, contaba con un sinnúmero de hierbas que podrían funcionar, pero debía escoger las más apropiadas; era el momento de demostrar la efectividad de sus remedios. En cuanto llegaron puso a hervir agua, y mezcló jaramao para desinflamar la mucosa de los intestinos, hinojo para la digestión, y unas varitas de cuachalalate, una planta que inhibe el ácido clorhídrico, y combate otras molestias de la gastritis; todas en diferentes cantidades. Hizo un té, le agregó su extracto de orozuz, y por último su preciado tesoro. Lo puso en una botella, y partieron de regreso a casa de los Mendoza. Ahora ya sabía que su maravilloso elixir, incrementaba enormemente los poderes curativos de sus remedios.

En cada región existen una gran variedad de plantas con propiedades curativas similares. Algunas inclusive, son las mismas, aunque con diferente nombre; ahora lo que hacia la diferencia era la esencia de Benito. Cuando llegaron, el té aún estaba caliente, y le dio a beber una taza. Dejó instrucciones para que el resto lo tomara al día siguiente, en tres dosis: por la mañana, a mediodía, y la última en la noche. No quiso cobrar hasta que descubrieran los efectos de su remedio, solo dijo que volvería al tercer día. Nuevamente la señora Mendoza ordenó que la llevaran.

El poder del remedio volvió a ser terminante. Al siguiente día de tomar la primera dosis, la enferma se levantó con otro ánimo. En su rostro era evidente un mejor estado de salud; el día que Manuela llegó a visitarla estaba totalmente curada. La señora Mendoza estaba asombrada por la efectividad de los remedios de Manuela, su suegra padecía desde hacía tiempo, y el doctor no había podido sanarla del todo. Esta vez Manuela no mostró ninguna emoción, estaba segura de que los efectos de su remedio serían infalibles.

–¿Cuánto te debo, mujer? –preguntó la señora muy complacida, pero Manuela volvió a usar el mismo argumento que utilizó con la señora de los condones, y le contestó:

–Lo que estime su marido por la salud de su madre

La señora se quedó desconcertada, mirando durante unos segundos a los ojos de Manuela, que permanecía imperturbable frente a ella. Ya no le pareció tan insignificante como el día anterior que la conoció, casi la veía con el mismo respeto que al doctor; no cabía duda que sabía hacer su trabajo y lo hacía mejor que él. No obstante era una pregunta que no esperaba, y no era ella quien tenía la respuesta, solo le dijo:

–Espera un momento. Ahora vuelvo –contestó.

Regresó acompañada de su marido. Un hombre corpulento que, por sus facciones, mostraba un gran parecido a su madre. Tenía largas patillas que se unían a su bigote. Usaba unos lentes redondos que se fundían en sus cejas espesas; tras los espejuelos se veían unos ojillos de mirada incierta, que mientras le daba grandes bocanadas a su puro, recorrían con extrañeza de arriba abajo la figura de Manuela.

–Soy Luis Mendoza ¿Tú fuiste quien alivió a mi madre? –preguntó, señalando a Manuela con la punta de su puro.

–La misma, señor –contestó Manuela, sin intimidarse.

–¡Pues te felicito!, hiciste un buen trabajo, y te será remunerado en la medida de mis posibilidades, pero no en lo que estimamos la salud de mi madre, porque esa no tiene precio –estiró la mano y le dio a Manuela un pequeño talego.

Manuela estiró la mano, tomó el talego y bajó la cabeza agradeciendo.

–Espero que sea suficiente con esto, y muchas gracias por tus servicios. Ahora veré que te lleven a tu casa –dijo, mostrando satisfacción.

–Se lo agradezco, señor –contestó, complacida.

Salió de la casa y subió al coche despreocupada, estaba segura de que esta vez era algo que valía la pena; y no se equivocaba. Al llegar a su casa descubrió que el pequeño bolsillo contenía un par de monedas de oro. Le dio gusto pero no se asombró, pensó que era un precio justo por lo que lograron sus remedios en tan poco tiempo. "Solo espero que me caigan muchos de estos", pensó.

Guardó las monedas en el mismo lugar que tenía las que le dio don Carlos, para el sustento de Benito; le parecía un lugar seguro. Su casa estaba ubicada en la ribera, y por la parte que daba al río tenía unos macetones con pimpinelas, que de vez en cuando utilizaba para sus remedios. Bajo uno de ellos había una piedra de río, floja, cubriendo un hoyo que le servía de caja fuerte. No le preocupaba que Benito fuera a tomarlas si las guardaba en la casa, sino algunos clientes regulares que, en ocasiones, entraban por la parte de atrás aunque ella no estuviera, como doña Julia. Una sexagenaria hipocondríaca que la visitaba con frecuencia con una nueva dolencia cada vez. Cuando no se encontraba Manuela se metía a escudriñar sus remedios, buscando entre las hierbas alguna indicación para auto recetarse, pero de "pasadita" lo hacía en toda la casa.

Al otro día en la mañana, llegó un paciente por su remedio para sus reumas: don Isidro, otro de sus clientes regulares. Un sujeto anodino, tenía cincuenta y cinco años, era delgado, bajo de estatura y de cara insípida. Estaba loco por Manuela, y cada vez que recogía su remedio pensaba cortejarla, pero nunca se atrevía. Se daba ánimos pero estos desaparecían al verla, y todo quedaba en una simple ilusión; como si fuera un jovencito enamorado de su maestra. En él usaba un concentrado de palo santo y una solución de toloache, para aplicar en las zonas de dolor. Le habían funcionado muy bien y jamás se quejaba, no había motivo para desperdiciar elixir en sus remedios. Una vez que los preparó se los entregó, se despidió de prisa, y partió a casa de Carmen. Esta vez el pobre don Isidro iba decidido, cuando vio alejarse a Manuela, hizo una mueca y se fue frustrado.

Cuando llegó a casa de Carmen, la encontró en compañía de su madre y de su abuela. Pensó que ese no sería un ambiente propicio para su charla, y decidió cambiar sus planes.

—Vine a invitarte a comer a mi casa —dijo, pensando que sería el lugar más adecuado.

—¡Qué amable!, Manuela, muchas gracias —contestó, recordando a Benito.

—¿Gracias sí o gracias no? —preguntó Manuela.

—¡Claro que sí!, ¡vámonos! —contestó feliz, cuando salía volteó a ver a su madre —, regreso más tarde, mamá —le dijo a doña Cuca, con una sonrisa.

Al llegar a su casa Benito no estaba, y eso le facilitó continuar con su plan.

—Pásale y ponte cómoda, voy a calentar

—Sí, gracias ¿Benito no viene a comer?

—Por supuesto, debe estar por aquí de un momento a otro

—¡Ah!, bueno

—¿Te acuerdas de las cosas que llevaba en un frasco el otro día?

—¡Sí!, ¿por qué?

—Pues yo los preparo y los vendo, así me gano un dinerito que nos sirve de mucho a Benito y a mí

—¡Ah!, qué bueno

—Necesito revisarlos constantemente, de ese modo tengo un control en su elaboración y puedo mejorarlos, para que me los sigan comprando ¿Comprendes?

—No muy bien

—Sirven para hacer el amor y no quedar preñada, embarazada... ¿Ya entendiste?

—Sí, pero…¿y? —dijo, desconcertada.

—Pues, que quiero que los uses cuando hagas el amor con Benito

—Pe…pe…pero yo —dijo, abochornada. No esperaba semejante comentario.

—¡Cálmate!... —dijo, Manuela sin dejarla terminar —, cuando dos jóvenes como ustedes se gustan y se aman, es de lo más natural. Yo he visto cómo te acaricia Benito…¿no es verdad?...y, ¿no es verdad que tú te dejas?, ¿y qué además te gusta que lo haga? —le decía, mientras Carmen sonrojada como tomate, asintió con la cabeza sin querer decirlo.

—¡Pues ahí está!, lo único que te pido es que, cuando vayan a hacer el amor, lo hagas con seguridad para evitar un embarazo. Además me ayudas a probarlos, así siempre los tendré controlados, no fallarán, y nunca dejarán de comprármelos

—¿Y cómo?

—Bueno, primero necesito que seas sincera conmigo. ¿Eres virgen?

—B...bueno...este...n...no... —farfulló —. Cuando mi mamá me mando a trabajar a Veracruz con el señor de la taberna, me violó cuando tenía catorce. Le gustó y después casi quería hacerlo del diario, por eso me regresé

—¿Se lo dijiste a tu mamá?

—No hubiera servido de nada, él me dijo que le iba a decir que yo lo provocaba

—Algunos cabrones merecen que los cuelguen de los huevos, no cabe duda

—¿Cómo a tu marido?

—¿Y tú cómo lo sabes?

—Porque una señora se lo contó a mi mamá

—Pues sí. Como a ese cabrón que se ha de estar pudriendo en el infierno. Pero olvidemos eso. Cuando te vuelva a acariciar Benito y ya no se aguanten, sacas uno de estos y se lo pones así —dijo Manuela, haciendo la demostración de cómo usarlo sobre su dedo medio —. Después que termine, enseguida se lo quitas así, y le haces un nudo de esta manera para que no se salga nada...

—¿Y si él se lo quiere quitar?

—Le dices que él no sabe, que además tú me preguntaste y yo te dije como usarlos. Le comentas que tú te lo llevarás para tirarlo por ahí, para que yo no me dé cuenta. Cuando te vayas me lo dejas en ese macetón de piedra —dijo, señalando con su dedo índice —, con mucho cuidado para que no se rompa y pueda revisarlo.

—¿Y de dónde los voy a sacar?

—Yo te voy a dejar varios en este envase que pondré aquí. Le dices que yo los elaboro para mis clientes que no desean tener hijos. Así tendrás un pretexto para que los use. Coméntale que yo no tendré cómo enterarme porque hago muchos y no lo notaré. Pero hay una cosa más, no quiero que sepa nada de esto, ¿estamos?

—Está bien, pero, ¿qué tal si no sirven y quedo embarazada?

—¡Claro que sirven!, pero si quieres no lo hagas en los días de fertilidad para que te sientas segura, ¿cuándo es tu menstruación?

—Me toca por el día quince

—¡Perfecto! —exclamó Manuela feliz, estaba cerca una buena recolección.

Cuando pasaron los días fértiles de Carmen, Manuela la dejó una tarde a solas con Benito, y dio comienzo lo que tanto esperaba. Empezaron a besarse y los besos fueron subiendo de tono cada vez más. Carmen estaba muy excitada, sabía cómo terminarían en esta ocasión, y eso la encendía aún más. Benito lo ignoraba, pero al verse solo con Carmen por primera vez, la misma intimidad lo enardecía; ella lo fue guiando casi de la mano. Ambos estaban nerviosos, pero también ansiosos.

—Acaríciame aquí —susurraba Carmen al oído de Benito, mientras lo tomaba de las manos para ponerlas en sus senos —, así mi amor —Decía Carmen mientras Benito los acariciaba con delicadeza.

—¿Así?

—Así mi amor...así, suavecito

Benito estaba muy excitado, comenzó a segregar adrenalina, sus pupilas se dilataron, aumentó su presión, su ritmo cardiaco, y empezó a sudar. Carmen lo besaba cuando notó el extraño olor de su cuerpo; igual que muchos pensó que era una fragancia floral.

—¡Qué rico hueles, Benito!...¡hueles a flores frescas!

—¡Yo no huelo nada!

Acostumbrado a sus propios olores no podía percibirlos, y, menos aún, con la loción que le ungía Manuela para ocultarlo de su madre. Solo notaba una mixtura de aromas sin el predominio de ninguno, pero Carmen percibía la fragancia a flores que manaba de su piel: el sudor que poco a poco iba predominando sobre los demás aromas. Una de las peculiaridades que lo hacían único en el mundo. Sus fluidos corporales –sudor, semen, saliva y lágrimas –, olían a flores igual que él.

–¡Mmhhh!...¡Sí hueles y me gusta!...¡me gusta mucho!

Se recostaron en un camastro de yute que estaba en el cobertizo por la parte que daba hacia el río; era grande y cómodo. Despacio y con cierta cachondez, Carmen se desabotonó la blusa para después seguir con el corpiño, como si fuera una fruta madura y exquisita, que se desprende de su cubierta para exponer sus delicias. Una lámpara de aceite bañaba sutilmente su piel tersa y desnuda, ligeramente humedecida de sudor; en sus ojos se percibía la lujuria, y en su boca sedienta una sonrisa maliciosa. Benito estaba al borde del éxtasis; era la primera vez que acariciaba a una mujer.

–¡Me gustas!...me gusta estar así contigo –decía Benito, con una voz muy suave.

Carmen descubrió sus bellos senos, grandes y redondos. Benito los observaba hechizado, cuando ella lo tomó por la cabeza y lo guió hasta ponerlos en su boca. Embelesado como nunca los succionaba con lascivia, mientras buscaba desesperadamente la forma de despojar a Carmen de sus largos calzones.

–¡Espera!, yo lo haré –dijo Carmen.

Mientras ella se desnudaba, Benito no dejaba de contemplarla. Al quedar como Eva, le dijo, como un susurro:

–Ahora tú, mi amor

Las manos temblorosas de Benito apenas podían desabotonar su camisa, y Carmen lo ayudó. Cuando ambos quedaron desnudos él se quedó impávido, era lo más hermoso que sus ojos desorbitados habían visto. Su cuerpo era aún más hermoso y perfecto, que el de la muchacha del río, no le cabía duda.

Lo miraba de arriba abajo, mientras Carmen con las manos temblorosas, extraía uno de los condones del recipiente con mucho cuidado.

—¿Qué es eso? —preguntó Benito, con desconcierto.

—Esto sirve para que podamos hacer el amor, sin que quede embarazada. Tú te lo vas a poner

—¿Los has usado?

—No, pero tu madre se los vende a muchas señoras que desean evitar el embarazo, y me ha dicho cómo se usan

Benito tomó el envase, y observó con detenimiento las obras de Manuela, sin acabar de entender completamente.

—No te preocupes, que no duele, ja, ja... Se colocan así —le dijo Carmen, con una risa nerviosa, y colocándole el condón a Benito.

—Ahora ven —le dijo, jalándolo por una mano mientras ella se recostaba.

Esos instantes eran inéditos y sublimes para Benito, los gozaba extasiado. Nunca había llegado a ese momento, ni había estado tan enardecido. Carmen lo subió en ella y lo condujo, él se dejó seducir dominado por la lubricidad, arrastrado por su delirio ligado al de Carmen. De pronto sintió un enorme placer, pensó que era el más exquisito que jamás había sentido y podría sentir en toda su vida. Estaba dentro de Carmen, pero apenas había comenzado cuando todo acabó; su excitación fue incontenible. Carmen apenas empezaba a disfrutar, pero el tiempo no fue suficiente. Sin embargo era la primera vez de Benito, y estaba segura de que después mejoraría. Lo amaba, lo deseaba con vehemencia, y anhelaba que sus relaciones fueran placenteras; las que tuvo en el pasado no fueron consensuales, y de cierto modo, traumáticas.

Posteriormente Carmen siguió las indicaciones de Manuela, y extrajo el condón de inmediato. Con mucho cuidado hizo un pequeño nudo para evitar que se derramara el contenido y lo guardó. Aun así estaba trémula y emocionada.

–Este me lo llevo para tirarlo de camino a mi casa, así tu madre no se dará cuenta. Al fin que hace muchos

Cuando salió, discretamente sin que Benito se diera cuenta, lo depositó en el macetón que Manuela le había indicado.

Ese día Manuela regresó a su casa un poco más tarde que de costumbre, estuvo de visita con una de sus clientes y se quedó a cenar, pero no dejaba de pensar en Carmen y Benito; en sus adentros se decía: "hazlo bien, Carmen". Al llegar lo primero que hizo fue revisar con ansias el macetón, y con felicidad encontró la valiosa presea; la primera. "Al fin Benito ya no desperdiciará más este tesoro", pensó.

Volteando hacia todos lados se dirigió al cuarto de sus hierbas, y a la luz de una lámpara examinó con avidez su contenido; con mucho cuidado lo limpió y le hizo una pequeña incisión. Posteriormente lo vació en un frasco pequeño hasta exprimir la última gota, lo tapó, e hizo un nudo por la parte superior de la boca con un lazo delgado de cáñamo, dejando una cuarta más con la que ató a una pequeña piedra. Salió y se dirigió a la orilla del río, lo sumergió, y el extremo largo lo amarró a la raíz de uno de los mangles; nadie podría notarlo. Con el tiempo los colocaría en secuencia para determinar la duración de su efectividad. Ahí se mantendría fresco, seguro, y no estaría a la vista de nadie. En ese momento era su mayor tesoro.

La pareja estaba como en luna de miel. Diariamente saliendo de la escuela se encontraban en casa de Manuela. Durante ese tiempo ella desaparecía para dejarles el campo llano. Ellos se aprovechaban, se metían al cuarto de Benito, y se amaban con un placer inusitado. De tal suerte que, esa semana, Manuela obtuvo varias preseas más que terminaron en el mismo lugar que la primera. Esto le hizo suponer, que Benito ya no se levantaría a su acostumbrada cita dominical para espiar a la joven, pero se equivocó. El domingo se levantó y, como ir a misa, se dirigió hacia el río a realizar la operación de costumbre. "Está muy joven y tiene mucha vitalidad", pensaba.

Eso era solamente una parte. La joven del río tenía cierto encanto que fascinaba a Benito, se había enamorado. La seguía contemplando aún poco después de masturbarse. De todos modos Manuela no desperdiciaba aunque fueran unas gotas, cualquier cantidad que pudiera recolectar era de gran valor. Sin embargo lo más importante, era que Carmen logró sus propósitos, y la proveería constantemente de tan extraordinario producto. Estaba segura de que ni Benito, ni ningún hombre, podrían resistirse a sus encantos.

Todo estaba saliendo bien para Manuela, la propaganda que hacían de boca en boca sus pacientes consumidoras de sus remedios, continuamente le traía nuevas dolientes. Las enfermas que había sanado, le dieron la oportunidad de descubrir varias de las peculiaridades de los poderes curativos de su panacea. La forma contundente en que las había restablecido evidenciaba cada vez más sus extraordinarios poderes, pero todavía tendría mucho más que aprender sobre sus alcances y posibilidades, que, con cada curación, parecía extender sus propias fronteras.

*****

Cierto domingo al terminar la misa del mediodía, el sol resplandecía sobre el zócalo del pueblo. Los únicos refugios eran los portales, y la sombra de sus ceibas frondosas; el calor era sofocante. Los vendedores de frutas frescas, empanadas y demás chucherías, estaban apostados afuera del atrio, ofreciendo sus mercancías a todo aquel que salía de la iglesia, como un reducido tianguis improvisado. Una pequeña se detuvo a comprar una bolsita de galletas, y poco después cruzaba la calle despreocupada para encontrarse con sus padres, cuando repentinamente se escuchó el ladrido previsor de un perro, segundos antes de que un jinete pasara a todo galope. No pudo evitar el encuentro con la pequeña y la arrolló; el perro fue ladrando tras el caballo hasta que se perdió en el camino. Los golpes eran fatales: uno en la cabeza, y otro en el vientre, lo que estuvo muy cerca de un estallamiento de vísceras, además de otros en varias partes del cuerpo; pequeñas heridas y raspones. Entre la gente que se reunió para auxiliar a la pequeña se encontraban la señora Mendoza y su distinguida suegra, doña Beatriz; gracias a Manuela ya podía salir de su casa. La pequeña se llamaba Margarita, tenía diez años, y permanecía inconsciente en el suelo ante la alarma y aflicción de todos. Su padre corrió a cargarla sin saber qué hacer con ella, miraba a su alrededor buscando entre los mirones, tal vez alguna solución.

—¡Llamen al doctor, por amor de Dios! —Gritaba la madre inconsolable, cuando se acercó la señora Mendoza.

—¡Llévenla de prisa con Manuela, la yerbera! Si hay alguien que puede curarla es ella – dijo, la señora Mendoza, muy segura.

—Estoy de acuerdo. Ella me curó cuando el doctor no pudo hacer nada por mí —afirmó doña Beatriz.

—Ahí está mi coche, si desean podemos llevarlos —insistió, la señora Mendoza.

Los padres de la pequeña, desesperados por auxiliar a su hija, no sabían si llevarla al doctor o atender a los consejos de las damas. Cuando decidieron llevarla al doctor surgió algo que inclinó la balanza a favor de Manuela.

—Hoy es domingo, y a veces el doctor se va a San Miguel a ver a su hijo —comentó, uno de los presentes.

Ambos voltearon a verse, no había otra opción, tenían que confiar en la palabra de las damas. La subieron al carruaje de la señora Mendoza, y se apresuraron rumbo a casa de Manuela. La mamá de la pequeña secaba sus lágrimas, y acariciaba el cabello de su hija, mientras su padre limpiaba su sangre con su pañuelo, y meneaba la cabeza; "¿Cómo pudo suceder esto, Dios mío?", decía desesperado.

Al llegar, observaron con decepción el humilde hogar de Manuela. No podían imaginarse que, en esa casucha rústica, de muros descascarados que mostraban el barro como si fuera ropa sucia, y techos de paja tan frágiles que no soportarían una tormenta, alguien pudiera sanarla; comenzaron a dudar. Se preguntaban si habían hecho lo correcto, cuando Manuela, atraída por el ruido del carruaje, salió a recibirlos. La madre de la niña, perturbada la miró fijamente tratando de reconocerla.

–¡Buenas tardes, Manuelita! –dijo, doña Beatriz.

–¿Cómo les va?, ¡qué gusto verlas!

–¡Igualmente! Te traemos a una paciente –dijo, la señora Mendoza.

–¿Qué le pasa?

–Soy la señora Murillo, ella es mi hija Margarita..., la arrolló un caballo –dijo, afligida

–Llévenla dentro –dijo Manuela.

–¿Qué tú no eres a la que le dicen la marcada? –preguntó la señora sorprendida, al ver el rostro de Manuela mientras abría la puerta.

–La misma –contestó Manuela.

–¿Y qué fue de tu cicatriz? –preguntó la señora, al tiempo que su marido sacaba a la niña del carruaje.

–La desaparecí con mis remedios – contestó con orgullo.

La respuesta de Manuela los hizo mirarse mutuamente y los dejó sin palabras, pero les dio una gran confianza. Ese detalle tenía más valor que la apariencia de la casa y de ella misma. De pronto se habían convertido en banalidades sin importancia, y hasta se alegraron de haberla llevado. Borrar una cicatriz como la que desfiguraba su rostro, era algo prácticamente imposible; "sus remedios deben ser muy prodigiosos", pensó la madre de la pequeña.

De pronto la niña volvió en sí quejándose de un dolor agudo en el vientre, la recostaron sobre su cama, y Manuela la desvistió con delicadeza para revisarla. Estaba conmovida y nerviosa, pero sin perder la calma inspeccionaba los golpes que suponía de gravedad; meditaba si habría tiempo para elaborar los remedios. Observó con detenimiento el golpe que tenía en el vientre, y después el de la cabeza. Tenía que actuar de prisa, debía introducir su panacea en el cuerpecito de la pequeña. Como siempre, el tiempo era su único enemigo. Era un caso tan difícil como otros, sin embargo era el que más había tocado su corazón.

–Voy a preparar unos remedios, ahora regreso –dijo al salir.

Se dispuso a hervir agua en tres recipientes, pensaba, dada su naturaleza distinta, preparar un remedio para cada golpe específico. Para el de la cabeza: zapote blanco y guayabillo para desinflamar; para el del vientre: kimonillo y renizo de Monterrey. Por último plántago y poleo, para las heridas. No había tanto tiempo, pero confiaba en la magia que presenciaron sus ojos, y por la que todo esto le estaba sucediendo. Finalmente eran heridas, y solo había que llevar el producto cuanto antes a ellas; evaluó la seriedad de los golpes. Hirvió agua en un solo recipiente, le puso kimonillo y hierba maestra, la endulzó con miel de abeja, le agregó extracto de orozuz y unas gotas de su descubrimiento. Con ello protegería el hígado, la vesícula y los intestinos; el golpe que consideró de mayor gravedad. Entró en la habitación, y rápidamente hizo tomar el remedio a la pequeña, que casi desfallecía nuevamente por el dolor. Bebió lo suficiente, la cura iba en camino, muy pronto el remedio comenzaría a mostrar sus indudables efectos milagrosos, solo quedaba esperar. Mientras tanto preparó los remedios para la cabeza, y las otras heridas que presentaba el cuerpo de la pequeña.

Transcurrieron casi dos horas. Abanicándose en el cobertizo de la entrada, las señoras conversaban sentadas sobre el accidente, pero se desviaron a los males que habían aquejado a doña Beatriz, y a los milagrosos remedios de Manuela. Mientras el padre de la niña, caminaba nervioso de un lado a otro, con las manos entrelazadas por la espalda; Manuela había elaborado y aplicado, los otros remedios. Hasta que por fin la niña comenzó a sentirse bien. El dolor en el vientre y el de la cabeza, habían disminuido considerablemente. La expresión de alegría y de asombro, en el rostro de los presentes era indudable, en el de Manuela solo de tranquilidad. Ya no le asombraba el efecto inconmensurable de sus remedios secretos, de los que podría depender la vida de mucha gente. Sin embargo, aliviar el dolor de las personas le daba una gran satisfacción, la hacía sentir fuera de lo común, omnipotente, como una especie de Diosa que otorgara el don de la vida, especialmente si se trataba de una enfermedad incurable o un traumatismo mortal.

—Ya pueden estar tranquilos. Ella se pondrá bien, solo debemos esperar y darle otros tantos del remedio —dijo Manuela. Fue hasta entonces que la señora Mendoza y su suegra, se retiraron despidiéndose de Manuela.

—¿Si no se les ofrece algo más?… Nosotras tenemos que ir a casa… Hasta luego, Manuelita —dijo, la señora Mendoza.

—¡Nos vemos, Manuelita! ¡Qué Dios te bendiga, hija!, y gracias por todo —dijo doña Beatriz, abrazándola, y dándole un beso en la mejilla con mucho afecto.

La tranquilidad volvía a los padres de la pequeña, se dibujaba en sus rostros con una postura de gratitud y respeto, hacia Manuela. Acompañaron a las damas a su carruaje, y, agradeciendo su valiosa ayuda, se despidieron.

—No tenemos cómo agradecer sus gentilezas, mil gracias, señora —dijo, el padre de la pequeña.

—Cualquiera lo hubiera hecho, no fue nada. Con su permiso —dijo, la señora Mendoza cuando subió al carruaje.

El resto del día la pequeña se la pasó durmiendo; por la noche su mejoría era bastante notoria. Los padres estaban felices, habían sido momentos de mucha tensión y tristeza. Cuando ocurrió el accidente por momentos llegaron a pensar que la perderían.

–¿Si lo desean pueden quedarse aquí? Les traeré un catre para que duerma la niña, y ustedes descansen en mi cama. Yo me quedaré en una hamaca en el cuarto de mi hijo –les preguntó Manuela, y accedieron con humildad. Ahora confiaban en ella, y solo se llevarían a la pequeña hasta que ella lo decidiera.

Durante la noche, Manuela se levantó en dos ocasiones para darle otros sorbos de su remedio. Por la mañana la niña se sentía aún mejor y se notaba. El dolor de estómago y el de la cabeza, habían desaparecido completamente, y los golpes se habían desinflamado. La herida de la cabeza evolucionó tan bien, que Manuela ya no quiso ponerle más remedio; en unos días cicatrizaría. Con lo que había hecho era más que suficiente, la niña estaba totalmente fuera de peligro. Manuela preparó desayuno para todos: fruta, gordas de dulce, huevos revueltos con jitomate, cebolla y chile, frijoles y café. Poco después le dio lo que restaba del remedio a la pequeña, y les dijo:

–Ya pueden llevarse a la niña. Don Tobías no tarda en pasar por aquí para ir al mercado. Le pediré que los lleve en su carreta

–¿Cuánto le debemos por sus servicios? –preguntó el padre de la niña.

–Lo que ustedes estimen prudente –dijo Manuela, sin presionarlos.

–No venía preparado para tal acontecimiento, pero hoy mismo regresaré a pagarle, se lo prometo

–No se preocupe. Confío en ustedes

Más tarde don Tobías se los llevó en su carreta. No iban muy cómodos, pero fue el único medio de transporte a la mano. Por la tarde, el hombre volvió a caballo a la casa de Manuela a cumplir su promesa; ella sabía que volvería, pero lo hizo con una suma mayor a la que esperaba.

Ese fue uno de los casos que más promoción le dio a Manuela, y la iglesia el escenario ideal para su difusión. Al domingo siguiente que vieron a Margarita en perfecto estado de salud, todos los feligreses que presenciaron el accidente se quedaron asombrados. Durante la misa, las miradas se dirigían más a Margarita que al altar, hasta el mismo padre se distrajo varias veces sin poder concentrarse. Al terminar la celebración, las preguntas no se hicieron esperar. Manuela y sus remedios, estaban en boca de todos.

Poco a poco Manuela se fue haciendo de reputación y de clientela, pero esto no hacía felices a todos. Don Jesús Galicia, el doctor del pueblo, sabía que los remedios primitivos usados por ella, habían puesto en duda su capacidad profesional; tenía que hacer algo al respecto. Lo primero que le vino a la mente fue visitarla para investigar que tipo de brebajes usaba, y qué los hacía tan poderosamente efectivos, así que una tarde indagó cómo llegar a su casa. Era un hombre de sesenta y cinco años, de carácter fuerte, y un gran conversador. Tenía las sienes blancas, grandes patillas que cubrían sus oídos y usaba gafas. Sus únicos parientes eran una hija que vivía en Veracruz con su esposo, y un hijo que vivía en San Miguel. Su esposa había muerto un par de años atrás; él no pudo salvarla, murió de cáncer. Cuando llegó a casa de Manuela, llamó a la puerta, y salió Manuela.

—¿Eres la curandera a quien llaman Manuela? —le preguntó, con un tono despectivo cuando la vio.

—Lo soy... ¿En qué puedo servirle?

—Soy el doctor Galicia. Como tú sabes atiendo a la mayoría de la gente de Frondoso, y en mi ausencia he sabido que has recetado a algunos de mis pacientes —le dijo, mientras bajaba su saco del carruaje, y escupía una flema.

—Con perdón de usted, con y sin su ausencia, si ellos vienen a verme para que les dé un remedio, se los doy

—Bueno, solamente quiero saber que clase de mejunjes les das, para que no se contrapongan con los medicamentos que yo les receto

–¡No lo creo! Mis remedios son naturales, uso puras yerbas

–¿Y me puedes decir que clase de hierbas?

–Las que todas las yerberas conocen y venden.

–¿Nada más?

–Sí, solo que yo se las doy preparadas o compuestas, como quiera llamarle

–¿Cómo cuáles?

Manuela, sabía que el doctor deseaba descubrir el secreto de sus remedios, era obvio que, después de tantos milagros, algún día tendría que investigarla; "será imposible que me saque prenda", pensó. Comenzó a enumerarle rápidamente una gran cantidad de hierbas, casi todas desconocidas para él, y lo que aliviaba cada una.

–¿Y cómo sabes que esos remedios no les harán daño?

–Conozco desde niña los efectos, y las propiedades de cada una, lo aprendí de mi madre; son hierbas que, lejos de hacer mal, alivian –arguyó, con seguridad.

–¿Podrías mostrármelas?

–Pues le muestro las que tengo –contestó, extendiendo su mano hacia abajo mientras abría la puerta.

El doctor se quitó su sombrero de palma importado, adornado por una banda negra, y penetró en la casa. Lo condujo al pequeño cuarto de sus hierbas; todo estaba en su lugar: limpio y bien acomodado. Notó con asombro el orden que había en esa humilde habitación, y lo comparaba con su consultorio. A diferencia de los artículos y productos que él tenía, todas las cosas parecían estar en una perfecta disposición. Con detenimiento observaba cada una de las hierbas que Manuela le iba mostrando, tratando de memorizar algunos de sus nombres, pero eran tantas que le fue imposible; hubiera sido lo mismo que aprenderse la mitad de un libro la noche antes del examen.

–Lo más difícil es aprender sus funciones, y en qué cantidades usarlas –dijo, muy segura de sí, al ver la cara de asombro del doctor.

–¿Tú has memorizado todas? –le decía, agachándose para observar de cerca a algunas.

–Absolutamente todas las que ve aquí además de muchísimas más, que de momento no tengo. Usted mejor que nadie, debe saber que, si no todas, la mayoría de las medicinas que usted receta son hechas con sustancias que sacan de las yerbas –arguyó.

–¿No usas algo especial que no sean hierbas y que los combines? –preguntó con amaño, levantando una ceja de reojo, mientras tomaba un frasco y leía su contenido.

–¡No!... Únicamente uso yerbas. "Ya sé por donde va", pensó. Bien dosificadas tienen un gran poder curativo, pero lo más importante es hacer las combinaciones correctas –le dijo, mientras le quitaba con suavidad el frasco para ponerlo en su lugar.

Después de un largo rato de investigación, el doctor no tuvo más remedio que aceptar la información de Manuela. Se despidió de mala gana, trepó a su carruaje, y se fue frustrado. Pero no se quedó conforme con esas respuestas, al menos no eran las que esperaba; ¿pero cómo saberlas?, ni siquiera él mismo sabía cuales deseaba obtener. En lo único que había pensado era en encontrar alguna sustancia nociva, o algo parecido con qué fastidiarla. Sin embargo y, aunque desconocía la herbolaria, sabía que Manuela estaba en lo cierto. A pesar de que había conocido a otras yerberas, jamás había escuchado que sus mejunjes dieran resultados tan sorprendentes como los de Manuela; aunque ni siquiera la misma medicina que él usaba.

Sin quererlo, Manuela se había convertido en un dolor de cabeza para el doctor. Dos de sus pacientes habían sido sanadas por ella, y lo había puesto en evidencia después de que fracasó con sus tratamientos. Sin contar otros casos que debieron ser atendidos por él: Doña Refugio y la pequeña Margarita, entre otros. Esto le hacía suponer que muy pronto se correría la voz, y Manuela terminaría haciendo remedios para todos sus pacientes. Él ya no era joven y, aunque tenía sus ahorros, su profesión le seguía dando lo suficiente para vivir cómodamente. No estaba dispuesto a permitirlo, pensó que debía hacer algo y pronto.

*****

Durante el cuatrienio de Manuel González, las reyertas que protagonizaban algunos insurrectos descontentos eran frecuentes. El golpe de estado que permitió a Porfirio Díaz derrocar al gobierno de Sebastián Lerdo de Tejada unos años atrás, había dejado incertidumbre y los ánimos caldeados en mucha gente. Cuando se hicieron patentes sus deseos de volver a gobernar, algunos enfrentamientos ideológicos eran comunes en algunos estados de la República; Veracruz no fue la excepción.

Una tarde, llegaron por el río a la casa de Manuela, algunos de los protagonistas de esas reyertas; una mujer y tres hombres, venían huyendo de unos soldados de San Miguel. Dos de ellos y la mujer, estaban heridos. Eran dos hermanos, la esposa de uno y su primo. Agazapados y ocultos, entre la carga de su bote, un hombre que simpatizaba con ellos, y, que había escuchado de los milagrosos remedios de Manuela, decidió llevarlos con ella. Cuando atracaron en el pequeño muelle, parecían unos bultos más que de pronto cobraron vida. El lanchero descendió del bote, y le gritó:

–¡Manuela! Le traigo unos pacientes

Al escucharlo, Manuela salió seguida de Benito pero desconocía al lanchero, y notó manchas de sangre sobre las ropas de algunos; pensó que seguro eran lesiones de alguna contienda.

–¿En qué puedo servirles? –les preguntó, con cierto recelo.

–Aquí le traigo a estas personas

–¿Qué les pasa?

–Están heridos – dijo el lanchero –pero no pueden ir con el doctor porque los andan buscando

Manuela se quedó pensando por unos momentos.

—Lo siento pero no puedo atenderlos —dijo, con determinación.

—¿Por qué no, señora?, si le van a pagar —preguntó, el lanchero.

—Porque seguramente me voy a meter problemas, y ya tengo suficientes —dijo, pensando en que sería un riesgo atenderlos, pero uno de los hermanos le dijo, en tono suplicante:

—No se preocupe, señora, si hay algún problema decimos que usted no tiene nada que ver, que nosotros la obligamos

Manuela vio el rostro suplicante del hombre y se compadeció; finalmente aceptó atenderlos.

—Está bien, solo espero no arrepentirme. Llévelos adentro, ayúdales hijo —dijo, un tanto preocupada, meneando la cabeza.

Una vez que los acomodaron en la estancia, se marchó el lanchero. Solo uno, el esposo de la mujer, estaba realmente grave. Rápidamente comenzó a preparar sus remedios con la plena seguridad de que podría curarlos a todos. Utilizó el mismo remedio que aliviara el brazo de Carmen, con una dosis mayor de su magia para las heridas de Perla, la mujer, y las de Josué su cuñado. Perla presentaba una perforación causada por una bala en el brazo izquierdo que atravesó el bíceps, y un fuerte golpe en un costado hecho por un instrumento contundente, a la altura del riñón derecho. Josué tenía una herida en la cabeza, al parecer provocada con la culata de un fusil, y una más hecha por una bala que le fracturó una costilla a la altura de la tetilla derecha. Sin penetrar el tórax, presentaba orificio de salida bajo el brazo. Para Enrique, el único grave, tuvo que preparar un remedio especial. Tenía una herida de bala en la pierna izquierda que alcanzó la arteria femoral, y una más en el abdomen del lado izquierdo que perforó el bazo, seguramente provocada por una bayoneta, ambas heridas de gravedad; agregó una dosis mayor de su secreto. Preparó un té con guarumbo para ingerir, y un mejunje con alcaina, una hierba con grandes propiedades astringentes, antisépticas, analgésicas y antiinflamatorias, entre otras. En todos los casos puso especial cuidado para que sus remedios hicieran su milagro rápidamente. Pasaron la noche, ocultos en su casa. En su cuarto colgó un par de hamacas más, y puso un catre; ella durmió con Benito. No deseaba tener problemas pero debía estar segura de que sus remedios hicieran efecto.

Al otro día, se levantó temprano para revisar a sus pacientes; desafortunadamente encontró lo que no esperaba. Durante la madrugada el infortunado Enrique había muerto mientras dormía; Perla ni siquiera se había dado cuenta. Manuela la despertó, y le dio la noticia.

—¡Lo siento, Perla! En verdad lo siento —dijo Manuela, apenada.

—¡No puede ser, Dios mío! —dijo Perla, entre sollozos, y abrazando el cuerpo inerte de su marido.

Pero no era la única mala noticia: Josué seguía empeorando. Sin embargo las heridas de Perla habían mejorado considerablemente. Por primera vez se sintió decepcionada de su panacea. Era su primer paciente muerto, pero jamás imaginó que podría sucederle. Le parecía increíble que su remedio no lo hubiera aliviado, había visto ejercer sus milagros una y otra vez, no se imaginaba lo que estaba sucediendo. Pensó que tal vez era demasiado tarde para Enrique, pero aun así alcanzó a beber la preparación, y no le hizo ningún efecto. Por otra parte, el mismo remedio que aplicó en la mujer lo usó en el otro herido. En ella había funcionado, y en él parecía que ni siquiera lo hubiese aplicado. Algo inexplicable estaba sucediendo que poco a poco fue esclareciendo: el elixir maravilloso de Benito, únicamente hacía efecto en las mujeres. Esto develaba otra de sus peculiaridades, pero esta no le gustaba. Una inmensidad de interrogantes ocuparon de súbito su mente, había un desorden en sus pensamientos. De pronto sintió como si en medio de la oscuridad, se hubiera apagado su única lámpara, y no tuviera cerillas para encenderla de nuevo. Ignoraba que otras características ocultaba esa poción mágica, pero por ahora tendría que curar a Josué con sus remedios tradicionales.

–¡Ya murió mi marido!, al menos trata de salvar a mi cuñado –dijo, Perla muy serena, con el rostro ajado, y secando las lágrimas que rodeaban su nariz.

–Lo siento, pero creo que atendí a tu marido demasiado tarde. Trataré de aliviar a tu cuñado –dijo Manuela, aún apenada.

–¿Pero cómo es que yo estoy mucho mejor, y él está en peores condiciones?... ¡No lo entiendo!

–¡En verdad no lo sé!, utilicé el mismo remedio en ambos casos, pero en él no dio resultado. Tendré que prepararle otro remedio

El hecho de que su poción solo ejercía sus poderes en el sexo femenino, le reducía su campo de acción a la mitad, y sus posibilidades de ingreso también. Significaban pérdidas pero a ella no le gustaba perder, y tampoco tener que limitarse. Por otra parte, si sus pacientes corrían la voz, quizá tendría que dar una serie de explicaciones en las que ni siquiera había pensado; al menos le consolaba la idea de que solo estaban de paso.

Preparó un extracto con una mezcla de mangle y sándalo, después dispuso hongos verdes de frutos agrios para usarlos en cataplasmas sobre las heridas; preparó también un té de palo mulato con muicle para bajar la temperatura y aumentar los glóbulos rojos; por último le dio un par de cucharadas de miel con intervalos de unas horas. Por la tarde había disminuido la fiebre y se sentía mejor, en cambio Perla, solamente con dos curaciones se encontraba prácticamente curada.

–¿Cómo te sientes? –preguntó Manuela, al joven herido.

–Mejor...mucho mejor que en la mañana

–¿Y tú? –preguntó a Perla, que aún sollozaba acariciando el cuerpo sin vida de su esposo.

–Yo ya me siento bien...físicamente –contestó afligida.

–En cuanto oscurezca, tendremos que llevarnos el cuerpo de tu marido para enterrarlo río arriba, es preferible que hacerlo por los alrededores

–¿En dónde lo enterraremos? –preguntó Perla, con el rostro apagado, y los ojos hinchados de llorar.

–Del otro lado del río hay un remanso, ahí no va nadie y la tierra es suave, podremos cavar de prisa, en otra parte podría ser peligroso. Lo llevaremos en la lancha, entre tu primo, mi hijo y yo, lo cargaremos

De pronto, Manuela notó la ausencia de Aurelio, el primo de Perla, que había salido ileso; no estaba dentro de la casa.

–¿Dónde está tu primo? –preguntó a Perla.

–¡No lo sé!...hace un rato que no lo veo, debe andar por ahí... tal vez fue al río

–Búscalo, yo iré a preparar más remedio para tu cuñado

Manuela aún se sentía un poco triste y decepcionada. Mientras preparaba uno de sus remedios tradicionales no podía dejar de pensar en la falla de su poción; su propio desconocimiento la hacía sentir culpable. Quizá y, aunque los hubiera delatado, el mismo doctor podría haber salvado a Enrique, pero confió en los resultados incuestionables de su descubrimiento. Entre todas las bondades que se manifestaban cada vez más, está peculiaridad no la tenía contemplada y eso cambiaba las cosas. Aunque negativa, era una de sus características y debía estar preparada. El organismo de los hombres la rechazaba, como si sus mismos anticuerpos se encargaran de neutralizar su poder, y no había nada que pudiera cambiarlo. Meneó la cabeza, y chistando puso punto final y trató de olvidarlo; era suficiente con los milagros que había realizado, y los que aún podría efectuar.

Perla no pudo encontrar a Aurelio, había ido al pueblo en busca del doctor, y no les avisó. Lo hizo por tratar de coadyuvar, al ver que Manuela no pudo hacer nada por el esposo de su prima, y, cuando él se animó a salir, Josué aún no mejoraba. Decidió llevarlo consigo, pero estaba muy ajeno a lo que sucedería por su afán de cooperar. Preguntando dio con la dirección cuando empezaba a atardecer. Era una casa modesta con una barda pequeña, y un portón grande de madera, afuera tenía un letrero que decía "Doctor: consultas de 10 a 2 y de 4 a 7 excepto sábados y domingos", y en la parte de abajo más pequeño decía: "Jale el cordón", y junto colgaba la punta de una cuerda, para hacer sonar una campana.

—¡Doctor!... ¡Doctor! —gritaba Aurelio, mientras tiraba de la cuerda.

Un minuto más tarde salió el doctor un tanto amodorrado.

—¿Qué se te ofrece? —preguntó, cuando abrió la puerta.

—Es el cuñado de mi prima que está herido

—¿Qué le pasó?

No sabía qué contestar, no quería comprometerse ni comprometer a nadie. Dijo lo primero que le vino a la mente.

—Lo asaltaron cuando venía de San Miguel, le dieron un balazo y un golpe en la cabeza

—¿Tú venías con él?

—Sí —contestó con indecisión.

—¿Y dónde está?

—Río arriba al final del pueblo, en la casa de una yerbera

—¿No es acaso la llamada Manuela? —preguntó el doctor, como si en respuesta esperara un premio.

—¡La misma!

—Ustedes deben ser los que anduvieron buscando unos soldados de San Miguel, ¿verdad? —con su cuestionamiento el doctor lo puso a temblar; pensó en las consecuencias que su desafortunada visita podía acarrearles.

—N…no —respondió, titubeando.

—Bueno. Entonces espera aquí. Veré que enganchen la mula a la carreta y sacaré mis cosas, de paso avisaremos a las autoridades en el cuartel para ver si pueden atrapar a los maleantes

Cuando el galeno salió con su maletín, no encontró a nadie. Apenas se metió, y Aurelio nervioso había huido a toda prisa, como si lo persiguiera el mismo demonio. El doctor no necesitó cavilar mucho para cerciorarse de que eran los hombres que buscaban. Llegó a su puerta una oportunidad de oro para librarse de Manuela, y no pensaba desaprovecharla. No era su enemiga pero comenzaba a odiarla, era un estorbo, y de una u otra forma tendría que deshacerse de ella. Se dirigió de prisa a la guarnición para denunciar los hechos; la pobre mula que tiraba su calesa llegó jadeante y con las patas temblorosas. Acusó a Manuela de encubrimiento y práctica ilegal de medicina, pero a los uniformados solamente les interesaba atrapar a los insurrectos; montaron a caballo y siguieron al doctor. Aurelio corrió lo más rápido que pudo, pero por más que lo hiciera no llegaría antes que ellos, tendría que tomar otro camino para no ser descubierto; era mucho más largo pero menos riesgoso.

En casa de Manuela, terminaban de subir el cuerpo del infortunado Enrique a la lancha, para dirigirse al remanso del río.

—Sube tú también, Benito, necesitarás ayudarnos —dijo Manuela.

—Pensaba hacerlo, mamá. Voy por la pala, el machete, y a desatar el bote

Benito trepó y remaron hacia el otro lado del río. Iban por la orilla en penumbras y temerosos, solamente iluminados por la pálida luz de la luna, que los guiaba en secreto por el río. Cuando llegaron al remanso, lo sepultaron a veinte metros de la playa. Perla lloró desconsolada, y Josué, sacando fortaleza de su rabia, únicamente permitió que unas lágrimas irrefrenables mostraran su pena; todos rezaron en silencio. Poco después, solo las piedras que pusieron encima de la tumba, señalaban el lugar de la eterna morada de Enrique, como un soldado que cae en territorio enemigo, o un sediento que muere en el desierto; sin misa, ni cruz, ni honores.

Cuando el doctor llegó a casa de Manuela con la tropa, estaba desierta. Rompieron la puerta y hallaron dos fusiles, una pistola y una palangana con paños manchados de sangre, los que usó Manuela para limpiar las heridas; eso fue suficiente para incriminarla. El disgusto del facultativo al no encontrarlos fue muy grande. Lleno de cólera pateó el pequeño traste, e incitó a los uniformados para quemar la casa: "vamos a darle un escarmiento a esta cabrona por encubrir a los asesinos insurrectos", les dijo. Quería despojar a Manuela de todo cuanto tenía, pensaba que, de esa forma, tal vez se iría a otra parte y no volvería. Muy acomedido el mismo doctor inició el incendio, comenzando por el cuartito de trabajo de Manuela, no sin antes robar algunas de sus hierbas y preparaciones, aunque no le servirían de nada. Después le prendió fuego a todo y se marcharon.

El incendio llamó la atención de todos los vecinos, que se apresuraron a formar una larga hilera para acarrear con baldes el agua del río, pero no lograron sofocarlo hasta que la mayor parte estaba consumida. Cuando regresaban por el río de sepultar a Enrique, Manuela alcanzó a ver a la distancia una especie de nube que ascendía. Revelada por la luz de la luna, la columna de humo se esparcía desde el espacio de lo que fuera su hogar, y solo a escasos cien metros descubrió de lo que se trataba.

—¡Mamá!, ¡es la casa que se está quemando! —dijo Benito con asombro.

—¡Lo sé, hijo! Ya presentía que si los ayudaba, algo así sucedería —comentó Manuela con desaliento.

—¡Lo siento, Manuela! —dijo Perla, avergonzada.

—¡Yo también, Manuela! De verdad lo siento —dijo Josué.

Para Manuela fue un golpe muy duro, sintió una inmensa tristeza. Unas lágrimas reprimidas se quedaron inertes en su garganta, esperando su llamado en cualquier instante; prefirió permanecer en silencio y ahogarlas. Su hogar se había reducido a cenizas, y algunas pérdidas serían irreparables. Decidieron dar la vuelta y dirigirse río arriba, para ponerse a salvo en la mansión. Ahí nadie los buscaría, y si lo hicieran no podrían hallarlos. Benito y Manuela, conocían pasajes que llevaban a cámaras y salidas secretas, que descubrieron cuando jugaban a los escondites.

No fue difícil hallar el canal que desemboca en el río, pero sí llegar por él a la mansión. La vegetación había crecido tanto, que nuevamente se entrelazaba de orilla a orilla del canal dificultando el acceso; solamente a golpe de machete lograron abrirse paso. La última vez que Manuela había visitado la casona, fue cuando se toparon con María y la negra Milagros, no se atrevió a volver ni siquiera por sus alrededores; el recuerdo de aquel encuentro la mantuvo alejada.

Al llegar a la mansión sintieron alivio. Ocultaron la embarcación entre la densa maleza, y entraron por un costado, donde había una pequeña entrada para el servicio. La luz de la luna que entraba por las ventanas laterales, les servía de guía, pero Benito conocía la vieja mansión de sus ancestros como la palma de su mano; siempre volvía a escondidas de Manuela. Se respiraba un aire espeso, olía a humedad y abandono, sus únicos huéspedes durante muchos años, fueron animales silvestres, que en ocasiones se introducían a buscar sabrá Dios qué, pero la hallaban protectora y se instalaban. Encendieron una vieja lámpara de aceite, y guiados por Benito fueron a dar a una de las habitaciones, la que había acondicionado Alfonso para dormir, era la que más le gustaba y la favorita de su padre. Quizá nunca lo sabría, pero en ella fue engendrado. La limpiaron de polvo y de bichos, y se acomodaron. Más tarde, preguntándose qué habría sido de Aurelio, y, comentando los sucesos que los habían llevado hasta ahí, poco a poco se quedaron dormidos.

Mientras, Aurelio llegaba a la casa de Manuela, solo para ver lo que había ocasionado por su insensatez. Removía los escombros como si buscara respuestas, pero esas estaban en su imprudencia. Entre las cenizas solamente encontró destrucción y más cenizas. Meneaba la cabeza con pesadumbre, cuando uno de los vecinos irrumpió.

—¿Qué busca aquí?

—Nada...vine a ver de donde salía tanto humo

—No quedó mucho, ¿verda? —le dijo, volteando a ver la casita —jue el doctor Galicia y unos soldados que venían con él. Los muy cabrones quemaron la casa —agregó.

—¿Y los que vivían aquí?

—No había naiden por eso la quemaron. Dijeron que Manuela, la seño que vive aquí, dizque era cómplice de unos revoltosos

—¡Ella no!...

—¡Pura madre, qué! —dijo interrumpiéndolo—. Ella no tiene enemigos, no daña a naiden, es de ley. Le hace a mi jefecita su remedio pa las reumas y a mi vieja pa los riñones, y asina a todos los demás de por aquí

—¿Y no sabe dónde puedo encontrarla?

—Sepa la chingada, pero mejor que ni regrese porque asegún vi, la quieren joder

—Bueno, gracias de todos modos

Aurelio se despidió. Salió de ahí con la cabeza agachada, y con un frío en el cerebro que recorría su cuerpo. Todo había sido su culpa, no sabía que hacer ni a donde dirigirse. En ese momento hubiera deseado irse al infierno para expiar su desatino. Estaba decepcionado de su actitud insensata, no tenía cara con que ver a Perla y a Josué, mucho menos a Manuela; su propio destino le importaba poco. Caminó sin rumbo fijo durante un rato, hasta que el odio y la venganza, se adueñaron de su mente, y fue en busca del doctor. Cuando llegó se puso a gritar desde la puerta, jalando el cordón con insistencia:

—¡Doctor!... ¡Doctor!...

Cuando salió el doctor, sin más se le fue encima a golpes y lo derribó; su furia parecía incontenible. Con asombro y lleno de pánico, el doctor trataba de cubrirse; por momentos hasta pensó que iba a matarlo. Para su fortuna Aurelio se detuvo, y con una rabia que apenas pudo controlar, le dijo:

–¡Maldito! ¡Uste fue el jijo de puta que incendió la casa de Manuela!

–Yo…yo…yo no fui…fueron los soldados… –balbuceó.

–No se haga pendejo que lo vieron a uste

–F…f…fue porque me obligaron

–Pues ahora vamos al cuartel, porque nos vamos a entregar. Yo por revoltoso y uste por incendiario

–Manuela los estaba encubriendo, y eso es un delito

–A Manuela la amenazamos con matar a su hijo si no nos ayudaba, pendejo. Ella no tiene nada que ver con nosotros, jálele, cabrón –le dijo, dándole un puntapié.

El galeno se levantó, escupió saliva ensangrentada, y limpió la que quedaba en sus labios con la manga de su camisa. Aurelio le dio un empujón, y así lo llevó hasta el cuartel. Aunque dadas las circunstancias, precisamente era lo que galeno deseaba. Llegando ahí estaría seguro y las cosas serían diferentes; sabía que jamás lo arrestarían por haber quemado la casucha de la yerbera. Cuando llegaron, recargado de espaldas sobre la barda de afuera estaba uno de los uniformados, tenía un pie apoyado en la pared; despreocupado se quitaba la mugre de las uñas con una navaja. Se les quedó mirando extrañado, y no reaccionó hasta que Aurelio le dijo:

–Yo soy uno de los que andaban buscando en casa de la yerbera

El uniformado guardó su navaja de prisa, desenfundó su pistola, y apuntándole gritó a los que estaban dentro.

–¡Detengan a este!, es uno de los de la bronca en San Miguel

–Yo vine a entregarme por voluta propia, pero pido que detengan a este cabrón por incendiario –les dijo Aurelio, empujando al doctor, y poniendo las manos en alto.

Salieron otros soldados y lo metieron. Al doctor no le hicieron el menor caso, al darse cuenta decidió aprovechar el momento y se marchó de prisa; aunque sabía que no lo arrestarían no quiso tentar a su suerte. Dentro estaba el teniente Pablo González, que había escuchado los gritos. Salió de su oficina, los vio en el pasillo, y les preguntó extrañado.

–¿Qué pasa?

–Este es uno de los que andaba buscando la tropa de San Miguel, mi teni –contestó, uno de los subordinados.

–Yo vine a entregarme, pero también acuso al doctor por haber incendiado la casa de una señora - dijo Aurelio, cuando lo metían.

–¿Cuál incendio y de qué señora? –preguntó, extrañado.

–Con perdón de uste, mi teniente –dijo otro de los uniformados –una yerbera a la que llaman Manuela, los estaba encubriendo

–¡No nos encubría, teniente! Nosotros la amenazamos con matar a su hijo si no nos ayudaba. Que mejor prueba de que digo la verdad que vine a entregarme, ¿o no? –alegó Aurelio, indignado.

–¿Quién dio la orden de incendiar el lugar?

–Nadie, mi teniente. El doctor empezó todo, nos dijo que debíamos escarmentarla por encubridora –contestó el uniformado.

–¿Hay algún herido...o muerto? –preguntó el teniente.

–No, mi teniente, el lugar se encontraba vacío –contestó el subalterno, agachando la cabeza apenado.

–Yo solo pido que se haga justicia, teniente. La señora no tuvo la culpa de nada –dijo Aurelio, en tono de súplica.

–Ya lo veremos... Enciérrenlo. Y tú José, vete con Ramón a San Miguel, para que den aviso. Ya me habían informado sobre esto –finalizó el teniente.

Al otro día, poco antes de salir el sol se levantó Manuela; los gallos del vecindario la habían acostumbrado a despertar a esa hora. Salió a buscar algo para comer, y volvió cuando los demás apenas estaban despertando. Llevó fruta, café y leche fresca, que le obsequiaron algunos vecinos de su casa; viendo su situación no quisieron cobrarle nada. Revisó a sus pacientes empezando por Perla, quien al ver sus heridas por poco enmudece de la sorpresa. Increíblemente habían sanado, y estaban en proceso de cicatrización; la dosis que utilizó había sido enorme. Eso era lo primero que había tratado de evitar, que parecieran milagros, pero por el susto que se llevó con el difunto Enrique o, quizá por vergüenza, fue lo primero que hizo.

–¡No puede ser!...¡Es increíble!...¡Jamás vi nada igual!...¡Tus remedios son realmente maravillosos! – exclamó Perla, llena de asombro.

–¡No lo son tanto!...con tu esposo no sirvieron de nada, y con tu cuñado tampoco...– dijo, desilusionada, acostumbrada a las maravillas de su poción mágica.

Empezaba a quitar las vendas de Josué, cuando se llevó otra sorpresa al descubrir que sus heridas, aunque estaban abiertas, lucían perfectamente limpias, como si hubieran sido recién hechas. Sus viejas recetas también estaban haciendo efecto en Josué, quien al verlas, sonrió, y dijo, mirando a Manuela:

–Estoy de acuerdo con mi cuñada. Tus remedios han hecho un buen trabajo, Manuela...lástima que para mi pobre hermano fue demasiado tarde –y se le borró la sonrisa.

A Josué le pesaba en el alma la pérdida de su hermano, y trataba de sobreponerse a su pena lo mejor que podía. La frialdad con la que aun personas como él reaccionan ante el dolor, tiene sus límites. Era imposible que, ante la pérdida de su hermano, permaneciera inconmovible. Pero el estoicismo que demostró para enfrentar las cosas, llamaron la atención de Manuela. Hacía mucho tiempo que no veía a un hombre con otros ojos, que no fueran puramente de negocios. Por su parte, Josué había escudriñado a Manuela de pies a cabeza, además de sus ojos expresivos, su sapiencia y valor, le atrajo su cuerpo frondoso, que se dibujaba bajo su ropa despertando sus instintos; lo comparaba a una fruta madura en su mejor momento. Manuela no llegaba a los cuarenta, y aún se conservaba como en sus mejores años, aún lucía un cuerpo armonioso, y las piernas hermosas que conquistaran a Pedro, mismas que estuvo observando placidamente Josué, cuando Manuela recogía su vestido para subir y bajar del bote. Desde que ella enviudó no había vuelto a tener pareja, el único hombre en su vida era Benito, sin embargo no le disgustaba la idea de involucrarse sentimentalmente con Josué.

–Tendré que preparar más remedio para curar a Josué –dijo Manuela, un tanto preocupada.

No sabía de dónde sacaría las cosas que necesitaba para hacerlo. Volteó a ver a Josué y tomó una decisión.

–Voy al mercado a traerlas

–¡No, Manuela!, tal vez nos estén buscando –dijo Perla, con preocupación.

–¡Sí, Manuela! Yo creo que nos buscan a todos, por algo quemaron tu casa –replicó Josué.

–¿Si quieres yo voy, mamá?... Puedo ir más rápido, y sería más difícil que me anduvieran buscando... ¿No crees? –insistió Benito.

–No quiero que te arriesgues, hijo. Hasta que las cosas se enfríen, aquí estaremos bien y seguros

–Es que yo quisiera ver a Carmen...ni siquiera sabe en donde estoy

–¡Carmen!, ¡claro! Ella puede ser la solución –dijo Manuela, entusiasmada –. Tú puedes llegar a su casa por la parte de atrás. No tienes que entrar al pueblo. Ve con ella y pídele que me consiga las cosas en el mercado. Que vaya con doña Paula, ella tiene de todo lo que necesito –agregó.

Le pidió los ingredientes que usó en la última curación, además de jabón, café y otras cosas. Confiando en que no olvidara ningún ingrediente, y, con las recomendaciones de todos, partió Benito.

*****

Aurelio dormía en una celda donde solamente había una cama de piedra y estuco, con una delgada colchoneta de fibra de coco encima. Tenía un pequeño orificio cuadrado con gruesos barrotes, que daba hacia un patio interior, estaba casi pegado al techo, y parecía inalcanzable, pero la única entrada de aire. El duro camastro, los moscos y el calor, le habían hecho pasar una noche infernal. De todos modos, sus pensamientos lo habían estado atormentando hasta entrada la noche, sin dejarlo conciliar el sueño. Fue hasta la madrugada que, sin perdonarse así mismo, se quedó dormido. El ruido destemplado del pasador de su celda, lo despertó de golpe, apenas alcanzó a darse un estirón y tallarse los ojos, cuando un uniformado entró por él, y a gritos, le dijo:

—¡Arriba, cabrón!...mi teniente quiere verte

Aurelio se sentó sobre la cama para ponerse de pie, cuando el oficial lo zarandeó para sacarlo a empellones y llevarlo con su jefe. Al llegar a la pequeña oficina le dio el último empujón; el teniente estaba de espaldas viendo hacia la ventana.

—Siéntate —le dijo el teniente, mirando al cielo —mandé unos hombres a San Miguel, no deben tardar en regresar. Fueron a dar parte —y volteó a ver a Aurelio mientras hacía una seña al subalterno para que saliera —. ¿En qué andas metido? —le preguntó en tono amable.

—Pos ya sabe, teniente, allá en San Miguel chocamos con un grupo de rastreros de Díaz, y pos hubo un muerto y algunos heridos. Después nos andaban persiguiendo unos soldados, por eso llegamos hasta acá

—Pos está cabrón...para que tratan de impedir unos cuántos lo que ya decidieron los de arriba, ¿no crees?

—Si todos pensaran como uste, teniente...pero nosotros no estamos de acuerdo, aunque a otros cabrones no les cuadre...

—¿Y qué hay con el incendio? —dijo González, en tono sonriente, meneando la cabeza.

–Los vecinos de Manuela, la yerbera, vieron al doctor incendiar su casa, y la verda pos ta cabrón, teniente, porque ora sí que ella nos tuvo que ayudar a huevo

–Yo conozco a Manuela

–Dicen que es muy buena…

–Sí, lo es. Hace muchos años mató a su marido de una puñalada, pero fue en defensa propia. Él fue quien le hizo la cicatriz tan pinche que tiene en la cara. Sabe hacer remedios para muchos males. Todos los de la parte del pueblo que da pa'l río se los piden… Mi jefa y mi suegra entre ellos…

–Perdone, pero no sé si sea la misma persona, porque esta Manuela no tiene ninguna cicatriz en la cara, es más, está re guapa

–¡Manuela!, ¿no es la mamá de un chavo llamado Benito? –preguntó, sorprendido.

–Sí, entonces es la misma, pero pos no tiene ninguna cicatriz en la cara

–¡A chinga! –dijo, rascándose la cabeza –, solo que la haya desaparecido con algún remedio de los que inventa

–¿Y entonces?...¿uste sabe qué con ella?...

–No creo que ella tenga bronca...y si tiene la sacamos ¿Todavía está buena?

–pos la verda sí, teniente...está re buena. Tiene muy buenas piernas, muy buenas nalgas, una cinturita y está bien pechugona –dijo, sosteniendo sus manos frente a su pecho.

–Pues siendo así qué bueno, prefiero que me deba favores, ¿no crees?

–¿Y qué hay conmigo, teniente?

–Tuve que dar parte porque vinieron a pedir mi ayuda para atraparlos, además, está el doctor ¿Sabes?...aunque es medio pendejo tiene amigos arriba, allá en San Miguel. Capaz que si te suelto, un día se le llega a salir y me parten mi madre

–O sea..., ¿qué se va a salir con la suya el muy cabrón?

–Ya veremos... ¿Por qué andaba el doctor en casa de Manuela?

–Yo lo fui a buscar, y le dije que había un herido en casa de Manuela...lo demás yo creo que lo adivinó

–¡Ah que la chingada!, sin querer tú fuiste el pendejo que se la puso en bandeja de plata, ¿verdad cabrón?

–Así es, teniente, por eso vine a entregarme y a denunciar al doctor, pa que también lo chinguen

–Bueno, pos a ver si no te fusilan por entregarte, y por güey, cabrón –terminó el teniente, abriendo una puerta y llamando al guardia –. Enciérralo y tráeme al doctor...pero por las buenas, ¿entendido?

Mientras tanto, Benito llegó por la parte de atrás a la casa de Carmen. La vio mientras tendía la ropa que recién había lavado, y le lanzó unos guijarros, pero no fue hasta que el último le dio en la espalda que la hizo voltear. Al verlo se puso feliz, sabía lo de la casa, y estaba preocupada; dejó la ropa como estaba y corrió a su lado.

–¡Benito, mi amor!.... ¿Qué pasó?... Me dijeron que quemaron tu casa, porque tu mamá ayudó a unos revoltosos

–Ahora te cuento, pero vámonos de aquí

–Ven, allá no nos verá nadie –le dijo Carmen, tomándolo de la mano.

Se fueron detrás de un gallinero, y se recostaron sobre unos costales de maíz. Era tal su libídine que no tomaban en cuenta a los insectos, ni a una que otra rata que se la pasaba escudriñando entre la comida de las gallinas, mientras ellos se llenaban de besos y caricias. Benito le comentó lo que había sucedido desde que llegaron los heridos. Un poco después y, una vez satisfechos de caricias, Carmen se fue al mercado por el encargo de Manuela, y Benito se quedó escondido por los alrededores.

Una vez en el mercado, Carmen se detenía de cuando en cuando para saludar a sus conocidos, y aprovechaba para investigar lo que sabían acerca del incendio. Llegó al puesto de Doña Paula, surtió el pedido de Manuela y se marchó; cuando salió del mercado ya llevaba tres versiones distintas de los hechos, pero en ninguna se hablaba de cargos contra Manuela; no los había aunque ella lo ignoraba. Se apresuró y volvió a encontrarse con Benito. Le entregó las cosas pero no deseaba dejarlo.

—Mi amor, ¿puedo ir contigo?...

—No, Carmen, puede haber problemas

—Déjame ayudar a tu mamá, ¿sí?, se le puede ofrecer cualquier otra cosa, además ella no tiene problemas, buscan a los otros —le suplicaba a Benito, sin soltarlo de la mano.

—¿Estás segura? —preguntó Benito, un tanto extrañado.

—¡Claro que sí!, ¿para qué habría de mentirte?

Benito no quería involucrarla, pero ante el argumento y, la insistencia de Carmen, accedió llevarla. De todos modos se fueron por atrás del pueblo, y llegaron a la mansión a mediodía. Manuela, lejos de reprocharle a Benito la presencia de Carmen, la abrazó efusivamente, y hasta le pidió que la ayudara preparando algo de café, mientras elaboraba sus remedios. A Carmen le parecía increíble estar en la famosa mansión, miraba perpleja y emocionada, todo a su alrededor. Desde pequeña, al igual que a la mayoría de los del pueblo, le comentaron que en ese lugar había ocurrido algo diabólico, razón por la que no debía ni siquiera acercarse. Pero siempre que andaba por ahí se detenía unos momentos a contemplarla, aunque solo de lejos. Ahora por fin estaba dentro de ella, asombrada con su tamaño, diseño y construcción.

—¿Trajiste todo lo que te encargué con Benito? —preguntó Manuela, mientras revisaba el bolso y sacaba las cosas.

—Todo, además puse jabón, algo de comer y unas vasijas extras, por si se ofrecían. Por cierto, Manuela, tú no tienes de qué preocuparte, contigo no hay ningún problema, y menos con Benito

—¿Estás segura?

—Completamente. Es a ellos a los que andan buscando

—¡Vaya! Menos mal —dijo, Manuela con tranquilidad, si ella no deseaba estar involucrada, menos quería que Benito lo estuviera.

Mientras preparaba sus remedios, Carmen le contó las historias que había escuchado en el mercado. Por momentos, Manuela soltaba carcajadas con las versiones tan increíbles y absurdas, de los aldeanos. Pero eso formaba parte de sus vidas, estaban acostumbrados a personalizar los sucesos. Cada quien le daba su toque especial agregando o cambiando algunas cosas. De tal suerte que, el mismo acontecimiento, podía tener varias versiones, y ser de todos a la vez. De cualquier modo terminaba por convertirse en chisme de lavadero, y luego de cantina o viceversa; todo era cuestión de a oídos de quien llegara primero, de un hombre o una mujer.

Entre tanto, la patrulla formada por José y Ramón, los enviados del teniente a San Miguel, regresaba al cuartel. Venían con dos soldados de escolta para llevarse a Aurelio; el primer uniformado se apeó desabrochando su gorro. Su uniforme no lucía en las mejores condiciones: la casaca desteñida, indicaba ser con la única que contaba, y las botas parecían haber sido lustradas un par de semanas atrás. Hizo unas señas al otro, y enseguida se apeó también. Guiados por José, se dirigían a la oficina del teniente, cuando él les salió al paso en la entrada.

—¿Ustedes estaban siguiendo a los de la bronca de San Miguel? —les preguntó el teniente.

El soldado que desmontó primero, saludó al teniente colocando su diestra extendida sobre su sien derecha, y confirmó:

—Así es, mi teniente

Después se acercó a su caballo, abrió una de las alforjas, sacó un documento, y dijo:

—Tengo órdenes de llevar a los presos a San Miguel. Soy el cabo Hernández, a sus órdenes

—Nada más tenemos a uno, los otros huyeron...seguro pa'la selva —dijo el teniente.

—Aquí traigo el requerimiento —dijo el soldado, mostrando al teniente el documento que sacó de la alforja.

El teniente lo revisó con indolencia, mientras se rascaba la cabeza. En realidad era un asunto que no le incumbía y que, solamente porque habían solicitado su cooperación, y, Aurelio se había entregado, le dio seguimiento.

—Todo en orden, ahora le entregan al prisionero —dijo el teniente, haciendo señas a un subalterno para que fueran por Aurelio.

Una vez que lo sacaron, lo montaron a un caballo con las manos esposadas al frente; el cabo se despedía de la misma forma, cuando el teniente le preguntó:

—¿Qué tan grave es? —mientras se despedía de igual forma.

—Chocaron con otros, pero hubo un muerto y varios heridos —contestó el otro.

—Se agarraron con varios de la tropa. El que murió era uno de ellos, pero no sé si los encierren o ya sabe —dijo el cabo, extendiendo su mano y girándola por su garganta.

—Está bien —dijo el teniente, con indiferencia; finalmente el destino de Aurelio lo tenía sin cuidado.

No habían desaparecido en el horizonte, cuando llegó el doctor en su calesa escoltado por otro uniformado. Su rostro mostraba un ojo morado, los labios rotos, y otras señales de la golpiza que Aurelio le propinó; su semblante desencajado destacaba su disgusto. Por más que evitó hacerlo, al teniente se le escapó una sonrisa burlona mezclada con satisfacción.

—Buenas tardes, teniente —saludó el doctor, bajándose del carruaje.

—¿Cómo está, doctor?, ¿ya mejor de los golpes? —dijo el teniente, conteniéndose para no soltar una carcajada.

—Sí, ya me siento mejor

—Le mandé llamar porque debemos aclarar algunas cosas. Ayer cuando me di cuenta ya había usted desaparecido

—¿De qué se trata?

—Pues verá... —dijo el teniente, subiendo un pie en el estribo de la calesa, y recargando su codo en la rodilla –, varios vecinos del lado de arriba del río, han venido a denunciarlo; dicen que lo vieron prenderle fuego a la casa de Manuela. Cómo ha de saber los daños fueron considerables, claro, tomando en cuenta que el tipo de construcción era sencillo, techos de palma, etc. Por eso mandé buscar a Manuela, para que nos haga un estimado...

—Pe...pero ella encubría...a....

—No la chingue mi doc, —dijo el teniente, sin dejarlo terminar, a la vez que volteaba para lanzar un escupitajo al suelo -, ella no encubría a nadie. La amenazaron para que los ayudara. Uste lo sabe y mucha gente también, incluyendo al que lo aporreó y que lo confesó. Mire, haga su presupuesto o deje que ella me diga en cuánto estima sus daños, y luego me dice uste con cuánto le entra, yo serviré de mediador. Además le recomendaré que no presente cargos contra uste porque sería peor, tiene todo el derecho de hacerlo. ¿Estamos?

El teniente vio la forma de hacer negocio con el doctor, pero al mismo tiempo tendría un buen argumento a su favor, que tal vez le permitiría acceder a los encantos de Manuela.

—¡Está bien, teniente! —dijo, con enfado –¿Cuándo quiere que venga?

—Yo lo mando llamar, no se preocupe

El doctor subió a su carruaje visiblemente disgustado con el teniente. Después de todo, su idea de incendiar la casa de Manuela no había sido tan buena. Se llevó una buena golpiza, y ahora, en el mejor de los casos, tendría que pagar la reparación. Pero lo peor de todo era que, finalmente, ella no abandonaría el pueblo. Apenas se había alejado una cuadra, cuando alcanzó a escuchar con disgusto las carcajadas del teniente, secundadas por otros subalternos.

Más tarde, ocultándose en la oscuridad de la noche, Manuela y Benito, dejaron a Carmen. Manuela aún estaba temerosa, y dudaba si no hubiera cargos en su contra, pero quería saber lo que había pasado con Aurelio. Doña Refugio y su madre, estaban enteradas de todo excepto del trato del teniente González con el doctor. Mientras tomaban café hablaron al respecto.

—No te preocupes, Manuelita, que de ti nadie ha dicho nada. Más bien todos están encabronados con el pinche del doctor, ¡mira que quemar tu casa!… —dijo, doña Refugio.

—Es que no cabe duda que me odia el desgraciado, y yo ni siquiera le he hecho nada

—Pos seguramente pensará que lo dejarás sin pacientes

—Pues entonces que atienda bien a sus enfermos

Poco después terminaron su café, se despidieron, y se dirigieron a casa de Manuela. Conforme se iban acercando veía con tristeza que no quedaba gran cosa de su humilde hogar, solo los muros de adobe permanecieron de pie. Al llegar, lo primero que hizo fue revisar discretamente sus tesoros; el macetón con las pimpinelas no había sido movido, y los cordeles seguían atados a la raíz del mangle. Al menos lo más valioso permaneció intacto. El olor a carbón que despedían los objetos calcinados era fuerte, los miraba con tristeza entre las cenizas, como si fueran cadáveres que no sobrevivieron al siniestro. Con un palo removía entre los escombros tratando de encontrar alguno con vida. De cuando en cuando encontraba frascos, santos y raíces, que echaba en una bolsa, tal vez alguno le serviría, y si no, por lo menos sería un recuerdo; le había costado un buen tiempo y trabajo, adquirirlos. De pronto escucharon un carruaje, salieron por un costado entre los escombros, y descubrieron el coche de la familia Mendoza.

—¡Dios de mi vida! ¿Qué ha sucedido aquí? —dijo la señora Mendoza, llevándose una mano a la boca.

—Un incendio, mujer, eso es lo que ha sucedido —decía su marido, cuando se acercó Manuela.

—Buenas… ¿En qué puedo servirles? —les preguntó Manuela, en tono irónico.

—¡Ay, Manuela! ¡Gracias a Dios que ustedes están bien!

—Pues sí, porque no estábamos, ¿pero qué les trae por aquí?

—Es nuevamente mi suegra. Hace tres días se cayó de las escaleras, y el doctor la ha inmovilizado, pero quiere que tú vayas a verla. La pobre está en un grito...

—Pues ahora va a estar difícil, porque el cuarto donde trabajo se quemó con todas mis cosas —dijo, haciendo una mueca.

—Te lo ruego, Manuela, yo te haré conseguir todo lo que necesites para curar a mi madre —dijo el señor Mendoza, afligido.

—Está bien —dijo Manuela.

Con los Mendoza estaría segura, sabía que era un hombre rico, respetado y con cierto poder. "Si hay algún problema con ellos estaremos seguros", pensó.

—¿Pero qué fue lo que pasó, Manuela? —preguntó, la señora Mendoza.

—Bueno, pues se los contaré en el camino. Vamos a verla, solo déjenme llevar unas hojas de zapote negro para el dolor, ahora regreso. Espérame aquí, Benito, no tardo, si quieres ve subiendo al coche

Las hojas de zapote negro solamente eran un pretexto; en realidad las usaba para tratar problemas respiratorios y de la piel. Fue directo al río a sacar uno de los frasquitos de su tesoro, lo ocultó discretamente entre sus senos, y cuando volvió les dijo:

—Todo lo que tenía se quemó, tendré que hacer una lista de lo que necesito —mientras Benito la ayudaba a subir al carruaje, y se pusieron en marcha.

Durante el trayecto a la casa de los Mendoza, Manuela les contó con detalle lo que había ocurrido, o al menos, de lo que la habían enterado en casa de Carmen, incluyendo la participación del pirómano doctor. La contrariedad se notaba en el rostro del señor Mendoza, era un hombre recto, de buen corazón, y odiaba las injusticias. Por si fuera poco, las últimas intervenciones del doctor con su madre, no lo habían dejado del todo satisfecho.

—Manuela —pronunció, con solemnidad el señor Mendoza —, tú encárgate de aliviar a mi madre, y yo me encargaré de las reparaciones de tu casa ¿Te parece?

—Haré lo mejor que pueda, señor —su rostro reflejó alegría al escuchar esas palabras, pero desapareció cuando don Luis percibió el aroma de Benito.

—¡Huele a flores!, ¡a flores frescas!

—¡En efecto!...¡huele a flores! —agregó la señora Mendoza. Ignorantes de las peculiaridades de Benito, buscaban de donde provenía el aroma.

—Lo extraño es que no hay ninguna por aquí... —decía la señora, cuando Manuela los interrumpió.

—Es una fragancia que le hice a mi hijo. Ahora que está en edad de comenzar a salir con amiguitas, ustedes saben...

Un ligero dolor de vientre, le recordó a Manuela la ausencia de su fórmula para ocultar a Benito. Le daba pánico la idea de que personas extrañas conocieran su aroma. Era un secreto que únicamente ella conocía, y nadie más debía saber. En un pueblo tan pequeño, en cualquier momento podría correrse la voz hasta llegar a María. Sobre todo en Frondoso, donde los secretos más guardados tarde o temprano hallaban una puerta, para después salir por las ventanas de todos. El trayecto a casa de los Mendoza se le hizo incómodo, pero le sirvió como un aviso. Meneaba la pierna intranquila, mientras rogaba al cielo porque no tuviera consecuencias.

Cuando llegaron a la casa, apenas descendieron del carruaje, el señor Mendoza condujo a Manuela a la habitación de su madre. Doña Beatriz se encontraba postrada en su cama a consecuencia de la caída. Apenas vio a Manuela y se puso feliz, sus ojos apagados de repente parecieron avivarse. Los resultados de sus remedios, la habían hecho sentir como si nunca hubiera estado enferma de un mal que padeció por largo tiempo; con eso se había ganado toda su confianza.

—¡Manuela!, qué bueno que viniste, ¡ayúdame!..., ¡me siento muy mal!

—Calma, doña Beatriz, yo la aliviaré, se lo prometo

—Gracias, Manuela, te creo hija, confío mucho en ti

Tenía un dolor en la espalda baja, que descendía por la cadera hasta el coxis. Era evidente una fractura por la terrible coxalgia que sufría, pero los comentarios de la paciente pronosticaban una más: al resbalar hacía atrás en el descanso de la escalera, cayó de glúteos con todo su enorme peso sobre el filo de un escalón. Sus ya débiles huesos cedieron ante el golpe brutal, con otra fractura entre el sacro y el coxis.

El doctor había detectado solamente la fractura en la cadera, y su tratamiento consistió en sales cálcicas para incrementar el volumen de calcio, ácido salicílico para el dolor, un ceñido vendaje que envolvía su cuerpo desde la cintura hasta las piernas, y cuarenta y cinco días de inmovilidad. Cuando tenía que hacer sus necesidades, usaban un bacín para moverla lo menos posible; aun así el dolor era insoportable. La pobre doña Beatriz tendría que permanecer cuarenta y dos días más con esas limitaciones. Tal sufrimiento fue el motivo para pedir el auxilio de Manuela, pero tres días después de haber sido atendida por el doctor, y hasta que el escepticismo de don Luis, fue doblegado por la pena que le causaba ver a su madre en esas condiciones. No creía o no quería creer, que esta vez Manuela pudiera hacer algo por ella, sin embargo, sabía que era la única alternativa que tenía para aliviar su dolor. Doña Beatriz no estaba en condiciones de viajar ni siquiera a San Miguel para que la vieran otros médicos. Lo que hizo Manuela para aliviar sus problemas estomacales, no era comparable al cuadro que presentaba en esta ocasión, pero no dejaba de reconocer que sus remedios funcionaron.

Después del reconocimiento a doña Beatriz, salió de la habitación. Con un poco de maña y, abusando un tanto de la gentileza de don Luis, Manuela le dictó una extensa lista, que fue anotando en una hoja que desprendió de un cuaderno. Además de lo que necesitaba para los remedios de su madre, incluía muchas otras de las que terminaron en cenizas. Ciertamente le hacían falta, no contaba con nada, pero también le servirían para crear un poco de desconcierto. Pensaba que, mientras más elaborados parecieran sus remedios, mejor los pagarían. Cuando terminó de dictar y don Luis de anotar, dijo:

–Eso es lo que necesito

–¡De acuerdo!, pero, ¿en dónde se supone que consiga esto? –contestó incrédulo –, es muy extensa la lista –agregó.

–No se preocupe que nada es caro. Mañana a primera hora pueden conseguir todo en el mercado. Mientras tanto no podremos hacer nada. Si no hubiera sido por el doctor... –dijo, haciendo una mueca, destacando la actitud nefasta del galeno.

–De acuerdo, mañana tendrás lo necesario. Si lo desean pueden quedarse

Manuela pensó en las todas las comodidades que les esperarían si aceptaban, pero también pensó en Josué y en Perla. Quiso creer que estarían preocupados por ellos, en especial Josué; sentía grandes deseos de verlo.

–Gracias, pero mejor vengo mañana. ¿Si nos pudieran llevar a los cipreses se lo agradecería?

–¿Qué harás ahí a estas horas? –preguntó intrigado, el señor Mendoza.

–Quiero recoger unas hojas para hacer el remedio de su mamá. Como puede ver no está anotado en la lista –las hojas del ciprés, las utilizaba para prevención de infecciones por sus propiedades antibacterianas, pero le urgía regresar con Perla y Josué.

–Si lo deseas pueden esperarte y luego traerte

–Después voy a ver a otra paciente

–Como gustes. Ahora mismo los llevan

–Muchas gracias, don Luis

Ese lugar era lo más cerca que podían dejarlos de la mansión, sin levantar sospechas. Cuando llegaron a los cipreses, esperaron a que partiera el carruaje, y se dirigieron de prisa a la mansión. Perla y Josué, por precaución estaban a oscuras. Sentían que les pisaban los talones, y estando solos no se sentían seguros. No conocían la región, y temieron que por la luz los descubrieran. A todos les dio gusto verse, los cuatro se saludaron afectuosamente, y soltaron un poco de risa nerviosa, que terminó con las noticias sobre Aurelio.

—¡Lo siento! —dijo Manuela, al terminar de contarles.

—Yo también. Pero él solo se jodió —dijo Josué —lo único que me apena es lo de tu casa – agregó.

—Es verdad, Manuela. Él tuvo la culpa, y ahora lo está pagando —dijo Perla.

De pronto, Perla comenzó a olfatear en el ambiente hasta que llegó a Benito.

—¡Qué perfumado vienes, Benito! —dijo Perla, acercándose a Benito.

—No me he puesto nada, ni siquiera me he bañado —contestó Benito, sorprendido.

—Es una fragancia que yo le preparo, pero su efecto es muy duradero —intervino sonriendo Manuela.

—Deberías hacerla para todos —dijo Josué, contestando la observación de Manuela.

—Carmen trajo jabón, ¿por qué no vamos a bañarnos, hijo?... nos va a caer bien

—Yo también quisiera hacerlo —dijo Perla.

—Y yo —agregó Josué.

Mientras más pasaba el tiempo más fuerte era el olor de Benito, Manuela sabía que con agua y jabón, no lograba desaparecerlo, pero al menos se desvanecía.

—Preferiría que ustedes no mojaran sus heridas, sobre todo tú Josué. Esperen hasta mañana, ¿vamos hijo?

—Vamos, mamá

Subieron al pequeño bote, y se dirigieron a la ribera. Buscaron un lugar cómodo y se metieron a bañar. Después de enjabonarse el aroma de Benito se desvaneció. Pronto volvería, pero en la lista que le encargó a don Luis, también había considerado los ingredientes de la loción para ocultarlo.

Cuando regresaban del río, Josué se paseaba afuera de la mansión. Tenía una vara en la mano que blandía como si fuera un sable, con el que cortaba el aire, y una que otra hoja que sobresalía de su mata de un golpe; estaba inquieto aguardando la llegada de Manuela. En cuanto la vio su expresión cambió.

—¿No los picaron mucho los moscos? —les preguntó Josué, apoyando un pie en los cimientos de lo que fuera una barda.

—A mi hijo no lo pican, pero mi sangre les gusta. Adelántate, Benito, enseguida te alcanzo —dijo, Manuela, para quedarse a solas con Josué.

Se puso nerviosa, era la ocasión que había estado esperando. En ese momento se dio cuenta de que, al haberse quedado a solas con él, era como aceptarlo, como si lo hubiera invitado a cortejarla y se arrepintió; no deseaba que Josué sintiera que ella tomaba la iniciativa. Se sentó sobre las piedras de la barda, cerca de donde estaba Josué. Él también, un poco exaltado, se aproximó muy despacio y se sentó a su lado.

—¿Te sientes mejor de tus heridas? —preguntó Manuela, rompiendo el hielo.

—La verdad, me siento mejor por algunas cosas

—¿Puedo saberlas?

—Lo de mi hermano me duele todavía, pero tengo que aceptarlo. Siempre hemos sabido que, por andar en esto, en cualquier momento nos lleva la fregada. Nos hacemos a la idea y eso nos fortalece. Es como si matáramos una parte de nosotros mismos cuando decidimos andar en este desmadre. La parte que, tarde o temprano, tiene que caer. Pero me siento mejor porque mis heridas están sanando —se acercó a Manuela y la tomó por la barbilla—. Pero también por haberte conocido

Manuela lo miró detenidamente, recorriendo su rostro bajo la luz de la luna. Le gustaba, había algo en él que le atrajo desde un principio. No sabía si era su físico, su carácter, o simplemente tantos años de abstinencia que afloraban sus ansias de amar, y la hacían víctima de sus propios deseos. Comenzó a temblar un poco, sus nervios la estaban traicionando.

–Yo también me siento bien por haberte conocido –respondió, antes de que sus labios se unieran en un beso fogoso, que fue suficiente para que los envolviera en un torbellino delirante.

En ese momento, para Josué sus heridas no eran importantes, no pensaba en ellas, ni siquiera las sentía, era más importante el suculento cuerpo de Manuela. Sus senos firmes y redondos, sus bellas piernas, gruesas y bien torneadas y sus glúteos, que recorría una y otra vez con sus caricias; se disfrutaron intensamente. Manuela ni siquiera se preocupó si quedaba embarazada, si así fuera estaría feliz. En esos momentos se sentía dichosa porque se dio cuenta de que estaba enamorada de Josué, y sentía que él la amaba. Que su amor era correspondido, y, sin importar las consecuencias, deseaba que esa dicha fuera eterna e imperturbable. Disfrutaron minutos de exaltación y de loco frenesí, que pasaron como una tromba empapándolos de pasión y de sexo, que quedarían en los recuerdos de Manuela para siempre. Perla y Benito, no los buscaron, tuvieron el presentimiento de su amor, y prefirieron no molestarlos. Más tarde entraron a la mansión, y sin hacer ruido, tomaron sus lugares de la noche anterior.

Al otro día, Manuela se levantó muy temprano mientras los demás continuaban dormidos. Sus ojos enamorados contemplaban a Josué con amor, con ternura y con pasión. "Por fin, después de tanto tiempo encontré el amor", pensó, y salió para preparar el desayuno. Más tarde cuando estuvo listo, subió y despertó a todos. Luego del desayuno, comenzó a cambiar las curaciones de los heridos. Perla había sanado completamente;

Josué, a pesar de haber sido atendido con sus remedios tradicionales, iba en camino de hacerlo.

—Voy al río a bañarme, y a cortar unas hierbas para hacer un remedio ¿Vienes, Benito?

—Sí, mamá

—Si alguno quiere venir ya puede hacerlo, sus heridas ya cerraron

—Yo iré un poco más tarde, prefiero que ni Perla ni yo nos arriesguemos —dijo Josué.

—Yo quería ir, pero tal vez tenga razón Josué, para qué le buscamos...iremos cuando oscurezca —dijo Perla.

—Bueno, por si se quedaron con hambre, ahí les dejé huevos, un poco de fruta y café en la lumbre

—Manuela —dijo Josué, en un tono solemne, y mirándola a los ojos —sentimos mucho lo que pasó con tu casa, y tanto Perla como yo, te estamos muy agradecidos. Muchas gracias por todo

—No fue nada, cualquiera lo hubiera hecho

—En verdad hiciste un gran trabajo, Manuela, muchas gracias —agregó Perla.

—No tardamos —dijo Manuela, volteando a verlos un tanto ruborizada.

Muy cerca de la mansión se formaba una bifurcación en el río, una especie de brazo que terminaba en una pequeña laguna. Estaba semi-oculta por la espesura de la vegetación, era ideal para refrescarse en la orilla. Los árboles hacían una sombra majestuosa, y cuando el sol estaba en el cenit, algunos rayos se filtraban entre el follaje cayendo sobre el agua, y ofrecían un espectáculo de luz maravilloso. Ese lugar era el preferido de Benito, la pesca era segura, y muy pocos lo conocían. Él lo descubrió cuando exploraba los alrededores de la propiedad. La mansión tenía un atractivo muy especial para él, tal vez el mismo que ejerció en su padre, y que heredó de sus ancestros.

A veces Benito iba a pescar con algunos amigos, y en ocasiones nadaban, pero antes de meterse debían vigilar que no se hubiera escurrido algún caimán; aunque solo ocurría en casos excepcionales, pero los más grandes podían ser peligrosos si estaban hambrientos; se lanzaban sobre cualquier cosa que se metiera o cayera al río. Era un lugar de extrema belleza, y Benito quiso compartirlo con Manuela.

—¡Benito!, ¡qué bello lugar, hijo!

—¿Te gusta?

—¡Me encanta!...nunca imaginé que tan cerca de la mansión hubiera un lugar así

—Pues ahora que lo conoces, puedes venir cuando quieras

—Seguro que vendré, puedes jurarlo

Manuela estaba feliz, y deseaba compartir su dicha con Benito. Algún día tendría que saberlo, y sería mejor que lo supiera por ella.

—¿Sabes, hijo?, me gustaría hablarte de algo que pasó anoche —comenzó diciendo, pero enseguida la interrumpió Benito.

—No tienes por qué contarme nada, mamá

—Quiero hacerlo, hijo

—Prefiero que no, mamá. Solo quiero que seas feliz, yo no me interpondré. Sé de lo que quieres hablarme...que te sientes sola

—No, Benito, contigo no me siento sola...es que...

—Entiendo, mamá, te hace falta el amor de un hombre...de un hombre como Josué, no el de un hijo

—Los dos me hacen falta, Benito, pero más el tuyo que el de nadie —dijo, tratando de ensalzar el amor que sentía por él.

—No te preocupes, mamá, no te reprocharé nada —contestó lacónico.

Ya no hablaron del asunto, al menos Benito entendía sus necesidades, y parecía que, si no estaba de acuerdo, al menos no se opondría. Terminaron de bañarse, y regresaron a la mansión.

Muy triste fue la sorpresa que se llevó Manuela, cuando al llegar a la mansión la encontraron desierta; Perla y Josué, se habían marchado. Miró a Benito apenada, y no supo ni qué decirle, momentos antes trataba de anticiparle su incipiente relación que soñaba sería muy larga y, en el mejor de los casos, para siempre. Ambos callaron, no había nada que decir, solo recogieron sus cosas, y se marcharon a casa de los Mendoza. Manuela de pronto se sintió insignificante, la desilusión y el desconcierto, se adueñaron de sus pensamientos. Se preguntaba en donde había fallado, si volvería a verlo, o si todo fue un sueño que terminó en esa pesadilla. Una luz de esperanza de pronto brotó en su corazón, pensando que los hubieran arrestado; Josué le había dicho que sentía que les pisaban los talones. No se arriesgarían a salir y bañarse a la luz del día, en una zona desconocida. Por lo menos, si su corazonada era cierta, la razón no habría sido huir de su amor, pero la incertidumbre le pesaba como un costal de piedras. Durante todo el camino no pronunció palabra, sabía que si hablaba las lágrimas de pena la traicionarían. Benito comprendió lo que sucedía en los sentimientos de Manuela, y respetó su silencio.

Al llegar a la casa de los Mendoza, escucharon los gemidos lastimeros de doña Beatriz desde que estaban en el cobertizo. Don Luis estaba como fiera enjaulada, caminando de un lado a otro de un pasillo fumando su puro, esperaba con impaciencia a Manuela. No soportaba los gritos de su madre cada vez que se movía; reflejados por el eco, parecían escucharse por toda la casa. Al ver a Manuela, dijo con alivio.

–¡Manuela, te esperaba!...

–¿Consiguió las cosas?

–Sí, claro, ya está aquí todo lo que necesitas para los remedios de mi madre. Sígueme por favor –dijo, apurado.

Condujo a Manuela y a Benito, por un largo pasillo que pasaba por el comedor, hasta una habitación contigua a la cocina; el contenido de la lista estaba sobre una mesa. Viendo las cantidades, Manuela pensó que se le había pasado la mano, y que don Luis sería muy incrédulo, si pensara que todo eso sería para los remedios de su madre. Pero a él lo único que le importaba, era que la aliviara.

–Aquí estarás bien. Cuando necesites hervir algo, aquí junto tienes la cocina

–¡De acuerdo!, y no se preocupe, su mamá se aliviará

–Te lo agradeceré. Puedes escuchar cómo se queja

–Trataré de no tardarme

No le llevaría mucho tiempo, era muy habilidosa. Desde pequeña se había interesado por los poderes curativos que cada planta ejercía en el organismo. Su madre, viuda desde que Manuela era pequeña, le fue enseñando lo que a su vez ella había aprendido de la suya, hasta que Manuela llegó a superar su sabiduría. Generación tras generación, las mujeres de su familia fueron transmitiendo sus conocimientos sobre herbolaria, pero ninguna de ellas era tan sabia como Manuela; era la mejor de todas. Su sapiencia se debía a su gran interés, a su talento, a su inquietud por la investigación, y también a su prodigiosa memoria. Era la única que se había interesado por evaluar las propiedades de cada planta, y de crear mezclas que ofrecieran mejores resultados. Inclusive, sabía preparar una gran de variedad de remedios en los que había un componente principal, y un segundo que solo servía como vehículo, acelerador o fijador, de los ingredientes curativos del primero. Podría decirse que, la efectividad de sus pócimas, superaban a las tradicionales que las demás conocían, y no era de extrañarse, que conociera las funciones de decenas de plantas más, que cualquier otra yerbera de la región.

Con ayuda de Benito comenzó a preparar el remedio; Benito lavaba con sumo cuidado las hierbas, cada hoja y cada tallo, mientras Manuela ponía las ollas en la lumbre y machacaba las hierbas limpias. Comenzó por hojas de ruda, las puso a hervir en un recipiente con agua, y en otro hirvió consuelda.

La ruda en Veracruz se usaba macerada en alcohol para las articulaciones, pero Manuela sabía de sus beneficios en fracturas y torceduras, cuando era ingerida en forma de té. El recipiente lo dejó hervir hasta dejar los asientos que sirven de analgésico. Los vació en una vasija con el té de ruda, le agregó consuelda, y lo mezcló con el orozuz; por último, y, sin que nadie la observara, sacó del bolso su frasquito con el elixir mágico y vertió una gota.

Después de que enfrió un poco, subió a la habitación de doña Beatriz y le administró el equivalente a una taza; se lo dio a cucharadas para no moverla. La concentración que hizo esta vez era muy poderosa, le urgía acabar con los gritos de dolor de la señora, y asegurar lo prometido por don Luis. Poco después bajó de nuevo a la cocina, y aprovechó unos momentos para elaborar la fragancia que ocultaba a Benito. Solo faltó el almizcle que usaba como fijador, pero ese solamente lo conseguía con el "mocho"; un mulato que se lo llevaba hasta su casa. Le llamaban así porque le faltaban dos dedos de la mano izquierda; se los voló cargando su escopeta. Manuela lo había curado con sus remedios tradicionales. Una vez preparada, Benito se ungió y ocultó su olor.

El resto del día lo pasaron en la casa, clasificando las hierbas que mandó comprar con don Luis. Repitió la dosis a doña Beatriz al mediodía, y por la noche poco antes de acostarse; habían sido invitados a pernoctar. Tanto ella, como Benito, jamás habían dormido en unas camas tan confortables, y menos aún en una habitación tan lujosa. Era grande, con dos camas enormes, de sus doseles colgaban los mosquiteros que salían bajo unas cenefas de la misma tela que las cortinas. Había un fino y pequeño escritorio, con un sillón tapizado en piel de color café y en forma de rombos que parecían pequeños cojinetes; un magnífico ropero de madera tallada con chapetones de bronce, hacía juego con los burós, y unos tapetes orientales descansaban a cada lado de las camas. Apenas se acostaron y

Benito cayó en un sueño profundo, pero Manuela no podía conciliar el suyo; lo de Josué la mantuvo despierta un par de horas más.

Por la mañana, como siempre, la primera en levantarse fue Manuela. Visitó a su paciente con la misma curiosidad que los niños el nacimiento en un día de reyes; saben que hay regalos y ansían verlos. El milagro estaba hecho, el poder extraordinario de la magia de Benito volvía a manifestarse.

–¡Buenos días, doña Beatriz!

–¡Buenos días, Manuelita! Pasa hija, hace rato que estoy despierta

–¿Cómo amaneció?

–Desde mi caída, es la primera noche que duermo tranquila, hija

–¿Cómo se siente?

–¡Infinitamente mejor! ¡Es increíble!, pero los dolores casi han desaparecido. Yo sabía que tú me aliviarías, y no el pendejete del doctor que me estaba matando de dolor, ja ja ja

Las carcajadas que ambas soltaron, llamaron la atención del matrimonio Mendoza. Su curiosidad los levantó de la cama, se pusieron sus batas, y fueron a fisgar en la recámara de doña Beatriz, a ver de qué se trataba.

–¡Mamá! ¿Te sientes bien? –preguntó don Luis, muy sorprendido al verla, pero con cara de alegría.

–Por supuesto que me siento bien. Estando aquí Manuelita, no podría sentirme mal –dijo doña Beatriz, acariciando la mano de Manuela.

Incrédulo don Luis, no acababa de salir de su asombro. Veía con alegría que el semblante de su madre había mejorado considerablemente, podía moverse sin dolor y reía. Su escepticismo se desvaneció de pronto; estaba siendo testigo de algo increíble. Volteó a ver a Manuela con asombro y quizá con admiración. No había explicación alguna para una recuperación tan increíblemente rápida, excepto sus remedios.

A mediodía, podía decirse que la enferma estaba en camino de un restablecimiento total, Manuela y Benito, habían pensado quedarse en la mansión, y decidieron marcharse, pero no lo comentaron. Doña Beatriz y su nuera, insistieron que permanecieran con ellos, en tanto don Luis se hacía cargo de las reparaciones de su casa, aunque de pasadita, aseguraban los servicios de Manuela.

–Insisto, Manuela, no tienen a donde ir, es mejor que se queden con nosotros. La casa es bastante grande y aquí nada les faltará –dijo, la señora Mendoza.

–Creo que ya hemos causado demasiadas molestias, señora, han sido muy amables

–Mi suegra cuenta con que te quedes, se va a sentir desairada si se marchan

–¡Esta bien!, nos quedaremos

Manuela accedió, aunque hubiese preferido investigar lo que sucedió con Perla y Josué, pero pensó que de cualquier modo podría hacerlo. Deseaba con vehemencia conocer el motivo por el cual la abandonó sin ninguna explicación. Estaba enamorada, su encuentro le había parecido maravilloso; Josué la había llenado. En tan solo unos minutos la hizo experimentar lo que nunca sintió con Pedro. Después de tantos años el amor había tocado a su puerta, pero desapareció tan pronto como llegó.

*****

Cumpliendo cabalmente con su palabra, ese mismo día y más tarde, el señor Mendoza se encontraba entre los escombros de la casa de Manuela, evaluando los daños con algunos trabajadores. Con una mano trataba de cubrirse los ojos del sol ardiente, mientras que con la otra se abanicaba con su sombrero para mitigar el calor. Cada que daba un paso lo hacía con cuidado para no mancharse, el carbón y las cenizas, prácticamente los tenían rodeados, aunque no le servía de mucho; la brisa que llegaba del río en ráfagas discontinuas se encargaba de esparcirlas en el aire. Volteaba para ver los cimientos de diferentes ángulos, cuando de pronto se apareció el teniente González a caballo.

—Buenas tardes, señor Mendoza. Busco a la señora Manuela ¿No está por aquí? —preguntó, sin bajar del equino.

—No. Tengo entendido que el doctor incendió la casa. Esto es lo que quedó de ella —contestó, don Luis.

—Eso dicen, precisamente venía a buscarla para hablarle de eso

—Pues seguramente la encontrará en mi casa; ha estado atendiendo a mi madre. Curiosamente de lo que el doctor no pudo aliviarla ¿Ya sabe dónde vivo?

—¡Desde luego, señor!, pasaré a verla, muchas gracias —contestó González.

Arreó el caballo y se marchó al galope, levantando una nube de polvo que hizo voltear a don Luis con una actitud de reprobación; parecía que no había sido suficiente con las cenizas.

Una vez evaluados los daños, el señor Mendoza giró instrucciones para que iniciaran la reconstrucción. Se puso el sombrero y montó a su caballo. Antes de irse volteó una vez más a ver los restos del siniestro, meneó la cabeza desaprobando la alevosía del doctor, y se marchó. Una gran parte quedó inservible, pero las principales pérdidas eran las hierbas y las anotaciones de Manuela; sus herramientas de trabajo. Sin embargo, su prodigiosa memoria era como un enorme libro donde almacenaba todo, y que conocía de principio a fin; eso atenuaba un poco los daños del siniestro.

González fue directo a la casa de los Mendoza, hacía mucho tiempo que veía a Manuela con muy buenos ojos. Desde que Pedro la trajo de San Miguel poco antes de su boda. En aquel entonces él era raso, y tenía poco tiempo de haber ingresado a las filas. Fue un fin de semana que la vio cerca de "la poza", un ramal del río con una playa que rodeaba a un gigantesco ojo de agua. Durante los fines de semana, regularmente se reunían ahí los habitantes de la región para nadar y divertirse. Él se dirigía hacia allá con otros soldados, caminaban por la orilla del río, pero poco antes de llegar encontraron el bote de Pedro. Se escurrieron con sigilo, y los encontraron desnudos haciendo el amor en una pequeña playa; estaban escondidos entre la marisma. Se quedó pasmado con el cuerpo voluptuoso y bello de Manuela, y continuó observándolos hasta que terminaron, y se quedaron recostados sobre la suave arena. Poco después los demás se fueron a la poza, pero él permaneció ahí, contemplándola absorto, hasta que pisó una rama que los puso en alerta y se vistieron. Desde entonces no pudo borrarla de su mente; hacía casi veinte años de eso.

Al llegar a casa de los Mendoza, sintió un pequeño vacío en el estómago, se apeó del caballo frente al portón de madera, y sonó la campana. Esperó con impaciencia a que atendieran, estaba inquieto, su boca estaba reseca pero sus manos sudaban; procuró mantener seca su diestra frotándola sobre un costado del pantalón. Cuando salió la sirvienta se presentó, y pidió ver a Manuela. Lo pasaron al cobertizo donde esperó unos momentos que le parecieron eternos, caminaba nervioso de un lado a otro jugando con su fuete, y pensando en alguna introducción para su charla con Manuela. Hacia tiempo que no la veía, pero con la cicatriz en su rostro nadie quería verla; él tampoco. Sus últimos encuentros habían sido de lejos, y ni siquiera había notado que ya no la tenía; fue Aurelio quien le abrió los ojos. Poco después salió Manuela, y, controlando su nerviosismo, la saludó muy cortésmente.

—¡Qué tal, Manuelita! ¿Cómo le va? —le dijo, viendo con asombro su rostro, y echando una mirada rápida sobre su cuerpo, solamente para corroborar lo que Aurelio le dijo. Una vez convencido se puso feliz, casi lucía igual que cuando él la conoció.

—¿Cómo piensa que pueda irme con mi casa quemada, teniente? —dijo Manuela, un tanto molesta.

143

—De eso vine a hablarle. ¿Sabe?, hablé con el doctor. La verdad es que mucha gente lo vio quemar su casa, así que lo presioné para que le pague. Si no todo, la mayor parte ¿Qué le parece?

—Pues debería pagar todo, ¿no lo cree usted?

—Bueno, Manuelita, algo es mejor que nada. Vine con el afán de ayudarla, yo estoy de su lado ¿En cuánto estima usted sus pérdidas?

—Mire, teniente, en realidad no tengo la menor idea de lo que cueste reparar los daños. Lo que debería de hacer, es obligarlo a contratar a algunos trabajadores para que la dejen como estaba

—Es que fue por un error, pensaban que usted estaba escondiendo a unos revoltosos, y pos ya sabe, eso también está penado —dijo, quitándose la gorra, y rascándose la cabeza —, pero todo quedó aclarado – agregó.

—Teniente, a mí me vale madres que haya sido un error, me quemó mi casa y quiero que me la reponga. Que me la deje como estaba, eso es lo justo

—Pero no se enoje, Manuelita. Veré que puedo hacer por usted, ya sabe que siempre le he tenido buena ley, si quiere podemos vernos más tarde…allá en su casa, para que evalúe los daños, y el doctor le pague, ¿le parece?

Enseguida Manuela se dio cuenta de las intenciones de González, que no pudo ocultar su mirada libidinosa al verla. Pero también sabía que, si él le sacaba el dinero al doctor, ella saldría ganando. El señor Mendoza costearía las reparaciones de la casa, y el dinero que pagaría el doctor sería adicional; "es muy justo después de lo que me hizo pasar el muy pendejo"; pensó.

—¿Qué le parece si mejor la vemos mañana, teniente?

—Creo que mientras más pronto mejor, ¿no cree, Manuelita?

—Pues sí, solo que hoy me quedaré a atender a la mamá del señor Mendoza, pero seguramente mañana amanecerá mucho mejor

–De acuerdo, Manuelita, pero dígame Pablo, por favor

–Bien, Pablo ¿A qué hora le parece que lo vea?

–Usted ponga la hora, yo estoy para servirle

–A las once nos vemos allá, ¿le parece bien?

–¡A las once en punto la espero! –le dijo, y con una gran sonrisa de satisfacción, mientras se dirigía a la puerta. Subió a su caballo, hizo un saludo militar, y partió.

Manuela esperó a que se marchara para salir de prisa. Fue a visitar a doña Concha, la suegra de González. Le quedaba cerca de su casa, un poco más arriba, y sobre el mismo lado del río; vivía con un hermano y su hijo el menor. Su casa estaba rodeada de bellos jardines con una gran cantidad de flores de una extensa variedad, que cuidaba con esmero. Eran su pasatiempo pero también con las que hacía negocio para su subsistencia, las vendía en el mercado y en la florería de Frondoso. Cuando la vio llegar, la recibió amablemente.

–¡Manuela, qué bueno que viniste, hija!

–¿Cómo está, doña Concha?

–Pos fíjate que me ha empezado el dolor otra vez

–¿Ya se le acabó el remedio que le di?

–Ya, Manuelita, te iba a ir a buscar pero me dijeron lo de tu casa

–Pues sí, pero ahí tengo varios de mis remedios. Vamos a hacer una cosa, ¿qué le parece si se lo doy mañana? Vaya por él a mi casa, ¿está bien?

–Claro que sí, Manuelita ¿A qué hora voy?

–Yo estaré por ahí mañana como a las once, porque después tengo otro asunto. Si está de acuerdo ahí nos vemos

–Ahí estaré antes de las once, Manuelita, muchas gracias

De ahí se fue a casa de los Mendoza para hacer el remedio de doña Concha: se metió a la habitación que le habían destinado, y comenzó a prepararlos: huachata para tomar en té, y también para aplicar en compresas con alcohol, además pingüicas como diurético, que, durante algún tiempo, le habían funcionado tan bien. Al inmutarlo con su ingrediente mágico, sabía que su efectividad sería contundente. Pero Manuela no había ido a vender su remedio, sino a asegurarse que, la entrevista con González, fuera puramente de negocios, y no como él deseaba que fuera.

Al otro día en la mañana, Manuela llegó a su casa a las diez y media, solamente para inspeccionar la barda que daba al río, y los frascos con su elixir que pendían de las raíces; empezarían a llegar los trabajadores a reparar la casa, y eso la tenía un poco nerviosa. Solo observó discretamente sin siquiera acercarse; respiró con tranquilidad, todo estaba en orden, tal como los había dejado.

A los pocos minutos llegó doña Concha, volteando hacía todos lados buscando a Manuela.

−¡Manuelita! −gritó.

−Aquí estoy, doña Concha −dijo Manuela, saliendo tras una de las negras bardas.

−¡Pero mira nada más como quedó tu casa, mujer!

−Pues se lo debo al bueno para nada del doctor

−Ya lo sé, hija, me contaron ¿Me trajiste mi remedio?

−Aquí lo tiene, y ahora le puse otras yerbas que le darán mejores resultados

−¿De veras?

−Mañana se sentirá como nueva, ya lo verá

−Muchas gracias, Manuelita ¿Cuánto te debo?

−Lo mismo de siempre

−Aquí tienes −le dijo, dándole unas monedas que sacó de su bolso.

Doña Concha comenzó a darle su versión de los hechos, una un poco distinta de las otras aunque con el mismo final. Y, mientras Manuela le mostraba los daños causados por el incendio, llegó a buscarla el teniente González. Se había bañado temprano, se afeitó y se puso una fragancia. Sin haber visto a doña Concha, se apeó del caballo y le gritaba a

Manuela, mientras se despojaba de su gorra para acomodarse el cabello:

—¡Manuelita!... ¡Manuelita!...

Manuela salió a su encuentro, y el teniente se puso feliz.

—¡Qué tal, Manuelita! —dijo, tomándola de su mano para llevársela a los labios.

De pronto, tras una de las bardas y, entre los escombros, apareció doña Concha, quien al darse cuenta de su galanteo, comprendió sus torcidas intenciones; se acercó lentamente mirándolo con enfado y recelo.

—¡Qué tal, doña Concha! —dijo el teniente asombrado, cuando la descubrió, y soltando de prisa la mano de Manuela.

—Buenos días, Pablo —le contestó.

—¿Qué anda haciendo por aquí, suegrita?

—¿Eso mismo te pregunto? —le contestó, en tono desafiante.

—E...e...es que estoy viendo lo de los daños con la señora, para que el doctor se los pague ¿Y usted? —contestó, nervioso.

—Yo vine a recoger un remedio

—Oiga teniente, estuvimos viendo los daños pero no se nos ocurre cuanto sería bueno. ¿Por qué no hace un usted un estimado con Pantaleón?, como yo pensaba que él la arreglara, usted le puede decir, ¿no cree? Lo acabo de ver en su casa —dijo Manuela, guiñando discretamente el ojo a doña Concha, que asintió ligeramente con la cabeza.

—De acuerdo, Manuela. Voy a buscarlo y le diré que venga, ya después le comento — contestó el teniente, mientras subía a su caballo con dejadez.

—Le avisas a mi hija que más tarde paso —dijo, doña Concha, y el teniente haciendo un saludo militar, se retiró frustrado.

—¡Hombres! —dijo doña Concha, meneando la cabeza. Ambas se rieron con gusto y salieron de ahí.

Finalmente y, aunque el teniente González obtuvo su parte, "mochada" como el mismo decía, el doctor pagó los daños a Manuela, y don Luis cumplió su palabra: hizo las reparaciones, y la dejaron un poco más grande que antes. Uno de los muros había quedado endeble, ordenó que lo derribaran y lo levantaron un metro hacia fuera. El día que partieron a su casa, en agradecimiento doña Beatriz y su nuera, le obsequiaron un sinnúmero de cosas: trastes, muebles, ropa, y algunos objetos decorativos; todo lo que tenían había sido consumido por las llamas.

Doña Beatriz la despidió afectuosamente.

–¡Qué Dios te bendiga, Manuelita!, y que siempre me permita tenerte cerca –le dijo, dándole un largo abrazo y un beso.

–Siempre lo estaré, doña Beatriz, ¡mil gracias por todo!

–Llévalos y los ayudas a bajar las cosas –le dijo la señora Mendoza, a un sirviente, y partieron.

Cerca de la casa de Manuela, se encontraron con otro carruaje cubierto que circulaba en sentido contrario a ellos; se le hizo conocido, pero desde que vivía con los Mendoza había visto muchos parecidos. El conductor les hizo señas para que se detuvieran. Ambos choferes lo hicieron; el que venía en el otro coche, preguntó:

–¿No sabes dónde vive Manuela, la yerbera?

–¡Pos es ella! –contestó el chofer de los Mendoza, indicando con la cabeza que estaba dentro.

Manuela escuchó, y asomándose por la ventanilla, le dijo:

–¿Para qué soy buena?

–Es que mi patrona quiere que vaya, para que vea si puede curar a su nana

De pronto bajó del carruaje una joven y guapa mujer, de espléndida figura, que, al escuchar que se trataba de Manuela, se dirigió hacia ella.

–¡Buenos días, señora!

Manuela casi se desmaya de la impresión; la sangre se le fue de un golpe a los pies, su corazón se apresuró, se le secó la boca, y sus manos temblorosas comenzaron a sudar: era María, la madre de Benito. Se bajó de prisa, y se acercó a encontrarla.

–Me dijeron, que usted ha curado a muchas personas de este lado del pueblo, quería pedirle que por favor viniera a mi casa, para ver si puede curar a mi nana –dijo María.

El mundo se le vino encima, de pronto pasaron tantas cosas por su cabeza que se sintió perdida, sin embargo no la abandonó el razonamiento. Por primera vez se ponía a prueba la loción que cubría a Benito, pero no lo vio ponérsela; si se la puso había sido temprano y, para esa hora, su propio aroma la habría desvanecido. Faltaba el fijador, el almizcle. La había creado para que pudiera enfrentar justo ese momento, y ahora no estaba segura si funcionaría. Temblando le dijo a Benito:

–Adelántense, ahorita los alcanzo –y se marcharon.

Manuela sintió un gran alivio al ver que se alejaban; pero cuando apenas trataba de sobreponerse a semejante susto, volteó a ver la reacción de María, y notó que se quedó pensativa, observando el carruaje que se alejaba, como si hubiera detectado el aroma; aún no pasaba el peligro.

–¿Qué le pasa a su nana? –preguntó Manuela, tratando de distraerla.

–¿Perdón? –dijo María, intentando ubicar el aroma –. Disculpe, ¿qué llevaba en ese coche? –preguntó viendo el carruaje que se alejaba, sin lograr ver a Benito.

–Flores y otras cosas –contestó, nerviosa.

–¡Con razón me olió a flores!… ¡Ah!, sí, disculpe. Me llamo María Montoya, para servirle

Aún con el vacío doloroso en el vientre, y escondiendo su miedo, Manuela justificó la procedencia del aroma.

–Se incendió mi casa, y hoy que terminaron de repararla, me obsequiaron algunos ramos. Apenas voy a cambiarme… pero dígame, ¿qué le pasa a su nana?

–¡Qué pena! Pues mi nana está muy mal. Ya no quiere comer y solo está recostada quejándose

–¿Por qué no va por el doctor?

–El doctor es el que la ha estado viendo, pero no ha servido de mucho lo que le ha recetado, cada día está peor

–Si ya la vio el doctor ya no puedo tratarla. Además, ¿por qué piensa que yo puedo curarla?

–Porque uste curó a doña Refugio, mi mamá la conoce –dijo Jacinto, que conducía el carruaje –, ella le contó que si no llega a tiempo, se hubiera muerto –agregó.

–Señora, cure a Milagros, le pagaré lo que sea, haré cualquier cosa pero cúremela por favor, se lo ruego

Ni en su peor pesadilla pensaba volver ahí, no se imaginaba cómo reaccionaría don Carlos. Sus sentimientos ennegrecidos por su maldad y soberbia, podían tomar cualquier dirección excepto alguna a su favor; ni hacerse ilusiones siquiera. A Milagros no la conocía más que de vista, y tampoco suponía cual sería su reacción al verla, pero le remordía la conciencia. En sus manos estaba aliviarla, y sabía que podía empeorar o quizá hasta morir, por no atenderla: "ya tengo suficientes remordimientos", se decía. Se sentía entre la espada y la pared.

–No sé… –dijo, meditando.

–¡Por favor!, usted dígame, ¿qué hacemos? –dijo María, suplicante.

–¿La pueden llevar a casa de doña Refugio?

–No estoy segura, porque no puede ni moverse, está en un grito –contestó María, con la pena reflejada en el rostro.

–¿Qué dijo el doctor que tenía?

–Pues dice que son los intestinos

–¿En dónde le duele?

–En esta parte –indicó María, tocándose debajo de senos, y haciendo un círculo en todo su abdomen.

–¿Come?

–Come muy poco, dice que se siente muy llena

–¿Le duele al respirar, cuando se mueve, o tiene pegado el dolor?

–Le comenzó primero al moverse, luego al respirar; ahora lo tiene constante

Manuela corroboró el diagnóstico del doctor, una inflamación del intestino delgado y el colon —enterocolitis—, conocía los síntomas de las inflamaciones que causan terribles dolores, y sabía muy bien lo que tenía que hacer.

—¿Sabes dónde vive doña Refugio? —preguntó Manuela, dirigiéndose a Jacinto.

—¡Sí!, atrás de la casa de don Vicente —contestó.

—Pues a mediodía recojan el remedio con ella, ahí se los dejaré

—¿Pero no va a revisarla siquiera? —preguntó María, con cierta incredulidad.

—Por lo que me dice, ya sé lo que tiene

—Señora, ¿si quiere paso a su casa para que no tenga que molestarse?

—No es ninguna molestia, yo tengo que ir para allá

—¿Cuánto quiere que le deje?

—Primero que se cure y después vemos

—¡Gracias, señora! ¡Dios se lo pague! Si la cura estaré en deuda con usted, le viviré eternamente agradecida

—Está bien. No se preocupe, se aliviará. —se dio la vuelta, y se fue.

Cuando llegó a su casa aún iba temblando. Ver a María, le produjo una ola de sentimientos que la sacudieron de la cabeza a los pies; estaba muy asustada, conmovida y susceptible. Había pasado por una serie de eventos que le pusieron el alma sobre la piel, y ahora el pasado que le llegó como un ciclón. Era cómplice de la infamia de don Carlos, y atormentaba su conciencia el dolor por el que había pasado esa bella mujer de nobles sentimientos. Acababa de mostrarlos estando dispuesta a hacer cualquier cosa, a suplicarle, a rogarle, porque salvara a su sirvienta, a una negra. Debía tener un gran corazón, uno muy grande pero hecho pedazos, pensaba. En el fondo sentía que, tal vez, su culpa era mayor que la del propio don Carlos. Pudo devolverle a Benito en esa ocasión que se presentó la oportunidad de hacerlo, cuando se encontraron en la mansión, pero no tuvo el valor. Pensó que hubieran llegado a un arreglo, para que María pudiera verlo y ambas tenerlo, pero por egoísmo calló. Ahora el remordimiento caía aplastante sobre su humanidad, y era demasiado tarde; el sufrimiento estaba hecho. En cuanto abrió la puerta, Benito notó su rostro macilento y circunspecto, y enseguida preguntó:

–¿Estás bien, mamá?

–Estoy bien…

–¿Quiénes eran?

–¡Benito! –dijo Manuela, y se echó a sus brazos con un llanto amargo.

–Cálmate, mamá, ¿qué te pasa?

–Nada, Benito. Te quiero mucho, hijo…mucho –lo besó, y se quedó abrazándolo por un momento más. Él ya no dijo nada, solo correspondió al abrazo acariciando el cabello que caía sobre su espalda.

Poco después terminaron de acomodar sus cosas, y Manuela se dispuso a preparar el remedio para Milagros. Hizo un concentrado de lino para desinflamar, y en otro recipiente hizo un té con jiquilite; sus propiedades digestivas, febrífugas y antiespasmódicas, entre otras, combaten la enterocolitis. Lo coló y después le vertió el concentrado de lino con una gota de su prodigioso líquido. Se fue a casa de doña Refugio, y espero con paciencia a que vinieran a recogerlo, para dar instrucciones de cómo suministrarlo. Esta vez Jacinto llegó solo a caballo, lo recogió, y apenas Manuela le dio indicaciones, se fue de ahí a toda prisa. Después de conversar un rato con Carmen y doña Refugio, Manuela también se marchó. Seguía confundida y apagada.

Jacinto llegó a casa de los Montoya con el remedio para Milagros y las instrucciones. Lo calentaron sin hervirlo, y se lo dieron a cucharadas. María no quiso despegarse de su nana; fue hasta el atardecer que dejó de quejarse, y ambas se quedaron dormidas. Por la mañana, la propia Milagros despertó a María; al verla de pie la abrazó, y sus ojos se enrojecieron de emoción.

—¡Nanita! ¿Ya te sientes bien?

—Sí, mi niña, me siento muy bien. La medicina que me estuviste dando ayer resultó muy buena

—Lo que te di no era medicina, nana

—¿Entonces qué fue?

—Una pócima a base de hierbas...un remedio de una yerbera, se llama Manuela

La negra casi se cae de la impresión. Al igual que a Manuela, esa cercanía le trajo de golpe todos los recuerdos que, durante tantos años, hundieron en el sufrimiento a su niña querida. Ella también se sentía culpable, pensaba que después de todo, siempre supo del paradero de Benito. Sabía que estaba vivo, y al menos pudo verlo durante todo ese tiempo, acercarse a él, procurar que no le faltara nada, saber como se llamaba, si Manuela lo tenía viviendo dignamente, y si estaba haciendo de él un hombre de bien. Pero el miedo a las amenazas de don Carlos, y no volver a ver a María, la frenó; detestó su cobardía. Se sentó en la cama, y al verla palidecer, María se acercó.

—¿Te sientes mal otra vez, nana? —le dijo, poniendo su mano sobre el hombro de Milagros.

—No, mi niña, estoy bien —le contestó Milagros, acariciando la mano de María, que ignoraba la causa de su repentino malestar —. ¿Quién es Manuela? —preguntó con hipocresía.

—Es una yerbera que vive hasta el otro lado del pueblo, es un rumbo donde vive gente humilde

—¿Y cómo fue que supiste de ella?

—Porque Jacinto me lo dijo. Ella curó a una señora amiga de su mamá, pero mejor que eso, ahora te alivió a ti —le dijo María, abrazándola emocionada.

—Bueno, bueno, ya está bien, mi niña

—Iré a darle las gracias y a pagarle – dijo María, al tiempo que se ponía de pie para salir de la habitación, pero Milagros la detuvo.

—Nada de eso, yo iré. A mí fue a quien alivió –le dijo, previendo una calamidad.

—Entonces iremos las dos, yo quiero agradecerle y pagarle, personalmente

—No, mi niña. No quiero que andes por esos rumbos, yo le daré tu recado y le pagaré

—¡Quiero ir, nana!

Ante tal insistencia, Milagros solo pensaba de qué forma impedir que María fuera con Manuela.

—Mejor que eso, la traeré para que tú le pagues, y le des las gracias

—Bueno, si insistes. A ti no te puedo negar nada, nana....pero hoy descansa, mañana que te sientas mejor, irás

—Está bien, mi niña. Así será

Esa misma tarde, todas las dolencias que aquejaban a Milagros habían desaparecido; estaba completamente restablecida. Sin perder el tiempo y, a escondidas de María, logró salir de la casa, y se dirigió con Jacinto a buscar a Manuela. No les costó trabajo dar con ella, Jacinto recordaba por donde la habían encontrado, y era conocida en el lado sur de Frondoso; no era la única yerbera, pero sí la más famosa.

Durante el camino se dio cuenta de que, fuera de agradecerle lo que había hecho por ella, no sabía qué decirle a Manuela. A pesar de todo creía que la había salvado de una muerte segura. Si bien no se lamentó lo suficiente por no mortificar más a María, sintió que estaba muriendo, como si sus intestinos fueran a estallarle de un momento a otro. Pero la cercanía que se estaba dando entre Benito y María, le preocupaba mucho. En el fondo no sabía si impedirlo, o ella misma acabar de propiciarlo; no estaba cierta de nada. Muchos pensamientos la hostigaban, y no lograba vislumbrar qué debía de hacer o cómo debía actuar.

Cuando llegaron a casa de Manuela, Milagros, todavía desorientada, le pidió a Jacinto que se detuviera a unos metros de la casa; aún estaba demasiado nerviosa. No sabía cómo presentarse con Manuela, y menos, cómo reaccionaría al ver a Benito; no volvió a verlo desde el día en que lo regalaron. Cuando ella misma había presenciado que, sin tener culpa de nada, lo despojaron de todo cuanto le pertenecía: su madre, su familia y hasta sus bienes, incluyendo a su padre. Sentía remordimiento porque después de todo, ella lo hubiera querido como si fuera su propio nieto.

Descendió del carruaje, y caminó lentamente hacia la casa de Manuela, y, a tan solo dos metros de la puerta, casi se le para el corazón; vio salir a Benito. Lo reconoció de inmediato por el gran parecido a su padre. Las piernas se le doblaron, y por poco se cae, pero Benito la sostuvo. Como una ráfaga vino a su mente, aquella ocasión que lo tuvo en sus brazos el día que nació, que lo había contemplado con un profundo amor, y lo había besado con ternura. Ahora le dieron unas ganas inmensas de estrecharlo, de besarlo y de pedirle perdón.

–¿Se siente mal, señora? ¡Venga conmigo! –Dijo Benito, y echando el brazo de Milagros por su cuello la metió casi cargando.

-No es nada… – dijo, apoyándose en Benito.

-¡Mamá! ¡Mamá! – decía, llamándola con preocupación.

Manuela se asustó con los gritos de Benito, y salió de prisa:

–¿Qué te pasa, hijo? –le preguntó temerosa, pero al reconocer a Milagros, su temor se volvió pánico, apenas tuvo fuerzas para jalar un poco de aire.

–¡La señora se siente mal!

–Siéntala ahí, hijo –le indicó una silla –, déjanos solas voy a revisar a la señora

–Estará bien, la dejo en buenas manos, señora –dijo Benito.

—¡Gracias, hijo! ¿Cómo te llamas? —preguntó Milagros, tomando la mano de Benito.

—Benito Cruz, para servirle, señora

—¡Gracias, Benito!

—De nada, señora, con permiso —dijo, y salió.

Cuando quedaron a solas, ninguna de las dos pronunció palabra por unos segundos, hasta que Manuela tomó la iniciativa. Jaló aire y dijo:

—¿Cómo sigue, Milagros?

—Bien, gracias a tu remedio, Manuela

—¿Es tonto que le pregunte a qué vino?

—Me recuerdas después de todo. Vine a agradecerte que me hayas aliviado. Veo que has hecho de Benito un joven de bien

—Lo que cualquier madre de buenos sentimientos, hace por sus hijos

—Lo sé, pero ahora no sé qué vaya a pasar. María quiere venir a pagarte, y agradecerte personalmente que me hayas sanado. Pero si viene y llega a encontrarse con Benito, lo reconocerá inmediatamente, es el vivo retrato de su padre. Ella no ha dejado de buscarlo, solo que ignora que está aquí. Lo ha buscado durante mucho tiempo: en San Miguel, en Jalapa, en Veracruz y en otros lugares

—Pues si es necesario me iré de aquí, pero no me quitarán a mi hijo

—¡No lo tomes así! Lo que puedes hacer, es mañana mandar a Benito a alguna otra parte. Que no esté aquí para cuando ella venga. O mejor aún, ven conmigo ahora que no están Isabel y don Carlos, para que ella te pague, te dé las gracias, y todo quedará resuelto

—¿Usted no le dirá nada a María?

—Yo soy tan cómplice como tú en todo esto, Manuela. Mi niña quizá me odiaría para siempre si supiera que estaba enterada

—Está bien, a qué hora quiere que vayamos a verla

—¡Ahora mismo!

—¡Pues vamos! Ya quiero quitarme esto de encima, deseo estar tranquila. A ver si después no me arrepiento de semejante estupidez

Manuela llamó a Benito.

—Ahora vuelvo, hijo, voy a casa de la señora

—Está bien, mamá

- Hasta pronto, Benito – dijo Milagros, dándole un abrazo y un beso.

Desde la puerta agradeció su gentileza, pero solo ella sabía los sentimientos que había despertado al estrecharlo; tuvo que esconder unas lágrimas que por poco la delatan.

Cuando subieron al coche y partieron a casa de los Montoya; ahora Manuela era la nerviosa. Ni siquiera quería pensar qué sucedería, pero estaba ansiosa por llegar y el recorrido le parecía eterno. Deseaba que volaran pero la arena, las piedras y el camino accidentado, lo hacían lento; estaba intranquila y un poco temerosa. Sin embargo, pensó que la solución de Milagros evitaría un contacto más cercano, aunque ya no estaba segura si eso podría poner punto final al asunto.

Cuando por fin llegaron, María la recibió efusivamente; estaba muy agradecida con Manuela por sanar a Milagros. La hizo pasar, se sentaron, y le invitó café.

—Me da gusto que haya venido, Manuela. Le estoy más que agradecida, ¿le pongo azúcar a su café?

—Sí, una, por favor

—Milagros ya se siente muy bien gracias a usted, en verdad que sus remedios son muy prodigiosos

—Bueno, a veces dan buenos resultados

—Gracias a Dios, este fue el caso. Pero dígame, ¿cuánto le debo?

—Lo que usted crea conveniente

—Bueno, le daré el doble de lo que me cobra el doctor, pero no sé si sea suficiente

–Lo es, está bien

–Quiero que me diga con confianza, para el día que Dios no lo quiera, y necesitemos de sus remedios, nos atienda con gusto

–Lo haré, no se preocupe

María se había vuelto un tanto apática, el dolor por el que la habían hecho pasar desvaneció su afectuosidad y dulzura. Con Manuela fue diferente, se condujo amable, su calidez afloró con ella y eso la conmovió; ahora se sentía peor que antes. Finalmente había sido una víctima del amor, pero también del odio de su padre hacia Alfonso y Benito. María era una gran persona, hubiera sido una excelente madre y, tal vez, los prodigios de Benito se debían a ella misma, meditaba. Tenía una maraña de ideas en la cabeza que de momento no podía desenredar, pero observando a María y también a su casa, con esos bellos muebles y artículos decorativos, que mostraban tal opulencia, recordó que ese era el lugar que le correspondía a Benito, y no en la humilde casa donde vivía con ella. Que ahí debió crecer, rodeado de todo lo que ella no pudo ofrecerle, y con su verdadera madre. Pero después de todo, era consciente que no fue su culpa que se lo hubiesen regalado. Además amaba a Benito como si ella lo hubiese parido, ahora no podía permitirse perderlo. Fue determinante en su actitud, no mostrando interés alguno por continuar una relación de amistad con María. Eso, estaba segura de que la hubiera puesto en verdadero peligro.

Más tarde regresó a su casa pensando olvidar el asunto. Benito la esperaba intrigado por saber que había pasado, pero Manuela evadió sus preguntas; se limitó a abrazarlo y darle un beso, antes de irse a dormir.

*****

Días después, una tarde de sol brillante, un barco holandés hacía su arribo al puerto de Veracruz. En él venían Rodrigo y Sebastián Linares, el mayor, y el menor de los tres hermanos, con Francisco, su fiel sirviente; era el primer viaje que hacía Sebastián a México. Esta vez el viaje había sido planeado con antelación, y el licenciado Salvatierra esperaba en el muelle la llegada del barco. De ahí subieron al lanchón rumbo a la playa, y abordaron una calesa que los llevó al hotel. Una vez que se instalaron los invitó a tomar un café para conversar con ellos. Los llevó a una singular cafetería al aire libre, a unos metros del hotel; pertenecía a un español que hacía un magnífico pan. Al presentarlos se puso feliz, y les mandó unos panquecillos para acompañar su café. Él había llegado de Santander veinte años atrás. Después de conversar con ellos, por fin se quedaron a solas, y Salvatierra les dijo:

–Ya tengo todos papeles en orden, la apclación no pudo ser rechazada: quedará en libertad –les dijo, muy seguro de sí.

–Este asunto ha tardado mucho tiempo, ya queremos ver fuera de prisión a mi hermano, lo más pronto posible. Debéis comprender que a mis padres les está matando está situación. Cada vez que vengo he tenido que inventar alguna cosa –dijo Rodrigo.

–Descuide, por fin lo sacaremos de ahí. Ya tengo las órdenes de México

–¡Esperemos que así sea! –dijo Rodrigo.

Al día siguiente por la mañana, se presentaban en compañía del cónsul de España, en el comisariato de San Juan de Ulúa. Llevaban los papeles que eximían a Alfonso de todo crimen, y los de su liberación. Aguardaron durante varios minutos al comandante en jefe. El calor era sofocante, Rodrigo salió por unos momentos de la oficina para recibir la brisa fresca del mar; se divisaba inmenso en el horizonte fundiéndose en el cielo garzo por un costado del pasillo. A lo lejos una parvada de pelícanos pasó volando formando una inmensa "v". Una manifestación de libertad tan palmaria y profunda a la vez, que en ese momento una ráfaga de sentimientos entró a su corazón, y lo hizo meditar sobre la grandeza de su significado.

Se podía imaginar por todo lo que su hermano había pasado encerrado, privado injustamente de su libertad. Fue entonces que lo compadeció, y comprendió aún más su dolor. Lleno de nostalgia y de tristeza, no pudo evitar unas lágrimas que rodaron por sus mejillas.

Tiempo después los recibieron.

—Al parecer todo está en orden —les dijo el comandante, mientras revisaba minuciosamente los papeles, y limpiándose el sudor de la frente con un paliacate rojo.

—¿Podrán ponerlo en libertad ahora? —preguntó el licenciado.

—Bueno tenemos que esperar, debemos enviar unos documentos a México para que lo autoricen —dijo, secando su mano con el pañuelo, y escribiendo un escolio en el expediente.

—¿Y cuánto tiempo tardará eso? —volvió a preguntar el licenciado.

—Pues no lo sé, pero cuando menos un mes, en lo que va, lo autorizan y regresa

—Pero si hay constancia de su inocencia, y tenemos la orden de liberación, ¿no cree justo liberarlo en lo que se llevan a cabo esos trámites? —preguntó Rodrigo.

—Yo no soy quien romperá las reglas. Trámites son trámites, faltó esa firma —dijo, señalando con el dedo un espacio en blanco, mientras se pasaba el paliacate por la nuca, para secarse el cuello.

—Al menos, ¿podemos verle? —volvió a preguntar.

—Pues estando así las cosas, no hay ningún inconveniente

—¡Pérez! —gritó, el comandante —llévelos con el prisionero Juan Martínez, alias Alfonso Linares

—Al revés, Comandante. Alfonso Linares alias Juan Martínez, el cambio de nombre se lo pusieron en prisión, para que nadie diera con su paradero —dijo el licenciado.

—Está bien, llévalos, Pérez —dijo, volteando a verlo con el rabillo del ojo.

Salieron de la oficina, y los condujeron dentro del fuerte convertido en prisión, por el largo pasillo que tantas veces Rodrigo recorrió con amargura. Ahora no le pareció tan largo, quizá porque pensó que no volvería a caminarlo, o porque lo asociaba al corto tiempo que le faltaba a su hermano para recobrar su libertad. Después llegaron a la zona de mazmorras, el fétido olor seguía impregnado en el ambiente tan denso, que parecía tocarse con las yemas de los dedos. Pero ahora los lamentos prisioneros en los viejos muros de coral, parecían ocultarse a sus oídos. Pérez se adelantó para acercarse a uno de los guardias, este asintió con la cabeza, y gritó:

—¡Linares, a la reja!

El grito extrajo a Rodrigo de sus pensamientos. Ambos hermanos temblaban de pies a cabeza de la emoción, para Sebastián era como un sueño ver a Alfonso después de tantos años. De pronto distinguieron su silueta delgada y exánime, como si fuera un fantasma.

—¡Alfonso! —dijo, Sebastián emocionado, tomándolo de las manos, y sin poder contener su llanto —. Muy pronto os sacaremos de aquí, no sé como Dios pudo permitir semejante injusticia —agregó, entre sollozos.

Sebastián apenas podía creerlo, sus lágrimas caían una sobre otra mientras miraba feliz a su hermano. Cuando Rodrigo llegó frente a él, lo miró, y le dijo con un sentimiento profundo, y la misma emoción que siempre demostraba en sus visitas:

—¡Cuanta falta habéis hecho en nuestras vidas! Pero recuerda que nunca os hemos abandonado, ni lo haremos —y entre la reja, se estrecharon las manos.

En el rostro de Alfonso se notaba vacuidad y amargura; el sufrimiento por el que lo habían hecho pasar todos esos años, se reflejaba en sus ojos azules diáfanos, de mirada marchita y abandonada; apenas sus lágrimas lograron darles un poco de brillo. Tenía el pelo entre cano, algunas arrugas y lucía demacrado. Habían transcurrido más de dieciséis años desde la tropelía de su encierro.

—¡No puedo creer veros a los dos! —los hermanos estrecharon sus manos llorando —He estado aquí una eternidad —agregó.

—Pero ahora lo sacaremos —dijo el abogado —, ya tenemos todos los papeles.

—Gracias, licenciado. Gracias a todos

—Papá y mamá, os mandan sus saludos y os esperan ansiosos —dijo Sebastián.

Alfonso volteó a ver a Salvatierra y, sin soltar a sus hermanos, le preguntó con impaciencia:

—Licenciado ¿Habéis verificado los datos que os pedí?

—¡Sí Don Alfonso!, lo hice. Se investigó lo más que se pudo, dado que usted me pidió que se hiciera con toda discreción. Nos limitamos a sus generales —sacó unos papeles de su portafolios y continuó —, la señorita María Montoya De La Hoz, tiene treinta y cinco años. Vive con sus padres Isabel De La Hoz, y Don Carlos Montoya. Es soltera, no tiene hijos. Tiene dos hermanos menores que ella, casados: Ismael que vive aquí en Veracruz, y Carlos en Frondoso

—¡Sigue soltera! —dijo Alfonso, como para sí, con gran satisfacción y una sonrisa de felicidad, su mirada perdida en el aire pareció cobrar más brillo —. No quiero que sepa nada por el momento, si llego a salir yo haré lo necesario

—Pierda cuidado don Alfonso, que está usted con un pie afuera, se lo aseguro

—Por supuesto Alfonso, por algo hemos venido hasta acá, para llevaros a la madre patria —dijo Rodrigo.

Después de un rato de charla el celador les avisó que ya era tiempo, y entre lágrimas tuvieron que despedirse. Regresaron con pesadumbre a darle las gracias al comandante, pero con su notoria intolerancia les mostró que no eran bienvenidos.

—Comandante ¿Podemos hacer algo para apresurar los trámites? —preguntó amablemente el Cónsul —. Tengo algunas amistades que seguramente querrían y podrían ayudar –agregó.

–Si hay algo que pueden hacer, es esperar –les dijo, abriendo la puerta para que abandonaran su oficina.

Salieron de ahí, y se dirigieron al consulado español, donde comentaron de qué forma acelerar los trámites de su liberación. Estaban decididos a terminar cuanto antes, con la injusta condena de Alfonso a como diera lugar.

–Mandaré una carta al embajador de España, para que os ayude a apresurar los trámites necesarios en México –dijo el cónsul –, y si fuera necesario iremos a ver hasta el mismo Manuel González

–Creo que la carta y su respuesta, llevarán el mismo tiempo del que habla el comandante de la prisión. Además, no creo que sea buena idea llegar hasta González; Díaz intenta regresar al poder, pero haremos lo que se pueda –dijo el abogado.

–Todo lo que podáis hacer por mi hermano, tanto yo como el resto de mi familia, os lo agradeceremos encarecidamente –dijo Sebastián.

*****

Muchas cosas habían sorprendido a Manuela de su mágico descubrimiento, que parecía una caja llena de sorpresas, pero al mismo tiempo ella había asombrado a todas las mujeres que sanaba que, sin excepción, todas terminaban agradecidas; pero el resultado iba más allá de un simple agradecimiento. Le tenían la confianza que se le tiene a un médico de cabecera; hasta trataban de estrechar su relación con ella para tenerla como amiga, pensaban que, de esa forma, en una emergencia jamás les fallaría. Algunas incluso la presumían, se referían a ella como si fuera una amiga de toda la vida, aun las que antiguamente que, ni siquiera le dirigían la palabra, ahora resultaban ser sus íntimas; de algún modo influía su popularidad, pero eso lo debía principalmente, a la efectividad de sus remedios.

Con el tiempo Manuela aprendió a usar su elixir casi a la perfección; sabía cómo aliviar enfermedades, curar heridas, infecciones, y hasta desaparecer cicatrices sin dejar huella; era realmente milagroso. Fue un regalo que le había venido del mismo cielo con Benito, al que amaba por sobre todas las cosas. Ciertamente no estaba segura de poder procrear, pero sentía como si ella misma lo hubiera parido. Él también la amaba y era un buen hijo: afable, cariñoso, y nunca le daba problemas, era un joven normal...a excepción de su extraordinaria naturaleza.

Manuela llevaba un registro minucioso de cada uno de los pequeños frascos que llenaba con su elixir. Continuamente hacía pruebas de su caducidad, infligiéndose pequeñas heridas a fin de comprobar su durabilidad y eficiencia. Era sorprendente pero aun a pesar del tiempo, la efectividad de los primeros era estupenda; no había ninguna diferencia con los últimos. En un tiempo más podría tener sustancia suficiente para aliviar grandes ejércitos, aunque únicamente de mujeres. Esa característica no podría cambiarla y lo seguía lamentando, pero ya se había acostumbrado. Eso no restaba méritos a sus remedios, pero se le ocurrió cómo compensarlo: incrementaría el número de sus pacientes trabajando también en San Miguel. A pesar de que Tomasa, su madre, vendía lo mismo: hierbas, santos curados, plantas, té, amuletos, etc., a diferencia de Manuela nunca vendía remedios preparados. Sabía elaborarlos, sin embargo era floja e inconstante. Además, al hacer las combinaciones olvidaba las cantidades con frecuencia, y no daban buenos resultados. Manuela pensaba que allá tendría oportunidad de atender a una gran cantidad de mujeres, con padecimientos diversos que requirieran sus remedios. Por otra parte, Benito quería estudiar su carrera en Veracruz, ese podría ser un buen pretexto para estar un poco más cerca de él, toda vez que llegara el momento.

Una mañana se decidió, y se fue temprano al muelle de Frondoso para tomar el primer Bote que partiera a San Miguel, sin más remedio en su equipaje que su poción mágica, y en compañía de Benito. Mientras esperaban su transporte, mucha gente se paseaba por el muelle. Caras diferentes llegaban y se iban, en un vaivén que parecía interminable, y eso comenzó a ponerla paranoica y nerviosa. Desde su encuentro con María, en cada rostro le parecía verla, como si estuviera en todas partes o anduviera tras ella. Esperaban un bote para viajar por el río, pero salía un carruaje y decidió aprovecharlo para irse cuanto antes.

San Miguel era más grande que Frondoso, su población mayor, y habría más mujeres a quienes atender. Justo cuando llegaban a casa de Tomasa encontró a la primera: doña Enriqueta, la vecina de su madre. Tenía algún tiempo de no verla y se acercó a saludarla. Estaba sentada sobre una mecedora en el cobertizo de su casa, viendo pasar a los transeúntes. Saludaba a uno que otro, quizá tratando de adivinar hacia dónde se dirigían, mientras se refrescaba abanicándose el rostro húmedo de sudor, y se mecía con suavidad. Escribía cartas para la gente que no sabía leer y escribir, pero últimamente muy pocos escribían, a veces nadie. Cuando vio a Manuela con Benito, no intentó ponerse de pie para saludarlos.

–¿Cómo estás, Manuelita? ¡Hola, Benito! Perdón que no me pare, pero es por mis piernas, hija

–¡Qué gusto verla, doña Queta! ¿Qué les pasa a sus piernas?

–Pues las tengo muy hinchadas, y me duelen mucho. No las aguanto, hija

–¿Ya la vio un doctor? Necesita que le receten algo para eso

–Me han dado medicina pero es como si no tomara nada

–¿Y mi madre?... ¿No le ha dado nada?

–Estamos peleadas, hace tiempo que ni nos dirigimos la palabra

–¡Válgame Dios! ¿Por qué se pelearon?

—Se molestó porque le dije que me diera otra cosa, porque las hierbas que me daba, no me servían para nada

—Vamos a ver si después le hago un remedio para que se componga

—¡Hay, hija!, pues ojalá pudieras, tomaré lo que sea con tal de aliviarme

—Se le voy a preparar, y seguramente se aliviará

Dejaron sus cosas en casa de Tomasa, y se fueron al mercado a buscarla. En San Miguel su paranoia se desvaneció completamente, se sentía más segura por Benito; nadie de no ser las amistades añejas de su madre lo conocían. Tomasa tenía su puesto en el mercado de San Miguel; era más grande que el de Frondoso. Estaba sobre un área cercada por una barda, con dos enormes portones al frente. Al estar más cerca del puerto, había puestos que ofrecían los mismos productos, pero podía apreciarse que la competencia era muy cerrada. Por cada tipo de mercancía había varios puestos, incluyendo a los de las yerberas. Cuando llegaron, Tomasa atendía a una señora; envolvía unas hierbas en un papel con el que hizo un pequetito. Cuando la señora se retiró, se acercó Manuela.

—¿Cómo está, mamá?

—Bien, hija, que bueno que vinieron

—Buenas, abuelita —dijo Benito, acercándose para darle un beso en la mejilla.

—Me da gusto verte, hijo

Después de saludarla charlaron sobre la vecina, aunque la respuesta final de Tomasa solo fue una mueca. Manuela le pidió guarumbo y zarzaparrilla, para elaborar el remedio. Ya había hecho el diagnóstico de la paciente: padecía de insuficiencia circulatoria; las piernas se le hinchaban al grado del dolor. Con la zarzaparrilla se prepara una bebida refrescante, pero su raíz es un magnífico depurador que estimula el proceso de circulación. El guarumbo es antiinflamatorio, y actúa sobre una serie de dolencias en las piernas. Cuando regresaron a casa de Tomasa preparó el remedio. Hizo un concentrado de la raíz de zarzaparrilla, y lo vertió en el té que preparó con guarumbo. Solo tuvo que agregar una sola gota de su poción maravillosa para que estuviera listo.

Sabía que tendría que comenzar igual que en Frondoso, desde cero, y poco a poco crear su propia clientela, aunque a las primeras las atendiera sin remuneración alguna: a las voceras. Más tarde llevó el remedio con sus indicaciones. Al otro día, doña Queta le tocó muy temprano para mostrarle sus piernas totalmente desinflamadas, en su estado normal, como hacía mucho tiempo que no se las veía. La primera piedra estaba puesta; la vecina se la pasó haciendo propaganda a Manuela durante todo el día. Su enemistad con Tomasa y el efectivo remedio de Manuela, le dieron carta abierta para recomendarla. El resultado fue tan efectivo como el mismo remedio; por la tarde llegó la primera paciente: doña Evelia. Tenía dolor en los riñones, y cólicos que la hacían caminar inclinada. Así había estado durante algún tiempo, se ganaba la vida elaborando pasteles que vendía a varios clientes de la localidad, pero el dolor le había impedido trabajar. Un doctor la revisó y le recetó un jarabe, que le hizo el mismo efecto que un vaso de agua. Manuela conocía los cólicos nefríticos, pensó que seguramente tendría piedrillas que provocan terribles dolores cuando pasan por el meato urinario; además en esta etapa pueden mantenerse constantes. Preparó algo muy sencillo: un concentrado de corteza de copalchi, es anti glucosúrico, febrífugo y diurético, sus resinas y aceites, actúan de forma inmediata en los riñones. Aunque todos los remedios tradicionales que acostumbraba, con un poco de su elixir mágico daban resultados sorprendentes y casi inmediatos.

—Se lo toma por la noche antes de irse a la cama. Mañana amanecerá sin dolor, se lo aseguro —le dijo Manuela, y doña Evelia se fue complacida con sus palabras.

En efecto, al día siguiente recibió la visita de Evelia en completo estado de salud. Le llevaba su pago, además de un pequeño pero delicioso pastel en agradecimiento. El dolor había desaparecido por completo, podía caminar totalmente erguida sin la más mínima molestia.

En pocos días, Manuela había ganado una excelente reputación entre varias mujeres de San Miguel, no cabía duda que sus remedios, con el toque mágico de su poción, eran infalibles. Ahora se sentía segura, y no le importaba demasiado que no pudiera hacer nada por los hombres, la efectividad que mostraba en las mujeres era más que suficiente para hacerla feliz. Además las mujeres tenían con qué pagarle, u hombres que pagaran por ellas. Sus ingresos crecían, había logrado comprar una carreta, un par de caballos y otros animales para crianza.

Un viernes por la tarde, recién había llegado a casa de su madre con Benito, cuando varias personas llegaron a buscar a Tomasa. Uno de ellos llevaba en los brazos a una muchacha semiinconsciente.

–¡Tomasita, aquí le traigo a mi hija!, ¡la mordió esta víbora! Queríanos ver si podía dale una yerbita o algo p'al veneno –dijo el hombre asustado, mostrándole a la serpiente muerta que pendía de su brazo extendido.

–¿En dónde la mordió?

–En la pierna

–¡Ay, Abel! ¡Esa parece una nauyaca!, a ver si no es muy tarde para esta niña –salió Tomasa para revisarla.

La muchachita había sido mordida por la serpiente en el muslo; la nauyaca es una de las más peligrosas que se conocen, su veneno es mortal por necesidad. La pequeña ya no hablaba, sangraba por la nariz, y tragaba saliva con desesperación; su color pálido como la cera y su respiración agitada, evidenciaban los escasos minutos que le quedaban de vida. Al verla, Tomasa se sintió incompetente.

–¡No, Abel! Lo siento mucho, pero el veneno de esta serpiente trabaja muy rápido –dijo Tomasa al revisarla –, ya está sangrando, y mira cómo ya tiene amoratado donde la mordió

–Pos haga algo, Tomasita, se lo ruego, se lo suplico –decía el hombre, desesperado con lágrimas en los ojos.

–No es que no quiera, sino que ya está en las últimas, Abel. Para esta víbora no hay remedio

En eso salió Manuela y, al ver el cuadro, se acercó a preguntar:

–¿Qué pasa, mamá?

–Abel, que me trae a Dalia, su hija, la mordió una nauyaca y pos ya sabes, contra eso no hay remedio, hija. ¡Mira cómo esta! –dijo, meneando la cabeza.

–¿Hace cuánto que la mordió? –preguntó Manuela, acercándose a revisar los signos vitales de la muchacha.

–Pos hace poco menos de media hora seño, ai no'ma en la huerta de los Inzúa –decía compungido, el padre de la niña.

–Ya tiene mucha fiebre, los labios amoratados, sangrado de nariz, y la pierna en donde tiene la mordida ya se le está amoratando, se la debieron cortar luego que la mordió –dijo Tomasa, meneando la cabeza lamentando una tragedia segura.

–¡Métanla! –dijo Manuela en tono firme, al ver que aún le quedaban signos de vida –. Vamos a ver si puedo salvarla

–¡Manuela!, déjala, hija, ya nada puede hacerse, es una muerte segura. La pobre se va a morir aquí o en su casa en cuestión de minutos –dijo Tomasa, tomando el brazo de Manuela.

Manuela no le respondió. Se soltó del brazo de Tomasa, y se dirigió a la cocina a encender la lumbre, mientras la introducían en la casa, y la recostaban en una cama. Era una lucha contra el tiempo, solo quedaba esperar la muerte o un milagro. Enseguida puso a hervir muicle para incrementar los glóbulos rojos; palancapatle, de propiedades analgésicas y anti-venenosas, usado para infecciones de las vías respiratorias, pero también contra mordeduras de serpiente, y zarza parrilla para fortalecer el proceso de circulación. Una propiedad de algunos venenos es la coagulación de la sangre, de ahí que, los que son mordidos, en el mejor de los casos llegan a perder un miembro. Sin embargo, el veneno de esta víbora considerada una de las más peligrosas de México, puede desencadenar una serie de males mortales: septicemia, insuficiencia renal aguda y hasta hemorragia intracraneal.

El tiempo se le echaba encima, los síntomas vitales de Dalia parecían desvanecerse como si el reloj de su vida hubiera comenzado en retroceso. Manuela estaba nerviosa, y viendo su estado de gravedad no quiso exponerse, le puso dos gotas de su elixir. Apenas lo enfriaron e intentaron que bebiera lo más posible, pero en su estado era difícil, no reaccionaba y temían ahogarla. La vida se le iba en cada respiración, pero Manuela actuó de prisa. Le puso alcohol en la cara y le echaba aire para hacerla reaccionar, era necesario introducir el remedio en su organismo, pero debía hacerlo de inmediato; estaba agonizando. Cada vez que la pequeña reaccionaba le daba de beber el remedio. Le introdujo cierta cantidad pero después, ya no reaccionaba ni con el alcohol; pensó que había muerto. No estaba totalmente segura si el remedio penetró a tiempo en la pequeña, pero sabía que, de haberlo logrado, obraría milagrosamente como tantas veces lo había visto. Volvió a respirar cuando le notó un ligero signo vital. Tomasa, que, ni siquiera había observado qué remedio preparó Manuela, estaba escéptica sobre los resultados. Fuera cual fuera el que hubiera preparado, había visto morir a varios por la misma causa, y esperaba un desenlace fatal. La nauyaca en esas regiones, tenía el más alto porcentaje de víctimas mortales.

Habían transcurrido tan solo unos minutos, pero a los familiares de la víctima les parecía una eternidad llena de incertidumbre. Se sentaron en el cobertizo en absoluto silencio, ninguno se atreviera a decir nada, ni siquiera a preguntar. Solo esperaban apretujándose las manos con las cabezas agachadas, y viendo sus lágrimas caer en el suelo que parecían rebotar con sus esperanzas de salvar a la pequeña. A cada momento Manuela la revisaba esperando una reacción positiva, pero no ocurría nada. Era como si el estado en el que se encontraba se hubiera congelado; no mostraba síntomas de mejoría pero tampoco empeoraba. El tiempo comenzó a irse de prisa, y al cabo de dos horas de angustia para todos, Tomasa comenzó a tener serias dudas acerca de su incierto pronóstico; en otras circunstancias hacía tiempo que hubiera muerto. Sin embargo, dejó de sangrar por la nariz, el sudor de su frente estaba desapareciendo junto con la palidez de su rostro. Inclusive, lo amoratado de la pierna comenzaba a desvanecerse, fue entonces que Manuela lo notó; sintió un gran alivio y sonrió ligeramente. Era la primera vez que atendía un caso de mordedura de serpiente, e ignoraba cuales serían los resultados. Sin embargo, la fe que tenía en su elixir maravilloso iba más allá de todo cuestionamiento. Por dentro sabía que volvió a triunfar sobre la muerte, y esa satisfacción era única. Nada era más grande que arrancar de los brazos de la muerte a un condenado. Era una emoción que se estaba acostumbrando a sentir, y que disfrutaba con sumo placer.

Sin querer demostrar mucha atención, Tomasa observaba de reojo a Manuela, comenzó a experimentar una extraña sensación de admiración hacia su hija. Sentimiento que había tenido siempre, pero que nunca se había manifestado tan claro como ahora. No se imaginaba qué remedio había preparado porque no conocía algo que obrara en esa forma; ansiaba saberlo pero tenía su orgullo, y le avergonzaba preguntarle.

Manuela se encaminó hacia el padre de la muchachita, y le dijo con tranquilidad:

—Abel, su hija ya está a salvo y fuera de peligro, solo debe dejarla aquí hasta que su organismo reaccione

—¡De veras! —exclamó Abel, incrédulo y con la voz entrecortada de la emoción —lo que uste diga Manuelita. No tengo como pagarle, muchas gracias —le dijo con lágrimas en los ojos.

—Ya me pagaste. La satisfacción de haberla salvado es muy grande

—Dios le dé más, Manuelita —le dijo Abel, secando sus lágrimas de felicidad, y besando la mano a Manuela.

Más tarde la muchacha comenzó a reaccionar, y Manuela le dio a beber otro poco del remedio que había en el pocillo.

—¿Cómo te sientes?

—Mareada

—Bebe esto, niña, te hará bien

—Es que tengo ganas de vomitar, y me duele la pierna donde me mordió la víbora

—Es natural, pero con esto te sentirás mucho mejor

Con pasmo, presenciaba Tomasa el desenvolvimiento de ese suceso extraordinario. No pronunciaba una sola palabra, estaba viendo un verdadero milagro. Ante sus ojos, una chiquilla que prácticamente estaba condenada a morir, en tan solo unas horas gozaba de completa salud. Su admiración por Manuela creció aún más, la veía con el amor de una madre pero con un profundo reconocimiento. Ignorante del secreto mágico, pensaba que ningún remedio podría igualar a los de su hija; y así sería, mientras ella usara su mágico descubrimiento.

Los familiares de la muchacha estaban felices, aunque algunos de sus acompañantes quizá esperaban un desenlace distinto. En sus rostros en vez de la alegría contagiosa de sus padres, se dibujaba una gran interrogante. No podría decirse si estaban sorprendidos o decepcionados, pero venían preparados para presenciar una muerte. Fueron ellos mismos los que se encargaron de divulgar la noticia: habían salvado a Dalia de la mordida de una nauyaca y, mejor aún, no había perdido ningún miembro. Era un hecho insólito y apenas creíble, pero cierto.

Más noche Dalia salió por su propio pie, ante los ojos de asombro de todos los que habían escuchado la noticia. Manuela se había convertido en la heroína del momento.

–Hija, no sé qué remedio le diste a Dalia, pero sea el que fuera lo desconozco. Nada que yo sepa la hubiera salvado de una muerte segura. Esa víbora es la peor de todas, cada año se echa a varios

–Son remedios que he aprendido a hacer con el tiempo, mamá –le contestó Manuela, tratando de evitar más preguntas –. A veces funcionan pero otras no, y tengo que estar preparada para eso –agregó.

–¡Ay, hija! Pos tú conoces más que cualquiera de las que he visto en toda mi vida. No me extraña que hagas remedios que ninguna pueda hacer, y yo me incluyo

–Si preparo remedios que nadie conoce, es porque tengo mis secretos, mamá. Afortunadamente muchas veces dan resultado

Al otro día muy temprano, Abel llegó con un par de gallinas para Manuela. No tenía dinero pero sentía que estaba en deuda con ella, y quería demostrarle su gratitud. Dalia estaba totalmente restablecida; la dosis fue contundente. Manuela hasta pensó que se le había pasado la mano, pero no podía estar segura de que, con una dosis menor, se hubiera salvado. Terminaron preparando en mole a las dos gallinas y se quedaron a comer: Abel, su esposa y sus hijos. Manuela y Benito, sacaron unas mesitas que pusieron en el jardín de atrás; no faltó el agua de guanábana con aguardiente caña, que preparó Tomasa.

La noticia se extendió rápido, y por la tarde llegaron otras personas, amistades de Abel y otros familiares. Fueron a expresarle su agradecimiento por salvar a Dalia, y de paso echarse un traguito de tan deliciosa bebida. Las consultas no se hicieron esperar, y, entre la plática, varios de los presentes sacaron a relucir sus males, pensando en la posibilidad de que Manuela les diera o les recetara algún remedio; parecía que todos padecieran de algo. Ella solo prestó atención a sus dolencias, sin dar recetas ni consejos, hasta que al caer la noche comenzaron a retirarse.

Manuela decidió continuar viajando entre ambos pueblos. Los viernes llegaba alrededor de las cinco de la tarde a San Miguel, y se quedaba el sábado, para volver el domingo por la noche a Frondoso. Con el tiempo fue creando fama y clientela, que no podía dejar de atender en uno y otro lugar. Ella no lo tomaba en cuenta, pero cada vez que sanaba a una paciente, además de incrementar sus ingresos, iba sembrando respeto, confianza y simpatía. Esto le daba un toque de distinción entre las yerberas, que incluía a su propia madre. Además le permitía relacionarse con todo tipo de gente y, todas, absolutamente, la respetaban, porque sus remedios jamás fallaban. Era otro tipo de riqueza que iba acumulando con el tiempo, y que, para ella en su momento, tendría tanto o más valor que el propio dinero.

*****

Cierto viernes por la tarde, recién llegaba Manuela con Benito a San Miguel, cuando una mujer que la esperaba frente a los portones en la entrada del mercado, la detuvo. Tenía treinta y cinco años, llenita, de cara amable, y vestía la clásica ropa de las domésticas.

—¡Buenos días, Manuela! Me llamo Hortensia Mena —dijo la muchacha, saludándola cortésmente.

—¡Mucho gusto! ¿En qué puedo servirla?

—Bueno, ¿sabe?, yo trabajo para la esposa del señor alcalde

—Adelántate, hijo —le dijo a Benito —. ¿Qué puedo hacer por usted? —agregó.

—Por mí nada, es mi patrona la que está enferma

—¿De qué está enferma? —preguntó Manuela, y comenzó a caminar despacio hacia el interior del mercado.

—Dice el doctor que del corazón

—¡Pero mujer!, si ya la vio el doctor, ¿qué esperan que yo haga? —dijo Manuela, deteniéndose para decirlo de frente.

—Que la cure con uno de sus remedios, dicen que son muy efectivos

–Bueno la mayoría de las veces dan buenos resultados, pero no me gusta mucho la idea de ver pacientes que ya fueron atendidos por un doctor. He tenido muy malas experiencias con eso –dijo, volviendo a caminar.

–Ella es muy buena persona, y además muy buena paga. Vaya a verla

–Bueno, a ver si puedo ir más tarde, ¿en dónde vive?

–Aquí está la dirección –le dijo, entregándole un pequeño papel.

–Está bien –le contestó, observando el papel.

–Y muchas gracias. Espero que vaya, hasta luego –se dio la vuelta y se fue.

Manuela continuó su camino, llegó al puesto de su madre, y comenzó a realizar sus selecciones de costumbre: separar, limpiar, y clasificar las hierbas, que los proveedores les llevaban en costales de yute. Venían de varias regiones de Veracruz y aun de otros estados. Algunos recolectores encontraban las matas pequeñas, y en vez de podarlas las arrancaban de raíz, les sacudían la tierra y las echaban al costal. Eso permitía que algunos bichos se colaran de vez en cuando, como un alacrán que en ese momento si no es por Benito, por poco pica a Manuela; estaba distraída pensando en la esposa del regidor. Había tratado a gente con padecimientos cardiacos, pero lo había hecho con sus remedios tradicionales y eso la tentaba. Era como si con cada reto al que se enfrentaba y lograba vencer, creciera como yerbera, pero también como ser humano. Por la tarde lo había decidido; se dirigió a la casa del alcalde.

Cuando llegó fue recibida por Hortensia con pleitesía; la había estado esperando. La casa estaba situada en el lado oeste, donde vivían las familias más prósperas de San Miguel. Era grande, de dos pisos, y con un bello jardín en la entrada; los andadores de tezontle que lo separaban indicaban el camino hacia la puerta, y estaban custodiados por setos de rosales de varios colores. El portón de madera del pórtico era enorme, y el vestíbulo acogedor y bien decorado, con tapetes, cortinas, floreros, etc. Había un juego de sillones, con una hermosa consola de madera con cubierta de mármol, ostentaba en la parte superior el blasón de la familia, le daba un toque especial. Al contemplarlos, Manuela se dijo: "Esta es la clase de clientes que debo atender siempre". La aguardaba con ansiedad doña Blanca Molina de Guzmán, la esposa del alcalde, postrada en su lecho; había confiado en que su muchacha convencería a Manuela. Subieron las escaleras, Hortensia abrió la puerta de la habitación, y al entrar los ojos de la enferma parecieron brillar de alegría, como si trataran de rescatar un ánimo perdido por las constantes batallas en contra de su mal. Su habitación era suntuosa, con muebles europeos muy elegantes, los detalles decorativos de buen gusto. La cama tenía una hermosa marquesina, de donde pendía el tul como una fuente en forma de cascada, que manaba de una corona; el conjunto la hacía acogedora. Era una señora de cuarenta años que padecía un tipo de insuficiencia cardiaca. Se fatigaba profusamente con el menor esfuerzo, razón por la que permanecía en cama la mayor parte del tiempo. Era realmente bella, su rostro pálido y sereno, parecía extraído de un cuadro de Botticelli, y su cuerpo perfecto, aunque solo en apariencia. Su marido la amaba y estaba profundamente enamorado pero, a consecuencia de su padecimiento, que iba creciendo, no podían llevar una vida normal de marido y mujer, sin correr el riesgo de fatales consecuencias.

–Buenas tardes, señora. Soy Manuela

–¡Gracias por venir, Manuela! Yo soy Blanca, la señora Guzmán –dijo, olvidando su tristeza para obsequiarle una sonrisa.

–Me dijo Hortensia que está enferma del corazón, ¿verdad?

–Sí, Manuela, y como puedes ver estoy confinada a permanecer en cama, a menos que puedas hacer algo por mí

–Pero me dicen que ya la vio un doctor

–Varios, pero las medicinas que me han recetado no me ayudan en lo absoluto, sigo igual. Cada día que pasa es peor y estoy desesperada. A veces quisiera morirme...

De pronto entró en la habitación el alcalde. Un hombre elegante, alto, delgado, de ojos vivaces, con un gran bigote bien cuidado, con un leve rizo hacia arriba en las puntas, que recordaba los pitones de un toro de lidia, y una piocha solitaria en el mentón.

–Buenas tardes. Soy Anastasio Guzmán, para servirle, señora

–¡Mucho gusto, señor! Yo soy Manuela Cruz

–¿Podría hablar con usted un momento en privado, señora? –preguntó, don Anastasio.

–Por supuesto

–¡Anastasio! ¿De qué quieres hablar con Manuela? –dijo doña Blanca, un poco inquieta.

–De nada mi vida, quédate tranquila. Solo veré lo de sus honorarios

–Está bien –contestó conforme, doña Blanca.

Cuando salieron de la habitación, Manuela esperaba hablar de sus honorarios, pero los planes del alcalde eran otros.

–Señora, ¿cómo cree usted realmente poder aliviar a mi señora? ¿No se da cuenta de que ya la han visto varios médicos titulados, y que no tiene remedio?

–Lo sé, señor Guzmán, me han enterado de ello

–Bueno, por favor le suplico que se marche, y no le haga creer a mi esposa que podrá curarla, cuando médicos de renombre no han podido hacerlo

–Si usted quiere me voy, pero se pierde la oportunidad de aliviar a su esposa ¿No es eso lo que quiere?

–Sí, pero como le repito y, con todo respeto, si ellos no pudieron hacer nada, mucho menos podrá usted

–Pues con todo respeto, usted a mí no me conoce, y para que lo sepa, he salvado a muchas pacientes que prácticamente los doctores han desahuciado, pero no vine a discutir, sino porque me llamaron. Buenas tardes, me despide de su señora

—Así lo haré, y gracias de todos modos

Se marchó ofendida y frustrada, por la actitud del alcalde, pero con cierta lástima por doña Blanca. "Tiene mucho ángel y la sangre muy ligera", se dijo. Le había caído muy bien, pensó que era una persona de las que cualquiera se encariña con gran facilidad, pero su situación era lamentable. Aún era muy joven para confinarse a una cama bajo esas circunstancias.

Cuando el alcalde volvió a la habitación, al ver que Manuela no lo acompañaba, doña Blanca lo miró con extrañeza.

—¿Dónde está Manuela?

—Se fue, cariño, y es lo mejor. No quiero que te hagas ilusiones vanas. Hablé con ella y le pregunté que si realmente creía poder curarte. Le conté lo de los médicos que te habían visto. Se sintió incompetente y se fue

—¡No te creo! Esa mujer no se hubiera ido así —dijo, con una mirada de reproche.

—Te lo aseguro, ella no puede hacer nada, solamente quiere sacarnos dinero con mejunjes que no te servirán de nada

—¡Pues quiero que venga! —doña Blanca comenzó a excitarse —, no sé que tengas que hacer pero quiero que regrese

Al notar que comenzaba a faltarle el aire y a decaer, el alcalde no tuvo más remedio que llevarle la corriente para tranquilizarla.

—¡Está bien!, ¡está bien! Pero cálmate, por favor. Hablaré con ella

En realidad salió de ahí para encerrarse en su despacho, dando por terminado el asunto, al menos para él.

Al otro día se dirigió temprano a la alcaldía, y al bajar de su calesa se encontró a Evelia la pastelera. Entregaba pedidos para algunas personas de la alcaldía, los llevaba en una charola de madera con un cinto que colgaba de su cuello, y cubiertos con un mantelito relucientemente blanco.

–¡Buenos días, señor Guzmán!

–¡Buenos días, doña Evelia! ¿Ya se siente mejor? –le preguntó, al verla con un semblante lleno de vida.

–Perfectamente bien, por cierto, dígale a doña Blanca que después le llevo su pastel, y de paso a la persona que me alivió, quien quite y también la cure

–¿Qué no la estaba viendo el doctor Larios?

–Pos sí, pero él no me curó. Fue una yerbera

–¡Una yerbera! –Exclamó con pasmo.

–Sí…se llama Manuela

Las palabras de doña Evelia, le cayeron como balde de agua helada en la cara.

–¿Manuela? ¡No me diga! ¿Qué fue lo que le dio? –le preguntó, más sorprendido.

–Uno de los remedios que ella misma prepara, y mire me dejó como nueva de la noche a la mañana

–¿De verdad, Evelia? –preguntó admirado.

–¡Huy! Si es rete buenísima para curar. Afigurese que a Dalia, la hija de Abel, el huertero de los Inzúa, la mordió una nauyaca y ella la salvó

–¡No puede ser! Ha de haber sido otra clase de animal, porque esas serpientes matan en minutos

–Pos sí era porque Abel la mató. Llevaron a Dalia con Manuela, y dicen que ya estaba casi muerta la niña, pero la sacó adelante

–¿Está segura?

–¡Segurísima!, uste mismo puede preguntarle a Abel

Lo que acababa de escuchar don Anastasio, le parecía insólito. De pronto se le revolvió el estómago y se sintió avergonzado; el trato que le había dado a Manuela, sin duda no fue el mejor. En ese momento hubiera querido que se lo tragara la tierra; muy a su pesar tenía que enmendar la altanería de su escepticismo.

–¿Usted sabe dónde puedo encontrarla?

—Ahorita, pos seguro la encuentra en el mercado, en el puesto de Tomasa, su mamá. Uste pregunte por Tomasa la yerbera, ahí ha de estar. La vi pasar hace rato que iba para allá con su hijo

—¡Muchas gracias, Evelia! Yo le aviso a mi señora que le llevará su pastel

Subió nuevamente a su carruaje, y se fue de inmediato rumbo al mercado. No le costó trabajo dar con el puesto de Tomasa, todos ahí la conocían, y ahora también a Manuela. Tal y como dijo Evelia, ambas estaban ahí con Benito. Tomasa le despachaba a una señora, mientras que Manuela y Benito, continuaban seleccionando y limpiando, las yerbas que sacaban de los costales. Al verla sintió alegría, como si hubiera encontrado algo muy valioso que había extraviado, pero también sintió un pesar. No sabía cómo disculparse, y menos cómo convencerla para que volviera a su casa, después de la forma en que la había echado.

—¡Buenos días, Manuela! ¿Se acuerda de mí, verdad?

Manuela alzó la vista, y lo miró con disgusto.

—¡Pero claro! ¿Qué no fue usted el que me corrió muy amablemente de su casa? —dijo Manuela en tono sarcástico.

—Bueno, yo no diría tanto como eso

—¿Ah no? ¿Cómo lo diría?

—Bueno, Manuela, sucede que no quiero que mi esposa se haga ilusiones, y después termine más deprimida, ¿me comprende?

—¿Y qué desea?

—Vengo a pedirle que me perdone

—Está perdonado —dijo, sin detener sus labores.

—¿Quería que me hiciera el favor de ver a mi esposa?

—Ya la vi ¿No se acuerda? —dijo, dejando la mata que limpiaba, para verlo de frente.

—Me refiero a que por favor vaya de nuevo, y vea si puede hacer algo por ella

–Lo siento, pero no. No regreso a donde me corren, búsquese a otra yerbera o mejor todavía, a otro doctor. A esos médicos titulados y de renombre, que usted conoce, y que le han sacado dinero sin ningún resultado

–Quiero que usted la vea y nadie más. No lo haga por mí, Manuela, hágalo por ella. Le prometo que si la cura sabré recompensarla decorosamente

–¿Está seguro?

–Desde luego que sí, Manuela. Le doy mi palabra de honor

–¡Está bien! ¿Cuándo quiere que vaya?

–Si me hace favor ahora mismo, yo puedo llevarla

–Está bien, solo déjeme llevar algunas cosas que necesito para hacer el remedio

–Tómese su tiempo, Manuela, la espero –lo dijo, con una sonrisa de felicidad, que se hubiera notado hasta en la oscuridad.

Aunque todavía estaba un poco herida por la actitud de don Anastasio, el hecho de venir a buscarla, disculparse, y ofrecerle una buena recompensa, restituía su orgullo, y, en buena medida, su dignidad. Eso la hizo sentir mejor y decidió ayudar a doña Blanca que, después de todo, no había tenido nada que ver con la nefasta actitud de su marido, pero además sintió simpatía por ella. Seleccionó cuidadosamente las hierbas para preparar su remedio, y en eso aplicaba todo su conocimiento. Tomaba una, y después de pensarlo un poco decidía llevarse otra, hasta que quedó completamente satisfecha con su selección. Después de meter lo necesario en una bolsa, se despidió de Benito y de Tomasa, y partieron hacia casa del alcalde.

Cuando llegaron, don Anastasio la pasó directamente a la recámara de su esposa. A doña Blanca se le volvió a iluminar el rostro. Volteó a ver a su marido con gratitud y amor; estaba feliz. Él notó su mirada, ella no necesitaba darle las gracias, comprendió sus sentimientos. Experimentó una gran satisfacción por complacerla y verla feliz. Doña Blanca había escuchado tanto de los asombrosos remedios de Manuela que, sin conocerla, le tenía una fe ciega; su corazón enfermo le decía que ella podría curarla. Ahora, después de haber escuchado algunas de las increíbles hazañas de sus remedios, su esposo tenía la misma corazonada.

–¡Manuela, qué bueno que viniste! Muchas gracias

–No me las dé hasta que esté curada, doña Blanca, pero no se preocupe…sanará

–Bueno, mi vida, te dejo con la señora Manuela. ¿A usted se le ofrece algo? –preguntó a Manuela.

–Nada, gracias

–Por la tarde tendré que viajar al Puerto de Veracruz, y volveré mañana por la noche. Se queda usted en su casa, Manuela –le dijo, besando a doña Blanca –Qué tengan buen día, con su permiso –agregó, y se marchó.

Cuando quedaron a solas, Manuela le pidió permiso para preparar sus remedios. Doña Blanca jaló el cordón de las campanillas de servicio; Hortensia subió, y dijo:

–¿Dígame, señora?…. ¡Manuela! –dijo con alegría, al notar su presencia –¡Qué gusto verla! –sus palabras eran sinceras. Hortensia le tenía mucho cariño a doña Blanca, se lo había ganado con un excelente trato, amistad y respeto; sentía verdaderos deseos de que Manuela pudiera sanarla. Ella fue quien le contó de los increíbles remedios de Manuela.

–¡Qué tal, Hortensia!

–Hortensia, lleva por favor a Manuela a la cocina, hija, y dale todo lo que necesite, hija –dijo, doña Blanca.

–Con mucho gusto, señora. Acompáñeme por favor.

Hortensia la condujo a la cocina. Era tan grande como la de familia Mendoza aunque no tenía tantos hornillos; enseguida le dispuso dos de ellos. Manuela había traído hojas de nogal para la anemia; acoro para combatir el agotamiento, y té doce flores para el corazón. Preparó este último en forma muy concentrada; las hojas de nogal con el acoro los puso a hervir en forma de té. Después agregó en ambas preparaciones una gota de su elixir. El concentrado de doce flores, lo administraría en cucharadas sin mezclarla con otra preparación. Tenía una gran confianza en la efectividad del remedio. En todos los casos anteriores había quedado probada, solo que nuevamente habría incertidumbre; no podría estar segura de cómo reaccionaría ante una enfermedad tan compleja. Pero como siempre, se dijo: "si el remedio no la alivia, tampoco la agravará".

Una vez que terminó, puso los remedios en dos jarritas para que pudieran calentarse cada vez que se los administraran, además, así podría medir y controlar sus efectos. No quería que le volviera a suceder lo mismo que con Dalia, deseaba sanar a sus enfermas para ganarse el sustento merecidamente, pero no quería que la vieran como a una santa haciendo milagros, aunque de hecho los hacía.

—Ya están listos, doña Blanca, tómeselos por favor —le dio una cucharada de una jarrita y una taza de la otra.

—Manuela, dime algo

—Lo que guste

—¿De verdad crees que me aliviaré?

—No lo creo, estoy segura de que se aliviará. ¿En cuánto tiempo?, no lo sabemos aún. Todo depende de cómo reaccione su naturaleza, pero esperemos que pronto

—¡Gracias, Manuela! Eso quería escuchar —dijo doña Blanca, bebiéndose el remedio completo que había en la taza.

—Bien, ahora no queda más que esperar, veremos como empieza a sentirse

—¿Pasará mucho tiempo, Manuela?

—Como le dije, no sabemos qué tan rápido asimile los remedios su organismo, pero tenga calma

Manuela no quiso moverse de ahí, hasta estar segura de que el remedio comenzaba a funcionar; necesitaba ver si era suficiente elixir o tenía que rebajarlo; pero de pronto, se dio cuenta de que no había forma de medirlo.

Siguió administrando el remedio, y a mediodía almorzó con doña Blanca en el comedor. Por las condiciones de este caso, sería muy difícil comprobar su efectividad o los resultados. Los síntomas solamente aparecían cuando la señora hacía algún esfuerzo físico o emocional. Sin embargo, el haber deseado bajar a comer, era un buen indicio de progreso. Poco después Manuela decidió que era hora de retirarse, y se despidió.

–Doña Blanca, es hora irme, pero volveré mañana temprano –le dijo, tomándola de la mano.

–Gracias, Manuela, que Dios te lo pague, hija –le contestó agradecida.

Al día siguiente volvió temprano, y le administró otra dosis. Durante el día estuvo observando algunos síntomas de mejoría en doña Blanca. Por la tarde sin darse cuenta, estaba más que animada; sus mejillas comenzaron a adquirir un tono rosado que la hacían lucir aún más hermosa. También sin haberlo notado, su vitalidad comenzó a fortalecerse; estaba más activa que nunca y no se fatigaba. Se levantaba de súbito, caminaba para tomar algo e incluso, ella misma bajó por unas cartas; todo sin hacer el menor esfuerzo. Manuela y Hortensia, no se habían percatado de los cambios, porque lo fueron asimilando paulatinamente. Pero por la noche, cuando regresó don Anastasio, la encontró muy cambiada; notó el progreso de inmediato y se puso feliz. No dejaba de observarla entusiasmado mientras sonreía, platicaba, y se paraba de un lado a otro, como cualquier persona sana y llena de vida. Su incredulidad se convirtió en fascinación y en confianza. Miraba a Manuela con gran admiración y complacencia. No le cabía ninguna duda, había devuelto la salud a su esposa.

–¡La felicito, Manuela! Cuanta razón tienen las personas que hablan de sus remedios ¡Es usted única!

–¡No diga eso, don Anastasio! Son mis remedios

–¡Es verdad!, aunque es usted quien los prepara. Estoy en deuda con usted

–¡Eso sí! –dijo Manuela, bromeando.

–Yo también, Manuela, te estoy eternamente agradecida por lo que hiciste por mí. Me siento diferente, llena de vida, hasta siento deseos de correr, de saltar, en fin, me siento otra –dijo, doña Blanca, llena de entusiasmo.

–También la fe cuenta, y usted la tuvo –dijo Manuela.

–Nunca dudé que tus remedios me sanaran –dijo, apretando una mano de Manuela.

Un poco más tarde, don Anastasio ordenó que llevaran a Manuela a casa de Tomasa, pero antes de subirse al carruaje, le dijo:

–Manuela, quiero volver a disculparme, pero usted sabe, todos ofrecían aliviarla y no pudieron. Solo nos sacaban dinero. Usted me ha dejado gratamente sorprendido, con la boca abierta y muy feliz. De verdad tiene razón la gente que habla de usted. Dígame, ¿cuánto le debo por aliviar a mi esposa?

–Lo que estima que vale para usted, la recuperación de su esposa

–Muy buena respuesta, Manuela, pero no habría dinero con qué pagarle –dijo sonriendo.

–Entonces págueme lo que pueda o juzgue prudente, no hay problema

–De acuerdo, aguarde un momento

Entró en la casa, se dirigió a su despacho, se paró frente a una gaveta y metió la llave que pendía de su cinturón, abrió una puerta y sacó un pequeño talego. Enseguida la cerró y volvió a salir, entregándole el talego a Manuela.

–Aquí tiene, Manuela, y la semana entrante le daré otra cantidad igual. Para mí vale mucho la salud de mi esposa, pero de momento es lo único que tengo en casa

–Gracias, don Anastasio, estoy para servirle. La semana que entra vendré a ver a su esposa, por si de casualidad hiciera falta que tome más remedio, aunque no lo creo, con esa cantidad fue más que suficiente

—¡Perfecto!, aprovecharé para entregarle la otra parte, ¿de acuerdo? Solo dígame una cosa, ¿qué fue lo que le dio a mi esposa?

—Pues verá, le hice un remedio con yerbas para el corazón, para la anemia y para combatir la fatiga entre otras, pero únicamente uso yerbas y cosas naturales, para mis remedios. El verdadero secreto está en hacer las combinaciones con las cantidades exactas

—Celebro haberme disculpado con usted, Manuela. Buenas noches —dijo, dando la orden para que partieran.

Don Anastasio entró a la habitación, y se encontró con un cuadro que había soñado durante mucho tiempo: su esposa semi-desnuda en una bata esperándolo sobre la cama. Al tiempo que entraba lo miró provocadoramente, mostrando sus muslos desnudos y llamándolo con el dedo índice; apenas daba crédito a lo que sus ojos veían. Se acercó, la besó y la amó, como nunca pensó hacerlo; estaban felices y se disfrutaron profundamente. Después de esos momentos de dicha, ineludiblemente vino a sus mentes Manuela.

Mientras Manuela llegaba a casa de Tomasa revisó su recompensa, no se sorprendió al ver las monedas de oro; "mi fortuna sigue en aumento", pensó, acariciando el talego. Había aprendido que cuando atendía a gente agradecida, y con una buena posición, la paga era muy buena. Estaba conforme porque su poción mágica una vez más había cumplido satisfactoriamente su misión. Había sanado a doña Blanca, y sintió lo mismo que cuando sanó a Evelia y a otras tantas, sin que necesariamente sus vidas estuvieran en riesgo. Pero era temeraria y prefería la emoción de aliviar a un moribundo. Experimentar esa sensación que difícilmente podía explicar, solo que la hacía sentir grandiosa, y la llenaba plenamente, pero tenía que acostumbrarse a tratar toda clase de enfermedades y niveles de gravedad.

*****

Una mañana en casa de los Montoya, Milagros notó que Isabel no había bajado. Regularmente se levantaba al amanecer, y supervisaba el desayuno de don Carlos, pero este bajó temprano, desayunó y salió sin su presencia. Un tanto preocupada fue a buscarla a su habitación, pero al tocar la puerta no contestó y entró alarmada. Isabel estaba pálida, en vez dormida parecía que estuviera desmayada. Al ver que no reaccionaba se dirigió de prisa a la habitación de María, que dormía plácidamente.

—¡María!... Despierta, hija —dijo, meneándola por el hombro.

—¿Qué quieres, nana? Todavía es muy temprano —dijo, amodorrada.

—Tu madre está enferma, hija

Al escuchar eso, María despertó en un santiamén.

—¿Qué le pasa, nana? —le preguntó, al tiempo que salía de la cama.

—No lo sé, mi niña. No pude despertarla

—Hay que avisarle al doctor —le decía, mientras se ponía una bata —No, mejor vete por él, nana. Dile a Jacinto que te lleve, pero date prisa, por favor —le dijo María, al salir casi corriendo para la habitación de su madre.

Isabel padecía colecistitis, y se le había manifestado una fuerte crisis. Al entrar en la habitación su impresión fue de aflicción. Isabel estaba inerte en la cama, lucía pálida como papel, y con un gesto de sufrimiento en el rostro. Casi no hablaba para evitar dolor, y le costaba trabajo respirar. María no quiso despegarse de ahí ni por un minuto, se mantuvo con ella mientras llegaba el doctor.

—¡Mamita!, ¿cómo te sientes? —le decía, tomándola de la mano —, dime, ¿qué te pasa? ¿Qué tienes?... ¡No puede ser, Dios mío!, primero Milagros y ahora tú —dijo, afligida.

Permaneció con ella largo rato, la preocupación consumía sus ánimos, acariciaba sus sienes y no la soltaba de la mano.

—Necesito saber que tienes, mamita

Poco a poco le fue pasando el dolor. Tiempo después y, como pudo, comenzó a tratar de hablar.

—María...hija...

—Sí, mamita, aquí estoy contigo

—Tengo que decirte algo...hija, no me puedo morir...sin confesártelo...

Isabel creía que la muerte estaba cerca, y deseaba confesarle la verdad sobre su hijo, y conociera su paradero.

—No te vas a morir, mamita, Milagros ya fue por el doctor

—Escucha hija...e...es...sobre tu hijo...

—Ya lo sé, mamá lo supe desde hace muchos años

—No...hija...no sabes...

—Sí, mamá, pero después me dirás, ahora no te mortifiques. Ya llegó el doctor

—Hija...es que...Manuela...

—Si el doctor no te alivia, la llamaremos, no te apures

—No...lo q...que pasa...es...

En eso entró Milagros con el doctor. Apenas a tiempo para evitar la confesión de Isabel. No deseaba obrar en contra de Manuela, solo que se sentía morir y, como buena cristiana, quería irse de este mundo con la conciencia tranquila.

—Buenos días ¿Qué le pasa, doña Isabel?

—S...siento que m...me...muero, doctor

—A ver, ¿dígame dónde le duele?

—Aquí, doctor además me siento...sin fuerzas y...e...estoy algo mareada —Le dijo, y le indicaba con su mano, donde sentía el dolor.

—¿Qué comió ayer, Isabel?

—Cenamos unos panquecillos que hice —dijo Milagros.

El doctor comenzó a auscultarla minuciosamente.

—Se comió como cinco, doctor —reiteró Milagros.

No tardó mucho en descubrir, que se trataba de algo relacionado con la vesícula, y comenzó a prescribir su receta.

—Hay que surtir estos medicamentos en la botica —dijo el doctor.

—Enseguida, doctor —dijo Milagros, saliendo de la habitación con la receta.

—Su mamá tiene una inflamación de la vesícula, María. Debe estar con una dieta controlada y con algunos medicamentos, o de lo contrario siempre presentará cuadros como este, y cada vez sentirá más dolor

—Está bien, doctor

—Espero que, una vez que empiece a tomar el medicamento, se sienta bien. Cualquier cosa me llaman. Cuídese de Isabel, y estará bien. ¡Hasta luego!

—Sí doctor, muchas gracias

—Lo acompaño, doctor —dijo María.

Enseguida que trajeron el medicamento empezaron a dosificárselo, esperando alguna mejoría. El resto del día permaneció en cama, y fue hasta por la tarde que comenzó a sentir un poco de alivio. En un momento que estuvo a solas con Milagros, le comentó que cuando pensó que moría, estuvo decidida a confesarle a María la verdad sobre su hijo, pero que la interrumpió cuando llegó con el doctor.

—Hubieras cometido un error

—¿Por qué?

—María no debe saberlo, te odiaría y de paso a mí también por nuestra cobardía. No tuvimos el valor de enfrentarnos a tu marido

—Tienes razón, pero algún día tendrá que saberlo y entonces nos juzgará a todos por igual

—Todas las cosas tienen su lugar y su momento, debemos esperar. Después de todo, Manuela ha hecho de Benito un buen muchacho. Es guapo se parece a su papá

—¡Es verdad!, a su padre solo vi una vez, pero se parece

—¿Tú cómo lo sabes?

—Porque desde que se lo dieron a Manuela, lo he estado viendo. De vez en cuando me doy mis vueltitas por ahí

—¿Por qué no me lo habías dicho?

—Porque mientras menos sepas es mejor para ti. Yo lo he visto crecer pero de lejitos, cada que puedo me doy mi escapadita, y lo veo escondida para que no me vean

—¡Me sorprendes Isabel!

—¡Ah qué!... Si fuera tu nieto harías lo mismo —sin querer lastimarla la hizo sentir mal, después de todo ella debió haber hecho lo mismo.

—Tienes razón —dijo, en tono de arrepentimiento.

Al otro día, Isabel aún no se sentía del todo bien. Los dolores habían disminuido, pero permaneció acostada la mayor parte del tiempo; María preocupada pensaba en otra solución, como en algún remedio de Manuela. Y sin avisar a nadie decidió ir a buscarla; montó a un caballo y salió.

Jamás andaba por esa zona del pueblo, y no conocía siquiera la dirección, pero sabía que Manuela era muy conocida por sus remedios, en la parte del río que estaba justamente al otro extremo de Frondoso; donde vivía gente de escasos recursos. Al llegar por el rumbo, trataba de reconocer en donde la habían encontrado cuando se topó con Carmen; caminaba cadenciosamente a una orilla del camino, y María detuvo al caballo.

—Disculpa —le dijo inclinándose un poco —, ¿sabes dónde vive Manuela la yerbera?

—¡Claro que sí! Aquí derecho en la casa que da para el río, pero ahorita no está. Se fue a San Miguel y regresa hasta mañana, bueno, eso creo

—¿Tampoco está su hijo?

—Benito se fue con ella, yo soy Carmen su novia — dijo, orgullosa.

—¡Ah muy bien!, ¿no están muy jóvenes? —preguntó, con una sonrisa en los labios.

—Pues no, yo tengo diecinueve y el va a cumplir diecisiete

—¿Lo quieres mucho?

—Sí, lo amo porque es muy lindo y tierno

—¿Y se parece a su mamá?

—Ah no creo, pero es muy guapo, tiene los ojos como entre azul y grises y siempre huele muy bonito como a....fragancia de flores

De pronto María sintió una cataplasma gélida en el cerebro, y todo le dio vueltas; súbitamente le vino a la mente su hijo. Enmudeció, sintió que un escalofrío recorría todo su cuerpo, su corazón apresuró de súbito sus latidos, y casi cae del caballo. No podía tratarse de otra persona. Tres peculiaridades coincidentes apuntaban a él: su edad, el color de sus ojos y su aroma inconfundible; esta última era la principal de las tres, por lo que podría reconocerlo entre todos los hombres sobre la tierra.

—¿Se siente bien, señora?

—S...sí, me siento bien

—¡Es que se puso muy pálida!

María trataba de sobreponerse, a la impresión que le causó tener noticias del que, estaba totalmente segura, era su hijo. Una extraña sensación la invadió, nervios, ansias, un poco de todo, ya no sabía si estaba feliz o conmocionada. Aunque no tenía ninguna duda, quiso obtener la mayor información posible, y se apeó del caballo.

—Me maree un poco pero ya estoy bien gracias. Pero dime, ¿Benito no tiene el pelo castaño y la nariz afilada?

—¡Sí!, ¿cómo lo supo?, ¿lo conoce?

—Creo que sí

—Ah qué bien, es muy guapo, ¿verdad?

—Supongo que sí, pero dime, ¿él qué hace?

—Estudia, está terminando la preparatoria porque quiere estudiar medicina en Veracruz. Manuela quiere que estudie mejor otra cosa en San Miguel, para estar más cerca de él y además, ahí vive su abuelita

—¿Y cómo se lleva con Manuela?

—¡Huy!, muy bien, se adoran. Ella lo protege mucho, casi siempre andan juntos. Viajan muy seguido a San Miguel

–¿Y su papá?

–No tiene, porque me parece que a Manuela la embarazó un novio que tuvo en Veracruz, y se le desapareció cuando estaba embarazada

–Pobre Manuela, y dices que Benito es un buen muchacho

–Muy bueno y lindo, ¿por?

–Por nada, hija. Bueno será mejor que me vaya. Gusto en conocerte, dices que la casa es la que está aquí derecho hacia el río, ¿verdad? –dijo, mientras montaba su caballo.

–Sí, la del almendro. Pero oiga, ¿y usted cómo se llama?

–María Montoya, para servirte. Hasta luego –dijo, y arreó al caballo para volver de prisa a su casa.

–Adiós –dijo Carmen, levantando la mano.

María había descubierto lo que, seguramente, era del conocimiento de su madre y de Milagros; sabía que todo había venido de la infamia y el rencor de su padre. No las culpaba, pero el descubrimiento que hizo la llenó de impaciencia; necesitaba aclarar muchas cosas. La precaria salud de Isabel era un impedimento, no era momento para hablarlo con ella, y prefirió hacerlo con Milagros. Buscó el momento con impaciencia, parecía una fiera acechando a su presa. Cuando la negra bajó a la cocina para preparar la cena de Isabel, fue tras ella; había esperado la ocasión con unas ansias apenas contenibles. Al entrar a la cocina vio sola a la negra; parecía el cazador frente a su presa. No sabía cómo empezar, pero con determinación le dijo:

–Nana, tú y mi mamá, saben en dónde está mi hijo, ¿verdad?

Al escuchar las palabras de María, la pobre Milagros soltó un traste, y eso terminó por delatarla. Solo se volteó con resignación y le dijo:

–Ya no puedo seguir engañándote, mi niña, la verdad es que sí sabemos donde está

–Yo también nana, pero por ahora no quiero que mi madre lo sepa

Casi desfallece de la impresión con las palabras de María, y buscó donde sentarse.

—Dime lo que sabes, hija, y yo te diré lo que sé —dijo Milagros, resignada.

—Bueno, mi hijo está con Manuela, la yerbera que te atendió. Sé que lo ha cuidado bien dentro de sus posibilidades, y además parece que lo ha hecho un joven de bien

—Así es, hija. Tu padre se lo regaló a Manuela y nos amenazó a tu madre y a mí, nos dijo que si te decíamos algo, él mismo nos sacaría las entrañas. Yo no quise decirte no por miedo a morir, sino por miedo a no volver a verte —lo dijo, con lágrimas en los ojos, y con verdadero pesar.

—Ya, nana, no tienes que disculparte por las atrocidades de mi padre

—Sí, mi niña, porque ahora sé que, si te hubiera dicho, tal vez las cosas serían diferentes. Hubieras encontrado la forma de al menos estar en contacto con él, pero aunque no lo creas yo sufrí contigo —terminó diciendo, hecha un mar de lágrimas, y tomando las manos de María.

—Lo sé, nana, pero ya no llores. Manuela no se salva, aunque la disculpo por amar y tratar bien a mi hijo, pero lo que me hizo mi padre y lo que le hizo a Alfonso, no tiene límites, y eso lo pagará muy caro. Yo me encargaré, puedo jurarlo

—¿Qué piensas hacer, mi niña?

—Lo que cualquier madre haría: recuperar a mi hijo y si puedo, también a su padre. Sé que se lo llevaron preso a San Miguel, pero por petición de mi padre nunca me quisieron dar ninguna información, siempre negaron que estuviera ahí

—¡Pero Benito va a sufrir, hija!, no ves que él piensa que Manuela es su madre

—Pretendes que ahora que sé dónde está, ¿no haga nada por recuperarlo? Él tiene padres legítimos, y debe saber la verdad, tiene derecho

—Solo te digo que pienses en eso, hija

—Pues ya lo pensé, nana, y pobre del que se interponga en mis planes, porque no sé que soy capaz de hacerle, empezando por mi padre —se dio la vuelta y salió.

Milagros se quedó sentada, lasa, sin fuerzas siquiera para ponerse de pie, sosteniendo el traste que tiró en el fregadero. Lo miraba dándole vueltas por el mango tratando de recordar; ya había olvidado que iba a hacer con él. Ahora no pensaba en eso, no podía concentrarse. Ya presentía cuando se dio el acercamiento con Manuela, que muy pronto algo así sucedería. En ese momento muchos recuerdos de dolor y angustias, comenzaron a pasar por su mente. María tenía razón, la maldad y el rencor de su padre, no tenían límites, pero pensaba que ahora encontraría la horma de su zapato, y con su propia hija.

Ajena a los sucesos de Frondoso, Manuela continuaba atendiendo a varias pacientes en San Miguel. Ignoraba que María ya estaba enterada de todo, y decidida a llegar hasta las últimas consecuencias para recuperar a su hijo; cosa que no la haría nada feliz cuando se enterara. Y, aunque era algo para lo que se había preparado, no es lo mismo imaginarlo que vivirlo. El domingo por la tarde, después de comer, Manuela y Benito, se pusieron camino a Frondoso. Ahora procuraba llegar lo más tarde posible, y tomar un bote hasta su casa; pensaba que a esas horas habría menos posibilidades de encontrarse con María. Tal como planeaba llegaron por la noche, y un pequeño bote los llevó hasta su pequeño embarcadero. Cuando entraron a la casa, Benito decidió visitar a Carmen, y prometió regresar pronto para la cena.

Cuando llegó a casa de Carmen tocó, y salió la mamá de doña Refugio.

—¡Qué tal Benito!, ahorita le llamo a Carmen

Carmen salió de prisa, cerró la puerta tras de sí, y lo recibió muy efusiva; se echó a sus brazos y lo besó apasionadamente. Después de todo, estaba muy enamorada de Benito y, con sus continuos distanciamientos, lo había confirmado. No había dejado de pensar en él, pero Benito también se sentía muy atraído por ella. Sus sesiones amorosas los habían unido en una cierta complicidad llena de lujuria y satisfacciones, que experimentaban y los llenaban de placer. Bastaba que se vieran a solas para empezar a acariciarse, y terminar haciendo el amor donde pudieran. Los viejos traumas de Carmen, hacía tiempo que habían quedado en el pasado.

—Te extrañé mucho, mi amor —le dijo Carmen, con dulzura.

—Y yo a ti, aunque solo fueron tres días

—Quiero verte y amarte diario, te necesito, Benito

—Y yo a ti, mi amor

Se fueron detrás del gallinero; comenzaron los besos apasionados, y no transcurrió mucho tiempo para que se iniciaran las suaves caricias a los genitales, y pasaran a la cópula, pero unos ruidos que escucharon los hizo detenerse; temieron ser descubiertos. Ambos rieron, se vistieron, y salieron de prisa de su escondite sin concluir el coito. Poco después, Carmen le comentó a Benito su encuentro con María:

—Vino una señora a buscar a tu mamá, yo creo que necesita algún remedio. Tal vez tu mamá sepa en donde vive. —dijo Carmen.

—Te invito a cenar a mi casa, y de paso le comentas a mi mamá

—Bueno, déjame avisarle a mi abue, porque mi mamá salió

Cuando llegaron, Manuela le dio un caluroso recibimiento.

—¡Hola, Carmen! ¿Cómo estás, hija?

—¡Bien! ¿Y tú?

—También ¿Qué me cuentas?

—Pues nada, que ya no he tenido enfermos en mi casa, ja ja ja

—Qué bueno hija. Siéntate, vamos a cenar. Traje una carne seca muy sabrosa que se prepara con huevo, chile y cebolla

—¡Mmmh! ¡Qué rico! ¡Ah!, por cierto, vino una señora a buscarte, me imagino que quería un remedio

—¿No te acuerdas cómo se llama?

—Sí, me dijo pero no recuerdo

—¿Cómo era?

—Pos una señora joven muy guapa y muy amable. Venía montada en un caballo, y estuve platicando con ella

—¿Y de qué hablaron?

—De Benito. Hasta le conté que era su novia. Parece que ya los conoce, porque me estuvo preguntando que si Benito tenía el pelo castaño y la nariz afilada, yo le dije que sí. Le pregunté que cómo lo sabía

Manuela guardó silencio presintiendo que algo andaba mal. Después de unos momentos le preguntó con una mirada adusta, y en tono solemne:

—Carmen, ¿podrías acordarte cómo se llama la señora?, por favor

—Pues creo que Martha o sería Marina...María...¡María!

—¡Montoya! —dijo Manuela entre dientes como para sí misma, pero sin querer decirlo.

—¡Exacto! ¡María Montoya! —pronunció Carmen, al escucharla.

—¿No te preguntó cuando regresábamos?

—Sí, pero le dije que mañana, no estaba segura si regresarían hoy

—Está bien —dijo Manuela, con el ánimo marchito.

Por unos momentos se volvió a quedar callada. Con esa noticia sintió que el piso se le hundía, y le vino ese familiar dolor de estómago tan amigo de sus angustias, que le hizo llevarse una mano al vientre. Estaba en serios problemas, aunque en el fondo sabía que tarde o temprano tendría que pasar por eso, era algo a lo que no se resignaba. Perder a Benito sería el peor castigo por el que jamás hubiera pasado, pero también pensó que tal vez lo merecía. Ese joven había sido arrancado de los brazos de su madre para dárselo a ella, y temía que la hora de su castigo hubiera llegado. Ni siquiera pudo cenar, ya no podría dormir ni estar tranquila, sabiendo que María estuviera enterada de todo. Decidió enfrentar la situación de una vez por todas, y no esperar para ver hasta cuando le daban el golpe, que, seguramente, sería al otro día, porque estaba segura de que tampoco María podría quedarse impasible ni un día más.

—Ahorita vuelvo, muchachos, procuraré no tardarme

—¿A dónde vas, mamá? —preguntó Benito.

—Voy a casa de María Montoya, tal vez necesiten un remedio con urgencia

—Yo creo que sí, Manuela, porque cuando me estaba preguntando se puso pálida —comentó Carmen.

—Bueno. Terminen de cenar, ya vuelvo —les dijo.

No tenía tiempo de enganchar los caballos en la carreta, y con los nervios quizá ni podría hacerlo; con dificultad había terminado de preparar la cena. Tampoco pensó ensillar un caballo, solo le puso el bocado, lo montó y se fue a casa de María. Apenas salió, y la pareja de enamorados, ajenos a lo que pasaba en sus sentimientos, se metieron al cuarto de Benito; decidieron terminar lo que habían comenzado en casa de Carmen, antes de ser interrumpidos.

Manuela se fue lo más rápido que pudo, quería encarar a María lo antes posible. Ya no soportaba la carga que, durante tantos años, la estuvo angustiando. Ahora se daba cuenta de que podía deshacerse de ella y quería apresurarlo. Cuando llegó se apeó del caballo, y se dio cuenta de que temblaba de pies a cabeza. Tocó la campana con insistencia, salió Jacinto y la condujo al recibidor. Al mismo en el que estuvo sentada semanas antes, y que parecía ser una sala de suplicios. Minutos más tarde apareció Milagros con un servicio, pero antes de que pudiera decir algo, María se presentó.

—¡Buenas noches, Manuela! Nana, por favor déjanos solas

—Está bien, niña, buenas noches, Manuela —dijo Milagros, antes de salir.

—Buenas noches, María.... Me dijeron que fue a buscarme...
—dijo Manuela, tratando de controlar sus nervios.

—Así es, ¿desea un café o un té?

—De momento nada, gracias

—La verdad fui a buscarla para otra cosa, no para lo que encontré

—¿Qué era lo que quería, y qué fue lo encontró, María?

—Quería un remedio y, ¡encontré a mi hijo!

—Con todo respeto, María, Benito es mi hijo. Yo lo crie, lo adoro, es como si yo lo hubiera parido, así lo considero. Lo tengo desde el día en que nació

—Lo sé, Manuela. Por un lado le estoy agradecida porque sé que ha hecho de él un joven de bien, y lo ha querido como si fuera suyo. Pero por otra parte, le reprocho el sufrimiento por el que me dejó pasar todos estos años, buscándolo como loca, y hecha mil pedazos ¿Es eso justo?

—No, María. Sé que no es justo, y le pido perdón por lo que me corresponde, pero, recuerde que fue su padre quien me lo regaló, porque quería deshacerse de él, ¿usted qué hubiera hecho en mi lugar?

—Usted ya lo hizo, Manuela. Lo importante ahora, es, ¿qué haría usted en mi lugar? Porque yo sé lo que quiero y lo que voy a hacer...creo que lo sabe

—No sé lo que represente para Benito todo esto, y no estoy segura de que quisiera saberlo. Pero, ¿dígame qué quiere que hagamos?

—Manuela, solo quiero que Benito sepa que tiene una madre y un padre legítimos. Será decisión de él quedarse a vivir con usted, conmigo, o compartir su vida con ambas, no tengo idea

—¿No cree usted que le afecte saber que su propia familia se deshizo de él?

—Tal vez sí, aunque no fue su familia, sino alguien de su familia. Dicen que pagan justos por pecadores. Él mismo hará su propio juicio y decidirá

—De acuerdo, si no le importa lo que piense, por mí está bien

—Manuela, no es que me importe o no. Se cometió una injusticia muy grande, y es momento de hacer justicia. Manéjelo como usted crea mejor para Benito. Sí quiere que se lo digamos las dos o usted sola, en fin, cómo quiera

—Prefiero decírselo a mi manera, si no le importa

—Desde luego que no, como usted quiera

—Gracias, María

—Solo quiero que me comprenda, Manuela. No soy su enemiga y nunca lo seré. Además, con toda sinceridad le agradezco en el alma que haya tratado tan bien a mi hijo y lo ame

—La verdad es que la comprendo, María, y no me he querido poner en sus zapatos, porque odio el sufrimiento. Es más, le reconozco su actitud valiente y serena. Lejos de ser su enemiga podemos ser amigas…si me lo permite

—Soy yo la que se lo pide, Manuela, y de todo corazón

Ambas estaban muy susceptibles y emocionadas, dejaron resbalar unas lágrimas sobre sus mejillas, y se tomaron de la mano apretándose fuertemente, como si con ello sellaran un pacto de camaradería y amistad, por el amor a Benito. María le contó la historia de su amor, y lo que había sucedido con Alfonso; eso acabó de partir el corazón a Manuela.

Cuando Manuela se retiraba, María la acompañó hasta la puerta; al momento de despedirse ya se había creado un sólido lazo de amistad. Se dieron un cordial abrazo, y un beso en la mejilla. Lo hicieron con toda sinceridad, y como si fueran familiares o amigas de siempre; después de todo ambas se tenían un gran reconocimiento. Manuela sintió de pronto, como si la pesada carga que llevara a cuestas durante tantos años, repentinamente hubiese desaparecido, o se hubiera vuelto ligera como una pluma. Trepó a su caballo y se fue despacio, ya no había ninguna prisa. El incendio con el que había llegado en su interior, había sido sofocado.

Al llegar a su casa, Manuela encontró uno de sus condones en el macetón de siempre. Antes de entrar puso el contenido en su lugar cuidadosamente, mientras pensaba en qué forma decirle a Benito su realidad. Faltaba esa parte, y, para ella, quizá la más difícil. Lo amaba y sabía que, el amor que él sentía por ella, ahora tendría que ser compartido con María. Benito era un muchacho muy tranquilo y de buen corazón, pero ignoraba como reaccionaría ante semejante noticia, hasta pensaba que, tal vez, terminaría odiándola por lo que había hecho. Entró despacio y lo encontró dormido. Lo dejó, pensó que al otro día estaría más fresca, y tendría mejor elaborados sus argumentos. Apagó el quinqué y salió del cuarto. Se mantuvo recostada por varias horas, hasta que sus nervios cedieron del todo y se quedó dormida.

Por su parte, María estaba en espera de que llegara su padre, que no fue hasta entrada la madrugada, de todos modos ella tampoco podría dormir. Quería hacerle patente su deseo de recuperar a su hijo, y, de ser posible, al mismo Alfonso. Don Carlos llegó de jugar cartas en casa de unos amigos, había bebido pero no era una persona que pudiera y quisiera ocultarlo. Apenas escuchó los cascos de su caballo sobre el empedrado de la entrada, María salió a su encuentro; estaba decidida.

–¡Padre! Lo estaba esperando. Quiero hablar con usted

–Ahora no, María, será otro día –dijo, apeándose del equino tambaleante, y entregando las riendas a Jacinto.

–¡Tiene que ser ahora! –dijo María, con determinación.

Regularmente María obedecía a don Carlos, pero el tono autoritario con el que se dirigió esta vez, lo sorprendió.

–¿De qué quieres hablar conmigo que no puede esperar? –le dijo, mientras entraban en la casa.

–¡De mi hijo! –Al escuchar eso, hasta lo que había bebido dejó de hacer su efecto, se quedó pasmado - Solo quiero avisarle que trataré de recuperarlo –agregó.

–¡Qué estás diciendo!

–Lo que escuchó, padre, qué voy a tratar de recuperar a mi hijo, ya sé que usted se lo regaló a Manuela, la yerbera

Don Carlos, incrédulo y tragando saliva, preguntó:

–¿De dónde rayos sacaste eso?

–No trate de negarlo, Manuela tuvo más valor que usted, y eso que puede perder lo que para ella es un hijo

–¡Es un bastardo! – su embriaguez y su carácter explosivo, lo pusieron en evidencia.

–Porque usted lo quiso así, tal vez ahora estaría casada con Alfonso Linares, y tuviera más hijos. ¿Piensa que no sé lo que le hizo? Fue un crimen de lo peor, de lo más bajo y ruin. Además, ¿cómo es posible que pudo regalar a su propio nieto?, a su propia sangre, pero si puedo le pondré remedio a todo

–¡Tú no harás nada! – le dijo indignado.

–Pues quiero ver quien va a detenerme

–¡Yo voy a impedirlo! – dijo lacónico.

–¡No veo cómo! Ya no soy la niña estúpida a la que sometió hace dieciséis años, y además, tengo lo suficiente para no depender de usted, ni de nadie

–¡Ah sí!, ¿y eso quién lo dice?

–Lo dice que desde hace años soy mayor de edad, y que tengo derecho a reclamar la herencia que me dejó mi abuelo Gustavo, ¿o ya lo olvido? Conozco todas las cláusulas del testamento. En la notaría de mi abuelo me lo mostraron

Don Carlos ignoraba que María estuviera enterada del legado de su abuelo, pero al escucharla sabía que tenía la sartén por el mango y no alardeaba. Don Gustavo, el padre de Isabel, contaba con una cuantiosa fortuna. Al ver que a su hija no le haría falta por la posición de su marido, legó todos sus bienes a María. Fue su única heredera, murió antes de que nacieran Carlos e Ismael, sus hermanos. Don Carlos sería su albacea hasta que cumpliera veintiún años, tiempo en el que tendría que hacerle entrega de todos sus bienes, pero no lo hizo, y tampoco pensaba hacerlo. María estaba en su derecho reclamarlos.

—¿No le remuerde la conciencia haberme hecho sufrir de esa manera? —dijo María.

—Te libré de lo que sería tu perdición

—Se libró de lo que sería su vergüenza; pero está avisado —se dio la vuelta y se fue azotando la puerta.

Se quedó pasmado. Muy a su pesar María tenía todos los puntos a su favor, y ahora no podría impedir que se saliera con la suya, pero pensó que después de todo era mejor que se hubiera enterado. El secreto de su infamia era una carga, la misma que Manuela llevó a cuestas durante muchos años. A él no le pesaba tanto, pero de todos modos no deseaba seguirla cargando. En ocasiones Isabel lo había presionado, aunque nunca lo suficiente para cambiar las cosas. Ahora ni él mismo sabía que sentimientos le habían quedado en el corazón, hacía tanto que no analizaba su conciencia… Sin embargo jamás cedería ni un ápice, aunque se tratara de su propia sangre. Se encerró en su despacho, y, como era su costumbre, abrió una botella de brandy para seguir bebiendo.

Al otro día por la mañana, Manuela no encontraba de qué forma decirle la verdad a Benito. No quería que cambiaran los sentimientos que, durante todos esos años, los habían unido como madre e hijo. Pensaba que, al saber la verdad, seguramente su trato ya no sería el mismo, y quizá terminaría por alejarse de ella. Hasta se puso a hacer un análisis de su relación, para evaluar la forma en que lo había criado y tratado; cómo había sido su papel de madre. Ahora, ella misma debía ser juez de sus propios actos. Por otra parte, la verdad pondría al descubierto la inocencia de María, que quedaría como una víctima por el acto de injusticia que cometieron no solo en su contra, sino contra él mismo, y de paso con su padre. Desafortunadamente, por lo que a Benito concernía, estaba consciente que era una de las principales culpables, y lo aceptaba. No obstante estaba decidida, y no daría un paso atrás. Se persignó y se acercó a Benito.

–Benito, hay algo que quiero platicar contigo, hijo

–¿De qué se trata, mamá?

–De ti, de mí y de otras personas –le dijo, tomándolo de la mano, y jalándolo para sentarlo junto a ella –. Esto que voy a contarte sucedió hace muchos años, hijo

Manuela pensó que la forma más fácil de hacerlo, era contándole su propia historia, y diciendo la verdad.

–Hace mucho tiempo, una hermosa joven se enamoró de un hombre apuesto que vino de muy lejos. Él correspondía a su amor de la misma forma y se amaron mucho, pero ella salió embarazada, y la castigaron encerrándola para separarla de su amado

–¿Y él la dejó?

–No, hijo, lo apartaron de ella de la forma más vil: levantaron cargos en su contra de un crimen que no cometió, para llevarlo preso. A la pobre mujer la enclaustraron en su dormitorio, y no la dejaron salir hasta que tuvo a su hijo

- ¡Pobre mujer y pobre de su pareja!, ¿y qué pasó con su hijo?

- Pues verás, Benito, cuando la muchacha dio a luz, su padre le quitó al bebé para darlo en adopción a otra persona. Quería que se lo llevaran lejos de ahí. El niño tuvo la suerte de encontrar a una persona que lo cuidó y lo quiso mucho, más que a nada el mundo. Pero que cometió el error de desobedecer y no llevárselo lejos, porque ahora después de muchos años, un día su verdadera madre por fin lo encontró, y quiere que vuelva a su lado.

–Pues por supuesto que sí, ellos no tuvieron la culpa, ¿no crees?

–Pero… ¿Y la madre adoptiva, hijo? ¿Qué será de ella después?

–Yo creo que depende de él ¿Cuántos años tiene?

–Es un joven de tu edad –lo dijo, con la voz entrecortada.

–Pues ya está en edad de decidir lo que debe hacer

—¿Y qué debería hacer?

La emoción y la tristeza invadieron a Manuela, y sus propias lágrimas la traicionaron.

—¿Por qué lloras, mamá? —preguntó Benito, mientras llegaron de golpe muchas ideas a su mente —, n...no estarás hablando de mí, ¿verdad?

—Sí, Benito. Estoy hablando de ti —y se echó a sus brazos llorando.

Benito se quedó inmóvil, sintió una sensación muy extraña y no sabía que hacer, pero amaba a Manuela, y el amor que sentía por ella lo indujo a abrazarla. Lo hacía con el amor que cualquier hijo le tiene a su madre. Después de todo era la única persona a la que consideraba su familia y la amaba; Manuela era su madre y su mundo. Así permanecieron por unos momentos, en silencio, sin una palabra que decirse, y pensando cual sería el siguiente paso. Poco después que se tranquilizó, Benito le preguntó:

—¿Quién es mi verdadera madre?

—Se llama María Montoya, es la mujer que vino a buscarme y se encontró a Carmen. Ella fue quien le abrió los ojos —dijo, secando sus lágrimas.

—¿Ella no me conoce?

—No, hijo, pero tu olor, que tanto hemos ocultado, te delató. Ella lo conoce. Después de todo fue quien te parió

—Pero, ¿por qué me lo dices hasta ahora?

—Porque la verdad, nunca pensé hacerlo

—¿Por qué? Tenía derecho a saber la verdad

—Lo sé, Benito, pero temía perderte. Te hubiera afectado y a mí también. Además, tu abuelo quien sabe de lo que hubiera sido capaz, a lo mejor hasta de matarte, ¿por qué crees que se deshizo de ti?

—¿Y cuándo podré conocerla?

Al escuchar esas palabras se le encogió el corazón, pensó que a Benito ya no le importaría más su papel de madre, y lo que tanto temía: que su misión con él estuviera llegando a su fin. Sintió una inmensa tristeza, pero después de todo era lo que debía hacerse: resarcir el daño que se había causado, a él por arrancarlo de su madre, y a María por habérselo arrebatado.

—Hoy mismo, hijo

—¿Y quién es mi padre?

—Tú padre es Alfonso Linares, el dueño de la mansión abandonada

—¡El dueño de la mansión! —exclamó pasmado.

—Sí, Benito. Su familia la construyó, y ahora le pertenece a él

—¿Y dónde está?

—Nadie lo sabe

—No me digas que...

—Cuando tu abuelo se enteró del embarazo de tu mamá —dijo, interrumpiéndolo —, lo acusó de un crimen que no cometió. Desde entonces se lo llevaron preso

—¡Maldito sea mi abuelo! —exclamó, lleno de odio.

—Tus padres se amaban, Benito, ese fue su crimen. Tu abuelo no soportó la deshonra. Se desquitó regalándote y fastidiando a tu padre

—Me voy a vengar de lo que nos hizo, a mis padres y a mí

—No, hijo, el destino se encargará de él. No vale la pena que tú destruyas tu vida... Benito, no quiero que me odies o me guardes rencor, hijo, te lo ruego. En parte lo hice por protegerte de él, por salvarte de algo que pudo ser terrible

—No podría, mamá, eso has sido para mí, una madre, una muy buena y cariñosa —le dijo abrazándola.

Manuela nuevamente no podía contener sus lágrimas, y por momentos recostaba su cabeza sobre el pecho de Benito, mientras él acariciaba su cabeza tratando de consolarla. Su llanto era resultado de una mezcla de felicidad, de tristeza, y quizá también de arrepentimiento. Las palabras de Benito confirmaron su amor por ella, pero sabía que, irremediablemente habría cambios en sus vidas, y muy pronto comenzarían; en ese momento estaba llegando María. Al escuchar su caballo, Manuela dijo:

—¡Vamos, Benito!, debe ser tu madre —le dijo, dándole unas palmaditas en el pecho.

Cuando salieron, María aún no se apeaba del caballo. Lucía trasnochada, con una ligera palidez en su rostro, y sus movimientos turbados por los nervios y la falta de sueño. Casi no había dormido, se la pasó meditando sobre su encuentro con Benito. No sabía qué hacer, ni qué decirle cuando lo viera, pero después de todo, ella también era una víctima, y no tenía que justificar nada. Muy avanzada la madrugada lo comprendió y se quedó dormida, pero con la ansiedad y el canto mañanero de los zanates, despertó desde muy temprano.

Por fin ahí estaba frente a su hijo, después de todos esos años de su artera separación. Todo llegó muy rápido para Benito, apenas su mente había digerido lo que estaba sucediendo. Pensó que era injusto pero también una realidad que tarde o temprano llegaría. Había amado a una madre ilegítima, pero su amor era verdadero; el que ambos sentían, y eso era lo importante. "A la familia te la pone Dios, a las amistades eres tú quien las elige", le había dicho Manuela. Él la amaba y ahora no tenía ni que elegirla, nunca dejaría de ser su madre porque siempre lo había sido. Sin embargo, toda su historia estaba cambiando en un momento.

María se apeó del caballo sin quitar su mirada de Benito, caminó hacia él temblando, pero con muchas ansias, y decisión.

—¡Hola, Benito! ¿Sabes quién soy? —dijo, llena de orgullo al verlo.

Benito la miró de pies a cabeza, y dentro de todo lo que parecía una locura, había algo sensato: físicamente ella parecía lo más cercano a una madre y no Manuela; como un modelo que encaja mejor en un molde. La realidad era triste y difícil, pero no pesarosa, contrario a todo experimentó una emoción indescriptible al contemplarla, y se sintió profundamente orgulloso. Una mujer tan distinguida, bella, con tanto porte y personalidad, era su verdadera madre.

–¡Mi madre!

María se acercó a él, lo veía impresionada y envanecida, pero también incrédula por el gran parecido que tenía con Alfonso. Extendió su mano temblorosa para tomarlo de la cara, y lo miró con mucha ternura, pero con el afán de verlo, de admirarlo, de memorizar cada uno de sus rasgos, y sus gestos, pero los sabía de memoria; eran los mismos de Alfonso.

–Sí, Benito, ahora tienes dos madres –le dijo, tomándolo de las manos –. ¿Puedo darte un abrazo…hijo?

Benito estaba emocionado a punto de las lágrimas, pero al estrecharla en sus brazos no logró contenerlas y lloró; ambos lo hicieron uniéndose al llanto callado de Manuela. Se sintió extraño, pensó que su vida pudo haber sido diferente, aunque no sabría si mejor o peor. Solo había una vacuidad por ese pasado que nunca vivió, y que ni siquiera había existido en su mente, pero aun así le dio nostalgia. No creció con quien debía ni tuvo lo que le pertenecía, y quizá hubiera sido tan feliz como lo fue con Manuela o tal vez más. No le dieron la oportunidad de vivirlo ni de saberlo, pero comprendía el sufrimiento de María, y le dolía su desdicha. Sin embargo, gran parte del dolor y la amargura, que invadieron a María durante toda su ausencia, comenzaba a desvanecerse como un río congelado que se deshiela en primavera, y empieza a correr suave y gratamente.

*****

Don Carlos se levantó indispuesto, la resaca lo tenía con malestar estomacal, dolor de cabeza y con cierta pesadumbre. No le quedaba mucha cara con qué enfrentarse a María. Su farsa perversa había quedado al descubierto, y, si permitía que María pasara por encima de él, ya no le tendría ningún respeto. Seguía culpando de todo a Linares, pensaba que embarazando a su hija inició todo el embrollo, al menos le quedaba el consuelo que estaría preso e incomunicado en San Miguel, pero de pronto se preguntó si ahí seguiría; lo que menos desearía era verlo libre y con su hija.

Tenía que viajar periódicamente a San Miguel y a Veracruz, por asuntos de negocios, pensó que no estaría de más echar una revisada; sabía que María era más parecida a él que a su madre. Era una mujer con mucha determinación e ignoraba hasta donde sería capaz de llegar con tal de poner en libertad a Linares, pero eso era algo menos que imposible. Sus propias culpas lo ponían paranoico; no habría forma alguna de que María pudiera dar con Alfonso. Las barreras fueron creadas por él mismo, aunque a veces parecía olvidarlo. A mediodía llegó a San Miguel, y, una vez que arregló sus asuntos, se dirigió a la alcaldía. Su frustración fue grande cuando don Anastasio Guzmán, le informó que hacía años Juan Martínez Pérez había abandonado el reclusorio. Don Abelardo Rodríguez, cuando sucedió a Espinosa, fue quien lo transfirió. No le informó a qué prisión lo habían confinado, porque eso no le competía, solo que había sido enviado junto con varios presos, y entregado a las autoridades de Jalapa. No lo puso muy feliz, volvía a sentir esa piedrilla en el zapato. Sin embargo, sabía que Linares debía estar preso o muerto, de otro modo ya se hubiera aparecido en Frondoso buscando a María; tenía que averiguarlo. Durmió en San Miguel, al otro día tendría que estar temprano en Veracruz para atender varios asuntos, y también aprovecharía para investigar en donde estaba preso.

Aprovechando la ausencia de don Carlos, María llevó a Benito a su casa para que conociera a su abuela; Manuela los acompañó. Desde la entrada se quedó impresionado con el tamaño de la casa. Observaba con asombro cada detalle de su construcción, y cuando pasaron al recibidor, se entretuvo más con el decorado interior: los muebles, los adornos, las cortinas, y hasta se imaginaba haber crecido ahí al lado de María, porque en el fondo ahora sabía que ese era su lugar. Ahí había nacido y ahí pertenecía, pero volteaba a ver a Manuela y se le arrugaba el corazón, pensaba que con ella había sido feliz, porque después de todo, había sido y era, una magnífica madre.

Su presencia sorprendió tanto a Isabel como a la negra Milagros; lo recibieron con mucho gusto, y felices por tal evento.

—¡Mamá, él es Benito, mi hijo! —le dijo María, orgullosa.

—¡Lo sé, hija! —y abrazó a Benito y lo besó.

—¿Lo sabes, mamá?

—Por supuesto hija, siempre estuve yendo a su casa, aunque lo veía de lejitos —le dijo, abrazando y besando a Benito.

—¡Era usted! —dijo Manuela, sorprendida —. ¡Era usted la que siempre rondaba por mi casa! — añadió.

—Así es, Manuela. Es mi nieto y alguien tenía que vigilar que estuviera en buenas manos, a Dios gracias siempre lo estuvo —dijo, estrechando de lado a Benito.

—Mamá, y si sabías esto, ¿por qué nunca me lo dijiste?

—Porque tu padre, además de matarme a golpes, quien sabe que tipo de locura se le hubiera ocurrido en contra de Manuela, y sobre todo de Benito

—Tiene razón su mamá, María —dijo, serena Manuela —, lo importante es que ya lo sabe y Benito también, a mí me amenazó por desobedecerlo y no quedarme en San Miguel, pero ya ven, aquí tenía hecha mi vida

—Y le doy gracias al cielo de que así haya sido, si no quizá nunca hubiera dado con ustedes —dijo María —. Celebro que le llevó la contraria —añadió.

Charlaban de muchas cosas acerca de la familia, para que Benito conociera un poco más sobre su alcurnia, cuando llegó Carlos, el hermano de María. Se quedó atónito con toda la historia; era vago el recuerdo que tenía de lo que había sucedido. Sin embargo, mantenía fresco en su memoria el estado lamentable por el que pasó María.

—¿Y ahora qué piensas hacer, María? —preguntó Carlos.

—Restituir en lo que pueda a Benito, quiero que se le reconozca como el miembro de la familia que es. A ella pertenece

—Está bien. Pero si mi padre fue capaz de tales atrocidades, dudo mucho que quiera aceptarlo. Desgraciadamente ya sabemos cómo es... —dijo Carlos, con mirada adusta.

—La gente puede cambiar, hijo —dijo Isabel.

—¡Mi padre no, mamá!, y eso lo sabemos todos —dijo Carlos, con sarcasmo y meneando la cabeza.

—Pues me importa muy poco lo que piense mi padre. Me lo quitó por muchos años, pero jamás me volverá a separar de su lado —dijo María, abrazando a Benito.

—Pues haces bien, y te deseo suerte, hermanita, un hijo es un hijo. Y ahora me voy porque tengo cosas que hacer. Cuídate, Benito, ahora ya tienes otra mamá, otra abuela y otro tío —le dijo, abrazando a Benito sonriendo.

—Sí, señor —dijo Benito.

—¡Cómo señor!, dime tío, es lo que soy, no señor

—Está bien, tío

Se despidió de Isabel, de Manuela y de María, y se retiró. Al cerrar la puerta tras de sí, María se quedó pensando en lo que dijo su hermano, pero ya no era la misma de antes. Había dejado de ser la jovencita sometida, ahora tenía determinación, y estaría dispuesta a desafiar lo que fuera por defender a su hijo. Además no le tenía miedo a su padre, ya se había enfrentado a él en otras ocasiones.

Continuaron charlando, hasta que Alfonso llegó al tema, y Benito preguntó:

—¿Y dónde está mi padre?

—Lo único que supe es que se lo llevaron de Frondoso a San Miguel, pero allá me han negado toda información, me dijeron que nunca había estado ahí. Instrucciones de mi padre —contestó María, haciendo una mueca —. Lo que tengo que hacer es investigar en donde lo tienen, tal vez hasta siga en San Miguel —agregó.

—Si lo tienen en San Miguel, tal vez yo pueda ayudarla, María, el alcalde de allá está muy agradecido conmigo. ¿Recuerdas el hombre que me fue a buscar al mercado, Benito?

—Sí, mamá, lo recuerdo

—Pues es el alcalde de San Miguel, tal vez podamos ayudar en algo a tu padre, hijo, o por lo menos averiguar en donde lo tienen —dijo Manuela, animándolo, y pensando ingenuamente que estuviera ahí —. Lo primero que debemos hacer es ir a San Miguel —agregó.

—¿Cuándo puede ir, Manuela? —preguntó María, con ansias.

—Yo sugiero que vayamos los tres, y si quiere nos vamos hoy mismo o mañana temprano —contestó Manuela.

—¿Cuándo quieres que vayamos, Benito? —le preguntó María.

—Si por mí fuera, ¡hoy mismo! ¡Quiero conocer a mi padre! —contestó.

Manuela y María, voltearon a verse como si buscaran entre ellas una aprobación a la respuesta de Benito; era natural que ambas quisieran complacerlo, sobre todo María que llevaba años esperando por ello.

—¡Está decidido! Nana, que enganchen los caballos al coche, nos iremos ahora mismo a San Miguel —dijo María, con determinación.

Estaban muy lejos de conocer el verdadero paradero de Alfonso, pero también de lo que hacía don Carlos. Poco antes del mediodía había llegado a Jalapa. Fue a realizar unos asuntos y a obtener datos sobre Alfonso. Después de un tiempo de búsqueda, ningún expediente fue encontrado. Solo dijeron que seguramente estaría preso en otro lado. Eso no le conformó, y recurrió a algunas amistades que le debían favores. Más tarde encontraron un expediente, por el que le informaron que, a Juan Martínez Pérez, lo habían enviado a Veracruz, y se encontraba preso en el fuerte de San Juan de Ulúa. Él sabía que los reos en esa prisión pasaban muchos años antes de encontrar su libertad, si es que algún día lograban conseguirla.

Más tarde, muy feliz con la noticia y sus ánimos en alto, partió de regreso a San Miguel.

Por otro lado, Manuela, María y Benito, se entrevistaban con don Anastasio Guzmán; estaban en su elegante despacho bebiendo café. La gran pleitesía con la que trataba a Manuela, tenía sorprendida a María, pero a él le parecía poco cualquier cosa para halagarla, después de haberle devuelto la salud a su esposa.

–No conocí a ningún Alfonso Linares, pero según los expedientes le aseguro que nunca ha estado preso aquí –les dijo, con seguridad.

–Es que es imposible que haya desaparecido –dijo María.

–Seguramente lo llevaron a otra prisión, y, por lo que usted me dice, lejos de esta región. Pero para saber a donde…

–Eso sería lo último que le sacaría a mi padre, licenciado

–Miren, lo que puedo hacer y, por tratarse de Manuelita, investigaré para ver si logramos descubrir a qué prisión fue enviado. Por cierto, señora, don Carlos Montoya ayer estuvo por aquí

–¡Cómo!, ¡claro! –dijo María, con cara de asombro –, el muy ladino está tratando de llevarme la delantera – añadió, explotando de coraje.

–Calma, María –le dijo Manuela.

–Es que soy una tonta, yo misma lo puse sobre aviso pero no es posible que sea tan ruin, con perdón de usted, licenciado –dijo, tapándose la boca.

–No se preocupe, pero de todos modos vino a preguntar por otra persona –dijo don Anastasio, y, aunque les hubiese dicho el nombre, de nada serviría.

Ingenuamente eso tranquilizó a María, pero estaban ajenas a la realidad. Veracruz no era tan distinto a Frondoso y a San Miguel, en donde muchos asuntos podían arreglarse fácilmente, con tan solo poner al tanto a la gente que les debía favores. Sin embargo, ni don Carlos, ni María ni Manuela, podrían ejercer acción alguna para cambiar el destino de un preso en el fuerte de San Juan de Ulúa, aunque tampoco sabían lo que estaba a punto de suceder.

Se quedaron en San Miguel, María en el hotel Principal, y Manuela con Benito en casa de Tomasa. Al otro día don Carlos se llevó una sorpresa al encontrarse con su hija en el pasillo del hotel. María ni siquiera le dirigió la palabra, pasó frente a él y siguió de largo, como si se tratara de un desconocido o de un macetón. Su padre, con aires de vencedor, sonrío discretamente con ironía; "Haga lo que haga jamás podrá reunirse con Linares", pensó, y se dio la vuelta. María abandonó el hotel, recogió a Manuela y a Benito, y partieron a Frondoso. Tendrían que esperar a que el alcalde de San Miguel, les tuviera noticias de Jalapa; siempre y cuando, lograra conseguir alguna.

María y Manuela, habían hecho una gran amistad, se tenían un mutuo reconocimiento y aprecio, pero las unía más que otra cosa el amor que ambas sentían por Benito. María había pensado reconstruir la mansión como herencia para su hijo, y comenzó a planearlo; visitaba con frecuencia el lugar. Un poco también para revivir sus momentos de ventura, y dejarse envolver por el escenario anhelante de sus amoríos. Cada vez que respiraba el aire, y miraba los alrededores entre la espesura de la selva, se regocijaba con sus recuerdos. Hasta el mismo graznar de los zanates le parecían familiares, diferentes a los de cualquier otro lugar, como si ellos fuesen viejos testigos de su dicha. Esas visitas servían de pretexto para que Manuela y Benito, fueran a pasar el día con ella.

Cada vez que podía, Benito interrogaba a María por largo tiempo acerca de su padre. Se moría por verlo, quería saber cómo era y conocerlo, aunque fuera a través de ella. En muchas ocasiones terminaba por hacerle una y otra vez, las mismas preguntas. En su mente ya había concebido la idea de una familia, de la suya. Con sus verdaderos padres, de su alcurnia y de su vida, y hasta sentía un tanto extraño que fuera hijo de un español. Conocía a varios criollos, y sentía que eran diferentes, ahora sabía que llevaba sangre española, y en su mente se sumaba a ellos; ya no eran tan distintos a él. María estaba feliz por comentarle acerca de su padre, mantenía fresco en su recuerdo cada detalle, ni siquiera había dejado de pensar en Alfonso un solo día; era el amor de su vida. Él la había hecho experimentar las cosas más hermosas: ser mujer y madre, aunque esto último solamente hubiera sido por unos instantes.

Manuela estaba conforme con la relación que se había creado entre los tres. No se equivocó con lo que pensaba respecto a María, era una magnífica mujer, buena amiga, y sabía ser una buena madre, aunque solo hasta ahora había tenido la oportunidad de serlo y demostrarlo. Benito seguía viviendo con Manuela, pero casi todos los días se reunían con María, y algunas veces pasaban juntos la mayor parte del día; él se sentía feliz. Estaba muy impresionado con la belleza y carisma, de su madre consanguínea. A pesar del poco tiempo que había transcurrido ya le había tomado mucho cariño. "La sangre llama, hijo", le decía Manuela, que en ocasiones sentía celos pero no se molestaba, terminaba por auto convencerse de que fue lo mejor para Benito.

*****

Fue un jueves por la mañana, cuando se escuchó un grito en la prisión de San Juan de Ulúa: "¡Alfonso Linares! ¡A la reja con todo y chivas!". Por fin, a solamente veinte días de haber llegado a Veracruz, la estrategia que habían implementado para agilizar los trámites en México dio resultado; habían logrado obtener la libertad de Alfonso. Emocionado cuando salió, con un llanto incontenible abrazó efusivamente a sus hermanos, al licenciado y al cónsul de España, que había estado con ellos durante algún tiempo. Después de más dieciséis años en prisión, quedó en libertad.

Del fuerte de San Juan de Ulúa se dirigieron al hotel, donde se rasuró, se bañó y se puso ropas de Rodrigo.

–Iremos a compraros algunas cosas, y después a celebrar, hermano –dijo Rodrigo.

–Me gustaría arreglarme el cabello, Rodrigo

–Iremos a donde vos lo deseéis, pero después a celebrar. No os imagináis lo feliz que estoy con vuestra libertad, hermano

–¡Gracias, Rodrigo!, gracias por todo

–¡Bah! No tenéis nada que agradecer, Alfonso. Soy vuestro hermano, y siempre os he amado. Nunca debéis olvidarlo.

Lo llevaron a comprar ropa y calzado, a la barbería a cortarse el pelo, y a arreglarse las uñas; posteriormente lo llevaron a celebrar. Estaban felices, después de muchos años de constante lucha vieron premiados sus esfuerzos. Por fin quedó en libertad, y los tres hermanos estaban juntos. Durante la celebración, las anécdotas de Alfonso los mantuvieron absortos por varias horas. Vivió la peor época de su vida y, según sus propias palabras, no se la deseaba ni a su más desdeñable enemigo, y menos siendo inocente.

Había cambiado, el dolor lo fue transformando; aprendió lo inimaginable. Sus aspiraciones habían cambiado por simples mendrugos para sobrevivir, y su única ilusión era quedar en libertad; ahí dentro no existía ninguna otra. Había visto demasiada crueldad e injusticia, comenzando con las que se habían cometido contra él mismo. Era un buen cristiano pero hubo ocasiones, en que su propio dolor lo había hecho dudar hasta de Dios. Ahora veía todo distinto, pero la amargura que se reflejaba en su rostro la llevaría hasta el fin de sus días.

Sus hermanos deseaban llevarlo cuanto antes a España. Sus padres que, llevaban años de dolor por su encierro, estaban enterados que lo pondrían en libertad, pero necesitaban verlo; solo que los planes de Alfonso eran otros. Quería correr a donde estuviera María, y de paso vengarse de don Carlos; sabía que él había sido el causante de su encierro. Pero tanto el licenciado como sus hermanos, omitirían un detalle importante que eximía a María por no visitarlo en prisión: mencionar que su nombre había sido cambiado, y eso alteraría el curso de las cosas. Terminaron por convencerlo con un argumento lógico pero alejado de la realidad, para que olvidara todo, y regresara con ellos a Cádiz.

—Lo mejor que debemos hacer es viajar a España —dijo Rodrigo.

—¡Por supuesto, hombre! ¡Debéis pensar en vuestros padres! —asintió Sebastián.

—Quiero ver a María, pero haré que su padre me las pague —comentó Alfonso.

—¡Vaya! Olvídalo, ¿no queréis regresar a prisión, verdad? Además si la tal María os amase, jamás os hubiese abandonado —dijo Sebastián.

—Desde luego que no, hombre, eso ni dudarlo siquiera —afirmó Salvatierra.

—Tal vez haya tenido sus razones —dijo Alfonso, tratando de eximirla.

—Las que fuesen, al menos os hubiese buscado —dijo Rodrigo.

—Hombre, don Alfonso, las mujeres siempre consiguen lo que quieren. Mire que si usted fuera lo que ella hubiese querido, lo visita. Mejor búsquese una mujer en su tierra, esta no lo merece —dijo Salvatierra, intentando convencerlo.

—¡Claro, hermano! Esa mujer no os merece, después de tantos años vos la seguís amando, y ella ni se ha de acordar siquiera de vos

—Yo la amo y mucho, pero pasaron muchos años, quizá se olvidó de mí. Tal vez tengáis razón —dijo Alfonso.

—¡Pero claro que la tenemos! —dijeron casi todos al unísono.

—El barco zarpa pasado mañana y en él nos iremos los tres —confirmó Rodrigo.

—Pues que así sea —asintió con amargura, Alfonso —¡salud! —dijo, cuando chocaron sus copas.

Dos días después, "El Piranesi" estaba listo para zarpar. Se despedían en el muelle de San Juan de Ulúa los hermanos Linares del cónsul de España, del secretario y del abogado, a quien Alfonso daba instrucciones sobre la mansión. Los abrazos eran efusivos, de amigos, de compañeros en lo que fue toda una odisea. Estuvieron luchando hombro con hombro durante mucho tiempo, en el que cultivaron una buena amistad.

—Pierda cuidado, don Alfonso, yo veré lo de la propiedad —dijo el licenciado.

—Confío en que haréis un buen trabajo —le dijo Alfonso, abrazándolo.

Llegó la hora de abordar, y los tres hermanos en compañía del fiel sirviente de la casa, subieron por la escalerilla del barco. Caminaron sobre el puente de estribor para observar a sus amigos. Alfonso veía el puerto, no queriendo decirle adiós a la tierra que, a pesar de lo que había sufrido en ella, también había vivido la etapa más bella de su vida: su amor con María. Recargado sobre la barandilla sacó la carta maltrecha que aún guardaba, la única, en donde ella le decía cuanto lo amaba; iba a echarla por la borda pero pensaba que las palabras ahí escritas eran verdaderas. "Los sentimientos viajan convertidos en palabras a través de una carta", pensó, y la conservó. Cuando el barco levó anclas y soltó las amarras, se le escurrió una lágrima. Respiró hondo para exhalar suavemente, como si con ese aire expulsara sus sentimientos por María. Aún la amaba con toda su alma, y ese amor fue el que lo mantuvo vivo el tiempo que estuvo en prisión. El hecho de saber que algún día quedaría en libertad y volvería a verla, le dio las fuerzas que necesitaba para seguir viviendo. Ahora pensaba que ahí terminaba su historia de amor con María. Después de todo poner tierra de por medio le ayudaría a olvidarla. El Piranesi tocó la campana, y se alejó poco a poco del puerto, hasta que se perdió en el horizonte.

*****

Cierto sábado muy temprano, María salió en el carruaje con Jacinto; fue a visitar a Manuela y Benito. Llegó justo cuando estaban a punto de partir a San Miguel. Manuela invitó a María y, ella, con tal de estar con Benito, aceptó encantada. Despachó a Jacinto y se fueron en el bote de Manuela al muelle de Frondoso, y de ahí tomaron un carruaje a San Miguel. Durante el día Manuela se dedicó a sus asuntos, y María a pasear con Benito. La llevó a varios lugares que conocía por el pueblo; uno de ellos fue la capilla de los pescadores. Estaba situada a un lado del río por un hermoso camino arbolado. Enfrente había un pequeño muelle, en donde ataban sus botes los que entraban a rezar antes de salir de pesca; era la costumbre. María se cubrió la cabeza y entró con Benito, se hincaron y comenzó a rezar. El aroma que invadía el lugar era diferente al de la iglesia de Frondoso, no le producía las mismas sensaciones, olía más a incienso y menos a maderas. No tenía grandes adornos, pero la virgen que estaba en el altar era muy hermosa. Aparecía sentada en un trono sosteniendo al niño en su regazo, y con una rosa en su mano derecha; era la patrona de los pescadores. Un poco más atrás había un cristo pequeño muy detallado, con una expresión tan real que la conmovió, y lo sintió sagrado; se dijo: "Dios está en todas partes, esta también es su casa", y viendo a Benito a su lado, le dio las gracias con devoción por su afortunado reencuentro.

Más tarde fueron a otros lugares, y terminaron en el centro. Caminaban por las calles tomados de la mano. Benito se sentía orgulloso, como si quisiera gritarles a todos los que volteaban a verla, que ella era su madre. A mediodía comieron los tres juntos, y casi anocheciendo regresaron por el río a Frondoso. Era de noche cuando llegaron al muelle, se despidieron felices; habían pasado un día muy agradable. Manuela y Benito, trasbordaron, y continuaron su trayecto por el río en el bote de Manuela.

Cuando llegaban al pequeño embarcadero de su casa, se escucharon unas voces por el río. Manuela trataba de ubicarlas, pero en la oscuridad de la selva no podía distinguir nada, con excepción de las luces revoloteantes de las luciérnagas.

–¡Ya llegó! –dijo, la voz de un hombre.

–¡Es ella! –mencionó, una voz femenina.

Manuela no sabía quiénes eran ni qué asunto los traía por ahí, pero tuvo miedo, y se metieron de prisa en la casa. Con la experiencia que había tenido con Perla, Aurelio y Josué, había quedado escamada; no estaba por de más ser precavida. Los gritos no se hicieron esperar y comenzaron a llamarla:

–¡Manuela!... ¡Manuela!

No sabía de qué podía tratarse, y se mantuvo dentro. Desde su casa les contestó:

–¿Qué desean? –gritó, un tanto temerosa.

–Traemos a una enfermita pa que la atienda

Al escuchar eso se asomó por la ventana, parecía que cargaban a una mujer y decidió salir.

–¿Qué le pasa?

–Soy Filomeno, vivo al otro lado del río, y aquí le traemos a Celia, mi hijita, que está rete malita.

Otros dos llevaban entre los brazos a la muchacha. Con cada movimiento que hacían parecía que le clavaban un puñal en el vientre; sus gritos eran desgarradores.

–La hemos estado esperando mucho ratísimo

–Pero, ¿por qué no la han llevado el doctor Galicia?

–El doctor se fue a Veracruz, pero la mera verda tampoco tengo dinero, y pos varios nos dijeron que uste podía curarla

–¿Qué le pasa? –preguntó Manuela.

–Pos le duele la panza –dijo, el padre de la joven.

–Llévenla dentro, vamos a ver qué tiene –dijo Manuela.

Cuando la recostaron en la cama de Manuela, la muchacha quizá por vergüenza ya no gritaba, se mordía los dedos tratando de acallar su dolor. Manuela, sin haber estudiado medicina conocía bien los síntomas de apendicitis, parecía que se le estaba reventando; estaba muy mal. Si no se daba prisa vendría una peritonitis y su muerte, era cuestión de tiempo; parecía empeorar a cada momento. Cuando la revisaba estaba a punto de perder el conocimiento. Había poca luz y le dijo a Benito:

–Enciende la lámpara grande y tráela, por favor, hijo, pero date prisa –le dijo, al momento en que la muchacha perdía el conocimiento.

Manuela estaba nerviosa, volvía a sentir esa adrenalina que recorría todo su cuerpo, cuando atendía a esos pacientes que estaban condenados a morir, pero le gustaba tanto sentirla, que hasta a veces la extrañaba.

–Aquí está, mamá

–Gracias, hijo

Tomó la lámpara y la acercó al tórax de la muchacha. La luz iluminó su rostro, y en ese momento descubrieron de quien se trataba. Era la joven que se bañaba en el otro lado del río, a la que espiaba Benito y que tanto le gustaba. Ambos la reconocieron, y sin querer voltearon a verse, pero Manuela calló; Benito ignoraba que ella supiera de su existencia.

–¡Está muy grave! Necesito trabajar de prisa –dijo Manuela, cuando Benito salía.

Enseguida puso a hervir agua, y le agregó una buena cantidad de cola de caballo; contiene grandes cualidades antisépticas, además de otras tantas usadas también para tratamientos gastrointestinales. La dejó concentrarse, y le vertió dos gotas de su elixir mágico, pero cuando comenzaba a beberlo la joven volvió a desmayar, Manuela palideció. Apenas había bebido media taza del remedio, pero vio su respiración cuando trataba de sentir sus latidos, y descansó. Pensó que un enema era lo más rápido y seguro, le quitó los calzones. Buscó la lavativa, y llamó a Benito.

–Necesito que me ayudes, hijo

–¡Claro, mamá! –Manuela notó cómo miraba Benito a la muchacha.

−¿Te gusta la muchacha, verdad?

−Sí mamá, ¿cómo lo sabes?

−Tu mirada te delata, hijo. La ves con ojos de amor

−¡Ojalá se salve!

−Ayúdame a voltearla voy a ponerle la lavativa, después trataremos de que tomé más de este remedio, ¿de acuerdo?

−Está bien

Benito comenzó a voltearla suavemente, mientras Manuela le alzó el camisón de modo que Benito no la viera, para ponerle el enema; la joven no reaccionaba. Una vez que terminó de introducirle el remedio, la voltearon boca arriba, y le dieron varias cucharadas, que con dificultades logró tragarse. Finalmente el remedio iba en camino.

−Mamá, ¿crees que se salve?

−Si el remedio entró a tiempo en sus intestinos, puedes jurarlo. Se salvará

−¿Y si no entró?

−Podría morir, pero no te preocupes, creo que se salvará

−Ojalá que sí. Ella siempre me ha gustado

−¿Acaso la conoces? −preguntó, con hipocresía.

−La he visto del otro lado del río

−¿Y por qué nunca te has acercado a ella, hijo?

−Pues no sé…

−¿Entonces nunca le has hablado?

−No, porque pensé que no me haría caso

−¿Por qué te rechazaría, hijo?

−Porque a lo mejor me ve muy chico para ella

−Pero hijo, ella es una muchacha de tu edad, no tiene más de dieciséis años, si le hubieras hablado, no te hubiera rechazado

−¿Lo crees?

−¡Pero Claro!, y no lo creo, estoy segura, hijo. Eres un muchacho muy guapo. Espera, ahora regreso

Manuela salió un momento, Benito la observó cuando cruzó la puerta, y aprovechó para contemplar a Celia. Levantó un poco su camisón para mirar sus piernas y su vulva desnuda, así la recordaba. En verdad le gustaba mucho, quizá más que Carmen. Ella había sido la primera mujer que vio desnuda, en ella aprendió la diferencia entre hombre y mujer, y despertó sus instintos; con ella soñaba despierto y aprendió a masturbarse. Verla en ese estado era diferente, la veía como si fuera un bello animal de los que persiguen para darles caza, y que cuando yacen muertos pierden todos sus encantos. Ella lucía más hermosa, sana, feliz, canturreando desnuda mientras se bañaba en el río.

Cuando entró Manuela se sintió abochornado, cubrió a Celia de prisa, y salió del cuarto volteando a verla, deseando de todo corazón que se aliviara. Se puso a servir café para sus familiares; seguían inquietos. Estaban sentados afuera de la casa bajo el tejar del cobertizo, algunos en sillas, otros en la hamaca, y los que no alcanzaron, en el suelo: sus padres, un tío, unos primos, y una amiga que se mordía las uñas. Todos oraban, pedían a Dios porque se salvara. Las oraciones de la madre eran continuas y musitadas por todos, un murmullo penetrante que creaba una atmósfera fúnebre, como si se tratara de un velorio.

Mientras limpiaba los remanentes del enema, Manuela esperaba que hiciera efecto su remedio. "Fue una dosis enorme, podría resucitar hasta una muerta" pensaba, conocedora de sus mágicos efectos. A pesar de todo estaba un poco nerviosa, era la primera vez que aplicaba el elixir de esa forma, pero estaba completamente segura de que sí funcionaría. El tiempo pasaba y la muchacha no reaccionaba, aunque al menos se dio cuenta de que no empeoraba. Cada que podía, alguno de los parientes se acercaba entre rezo y rezo, y con un gesto apesadumbrado, le preguntaba lo mismo: "¿Cómo sigue Celia, Manuelita?".

Entrada la madrugada estaban desesperados. Sabían que Celia estaba en buenas manos, sin embargo no dejaba de preocuparles su estado, y Manuela no les confirmaba su condición. Todos habían cambiado de lugares, los nervios y la angustia, los mantenían en constante movimiento: los de la hamaca ahora estaban en las sillas, los del suelo en la hamaca, y los de las sillas en el suelo.

Eran las dos y media cuando Celia despertó, aún tenía el vientre adolorido pero lucía mucho mejor. Manuela calentó el remedio y le dio otra dosis, una buena cantidad como refuerzo. Uno de sus familiares que la escuchó se asomó a verla, y el murmullo constante de las oraciones cesó, por fin se tranquilizaron; era el primer síntoma de mejoría desde que llegaron. Todos se pusieron de pie, y se acercaron a la puerta para verla. Los rezos y las caras compungidas, cambiaron por risas y expresiones de alegría. Manuela los despachó pidiéndoles que volvieran por ella entre las diez y las once de la mañana. Satisfecha y con esa extraña sensación de triunfo que tanto disfrutaba, se fue a dormir. Unas horas más tarde Celia estaba totalmente fuera de peligro y en franca recuperación. Manuela lo ignoraba, pero con la media taza que bebió del remedio, era más que suficiente; el enema había sido completamente innecesario.

Cuando aclaró la mañana, Celia despertó a Manuela.

–Señora...señora...despierte

–¡Eh!, ¿qué pasa? –contestó Manuela, aún dormida.

–Soy Celia, ya me siento bien, ya me voy a mi casa

–Acuéstate niña, tu familia vendrá por ti más tarde, tienes que tomar un poco más de remedio. Ahora te lo doy

Manuela fue a calentar lo que quedaba del remedio, y volvió con Celia.

–Termínatelo, te sentirás mucho mejor

–Oiga, cuando me levanté me escurrió algo por atrás

–No es nada, tuve que ponerte una lavativa, ¿sabes lo que es?

–Creo que sí, cuando le dan de comer a uno por... ¿no? –dijo, señalando con un dedo su trasero.

—Exacto. Por el estado en que estabas no había otra forma de darte el remedio. Habías bebido muy poco

—Me dolía muchísimo aquí —le dijo poniendo la mano sobre su vientre, señalando el apéndice.

—Pero no te preocupes, ya estás bien

Cuando vinieron a recogerla gozaba de completo estado de salud. Manuela estaba satisfecha, y la familia de Celia feliz, pensaban que sus ruegos habían sido escuchados, pero no dudaban que, sin los remedios de Manuela, habría muerto. No encontraban la forma de agradecerle y tenían razón, ni siquiera el doctor hubiera podido salvarla.

—¡Gracias, Manuelita!, no sé cómo pagarle porque no tengo dinero, pero si alguna vez necesita un favor, el que sea, solo dígame

—Está bien, Filomeno, lo tomaré en cuenta

Cuando se marcharon despertó a Benito.

—¿Cómo sigue, mamá? —le preguntó preocupado.

—Gracias a Dios perfectamente, hijo. Ya se fue, pero ahora vamos a desayunar y arreglarnos. Recuerda que tenemos un compromiso

Manuela se había quedado muy conforme, con la misma sensación gratificante que un doctor al salvar a un paciente. Sacó agua del pozo para darse un baño; habían convenido ir a la mansión con María. Desayunaron y se arreglaron, un poco después María llegó por ellos, y se fueron a pasar el día en la mansión.

Por el canal que daba al río, en donde antiguamente se hacían los embarques, había muchos árboles frondosos formando una enorme sombra, y un hálito piadoso que venía del río menguaba el calor sofocante; estar ahí parecía un obsequio. Manuela y Benito, se metieron a nadar, podían estar varias horas sin que el sol tocara siquiera sus cuerpos. María estaba sentada en el borde del río remojando sus pies, cuando llegaron varios hombres a caballo. Se levantó y se acercó para ver lo que deseaban. Entre ellos venía Salvatierra, el abogado de los Linares. Se acercó, la miró detenidamente, y emocionado acarició su escaso pero largo bigote; se impresionó con su belleza.

—Buenos días —les dijo María.

—Buenos días, señorita —dijo el licenciado.

—¿Qué desean? —preguntó María.

—Nosotros, nada, señorita, por el contrario soy yo el que debía preguntar, ¿ustedes qué desean?

A María le extraño la respuesta del licenciado, pero por un momento pensó que tenían que ver algo con su padre.

—Nada, a ustedes, ¿se les ofrece algo? —preguntó María.

—No, señorita, vengo en representación del dueño de esta propiedad, a mostrarla a unos posibles compradores

Al escuchar eso María se enfureció de súbito, pero trató de ser prudente frente a Manuela y Benito. Respiró hondo, se serenó, y contestó cortésmente:

—Pues debe haber un error, porque la propiedad no está en venta, y el propietario está en prisión

Manuela y Benito, salieron del río, y mientras se secaban se fueron acercando a María.

—Perdón, pero sucede que el propietario no está en prisión sino en Cádiz, una provincia de España —replicó el licenciado, negando con movimientos de cabeza.

—Sé perfectamente donde está Cádiz —dijo molesta, María.

—Disculpe usted, señorita

María no podía estar segura si el hombre decía la verdad o mentía; pensó que tal vez se refería a algún hermano o al padre de Alfonso.

—Bueno, en todo caso, él es heredero de esta propiedad —le dijo, señalando a Benito.

—Perdón, pero… —dijo, pero no concluyó.

Volteó a verlo despectivamente, y de pronto puso una cara de asombro, como si hubiera visto a un fantasma. Con los ojos desorbitados y la boca abierta, se apeó del caballo para verlo de cerca. No había ninguna duda, tenía que ser hijo de Alfonso Linares; era idéntico. Los mismos ojos, nariz, barbilla, boca, hasta la estatura y complexión; un parecido realmente extraordinario.

—¿Y él es?... —preguntó el licenciado.

—Benito Alfonso, mi hijo y de Alfonso Linares —dijo María, con firmeza. Agregarle el nombre de su padre, fue una ocurrencia de momento, pero que, dadas las circunstancias, pensó muy atinada y oportuna.

El licenciado se quitó el sombrero, secó su frente con un pañuelo que extrajo de uno de sus bolsillos, y con cierto nerviosismo, preguntó:

—¡A...a...así que es hijo de don Alfonso Linares! —dijo, con pasmo.

—¿No se nota?... —dijo, María con sarcasmo —, pero dígame, ¿quién es usted?

—Yo soy el licenciado Sergio Salvatierra, y trabajo para don Alfonso Linares, soy su representante legal, me pidió que vendiera la propiedad. Él se fue a vivir a Cádiz, España

Al escuchar eso, María sintió que sus piernas se volvieron de paja, y como un suspiro su sangre abandonaba su cuerpo; no supo que decir. Manuela estaba a su lado, y comprendiendo sus sentimientos la sujetó por un brazo, y preguntó al licenciado:

—Disculpe ¿En qué prisión estaba?

—En el fuerte de San Juan de Ulúa, en Veracruz, de ahí lo liberamos

—¿Y cuándo quedó en libertad?

—Hace poco más de una semana, dos días después se marchó a España —contestó Salvatierra.

—¿Por qué no vino a verme? —preguntó María, conteniendo unas ganas inmensas de llorar.

El licenciado enseguida confirmó que se trataba de María, y se dio cuenta del error que había cometido, mal aconsejando a Alfonso para que no la viera.

–¿Usted es?....

–María Montoya, para servirle

–¿Puedo hablar con usted a solas? –preguntó a María.

–Por supuesto

Por la mirada penetrante de Manuela, Salvatierra llegó a pensar que estaba leyendo sus pensamientos, y en cualquier momento podría recriminarlo. Tomó del brazo a María y se alejaron por la senda que corría a un lado del río, bajo la sombra de los árboles.

–Usted es soltera, ¿verdad, María?

–No sé a qué viene la pregunta, pero sí. El único hombre que ha habido en mi vida es el papá de mi hijo, Alfonso Linares

–¿Por qué?... ¿aún lo ama?

–¿Qué si lo amo?...debe ser una broma, ¿verdad?... ¡Claro que lo amo, licenciado! Por eso no me he casado, y por lo mismo lo he seguido esperando

El licenciado se sintió peor aún; sin conocerla había participado en un juicio arbitrario que acabó por romper sus ilusiones.

–Don Alfonso no sabe de la existencia de su hijo, porque a petición de él yo mismo la investigué cuando estaba en prisión.

–¿Para qué le mandó investigar sobre mí?, si saliendo de todos modos se marchó…

–Pues francamente no lo sé, pero no sabía nada de su hijo

–Yo tampoco, licenciado, y le diré por qué…

María le contó la historia desde que su padre se enteró de sus entrevistas con Alfonso, hasta que encontró a Benito. Cuando terminó de contar su tragedia, el licenciado la miró con admiración, estaba escuchando una verdadera historia de amor y de dolor, que bien hubiera merecido un bello final. Sabía que era honesta, él mismo no podría negar que Benito fuera hijo de Alfonso. Además, su personalidad, belleza y carisma, lo habían deslumbrado; era una hermosa mujer de gran determinación. Se sintió avergonzado, sin querer afectó la decisión de un hombre, que lo único que deseaba era amar a esa mujer, y con justa razón. Bajo cualquier punto de vista ella lo valía. Por su parte, él le contó todos los detalles sobre la liberación de Alfonso y su partida, que acabaron de hacer estragos en el ánimo de María.

—María no le prometo nada, pero le escribiré a don Alfonso para informarle de esto, y también que usted se opone a la venta de la propiedad, ya que la quiere como herencia para su hijo. ¿Le parece?

—Deme su dirección y yo le escribiré. Lo que quiero es que venga, licenciado

—Lo siento, no me es posible dársela, no estoy autorizado, pero seguramente él me girará instrucciones

—Bueno, pero yo lo conozco. Sé que cuando se entere que tiene un hijo, fruto de nuestro amor, y, que sigo esperándolo, vendrá. Si no por mí, quizá por él —dijo, señalando a Benito.

—Tal vez tenga razón y yo me equivoque, pero no creo que venga. Su familia se opondría terminantemente, tienen miedo y con justa razón. Bueno, María, me tengo que retirar. Fue un placer conocerla, de verdad

—Gracias, licenciado, y gracias también por la información

Cuando el licenciado se marchó, María ya no pudo contenerse, y terminó llorando. Manuela y Benito, la abrazaron haciendo el intento de consolarla. Alfonso estaba libre, y ni siquiera había ido a buscarla; aunque el licenciado no le mencionó que, sus intenciones cuando quedó en libertad, habían sido correr a sus brazos, y él había contribuido para que eso no sucediera.

Pero después de todo, ahora Salvatierra no estaba muy seguro de escribirle a Alfonso con las peticiones de María, él mismo haría un mal papel ante los hermanos por haberla enjuiciado erróneamente. Tal vez eso crearía la antipatía de Alfonso, que terminaría por deshacerse de él. Pero había otros argumentos no menos importantes para no enviar la carta: perdería la comisión sobre la venta de la propiedad, y María le había hecho perder el juicio; estaba deslumbrado con su belleza, y le nació la remota esperanza de enamorarla.

*****

En Cádiz, todos los familiares y amistades de Alfonso estaban felices con su regreso, especialmente sus padres y hermanos, que al principio se torturaban pensando que había muerto, y, posteriormente con su encuentro, la agonía que vivieron todos con su encierro. En tales circunstancias, para todos fue como si hubiese resucitado. Desde el día que llegó, sus hermanos y cónyuges, planearon una gran fiesta de bienvenida en la casa de sus padres. Llegado el día, la celebración se llevó a cabo con bombo y platillo. Esa noche y, después de muchos años, Alfonso se sintió "casi" feliz. Le había entristecido ver de pronto a sus padres acabados, convertidos en ancianos, que solo le hicieron crear consciencia de los años que pasó alejado de todos sus seres queridos, en un país lejano, y en las peores condiciones. A pesar de todo, pensaba que aún podría ser feliz, solo que, en sus adentros, sabía que, para serlo "completamente", faltaba un ingrediente: María.

Aún se sentía un tanto extraño y desubicado, un poco fuera de lugar, le parecía que había transcurrido una eternidad desde que abandonó ese hogar. Ahí creció y había sido feliz al lado de sus padres y hermanos, pero la felicidad que encontró a su regreso parecía haber cambiado, como si se hubiese roto o fragmentado, y solamente encontró una parte de ella; otra se quedó en Frondoso, y quizá, una más había desaparecido para siempre. Además, y, aunque era inocente, él mismo se percibía como culpable. Por momentos le avergonzaba su pasado en reclusión, como si tan solo el hecho de haber estado en prisión lo convirtiera en un criminal; "de todos modos soy un ex convicto", pensaba, lamiendo sus heridas.

Había decenas de invitados, todas personas muy cercanas a la familia. Algunas de ellas totalmente desconocidas para

Alfonso, otras eran conocidas pero no las recordaba del todo, aunque permanecían muy vagamente en su recuerdo, como Sofía. Una joven y guapa soltera de treinta y seis años, amiga de Esther, su hermana menor. De hermosa figura, ojos grandes y mirada profunda, su nariz ligeramente aguileña, sin embargo, lucía armoniosa con el resto de su rostro acentuando su personalidad. Se entusiasmó con Alfonso, y no escondió su atracción, pero él también se sintió atraído por la belleza de la joven. Bailaron parte de la noche al compás de los valses de Strauss, espléndidamente ejecutados por la orquesta, y conversaron de todo un poco, hasta de su estancia en prisión.

Había una mezcla de sentimientos entre todos los presentes, con respecto al pasado de Alfonso. Algunos se compadecían, y a otros les causaba pena o dolor, pero, contrario a esos desconsuelos, su pasado en reclusión también parecía rodearlo de un aura misteriosa, y hasta con un cierto poder de seducción que atraía a algunas mujeres, muy especialmente a Sofía. Por el hecho de haber soportado tanto sufrimiento, conviviendo con delincuentes y criminales, lo consideraba un hombre valiente y viril. No era muy culta, pero sí una gran conversadora, y su compañía muy grata. Los padres de Alfonso veían con muy buenos ojos que la pareja se entendiera, en especial su madre, consciente de todo el sufrimiento que había pasado en un presidio del nuevo continente. Cuando don Rodrigo dirigió unas palabras para brindar por el regreso de Alfonso, ella permaneció a su lado. Todo indicaba el inicio de un romance y así fue.

Unos días después, Alfonso y Sofía, se hicieron novios. Por todos lados se les veía juntos: en el teatro, restaurantes, cafés, fiestas y reuniones. Dada la posición de la familia Linares, Sofía era la envidia de algunas solteronas de la sociedad de Cádiz, y ese privilegio trataría de aprovecharlo. A su edad no podría encontrar tan fácilmente a un soltero maduro y apuesto, que además gozara de una buena posición, y a eso se debía principalmente su soltería. Había esperado por mucho tiempo a un hombre rico y apuesto, pero el tiempo se le fue pasando, y ninguno de los que la habían pretendido se le hizo digno, hasta ahora.

En Frondoso, María había comenzado a planear las obras de reconstrucción de la mansión. Sin importarle los comentarios del licenciado, contrató a un arquitecto en Veracruz para que evaluara las condiciones del inmueble, y desarrollara el proyecto. No tenía temor de que en algún momento pudieran despojaran a Benito de algo que, por derecho, sabía que le pertenecía; al enterarse Alfonso, estaba segura de que lo aprobaría. Pero en el fondo, la mansión tenía cierta magia para ella, y no cejaría en su intento por devolverla a su estado original, como Alfonso deseaba. No estaba segura de qué se trataba, pero la cautivaba, y no estaba dispuesta a que alguien ajeno se quedara con ella, y con todos sus recuerdos. Era como un gigantesco imán que además de atraerla se apoderaba de sus sentimientos. Ignoraba si se debía a su amor por Alfonso, porque había sido el escenario de su amor, o porque quizá al igual que Alfonso, se deslumbró con su majestuosidad.

Cierta mañana, el arquitecto estaba sacando unas medidas y haciendo unos apuntes, cuando llegó el Licenciado Salvatierra con otras personas; venían de Veracruz. Eran otros clientes interesados en adquirir la propiedad. Un tanto extrañado el arquitecto siguió con su trabajo, hasta que Salvatierra bajó del carruaje y se acercó.

–Qué tal. Soy el licenciado Salvatierra –le dijo al arquitecto.

–Buenos días –respondió.

–¿De casualidad usted trabaja para la señora Montoya?

–Así es. Me contrató para que hiciera una evaluación de las condiciones del inmueble, y de su restablecimiento

–¿Y de casualidad no anda ella por aquí?

–No, pero seguramente no tarda, quedamos de vernos aquí

–Gracias, la esperaré

Media hora después llegó María a caballo. Se apeó, tomó las riendas, las ató en una rama, y caminó hacia el arquitecto. Lucía fulgurante, Salvatierra se derretía ante su belleza natural y espontánea, solamente comparable a una hermosa flor. Su cabellera sedosa se mecía con cada paso que daba, como un compás rítmico que acompañaba con gracia todos sus movimientos; tan solo verla caminar le era gratificante. María se acercaba al arquitecto, cuando fue interceptada por el licenciado.

—¡María! ¿Cómo le va? —le dijo, tomando su mano para darle un beso.

—¡Qué tal, licenciado!

—Pues aquí platicaba con el arquitecto, me dijo que usted lo contrató para hacer una evaluación y restablecimiento de la propiedad

—Cierto. Pienso restaurarla a su forma original. Así lo quería Alfonso, aunque mi hijo y yo también

—Pero le recuerdo, María, que don Alfonso es quien debe tomar esas decisiones

—Bueno, pues entonces que él lo decida cuando sepa lo que quiero hacer con ella, ¿no cree? Es exactamente lo que él pensaba hacer

—Pues sí, pero…es que él vive en España, y el correo usted sabe tarda mucho

—Me imagino que ya le escribió, ¿verdad? —le dijo María, con una mirada inquisitiva, buscando la sinceridad en Salvatierra.

—B…bueno, sí, ya le escribí…pero es que el correo… —farfulló.

—Pues cuando le conteste me avisa, aunque estoy segura de que vendrá. Como le dije, si no por mí, por su hijo. Con permiso, tengo que hablar con el arquitecto

—Pase usted, María, estaré en contacto para darle las nuevas

Con lo poco que charló con él, María se dio cuenta de que Salvatierra no había enviado la carta. Que no tenía la menor intención de enterar a Alfonso sobre su hijo, tampoco de sus pretensiones sobre la mansión, y menos aún de sus sentimientos. Decidió cambiar de estrategia y no ilusionarse con falsas expectativas.

Esa tarde llegó de visita a casa de Manuela, y, conversando acerca de su encuentro con Salvatierra, surgió en el consenso una idea que pondría en marcha; decidió dirigirse personalmente al consulado español en Veracruz para indagar la dirección de los Linares. Salvatierra le había comentado que el cónsul estuvo con él y sus hermanos, el día de su liberación; seguramente él la sabría. Manuela y Benito, irían con ella, él tenía un gran interés porque su padre supiera de su existencia. Sin pensarlo mucho, a la mañana siguiente y, a primera hora, se pusieron en marcha rumbo al puerto.

A mediodía llegaron a Veracruz, y se dirigieron directo a un hotel del centro; Benito estaba deslumbrado con el tamaño del puerto. Aunque varios años atrás, Manuela lo había llevado un par de veces a comprar mercancía, era muy pequeño para recordarlo. Le parecía la ciudad más grande que jamás había visto, incomparablemente superior a Frondoso, e incluso a San Miguel; pensaba que eran las únicas poblaciones que conocía. En parte el mar hacía la diferencia, y en parte la gente que venía de muchos lugares: desde las Antillas, hasta de lejanas regiones de Europa y África. Para delicia de los compradores, un sinnúmero de artículos provenientes de diversos países eran vendidos a lo largo de la playa, donde llegaban los lanchones que traían la carga, y a los pasajeros del muelle de San Juan de Ulúa. Comieron en un restaurante, y posteriormente fueron a casa de Ismael, el hermano de María.

Ismael había estudiado en Veracruz, cuando terminó su carrera no quiso volver a Frondoso. En un principio, don Carlos le encargó algunos de sus asuntos; llegó un momento en que eran tantos que solamente se dedicaba a ellos. Tiempo después conoció a Bertha Larios, una buena mujer hija de un matrimonio español, de la cual se enamoró. Se hicieron novios, pero el padre de Bertha era un competidor en los negocios de don Carlos, y este puso el grito en el cielo cuando se enteró. Más que pedirle, le ordenó a Ismael terminar de inmediato con esa relación; lejos de obedecerlo Ismael pidió su mano. Los padres de Bertha sabían quien era, pero no les importó, ellos solo veían en don Carlos a un competidor más, uno de tantos, y estuvieron de acuerdo con la boda. Ese día, únicamente María estuvo presente, don Carlos les había prohibido a todos que fueran, pero cada impedimento de su padre, para María era un desafío que jamás dejaba pasar de largo. Don Carlos, indignado por la boda, le dijo a Isabel:

—He decidido desheredar a tu hijo

—¿Por qué quieres que todos hagan tu voluntad? —contestó, Isabel indignada.

—Porque así quiero que sea. ¿Cómo es posible que haya desposado a la hija de uno de mis enemigos?

—¡Don Julián no es tu enemigo!...sino tu competidor

—Todos los que compiten conmigo lo son. Están conmigo o en mi contra

—¿Incluyendo a tu propio hijo?

—Incluyéndolo a él, y no quiero que vuelva a poner un pie en esta casa. Para mí ya está muerto

Desde entonces Ismael no volvió a casa de sus padres. A su madre y hermanos, los veía cuando viajaban a Veracruz o él a Frondoso, pero nunca en la casa. Era un tanto parecido a María, así que no tenía el menor interés por limar asperezas con su padre, y menos aún que, después de la boda, atendía los negocios de su suegro.

Ismael era de carácter fuerte pero afable, de buen corazón, de personalidad agradable, y espíritu de liderazgo. Muy distinto a Carlos, su hermano, por lo que, al igual que María, chocaba constantemente con su padre. Era astuto para los negocios, y gozaba de buena posición. Aunque era seis años menor que María se identificaban más, y estaba más unido a ella que Carlos, cuatro años menor. Sabía de su amor con Alfonso, y el sufrimiento que su padre les había causado, pero ni él ni Bertha, sabían de la existencia de Benito. Apenas llegaron, María les contó todo con detalle. Difícilmente podían creer su historia que parecía sacada de un drama, con un desamor y una maldad inaudita; pero había sido escrito por puño y letra de su padre. Ismael tenía los ojos irritados por una rabia reprimida en contra de don Carlos, pero era tanta su felicidad por verlos, que poco a poco se fue apaciguando.

—¡Me parece increíble, María! —dijo Bertha.

—Pues a mí se me hace un sueño, después de tantos años de búsqueda por fin se me hizo encontrarlo —dijo María.

—Te lo mereces, hermanita

—Nunca perdí la esperanza, y, a Dios gracias, Manuela hizo de él un buen muchacho —dijo María, apretando la mano de Manuela y sonriendo.

—Aún recuerdo cómo sufrías y llorabas, pero a todos nos hicieron creer que había muerto y nos obligaron a callar. Nadie se imaginaba que mi padre lo había regalado. Pero bueno, eso hay que dejarlo en el pasado —dijo Ismael.

—Nada más me hace falta su padre, pero sé que vendrá. Estoy completamente convencida, además nos aseguraremos de que así sea, ¿verdad? —dijo María, volteando a ver a Benito y a Manuela.

Las palabras de Ismael y María, emocionaron a Benito. Podía sentir el gran amor que su madre les profesaba a él y a su padre. Le enorgullecía ser hijo de una pareja tal; estaba más que feliz. Conoció a sus primos menores, y por primera vez supo lo que era convivir en familia; muy pronto se sintió parte de ella. Era una sensación extraña y totalmente nueva, pero muy gratificante. De pronto comprendió el significado de la palabra "familia", no le era nueva, sino extraña y ajena.

Después de una amena convivencia, se despidieron.

—Ven más seguido, María —le dijo Ismael.

—Trataré de hacerlo, y te mantendré al corriente de las noticias —le contestó, abrazándolo efusivamente.

—Hasta pronto, sobrino —le dijo a Benito.

—Hasta pronto, tío —le dijo, mientras lo abrazaba.

—Señora, fue un placer —dijo, Ismael a Manuela.

—El placer fue para mí, Ismael, muchas gracias, señora —contestó Manuela.

—Dios los bendiga —les dijo Bertha, cuando se fueron.

Al otro día, se presentaron muy temprano en el consulado de España. María estaba un poco nerviosa y preocupada, ignoraba si el cónsul tuviera la dirección de Alfonso y si quisiera dársela. Había pasado por tantos escollos, que no le extrañaría uno más, como si eso tuviera que ser parte de su vida cotidiana, y le sembraba dudas. Entraron a un pequeño recibidor, y enseguida fueron recibidas amablemente por el secretario, que las invitó a tomar asiento. Miró a María y se puso un poco nervioso, no era común ver mujeres con esa belleza y personalidad.

—¡Buenos días! Soy Ríos, vuestro servidor

—Buenos días, señor —dijo María.

—¿En qué puedo ayudaros?

—Yo soy María Montoya, la señora es Manuela Cruz, y él es Benito

—¡Mucho gusto!

—Queremos ver al señor Cónsul, pero no tenemos cita

—¿Es sobre algún trámite?

—No precisamente…

—Porque si es así yo puedo ayudaros

—Es personal, si no le importa

—En absoluto, pero permitidme un momento por favor

—Gracias —dijo María.

El secretario entró a una oficina, y después de unos momentos salió acompañado del Cónsul; la apariencia y hermosura de María, lo dejaron igualmente deslumbrado. Su recibimiento fue por demás cordial, aunque no prestó mucha atención a las presencias de Manuela y de Benito.

—¡Mucho gusto! Soy Alfonso Martínez, Cónsul de España y vuestro servidor

—Yo soy María Montoya, la señora Cruz y mi hijo, Benito

—¡Encantado! ¿Podemos ofreceros un té o un café?

—Gracias, un café para mí, ¿y ustedes? —les preguntó María.

—Yo también un café, ¿tú Benito? —preguntó Manuela.

—Nada, gracias

—Díganme, ¿en qué puedo serviros? —le preguntó mientras servían los cafés.

—Estoy aquí, porque posiblemente usted podría tener y proporcionarme la dirección de la familia Linares en España, de Alfonso Linares

El Cónsul comenzó a relacionar, y a comprender.

—Sí, la tengo ¿Pensáis viajar a España?

—No señor, solamente si fuera necesario. Deseo informarle a Alfonso sobre su hijo —dijo María, señalando a Benito.

El Cónsul volteó a verlo, y sin reservas, exclamó:

—¡Diablos! ¡Pero si es su vivo retrato!

—Como dos gotas de agua —contestó María.

—¿Puedo haceros una pregunta con franqueza, María?

—¡Por supuesto!

—¿Por qué no trató de buscarle mientras estuvo recluido? —preguntó el Cónsul.

—Porque no sabía en donde estaba, señor, pero lo busqué por cielo, mar y tierra, aunque con ciertas limitaciones. Las que puso mi padre para que no pudiera encontrarlo

—¡Es cierto! Parece que hasta su nombre fue cambiado, para evitar que lo encontrasen

—¡Cómo!

—Así es, María, le encarcelaron bajo el nombre de Juan Martínez Pérez, pero continúe por favor

María terminó por contarle toda su historia.

—¡Ya veo! —dijo el Cónsul, con su mano en el mentón.

—Lo que me extraña, es que cuando quedó en libertad no me haya ido a buscar —dijo María, con aflicción.

—María... —dijo el cónsul, meneando la cabeza -, creo que os debo una disculpa, y de paso también a vuestro hijo. Cuando salió de prisión don Alfonso, lo primero que quiso hacer fue correr en vuestra búsqueda, pero como vos nunca lo visitasteis, creímos que lo habíais olvidado. Fue mal aconsejado para que no os viera, y se marchara a España con sus hermanos

Al escuchar eso y, no pudiendo contener por un segundo más su emoción, María dejó rodar unas lágrimas. Sintió una dicha inexpresable en el corazón, pero permaneció impávida. Todas las dudas que la asaltaban quedaron atrás; Alfonso la seguía amando tanto como ella a él.

—Yo no opiné, pero eso de todos modos no me exime. En parte me hace culpable —continuó el Cónsul.

—Dígame, señor Cónsul ¿De casualidad el licenciado Salvatierra estaba con ustedes? — preguntó María, enjugando sus lágrimas.

—Desde luego, él se encargó de los trámites de su liberación

—Y él, ¿qué opinó?

—Bueno, de hecho él fue quien acabó de convencerle

—Me lo imaginaba, podría jurarlo —dijo, lacónica.

—¿Por qué lo decís, María?

—Por nada importante, es solo que no quiso darme la dirección. Me dijo que no estaba autorizado, y que él escribiría a Alfonso para informarle de su hijo. Aunque por la forma en que me mira y me trata, estoy segura de que nunca lo hará, creo que le intereso demasiado. Además desea vender la propiedad para obtener la comisión, pero yo no deseo que se venda. Ese lugar significa mucho para mí, es realmente sagrado. Prefiero que se quede en manos de nuestro hijo, que además estaría en su derecho, ¿no cree usted?

—Estoy de acuerdo, y os tengo buenas noticias que estoy seguro os alegrarán, María. En primer lugar nadie podrá venderla. Para hacerlo necesitan los papeles que dejó en mi poder don Alfonso, y no se los daré. En segundo, su hijo podría reclamar la propiedad como su herencia, y mientras esto se resuelve, no podrá venderse. En tercero y, por último, voy a hacer algo mejor que daros su dirección, llevaré vuestras noticias personalmente. Salgo pasado mañana para España, el barco hace una escala en Cádiz para continuar a Barcelona, puedo aprovecharla para saludarle e informarle de todo

El Cónsul era un hombre honesto, y de buen corazón, y lo sucedido lo conmovió. Estaba dispuesto a ayudar a María en lo que le fuera posible. Le tomó aprecio a los Linares, y quería resarcir el daño que se le hizo a Alfonso, a su amada y a su hijo. Ahora veía que Alfonso tenía razón. "¿Cómo no amar a esa mujer tan extraordinaria? bella, inteligente, y de una lealtad invulnerable", pensaba, coincidiendo con Salvatierra.

—¿Haría eso por nosotros?

—¡Pero desde luego! Os lo debemos María, de cualquier manera esta es su dirección —le dijo, anotándola en un papel que deslizó sobre la mesa, junto con su tarjeta de presentación —, por si desea escribirle de todos modos, o desea hacerlo el muchacho

—Si no le importa, prefiero que se haga de la forma que usted propone. Si vuelve es señal de que aún me ama, y que su hijo le importa —dijo María, tomando la tarjeta, y deslizando con sus dedos el papel con la dirección hacía el Cónsul, pero Benito lo interceptó y se lo guardó.

—Entonces así se hará, María

—¡Señor cónsul, no sé como agradecerle su gentileza!

—Nada, nada, María, al menos trataré de reparar el daño que se les hizo, a vos, a vuestro hijo, y hasta el propio Alfonso. Ahora mismo estarían reunidos y felices

—¿Puedo pedirle otro favor?

—¡Por supuesto, María!, los que guste

—Solo que le diga, que siempre lo he estado esperando, y que mi amor por él nunca ha cambiado

—Pierda cuidado que yo se lo diré

—Gracias, señor Cónsul, y que Dios le acompañe en su viaje

—Gracias a vos, María, por el privilegio de conocerle, y hasta pronto. Él regresara, lo sé porque os ama, lo escuché de sus propias palabras

El hombre les había inspirado una gran confianza; su transparencia y afabilidad, estaban más allá de todo cuestionamiento. Los tres salieron felices del consulado, María desparramaba su dicha. Las palabras del Cónsul devolvieron la vida a su corazón, que había entrado en agonía por las omisiones malintencionadas de Salvatierra. Ahora sabía que ese amor que había guardado como un tesoro y, durante tanto tiempo, estaba correspondido. Solamente quedaba esperar a que el Cónsul llegara a Cádiz, para que las cosas tomaran su curso. Volvió a sentirse enamorada y llena de ilusiones, como si le hubiesen inyectado nuevos bríos, y la esperanza que tanta falta le hacía. De regreso a Frondoso su corazón rebosaba de dicha y alegría.

Al otro día muy temprano, María le pidió a Manuela que la acompañaran a la iglesia; deseaba presentar a Benito con el padre Cipriano. Estaba enterado de su existencia y quería compartir con él su reencuentro, ellos accedieron gustosos. Cuando llegaron a la iglesia, un muchacho trapeaba el piso, mientras el padre limpiaba con un paño el polvo de las figuras de los santos; estaban distribuidas a lo largo de los pasillos laterales. Lo hacía con amor, con paciencia y cuidado, como si fueran caricias que les prodigaba con devoción y respeto.

—Padre, tengo una sorpresa para usted —dijo María, ocultando tras de sí a Benito.

—¿Cuál es, hija? —dijo el padre, volteando hacia María.

—¡Le presento a mi hijo! —le dijo, haciéndose a un lado para que lo viera.

El cura se quedó asombrado, pero le dio mucho gusto; finalmente ese rompecabezas comenzaba a armarse. Le impactó ver a un joven adolescente que de pronto aparecía como hijo de María. No lo había visto crecer a su lado, y, aunque solamente se había encontrado con Alfonso en un par de ocasiones, notó el gran parecido entre ambos.

—¡Por fin, hija mía!, ¡qué felicidad! —dijo, entrelazando sus manos —. Si mal no recuerdo se parece a su padre

—Sí, padre, se parecen muchísimo. Mire, ella es Manuela, la señora a quien se lo regaló mi padre

—Qué gusto que lo hayas encontrado, y que la señora participe contigo

—Sí, padre, a ella se lo agradezco mucho —dijo María, tomando del brazo a Manuela y dándole un apretón en señal de agradecimiento.

—¡No te había visto por aquí, hija, tampoco a tu hijo! —les dijo el padre, a Manuela y Benito.

—Nosotros vamos a la iglesia del lado del río, padre —contestó Manuela —, la de San Felipe

—¡Ah ya veo!, la pequeña capilla que esta del otro lado del pueblo

—La misma, padre —confirmó Manuela.

—Me da mucho gusto conocerte, hijo, has de saber que yo bauticé a tu madre —dijo, dirigiéndose a Benito.

—¡No sabía, padre! —dijo Benito.

—Así es, y además fue mi primer bautizo en el pueblo

—¿Cómo recuerda eso, padre? —dijo María.

—Pues parece que fue ayer hija. Eras una niña hermosa, parecías una muñequita de porcelana

—¿En verdad, padre?

—Así es, María, eras el orgullo de tu madre

—Pero no así de mi padre ¿Verdad?

—Ese cabeza dura quería tener puros varones. Así que cuando naciste no hizo tanta celebración. Eso fue cuando nació tu hermano Carlos, y por cierto, ¿cómo está tu padre?, ¿ya hizo las paces con Ismael?

—Pues casi no hablo con él, padre, pero ellos siguen y seguirán distanciados, no habrá forma de que se arreglen

—Deberían dejarse de tonterías y perdonarse, hija. La vida es muy corta para que no la disfruten juntos, unidos, como la familia que Dios manda

—Pues eso debería decírselo a mi padre

—Se lo diría si viniera, pero hace tanto que no viene, hija... desde hace mucho tiempo que tu madre viene a misa sola

—Lo sé, padre, pero bueno, nos vamos. Me dio mucho gusto saludarlo, solo quise venir a compartir con usted lo de mi hijo

—Pues te lo agradezco, y de verdad que me has dado una gran sorpresa, hija, el gusto fue para mí. Espero que esto te haya traído la felicidad que mereces

Se despidieron y salieron de ahí. El padre Cipriano se había quedado feliz por ver a Benito, y de saber que, ese capítulo de la historia de María, había tenido un buen final. Había sido testigo, del sufrimiento que su pérdida le había ocasionado durante tantos años a María, todo por la soberbia de don Carlos, y la sumisión de Isabel.

Unos días más tarde, María estaba en la mansión con Benito y el arquitecto, cuando llegó Salvatierra. Continuaba haciendo su labor de venta, y venía acompañado de otros posibles clientes. Al ver a María se olvidó de todos, y se dirigió de prisa a saludarla.

—¡María! ¿Cómo le va? —la saludó feliz, aunque la felicidad le duraría muy poco.

—Bien, licenciado, ¿y a usted? —volteó a verlo con una mirada desdeñosa.

—Muy bien, y viéndola a usted todavía mejor —dijo, entusiasmado.

—¿Dígame que lo trae por aquí?

—Bueno, pues como le decía, tengo ordenes de don Alfonso de vender la propiedad, y traigo a otros posibles compradores para que la vean

—Y yo le dije que la propiedad no está, y jamás estará en venta

—Eso no es lo que espera don Alfonso, María

—Tampoco espera que usted le diga que lo he buscado durante años, y que tiene un hijo conmigo, pero no hace falta. Hace unos días partió un emisario a Cádiz para ponerlo al tanto de todo

Esta vez María no se quedó con los brazos cruzados, y sus palabras le cayeron como purga. Evidentemente se venían abajo sus intenciones como castillos de arena.

—Bueno, de cualquier manera yo debo continuar con las propuestas de la venta

—Si alguien se interesa por ella no veo como pueda venderla. Los papeles que estaban en poder del Cónsul, don Alfonso Martínez, ya deben estar en España en manos de Alfonso Linares. Además, hay una demanda por la herencia que le corresponde por derecho a mi hijo, que, por su padre y, a través del consulado, es considerado español ante la corona, y heredero legítimo de Alfonso. Que tenga usted buen día licenciado

Completamente iracundo, Salvatierra se marchó de ahí. Sabía que María tenía razón; sin los papeles no podía sustentar el dominio de la propiedad. No habría venta, ni comisión, y lo peor de todo, veía con tristeza como se desvanecían sus oportunidades de cortejar a María, que no había dejado de pensar en ella.

*****

María contaba con el apoyo incondicional de Manuela y viceversa, no solamente en lo concerniente a Benito, que por ahora centraba su atención, sino en cualquier otro asunto que pudiera atañerles. Como si la amistad que habían formado fuera un pacto de apoyo incondicional y total. Se aconsejaban, y entre las dos buscaban las mejores soluciones. María veía que Manuela, además de inteligente, era una mujer objetiva, y con un instinto de conservación muy desarrollado.

Por su parte, Manuela empezaba a extrañar aquella época en la que solo eran ella y Benito. Aunque de alguna manera, siempre estuvo latente en su pensamiento el reencuentro de Benito con su madre. No sabía cuando, ni cómo, ni donde, pero estaba segura de que sucedería tarde o temprano, lo presentía, y se había preparado para ello, pero esto cambió de pronto sus vidas. El tiempo que pasaban a solas era muy poco, ahora tenían que compartirlo con María, pero indudablemente eso trajo una nueva felicidad a Benito, que exteriorizaba sus sentimientos. Era patente la admiración y el amor, que sentía por María en tan corto tiempo, pero seguía pensando que fue lo mejor para él, y eso la consolaba.

Manuela continuaba su vida de siempre, en ocasiones volvía a San Miguel para visitar a sus pacientes, y con el tiempo su popularidad entre las comunidades femeninas era más notoria. Cada vez que sanaba a alguna enferma, lo hacía con tal infalibilidad que las dejaba sin palabras; sanas y felices. La cadena continuaba, una recomendación tras otra. Lo hacían con tanta fe, como si hubiese sido un santo el que hizo el milagro de aliviarlas. Y así, de boca en boca, continuaba haciéndose de fama y fortuna.

Después de algún tiempo, cierto día Manuela fue a la casa de don Anastasio Guzmán a visitar a doña Blanca. Con agrado encontró a una mujer completamente renovada, diferente, llena de vida y de agradecimiento con ella, aunque el más agradecido era don Anastasio. La recibió con mucho gusto, parecía que nunca terminaría de darle las gracias. De hecho, cada vez que amaba a su esposa se las daba en su mente.

—¡Manuela! ¡Cómo le va!, ya pasó tiempo desde que me visitó en la alcaldía con la señorita Montoya, ¡qué gusto verla!

—El gusto es mío, don Anastasio

—¿Cómo encuentra a mi esposa? —le preguntó, orgulloso pasando su brazo por el hombro de su esposa.

—Maravillosamente bien, yo diría que es otra

—En efecto, y gracias a sus remedios, Manuela. ¿A qué debemos el honor de su visita?

—Quería saber cómo se encontraba doña Blanca, pero ya veo que muy bien

—Siempre estaremos en deuda contigo, Manuela —dijo doña Blanca, echando un brazo por la cintura de su marido.

—Sí, Manuela, todo lo que podamos hacer por usted, avíseme —dijo el alcalde.

—Bueno, pues solamente recomendándome pacientes

—Ahora que lo dice, Juventina, la cocinera del penal está enferma, y hemos tenido que recurrir a algunas vecinas para que hagan la comida. Atiéndala y yo me encargaré de sus honorarios

—De acuerdo, don Anastasio, cuando quiere que la vea

—Si lo desea puede ir ahora mismo. Vive en el penal

—Bueno, pues así lo haré

—Y Manuela, aquí tiene usted la otra parte de sus honorarios —dijo don Anastasio, entregándole otro pequeño talego —la última vez que nos vimos, olvidé dársela —agregó.

—¡Muchas gracias, señor!

Manuela se despidió, y se dirigió al reclusorio de San Miguel para entrevistarse con Juventina, la cocinera, a quien llamaban Tina. Estaba en cama con las varices de sus piernas ulceradas; el dolor le impedía caminar.

—¿Desde cuándo tiene las úlceras, Tina? —le preguntó Manuela, al tiempo que revisaba sus piernas.

—No recuerdo desde cuando, pero a veces se me ponen así, y no aguanto el dolor

—Le haré un remedio que la va a aliviar, no se preocupe

—Estoy segura de que sí, Manuela

—¡Claro!, ya lo verá

—Sé que tus remedios son buenísimos

—Gracias, Tina...pero, ¿cómo lo sabe?

—Me lo dijo una reclusa que curaste

—¿Una reclusa? ¡Debe referirse a otra persona! Yo no he atendido a ninguna reclusa

—Pues parece que sí. A una que se llama Perla

Al escuchar ese nombre, Manuela se quedó impávida. Se estremeció de los pies a la cabeza, y un ligero cosquilleo en el vientre la hizo reaccionar.

—¡Perla! —exclamó con asombro.

—Sí, Perla, ella fue quien me dijo

—¿En dónde está?

—Pues aquí en el reclusorio, ¿dónde más? —dijo, cruzando sus manos.

Apenas podía creerlo, Perla estaba presa, y seguramente Josué también; su corazón comenzó a latir de prisa. Muchos recuerdos vinieron a su mente. De sus manos emano una ligera sudoración de los nervios, que apenas podía ocultar.

—Y dígame, ¿cómo llegó a prisión?

—La arrestaron por una refriega, en la que parece que hubo un muerto

—¿Y la agarraron sola?

—No también trajeron a su cuñado, y aquí estaba otro que se llama Aurelio, que es pariente de Perla, creo que su primo

—Y ellos, ¿dónde están?

—Aurelio ya está en Veracruz, Perla y Josué, aquí, pero como son de bronca política a lo mejor también se los llevan pa Jalapa, pero creo luego los mandan a otro lado

—¿Cómo puedo ver a Perla?

—A pos te doy un papel pa Dionisio, y te deja pasar a verla

—Se lo agradezco, y le prometo traerle su remedio, ¿de acuerdo?

—¡Claro!, no te preocupes, hija

Manuela había estado emocionalmente tranquila, pero esa noticia hizo aflorar sus sentimientos, atizando el fuego del amor que aún ardía en su corazón por Josué. Estaba enamorada, se había entregado a él en cuerpo y alma, y, aunque su idilio fue tan efímero, sentía que lo amaba. De pronto había encontrado la excusa por haberse marchado sin despedirse; "solo eso pudo haber sido", pensaba; "los perseguían, los encontraron en la mansión Linares y los arrestaron". Sus propias conjeturas le daban una esperanza a su corazón herido.

Un poco más tarde, estaba entregándole el papel a Dionisio para permitirle ver a Perla que, en cuanto la vio, le dijo emocionada:

—¡Manuela! ¿Qué haces aquí?

—¡Perla! ¿Cómo estás?, ¡qué gusto verte!

Se abrazaron efusivamente como buenas amigas y viejas camaradas, de una aventura de dolor y de tragedia, que, tal vez, aún no terminaba, pero que las había unido con un poderoso lazo de amistad, de confianza y respeto.

—Bien, Manuela, pero, ¿cómo es que estás aquí?

—Vine a ver a Tina la cocinera, y me dijo que tú le habías hablado de mis remedios

—¡Ah! Es verdad, no me acordaba

—Me dijo que Josué también está aquí

—Sí, aquí está, pero solamente hasta que nos manden a otro lado. Nos enviarán como presos políticos, insurrectos, no sé muy bien

—Tal vez pueda ayudarlos, pero no te prometo nada

—No te comprometas por nosotros, Manuela, ya has hecho bastante

—Está bien, Perla, no te preocupes. Me deben algunos favores y pienso cobrármelos

—Solo ten cuidado, Manuela

—Lo tendré, no te apures

Ricardo Alfonso Meric Acevedo

Después de un rato más de charla se despidieron, y Manuela se dirigió a preparar el remedio para Tina, mientras pensaba de qué manera ayudar a Perla y a Josué.

Puso a hervir agua para hacer un concentrado de cancerina; la usaría para bajar la inflamación, le puso árnica para las úlceras, y al final le agregó una gota de su elixir mágico. En otra vasija puso a hervir un tanto de agua. Necesitaba preparar un té con raíz de zarzaparrilla para la circulación, a la que también agregó otra gotita muy pequeña de su panacea. Una vez que los tuvo listos se fue a ver a doña Tina. Le dio a beber el té de zarza-parrilla, limpió sus heridas, empapó unos trapos limpios en el remedio de cancerina con árnica, y vendó sus tobillos ulcerados.

—Eso es todo, doña Tina, mañana amanecerá mucho mejor, así que dispóngase a dejar la cama

—¿Con eso también se me quitará el dolor?

—El dolor y las úlceras, doña Tina

—¿Ya no tendré que tomar nada?

—Lo que queda del té se lo toma mañana, solo tiene que calentarlo

—¡Muchas gracias, hija!

—Favor con favor se paga, yo pude ver a Perla gracias a usted. Mañana vendré a verla

—Manuela... —le dijo Tina, tomándola de la mano —, estoy segura de que me sentiré mejor. No te conozco pero sé del gran poder de tus remedios. Hasta mañana

Y era verdad tenían un poder maravilloso, podría decirse que mágico. Aunque no era uno de sus remedios, estaba orgullosa de haberlo descubierto y, sobre todo, de haberlo aplicado a sus remedios. Gracias a ello había tenido la oportunidad de salvar a varias personas de una muerte segura, pero también de abrir muchas puertas que, de otra manera, hubieran permanecido cerradas.

Doña Tina amaneció sin dolor en las piernas, pero no quiso descubrirlas hasta que Manuela lo hiciera. Cuando llegó sabía perfectamente lo que encontraría; la fidelidad de los resultados de sus remedios era inmutable.

—¿Cómo se siente, Tina? —le preguntó Manuela, mientras quitaba las curaciones de las piernas.

—Bastante mejorada, Manuela, ya no me duelen nada las piernas

—Este remedio es muy poderoso, la pondrá bien muy rápido.

Cuando terminó de quitar las curaciones, las piernas estaban desinflamadas, las úlceras habían cerrado y casi desparecido. Manuela sonrió con discreción, y se dispuso a cambiar las curaciones. Una vez que terminó, le dijo:

—Si lo desea ya puede ir a trabajar

—De hecho, solo estaba esperando a que llegaras, hija

—Pues ya no la entretengo más. Mañana que se levante se quita las curaciones, yo vendré la próxima semana y espero verla bien

—Gracias por todo, hija, no cabe duda que Perla tenía razón, tus remedios son de verdad maravillosos

Ahora tenía que cobrar pero esta vez no pensaba hacerlo en efectivo. Se dirigió a la oficina de don Anastasio. Había pensado ayudar a Perla y a Josué, en lo que fuera posible; obvio que a él principalmente. Lo deseaba con todo el corazón, quería amarlo nuevamente. Lo había disfrutado muchísimo, y fue tan solo una probada de lo que podrían ser sus vidas estando juntos.

—Buenos días, don Anastasio

—¡Manuela! ¿Cómo está?

—Bien, señor, y doña Tina también, ahora mismo se fue a trabajar

—¡Le creo, Manuela!, le creo porque he visto el prodigio de sus remedios ¿Cuánto le debo?

—¿Sabe, don Anastasio?, en lugar de que me pague quería pedirle un favor

—Nada de eso, Manuela, le pagaré y de serme posible, con gusto la ayudaré ¿Usted dirá en qué le puedo servir?

—Aquí tienen a dos personas detenidas, y me gustaría ayudar

—Bueno, Manuela —dijo, llevando su mano al mentón –, esos asuntos son delicados y competen exclusivamente a las personas asignadas al respecto, pero dígame, ¿quiénes son?

—Josué y Perla

—¡Ah!, los cuñados García

—Sí, los mismos

—¿Y cómo piensa que puede ayudarlos, Manuela?

—Usted dígamelo, don Anastasio

—Pues no veo cómo podría. Yo no ordené su arresto y es un asunto federal, aunque tengo cierta jurisdicción, pero en este caso... —dijo, negando con la cabeza.

—¿Es muy difícil que pudieran quedar en libertad?

—Imposible, Manuela. Me los trajeron aquí pero vendrán por ellos de un momento a otro. Se trata de una sublevación, y como en la escaramuza que participaron hubo un muerto, al parecer un soldado... —dijo, haciendo una mueca –. A uno de ellos lo agarraron en Frondoso, lo trajeron a San Miguel, y de aquí se lo llevaron a Jalapa, lo mismo se hará con ellos

—¡Perdón! ¿Dice que a uno lo agarraron en Frondoso?

—Así es

—¿Entonces a ellos dónde los arrestaron?

—Aquí en San Miguel, por el puente de la hondonada del río

Manuela sintió que le perforaban el alma; con esa noticia, moría la vaga esperanza de que los hubieran arrestado en Frondoso.

—¿Por ninguno de los dos se puede hacer algo?

—Lo siento, Manuela. Las autoridades de Jalapa, están enteradas que los tenemos bajo nuestra custodia

—Al menos, ¿puedo ver a Josué?

—Eso no es problema, Manuela, pero dígame algo, ¿le interesa?, porque si quiere verlo a solas no hay problema

—No, don Anastasio. Solo me gustaría verlo —le dio pena decirle que lo amaba.

–Entonces ahora mismo la llevan

–De acuerdo. Muchas Gracias

–De qué, Manuela, y regrese aquí por su pago… –abrió la puerta de su despacho y gritó –Federico

–Dígame, señor –dijo un uniformado, que llegó enseguida.

–Por favor lleva a la señora con el preso Josué García

–A la orden, señor –contestó.

Salieron de ahí y cruzaron hacia las celdas. Abrieron una reja y caminaron por un angosto pasillo, de pronto el uniformado se detuvo, y le dijo:

–Ahí lo tiene, señora, en un momento regreso para llevarla de vuelta

–No es necesario que se vaya, no tardaré

Cuando estuvo frente a Josué, tenía una enorme necesidad de despejar sus dudas, pero el rencor en que la sumergió con su abandono, inhibió sus intenciones. Con una mirada apagada que reflejaba su corazón roto, solamente se atrevió a preguntar:

–¿Por qué te fuiste, Josué? Creí que habías sentido algo por mí

–No estoy listo para esto, Manuela. Lo siento

–Yo también –sin decir más, dio la vuelta y salió de ahí con el uniformado.

En los momentos que estuvo con Perla, no estaba segura si lo había olvidado o no había tenido oportunidad de preguntarle, de qué forma habían sido arrestados. Tal vez no quería hacerlo porque en el fondo sabía la verdad, pero no deseaba escucharla. Perla no le dijo nada, le había avergonzado que se fueron sin decirle adiós siquiera; ya no se molestó más por él. Don Anastasio le pagó por sus servicios, le dio las gracias, y se marchó con desilusión. Ahí terminó lo que había sido su romance. Se sintió usada y muy desdichada, pero al mismo tiempo agradecida por no haber quedado embarazada. Con su acostumbrada fortaleza se sacudió el dolor, y dio vuelta a la página para continuar con su vida.

*****

Manuela pensaba que ya conocía todo acerca de su descubrimiento, pero pronto salió de su error. Cierto día se encontraba en casa de su madre, y alguien gritaba su nombre con desesperación, le extrañó que la llamaran a ella y no a Tomasa. Sabía diferenciar un grito de llamado, de uno de coraje, o de uno angustioso; como este que la sustrajo de sus quehaceres, y la hizo reaccionar de prisa.

–¡Ya voy! –les gritó, cuando abría la puerta.

Era Abel con su familia, traía en sus brazos a Dalia; venía desmayada, lasa, con su cabecita colgando con su pelo suelto que escurría como si fuera una cascada, y sus bracitos al igual que sus piernas, pendían de su cuerpo al compás de los pasos de su padre, como péndulos de un reloj. Al verla así se le encogió el corazón, pero no se imaginaba lo que le había ocurrido.

–Es Dalia otra vez, Manuelita, la volvió a morder una culebra

–¡No es posible! ¡Dios mío! Pues, ¿dónde diablos se mete esta niña? –les dijo mientras abría la puerta para que la metieran.

–Pos ai en la huerta, es que hay un nido de culebras, las andabanos cazando pa sacalas de ai, pero una se le jue encima a la niña

Cuando la recostaron, Manuela revisó la mordida; tenía los orificios de los colmillos en un tobillo, eran idénticos a los que le habían hecho en el muslo.

–¿A qué hora pasó?

–¡Orita, Manuelita!, apenitas, cuando gritó corriendito jui a verla, pero estaba tirada y la trajimos pa'ca

–¿Y la víbora?

–¡Se me escapó!, pero era nauyaca igual que la otra, ¿no le toy diciendo que hay nido por ai?...

De prisa, Manuela se disponía a elaborar su remedio, pero no encontró su pócima, no estaba por ningún lado, y se asustó. Se puso nerviosa, sintió el dolor de estómago, y palideció. Su respiración comenzó a dificultarse, y pensó que, esta vez, en el mejor de los casos, la pequeña perdería el pie. Estaba segura de que la había dejado entre sus cosas. Meneaba la cabeza con decepción y tristeza, cuando de pronto descubrió que no estaban como ella las había dejado, y vino a su mente Tomasa. Salió a buscarla, y la vio en el jardín de atrás sembrando una planta; le gritó:

—¡Mamá! ¿No viste un frasquito entre mis cosas?

—¡Ah! Sí, ¿uno que tenía crema?

—Sí, mamá, ese

—Lo tiré, porque ya estaba vacío —le contestó despreocupada.

Manuela sabía que al menos tenía tres gotas, pero fueron imperceptibles para Tomasa; "esa cantidad hubiera sido suficiente para sanar a media docena de mujeres", pensó.

—¿En dónde?

—Pos en la basura, ¿dónde más?

—¿Y dónde está la basura?

—Joel la echó a la carreta, se la llevó a los tiraderos

Manuela ya no dijo más, cerró los ojos y meneó la cabeza; estaba en un verdadero aprieto. La vida de la pequeña estaba en peligro. No sabía ni qué decirle a Abel, o si no decirle nada, pero si actuaba con rapidez tal vez pudieran salvarla.

—Abel, no tengo idea si esta vez podré salvarla, ya tiene mucho veneno en su cuerpecito, tal vez mis remedios ya no le sirvan

En realidad, pensó que ninguno de sus remedios tradicionales serviría, y consciente de ello, lo lamentaba profundamente.

—Pos hágale la lucha, Manuelita, por favor

Se disponía a aplicar un torniquete para detener el flujo del veneno, mientras la llevaban con un médico. Pensaba que, tal vez amputando el pié, podrían salvarla, pero notó que la hinchazón rojiza que rodeaba los orificios de la mordida estaba desapareciendo, y la coloración oscura de la vez anterior nunca se manifestó. Además, y, aunque seguía sin sentido, su respiración era normal, no agitada como en la otra ocasión, y tampoco hubo sangrado de nariz. Levantó la cabeza, cerró los ojos, y dio gracias a Dios. Se daba cuenta de lo que estaba sucediendo; descubría otro más de los inmensos poderes del elixir: la inoculación. La niña se había desmayado un tanto por el susto, y otro por el shock que el veneno produjo en su cuerpo, al ser atacado por los anticuerpos que el remedio creó en su organismo. Fue con toda calma a calentar un poco de té de hierbabuena, lo endulzó, y comenzó a verter gotitas en su boca; tenía que construir la escena de un remedio. No salía de su asombro, estaba impresionada, esto era algo que no podía imaginarse aunque nunca imaginó nada; todo lo fue descubriendo con el tiempo. Los familiares de Dalia nuevamente habían ocupado sus sitios en el cobertizo, estaban nerviosos y en completo silencio, pero esta vez no tenían las cabezas agachadas, ni lloraban, la fe que tenían en los remedios de Manuela, era inquebrantable.

El tiempo transcurrió sin que Manuela lo sintiera, estuvo meditando acerca de su descubrimiento; Dalia empezaba a volver en sí. Cuando estuvo totalmente despierta fuera de un ligero mareo, se notaba en perfectas condiciones.

—Ya estás curada, pero procura no meterte otra vez donde haya víboras —le dijo Manuela.

—Pos es que en la huerta hay munchas, y queríanos sacalas

—Pues deja que lo haga tu papá, y tú fíjate por donde pisas, niña

—Sí, Manuela —le dijo Dalia, besando a Manuela.

—Y mejor ya no te metas a la huerta —le gritó, cuando salía.

La pequeña salió, y la algarabía de su familia volvió de nuevo. Manuela era otra vez la heroína del momento, pero ella tenía su mente ocupada en otra cosa: en la reciente y sorpresiva, peculiaridad de su maravilloso elixir. No escuchaba ni las gracias, ni las felicitaciones, únicamente asentía con la cabeza y estiraba la mano, cuando se la tomaban para agradecerle.

Ese mismo día regresó a Frondoso; sin su remedio no había mucho que pudiera hacer en San Miguel. Se puso a reflexionar durante el trayecto, y enseguida que llegó hizo una lista de todas las pacientes que había atendido, marcando con una paloma a las que había administrado el remedio ingerido en forma de té; ninguna de ellas había requerido un segundo remedio a causa de otro padecimiento. Exceptuando a la mamá del señor Mendoza, las demás no habían vuelto a consultarla, pero el caso de doña Beatriz era la excepción; las fracturas no son enfermedades. Y en el caso de Dalia, en unas horas ella sola se hubiera recuperado sin ayuda de nadie.

Al otro día comenzó a visitar a las pacientes con paloma; increíblemente ninguna de ellas había enfermado siquiera de un resfriado. Posteriormente lo hizo en San Miguel, y obtuvo los mismos resultados. Su descubrimiento era también una especie de vacuna contra cualquier enfermedad; una verdadera panacea.

A partir de ese día y, cada vez que se presentaba la oportunidad, a todas las mujeres que apreciaba les administraba en té o en otra bebida, su prodigioso elixir. Esto además de su madre incluyó a María, aunque dado el origen de su panacea, no sabía qué resultados podría tener en ella. Con el tiempo se enteraría que, desde que María se embarazó de Benito, jamás había enfermado.

*****

El Cónsul arribó a la muelle de Cádiz, y tomó un carruaje hacia casa de la familia Linares, con la esperanza de encontrar a Alfonso; se sentía portador de una noticia tan valiosa como un tesoro. Tenía una curiosidad implacable por ver la cara que pondría cuando le diera las noticias. Hasta se imaginaba en qué forma lo haría; "primero le diré que conocí a María, después le diré sus sentimientos, y al final lo de su hijo", pensaba, y sonreía en silencio frotándose las manos emocionado. Cuando llegó, lo recibieron amablemente la madre de Alfonso y Esther, su hermana menor. Para su infortunio Alfonso estaba fuera de casa en compañía de Sofía, pero aun así, el Cónsul les explicó el motivo de su visita.

—Como vosotras comprendéis, quise traer las noticias personalmente

—¡Qué amable, señor Cónsul! –dijo, doña Carolina.

—El parecido que tiene el muchacho con don Alfonso es verdaderamente asombroso

—¿Y tiene los ojos del mismo color que los de mi hermano, señor Cónsul? –preguntó su hermana.

—Así es, diría que del mismo color y hasta la misma forma

—¡Qué emoción! ¡Un sobrino que ni siquiera conoce a su propio padre!

—Pero seguramente cuando vuestro hermano se entere, muy pronto lo conoceréis –dijo el cónsul.

—¡Seguramente! –asintió, doña Carolina.

—Bueno, mi barco zarpa dentro de poco, voy a Barcelona. Es una pena que no haya visto a don Alfonso –dijo, terminando el té que le sirvieron –tenía muchas ganas de saludarle, pero por favor dadle mis saludos, y desde luego mi recado –agregó.

—Pierda cuidado, señor Cónsul –dijo Esther, entusiasmada.

—Le avisaremos. Que tenga buen viaje –dijo, doña Carolina.

—Pues mucho gusto y Buenas tardes –y se marchó.

Una vez que el Cónsul salió de la casa cargando su frustración, la sonrisa amable de doña Carolina despareció repentinamente, y su rostro se tornó serio e insensible; sus intenciones eran otras. Era una mujer de carácter fuerte, y en ocasiones no tenía la menor timidez en mostrarlo. Dijo un poco trémula pero con determinación:

—Ni una palabra de esto a vuestro hermano, niña

—¿De qué habláis, madre? –preguntó incrédula, Esther.

—Qué de esto, vuestro hermano no debe saber nada ¿Me oísteis?

—¿Pero por qué? ¡Es su hijo! Tiene derecho a saberlo

–¡Ni una palabra!, ya bastante sufrimos para que quiera regresarse. Allá no volverá

–Pero mamá, ¿no os importa que lleve vuestra sangre? ¡Es vuestro propio nieto! –suplicaba llena de asombro por la actitud de su madre.

–¡No me importa! A él no lo conozco

–Pero, mamá cómo...

–No hay pero que valga, y se acabó la discusión

Después de lo que Alfonso había pasado en la prisión, doña Carolina se oponía terminantemente a que volviera a México. No le importaba su propia descendencia ni los sentimientos de su hijo, lo que menos deseaba era ver su hogar nuevamente ensombrecido por otra desgracia. Dieciséis años fueron toda una vida de dolor que no pensaba aumentar; solo quería que se casara con Sofía, y permaneciera a salvo con ellos en Cádiz.

Alfonso llegó poco después. Doña Carolina aún temblaba del miedo que le produjo la presencia del Cónsul, pensando en que su hijo llegara de un momento a otro, y pudieran encontrarse. No comentaron ni una palabra de lo que sucedido, y menos aún con la noticia que llevaba.

–Madre. Sofía y yo hemos decidido desposarnos

–¡Pero qué bien, hijo! –contestó, doña Carolina emocionada.

–Tenemos pensado hacerlo dentro de dos o tres meses para tener tiempo de hacer los preparativos, así que os debéis preparar porque iremos a hablar con sus padres –dijo Alfonso, entusiasmado.

–¡Me da gusto, hijo!, ¡es una gran noticia! Sabéis que Sofía es de nuestro agrado, y su familia muy querida por nosotros

–Lo sé, madre. Entonces no veo por qué esperar más

–Esther y yo, podemos hacernos cargo de los preparativos, ¿verdad, Esther?

–Sí, mamá –contestó Esther, decepcionada de la actitud de su madre, y con cierta compasión por su hermano, su sobrino y María.

—Bien, en cuanto llegue papá decidle que este viernes por la noche iremos a pedir la mano de Sofía

—¡Claro, hijo! Se pondrá feliz

—Eso espero

En Frondoso las cosas seguían su curso, y las relaciones entre María y Benito, se estrechaban cada vez más. Por otra parte, Manuela y María que, en un principio su amistad se había sustentado en su amor por Benito, ahora era distinto; se habían tomado verdadero cariño, y Benito disfrutaba mucho de esa relación. Le gustaba que ambas hubieran estrechado lazos y se llevaran tan bien, suponía que con esa amistad de una u otra forma, los tres estaban resultando beneficiados.

Cierta ocasión, salían Manuela y Benito, de casa de María, cuando se toparon en el cobertizo de la entrada con don Carlos. Fue un encuentro fortuito que no esperaban, había salido con sus amigos de costumbre, regularmente se ponían a jugar y a beber, y siempre llegaba muy entrada la noche. Causó tensión en los tres por igual, pero su reacción no se hizo esperar.

—¡Él no debe estar aquí! —le dijo, disgustado a María, al reconocer a Benito y señalándolo con el dedo índice.

Aún no perdonaba a María, y ella tampoco a él; pero jamás se perdonarían. Se había desecho de la evidencia del pecado de su hija, para que su nombre y el de su familia, permanecieran limpios, meditaba. Y ahora, María estaba empecinada en hacerle pasar una vergüenza acercándose a Benito, y, por si fuera poco, queriendo recuperarlo para que permaneciera dentro de la familia. "Eso jamás lo permitiré", se dijo.

—Por el contrario, padre, él debe estar aquí. Siempre debió estarlo —contestó María.

—Esta es mi casa, y yo decido quien vive aquí, y quien se larga

Benito sintió que la sangre le hervía en las venas; parecía que el repudio era mutuo. Su madre le había comentado de sus actitudes hostiles, y eso le creó una antipatía que se fue convirtiendo en odio. Nunca había odiado a nadie y desconocía la venganza, hasta ese momento, que le dieron ganas de darle una paliza por el sufrimiento que le provocó a María, pero más aún, por el infierno en el que sumergió a su padre, y eso, le dolía más aún que el haberlo regalado a Manuela.

–Pues si te molesta mucho su presencia yo también me voy –dijo María, con tono un retador.

Isabel escuchó la discusión, y se dio cuenta de lo que estaba sucediendo. Se asomó por el corredor de arriba, y dijo:

–¡Carlos! Si mi hija se va yo me voy con ella –dijo Isabel, en un tono determinante, mientras descendía por las escaleras de prisa seguida de Milagros.

–¡Qué! ¿Estás de su lado?

–Siempre lo estaré. Si antes no lo hice fue para evitar que hicieras otra de tus locuras, pero ahora no te tengo miedo y tu hija tampoco –dijo, Isabel enojada, y mostrando la casta por primera vez.

María se puso delante de Benito, y lo abrazaba con las manos por detrás tratando de protegerlo de su padre, y evitando un enfrentamiento. Podía sentir la rabia contenida de Benito, y pensó que podía estallar de un momento a otro como si fuera una caldera sobrepasada de vapor.

–No sé quien se tenga que ir, pero a él lo quiero fuera de mi casa. Ya ajustaré cuentas contigo –le dijo a Manuela, señalándola con un dedo, pero ella se quedó callada.

No deseando que Benito escuchara más, y, previendo una trifulca irremediable, los tres salieron de la casa, pero Isabel determinada, los siguió.

–¡María!, ¡hija!...no se vayan por favor

–Mamá, no me quedaré a escuchar las sandeces de mi padre

–Pues entonces yo tampoco, y tú no te preocupes Benito, tu abuelo es un mentecato que no tiene ni cerebro, ni corazón

–Lo siento, abuela –dijo Benito, muy contrariado por la actitud de su abuelo, tragándose la rabia que se dibujaba en su rostro.

—Voy a casa de mi hermano, mamá, después veré a donde me voy

—Ya te dije que si tú no estás aquí yo tampoco, así que nos vamos las dos

—¡No me dejen, por favor! —les decía afligida, la negra Milagros, al verlas partir desde la puerta.

—Tú no te preocupes, que vendré a verte —le dijo Isabel, tranquilizándola.

Los cuatro salieron de la casa cruzaron el jardín y se fueron, ante la mirada angustiada de Milagros, y la de ira de don Carlos. El odio parecía salirle por los poros, y sus ojos enmarcados por el ceño más fruncido que nunca, parecían despedir fuego. Cuando cerró la puerta se metió a su despacho, como de costumbre a buscar una botella para continuar su merluza.

Al llegar a casa de Carlos los recibieron muy felices, pero pronto su alegría se convirtió en frustración y descontento; estaban desilusionados con la actitud de don Carlos, y no ocultaron su disgusto. Aunque de cierta forma estaban acostumbrados a su soberbia y majaderías, esta vez fue indignante.

—¡Ya ni la friega mi padre!, ¿acaso está loco?... Pero te lo advertí, María.

—¡Carlos!, ¡es tu padre, hijo!... —dijo Isabel.

—Y también abuelo de Benito, pero bueno...mamá. Tú y María, pueden quedarse en esa recámara, hay dos camas —dijo Carlos, señalando una habitación.

—Nosotros ya nos vamos —dijo Manuela —, es hora de ir a descansar así que....buenas noches a todos. Despídete, Benito

—Hasta mañana

—Hasta mañana, hijo, pasaré a verlos temprano —le dijo María, dándole un beso.

—Se van con cuidado —le dijo Isabel, al tiempo que le daba un beso en la mejilla —, y no hagas caso de lo que dice el loco de tu abuelo —añadió.

—¡Mamá, que es tu marido!...ja ja ja —dijo Carlos sonriendo.

–¡Carlos! –dijo Isabel.

Una vez que se marcharon Isabel y sus hijos, se quedaron en silencio por unos momentos mirando hacia la puerta, y pensando lo mal que debía sentirse Benito tras todo lo ocurrido. Que tal vez quería desahogarse y llorar de desilusión, de coraje y de impotencia. Don Carlos lo había tratado como si fuera un ladrón o un pordiosero, lo había hecho sentir poco menos que nada. A veces sus infamias parecían no tener límites, y ponían en duda su buen juicio. Todos reprocharon y odiaron, su nefasta actitud.

–Pueden quedarse todo el tiempo que quieran, aquí son bienvenidas –les dijo Carlos, dándole vuelta a la página.

Carlos estaba casado con Lourdes, una mujer veracruzana de clase media, de buen corazón y de carácter firme, pero sobre todo con grandes valores morales; no toleraba las injusticias por lo que tampoco se llevaba muy bien con don Carlos. Desde un principio definió su posición y marco sus propias reglas, cosa que no hizo feliz a su suegro.

Cierto domingo, Lourdes había ido a la iglesia con Carlos, María e Isabel; don Carlos tenía tiempo de no pararse en la iglesia. Poco a poco se había ido alejando, como si presintiera que, por sus maldades, ya no era bien recibido o tal vez porque sus mismas actitudes lo avergonzaban, pero solo él podría saberlo. Después de misa fueron a comer a casa de los Montoya. Todo iba bien hasta que don Carlos comenzó a beber de más, y al calor de las copas ordenaba más que aconsejar a Carlos, cómo organizar el dinero de su gasto, y cómo tratar a su esposa; esa era su costumbre: dar órdenes en vez de consejos. Lourdes se inconformó, y le dijo:

–Creo que si para usted funciona de esa forma está muy bien, pero no debe obligar a los demás a hacer lo que a usted le parezca

–Yo aconsejo a mis hijos como me place, y nadie me dirá qué es bueno o no para ellos –le contestó, sin importarle la opinión de los demás.

—¡Carlos! No son maneras de responderle a tu nuera —intervino Isabel.

—¡Tú no te metas, mujer!, esto es entre ella y yo —le dijo, mientras le daba un sorbo a su copa.

—Está bien, papá, será mejor que hablemos de otra cosa —dijo Carlos.

—¡Qué!... ¿Tu esposa no puede responder por ella misma?

—¡Carlos, ya basta! Has tomado lo suficiente, y después te arrepentirás de lo que dices —volvió a decir Isabel.

—Yo nunca me arrepiento de nada, mujer

—Carlos será mejor que nos vayamos, no me gusta que seas el títere de tu padre —dijo Lourdes, indignada.

—Carlos, si te vas no quiero que regreses —dijo don Carlos.

—¡Padre! ¿Qué le pasa? ¿Se ha vuelto loco? —dijo María.

—Tú eres la menos indicada para opinar —le dijo don Carlos, con la intención de herirla, pero María no estaba dispuesta a aceptarlo.

—Si yo no soy la indicada, usted menos que nadie, que ha hecho de su casa un nido de dolor, de rencor y de odio —contestó María, mientras subía a su habitación.

Cuando don Carlos se paró para responderle María, ya no estaba. Se puso furioso, arrojó la copa en el suelo, y se dirigió a tomar de la botella. Fue entonces que Lourdes se paró y le dijo a su marido, en tono determinante:

—Me voy contigo o sin ti, pero me voy en este momento

—Déjala que se vaya, hijo, vamos a tomarnos otra copa —dijo don Carlos.

—Lo siento, papá, me voy. Prefiero que hablemos mañana, qué tenga buenas noches — se despidió de su mamá y salió.

—Ya lo sabes, si te largas no regreses

Carlos salió con su esposa, pero a partir de ese día Lourdes jamás volvió a pisar la casa de don Carlos. Isabel esperaba que su marido recapacitara, pero como siempre, con una soberbia que no cabía más que en su mente distorsionada, jamás dio su brazo a torcer.

*****

Pasaron un par de horas desde que se marcharon Isabel, María, Benito y Manuela, cuando don Carlos salió de su despacho. Se aburrió de estar solo, y se dirigió a la taberna del centro. Ahí se encontró con otros amigos, y estuvieron bebiendo hasta entrada la medianoche. Cuando estos se marcharon estuvo invitando tragos a algunos de los borrachines de siempre, unos que parecían vivir en el bar o formar parte de la barra. Todos los días y, a cualquier hora, se les podía encontrar ahí desde que abrían hasta que cerraban. Malolientes, mal vestidos, con los ojos irritados y la nariz roja, hablando sandeces y mendigando su vicio. Eran capaces de hacerle compañía, y escuchar atentos las tonterías del que fuera, con tal de disfrutar la bebida gratis, y a don Carlos no parecía importarle mucho el tipo de compañía. Otros tres ni siquiera eran del lugar pero también participaban, más por estudiarlo que por las copas de cortesía; lo observaban con avidez y descaro. Cuando se sintió bastante alegre pidió la cuenta, sacó el dinero, pagó y salió.

Desataba su caballo y se disponía a montarlo, cuando fue interceptado por los tres sujetos que bebían con él. Tentados por la cantidad de dinero que traía consigo y, viendo la forma en que lo derrochaba, se animaron a asaltarlo. Dos de ellos desenvainaron sus cuchillos, y uno le dijo:

—¡El dinero, pero rápido, pinche vejete!

Don Carlos se sorprendió porque todos en Frondoso sabían quien era, y nadie osaba meterse con él. Solo que a los extraños y, sobre todo a los ladrones, les daba lo mismo quien fuera, al fin que para ellos el dinero, viniera de quien viniera, era dinero.

—¡Qué dinero ni que la chingada! —dijo don Carlos.

Trataba de alcanzar la pistola que llevaba bajo el pantalón, pero uno de ellos lo sujetó del cuello por detrás. Otro de los brazos, mientras el tercero muy nervioso le vaciaba los bolsillos, sin siquiera percatarse del arma que llevaba; era el novato de los tres y su primer asalto. Cuando lo despojaron de sus pertenencias: dinero y un reloj de oro de bolsillo. El que lo sujetaba por detrás le hundió el cuchillo por la espalda con una furia inconcebible, él sintió que sus piernas se doblaron y cayó; los tres salieron corriendo. Don Carlos, aún en el suelo, alcanzó a sacar la pistola, y a dispararles en repetidas ocasiones hasta acabar las balas. Uno de los malhechores fue alcanzado por un balazo en la nuca, y cayó fulminado en los escalones de la plaza. Los otros no se detuvieron y lograron escapar. Don Carlos empezó a debilitarse, se le nubló la vista y perdió el sentido.

El silencio de la noche había sido roto por las detonaciones, que llamaron la atención de todo el vecindario. Después de un rato no escucharon más disparos. Los borrachines de la taberna se asomaron a la puerta, y ahí se quedaron petrificados, como estatuas clavadas en el piso, sin siquiera atreverse a dar un paso. Otros salieron de varias casas aún temerosos, querían saber lo que había ocurrido. Unos armados y decididos a apoyar a algún bando, quizá pensando que era el momento de hacer historia; sabrá Dios cual. Cargaban sus armas temblando pero con decisión. Alguno que otro con su mujer detrás portando un quinqué en una mano, y con la otra deteniéndose una sábana encima como si fueran fantasmas; no hubo tiempo de más. En medio de la oscuridad proyectaban una sombra siniestra sobre el empedrado de la calle, haciendo más dramática la búsqueda. Caminaban despacio tratando de encontrar el origen de los disparos. Unos descubrieron el cuerpo del desventurado bandido, aún con el cuchillo ensangrentado en la mano, y otros a don Carlos tendido en el suelo, en medio de un charco de sangre.

—¡Es don Carlos Montoya! —dijo uno de ellos.

—¡Está herido! ¡Le han de haber disparado! —Exclamó una señora.

—Hay que llevarlo con el doctor Galicia, el otro quien sabe quien es y ya está muerto —dijo otro de los presentes.

Nerviosos aún, y, como pudieron, entre varios lo llevaron a casa del doctor. Durante todo el trayecto fue dejando un hilillo de sangre que manaba de la herida, como si fuera marcando su camino hacia un destino incierto. Cuando llegaron con el doctor, tocaron y salió medio dormido, pero en cuanto vio de quien se trataba se despabiló. Le contaron lo sucedido mientras lo metían a su consultorio. Al revisarlo advirtió la herida causada por el puñal y su gravedad.

—¡Ha perdido mucha sangre! —dijo, preocupado el doctor.

—Pos lo trajimos tantito después que se oyeron los tiros —dijo, uno de ellos.

—Habrá que avisar a la comandancia pero también a doña Isabel y a sus hijos ¿Alguno de ustedes puede hacerlo? —dijo el doctor.

—¿Si quiere yo voy a avisarle a la doña? —uno se ofreció, y se puso en marcha.

—Me temo que no pueda hacer mucho por él, ayúdenme a pasarlo a esta mesa con cuidado —dijo el doctor.

Cuando el sujeto llegó a casa de los Montoya, se despertó Milagros. Un tanto extrañada por la hora se apresuró a abrir la puerta.

—¿Qué ocurre?

—Parece que asaltaron a don Carlos. Está herido, lo llevamos con el doctor

—¡Ave María! ¿Y está grave?

—Pos la verdad ni sé, está privado

—¡Ay, Dios mío!

—Avísele a la doña, yo tengo que avisar a la comandancia

—No está, se fue con María a la casa de Carlos su hijo, pero les mando avisar con Jacinto. Gracias, hijo

Milagros no se molestó en despertar a Jacinto, esperó a que amaneciera, y fue entonces que decidió hacerlo. No por maldad sino por indiferencia, pero sin darse cuenta de que, en cierto modo, podría ser una actitud de venganza, y, aunque era muy grande su resentimiento con don Carlos, por la forma en que trató a Benito y a María, tenía temor de Dios.

–Jacinto, vente a desayunar para que después me lleves a casa del joven Carlos

–Si quieres te llevo de una vez

–Desayúnate primero, hijo

Después de desayunar, con toda calma partieron a casa de Carlos.

Cuando llegó les dio la noticia como si ella acabara de recibirla, no le importaba si después hacían conjeturas acerca de la hora que debió avisarles. Solo le preocupó un poco que fuera a morir de un momento a otro, y no pudieran encontrarlo con vida.

–Isabel, fueron a avisar que tu marido está herido –dijo Milagros.

–¿Pero cómo? –preguntó Isabel, asustada.

–Pues no dijeron más, no sabían cómo estaba. Lo llevaron a la casa del doctor –le contestó, aparentando preocupación.

–¡Espera!, que nos lleve Jacinto –dijo Isabel.

–Yo no voy, mamá, si quieres ir ve con Carlos –dijo María.

–¡Pero es tu padre, hija!

–A veces hubiera deseado que no lo fuera, mamá

–Te comprendo, pero ahora no digas eso –le dijo su hermano, abrazándola.

–Lo siento pero no iré

–Vamos, mamá, yo voy contigo –dijo Carlos.

Don Carlos no había salido de su gravedad. El puñal había penetrado la columna por el costado derecho; su estado era muy delicado, y su pronóstico reservado. Cuando llegaron seguía inconsciente. Isabel llevaba una carga enorme de disgustos por su marido, pero su abnegación parecía invencible.

–¡Buenos días, doctor! –dijo, asustada.

—Ni tan buenos, Isabel, su marido está bastante mal. Parece que fue una riña o un asalto, dicen que hubo balazos y un muerto. Ya vinieron las autoridades para esclarecer, pero en su condición… —dijo, haciendo una mueca.

—¿Está muy grave? —preguntó Carlos.

—Tiene una herida en la parte baja de la espalda, hecha con un arma punzo cortante. Seguramente fue un puñal y en efecto, está muy grave

—¿Se salvará? —preguntó Isabel, tronándose los dedos.

—La verdad no lo sé, todo depende de cómo evolucione; alcanzaron la columna, y posiblemente perforaron algunos órganos. Con sinceridad sería un milagro si se salva. Además no sé si la herida en la columna afectó sus facultades. Tengo que operarlo de inmediato

Isabel y Carlos, voltearon a verse lamentando la noticia.

—Hay que avisarle a María, mamá, esto cambia las cosas. No creo que no quiera verlo si sabe cómo está

—Tal vez, hijo, pero está muy dolida con todo lo que le ha hecho, y le doy la razón

—De cualquier manera creo que debería saberlo

—Está bien, que vaya Jacinto a buscarla

Cuando fueron a avisarle a casa de Carlos, María ya no estaba; había salido a buscar un carruaje para ir a casa de Manuela. No tenía ningún interés por saber cómo se encontraba su padre, no le importaba, dejó de amarlo hacía muchos años, desde que la recluyó en su habitación al descubrir su romance con Alfonso. Fue como si de pronto lo hubiera conocido tal cual era, y no como lo había visto y amado, mientras crecía. Su desilusión fue muy grande, pero con el tiempo se convertiría en una larga cadena de desilusiones.

Cuando María llegó a casa de Manuela estaban desayunando, la invitaron y decidió aceptar; aún apenada trató de disipar la actitud de su padre. Sabía que Benito, aunque no lo mencionara, estaría afligido y tenía buenos motivos. Él comprendió a todo lo que María había tenido que enfrentarse por amor a él y a su padre, y en cierta forma la compadecía, pero al mismo tiempo experimentaba una gran admiración por ella; se había aferrado al amor de su padre, y permaneció fiel sin flaquear, a pesar de las vicisitudes.

Poco después, Benito partió a la escuela, y María se quedó con Manuela. Estaban en el soportal, Manuela sentada en la hamaca y María en la mecedora. Era una mañana calurosa, y la brisa que, apenas llegaba del río, no era suficiente; ambas se abanicaban, mientras escuchaban la gama de sonidos que salía de los zanates posados en el almendro. Estaban un poco herméticas, como si después del suceso, esa mañana no tuvieran mucho que contarse. Transcurrió más de una hora para que María mencionara el asalto a su padre, pero únicamente por su madre y su hermano, no deseaba permanecer impasible ante los sucesos. En el fondo, a ella ya no le importaba si vivía o moría. Aun así consultó con Manuela si había alguna forma de ayudarlo.

—No te lo pediría, pero al menos así me sentiré mejor

—Lo siento, María, pero aunque quisiera no puedo ayudarte. Hago remedios únicamente para mujeres

—Pero aun así podrían servirle, ¿o no?

Ocultando su secreto, Manuela solamente dijo una parte de la verdad, pero pensó que ni siquiera pudiendo hacerlo estaría dispuesta a ayudarlo.

—No, María, la naturaleza de mis remedios los hace exclusivamente para actuar en el organismo de las mujeres. No funcionan con los hombres, créeme que de verdad lo siento. Si fuera un remedio para reumas, el estómago, o alguna cosa sencilla, posiblemente, pero… —dijo, negando con la cabeza.

—No te preocupes, el doctor lo está atendiendo, y será lo que Dios diga

Horas después de la operación, el doctor hablaba con Isabel cuando escucharon que don Carlos comenzaba a reaccionar, y despertaba quejándose.

—¡Parece que está reaccionando, doctor! —dijo Isabel, con entusiasmo —¡qué bueno!

—El que haya despertado no quiere decir nada, Isabel. Es muy pronto para saber cómo se encuentra

—¿Cómo se siente, don Carlos? —le preguntó el galeno.

—M...muy mal, doctor...s...siento q...que me m...muero

—Cálmese y dígame qué le duele

—L...la e...espalda y aquí —le señalaba bajo las costillas del lado derecho.

—¿Qué más, don Carlos?

—N...no siento las p...piernas

—¿Siente esto? —le dijo, picando ligeramente una de sus piernas con un instrumento.

—¿Q...qué, doctor? —le contestó, antes de volver a perder el conocimiento.

El doctor se dio cuenta de la insensibilidad en las piernas. Pensó que vivía de milagro, y que si llegaba a salvarse, posiblemente quedaría inválido. Era una simple suposición; su gravedad no había disminuido.

La piedad de Isabel era muy grande, viendo el estado en el que se encontraba su marido, fue por el padre Cipriano para que lo confesara y le diera la extremaunción, pensando tal vez que, al menos así, podría descansar su alma. Aunque en el fondo lo que menos quería, era encontrarse con él después de muerta; tenía la convicción de que existía el reino de los cielos.

—Hijo, ¿deseas confesarte? —le preguntó, el padre.

—N...no, padre

—Acércate a Dios, hijo. Nadie sabe si podrás aliviarte, pero vale más que estés en paz con él

—Tal vez muera padre...pero ahora estoy en paz

—Me refiero a que te vayas en paz con Dios, cuando él decida llevarte

—No...padre

—Bueno, hijo, al menos, ¿te arrepientes de tus pecados?

–N...no he pecado, padre

–Hijo hay cosas que, aunque tú sientas que no son pecados, en el fondo de tu corazón sabes que actuaste mal en contra de inocentes, y eso es un pecado

–N...no he a...actuado mal, hice lo q...que tenía que hacer

–Hijo únicamente necesitas arrepentirte, es todo

–N...no me a...arrepiento, padre

–Dios mío, perdónalo, por favor, señor –dijo, levantado la cabeza.

Poco después, el padre Cipriano salió de la habitación bastante triste, cansado y decepcionado, y con justa razón. Por más que trataba de encausar a las almas, algunas se descarriaban, y se aferraban a querer tomar el camino equivocado. Don Carlos era el mejor ejemplo que había conocido en toda su vida; frustrado le dijo a Isabel:

–¡Es increíble su terquedad, hija! ¡No logré que se acercara a Dios!

–Yo diría que es increíble su idiotez, padre –le contestó Isabel.

–Tal vez, hija –y se fue frustrado.

*****

Los padres de Alfonso terminaban de arreglarse para pedir la mano de Sofía. La más entusiasmada con la boda era doña Carolina. Su interés obedecía más que otra cosa, a la permanencia de su hijo en España, y la integración de su familia; cada que podía le repetía a Esther: "espero que no hayáis olvidado lo que os dije: del Cónsul ni una palabra a vuestro hermano".

Cuando estaba a solas, Alfonso recordaba a María. Era imposible no hacerlo, además de su belleza y personalidad, fue su primer amor, y por ella había conocido muchos sentimientos que lo hicieron dichoso. Añoraba esos días en que se amaron en la mansión una y otra vez, como si nunca pudiera apagarse el fuego de su amor. Cerraba los ojos y parecía escuchar la sonrisa maliciosa de María, cuando comenzaba a desnudarse, y ver su rostro cuando sumida en el placer le susurraba que lo amaba. De pronto se sentía decepcionado, los razonamientos que habían expuesto el licenciado Salvatierra y sus hermanos, lo habían persuadido; María había dejado de amarlo. Aunque sus argumentos mal infundados, nunca habían terminado por convencerlo completamente. Como si su propia convicción estuviera envuelta en un poco de hipocresía. En su corazón herido aún quedaba una pavesa, que pareciera que jamás se apagaría.

En la casa de Sofía el entusiasmo era general. Veían con agrado la oportunidad que se le presentaba en charola de plata, para casarse con un hombre que gozaba de una considerable riqueza. Don Rodrigo venía de una familia de abolengo y tradiciones, poseía una cuantiosa fortuna; tenía varios negocios atendidos por él y sus hijos. Era un hombre muy respetado por su rectitud y nobleza, cualquier familia de la región hubiera estado feliz de emparentar con él y los suyos. Su abuelo, también arquitecto, había sido el constructor y propietario, de la mansión Linares en Veracruz, y poseía innumerables bienes. Pero su espíritu aventurero, lo había llevado a cruzar el océano en busca de nuevos horizontes. Alfonso había heredado su mismo carácter, su inclinación por la arquitectura, sus gustos y pasiones, y sus padres lo sabían; con su boda, doña Carolina pensaba que acabaría de una vez y para siempre, con esas inquietudes.

La cena se desenvolvió en un ambiente de cordialidad y alegría, al aceptar su petición de matrimonio. Se fijó la fecha de la boda, y sellaron su compromiso frente a todos con la sortija y un beso, que fueron aplaudidos con entusiasmo; Sofía estaba feliz. Poco después de cenar, Alfonso salió unos momentos a la terraza que daba al pequeño jardín con una copa de brandy en la mano, y se recargó en la barandilla de balaustres. La noche era bella, la luna estaba en todo su esplendor, y bañaba las flores con una luz pálida que las pintaba de tonos blanquizcos; algunas dejaban escapar un hálito aromado haciendo más placentero el ambiente. Pensaba que, el sueño que tuvo durante tantos años en prisión, ahora estaba completamente muerto. Si alguna vez tuvo una remota esperanza de hacerlo realidad, había quedado en el pasado. Un pasado lleno de dicha al lado de María, y también lleno de dolor, pero que hubiera estado dispuesto a soportar nuevamente por su amor. Se le escurrió una lágrima, y pensó que sería la última muestra de su amor por ella.

Esther lo observaba desde adentro, lo amaba y lo comprendía; a diferencia de su madre le importaba su felicidad. Lo veía sufrir en silencio, y cuando era descubierto fingía estar feliz y de buen humor. Lograba engañar a todos excepto a su madre, que se hacía de la vista gorda, y a ella, que, ni con su mejor actuación podría engañarla. Esther meneó la cabeza, y salió para hacerle compañía.

—¿Estáis feliz, Alfonso? —le dijo, tomándolo del brazo y acurrucándose con él.

Él se enderezó y respondió acariciando con su mano recia, la delicada y blanca mano que rodeaba su brazo, mientras discretamente enjugaba su lágrima. Él también amaba a su hermana, y dejó de verla cuando era una jovencita, pero siempre la tuvo en sus recuerdos. Al verla nuevamente a su regreso se le oprimió el corazón. Pensó que no debió perderse junto a ella, todos esos años que poco a poco marchitaron su rostro, pero a ella y a todos, les había pasado lo mismo cuando lo vieron a él. Transcurrió el tiempo inexorablemente en cada uno, aunque para Alfonso había transcurrido en completa soledad; todos habían sido testigos de sus progresivos y mutuos deterioros, menos él.

—Estoy contento, hermanita

—Parece que no lo estuvierais, ¿será que hay algo que empaña vuestra felicidad?

Alfonso volteó a verla a los ojos, como tratando de ver si en ellos encontraba una respuesta, o si era el momento de compartir con alguien su dolor.

—¡Soy feliz! —dijo, con indulgencia para sí mismo.

—Pues en verdad no lo parece. Tenedme confianza y hablad, hermano

—Bueno, a decir verdad, en efecto, hay algo...y no es algo, es alguien

—¿Quién es, Alfonso?

—María Montoya, una mujer a la que le di todo mi amor y mi alma también, pero que me olvidó mientras estuve en prisión. Fueron tantos años…

—¿Y por qué pensáis que os olvidó?

—Porque si no me hubiese olvidado, me hubiese visitado

—¿Y como podéis saber si no quiso o no os pudo visitar?

—Bueno, eso ya no importa

—Sí aún la amáis, sí importa, hermano. Tal vez no os visitó por otras circunstancias, dadle el derecho de la duda

—Aún la amo, y creo que la amaré el resto de mi vida

Al escuchar eso Esther se conmovió, y pensó que para bien o para mal, su hermano debía saber la verdad.

—Alfonso, tengo algo que confesaros…

De pronto escucharon tras ellos la voz de doña Carolina, que interrumpió la confesión de Esther.

—¡Pues si aquí estáis, hijo mío!, y yo buscándote dentro —y tomándolo del brazo se lo llevó.

Esther se quedó sola y frustrada, contemplando el jardín y con su confesión en los labios. Sentía que, al obedecer a su madre, había traicionado al Cónsul, a su sobrino y a María, pero principalmente a su hermano. Pensaba que nadie tenía derecho a decidir su vida y a elegir su felicidad, ni siquiera su propia madre. Se tocó la frente con la palma de su mano abierta, y cerrando los ojos aspiró profundamente; mientras exhalaba los abrió y entró a la casa.

Pasados unos minutos comenzaron los brindis, y doña Carolina no podía quedarse atrás, era la primera en desear que esa unión se celebrara.

—Brindo por la felicidad de esta pareja, con la esperanza de que Dios me permita conocer a sus hijos

—¡Salud! —dijeron los demás.

Esther alzó su copa y aprovechó también para hacer un brindis.

—Yo brindo porque mi hermano Alfonso, encuentre su verdadera felicidad, en donde quiera que esté

Sin imaginar el sentido de sus palabras, todos volvieron a levantar sus copas y brindaron, con excepción de doña Carolina y el propio Alfonso, que se quedó con su copa a la altura de sus labios. Meditaba por unos momentos en el brindis de su hermana, y recordando lo lejos que estaba su felicidad. Doña Carolina comprendió la intención de sus palabras, y volteó a verla con una mirada desafiante, desaprobando su actitud. Cuando se presentó la ocasión se acercó a Esther.

—A ver si en adelante cuidáis vuestra bocota

Pero Esther estaba decidida, y en la primera oportunidad hablaría con Alfonso sobre la visita del Cónsul. Lo amaba y no soportaría verlo sufrir más tiempo; solo esperaba que no fuera demasiado tarde. Ella había pasado por algo semejante, solo que el suyo fue un caso irremediable. El hombre a quien amaba se embarcó a América y nunca volvió. En su espera interminable vagaba descorazonada por los muelles de Cádiz. Con la mirada perdida en el océano, sin más compañía que el vaivén de las gaviotas que llegaban y se iban, igual que la brisa, pero su dolor se quedaba. Las noches eran largas, su mirada permanecía en el dosel de su cama pensando tal vez en un reencuentro o, ¿quién sabe qué cosas?, hasta que el sueño terminaba por vencerla. Todos los días despertaba con una esperanza cada vez más apagada, y el barco no volvía; pero nunca volvería. Después de casi dos años de espera y sufrimiento, avisaron que, en medio de una tormenta en el Caribe, el barco fue azotado contra unos riscos, quedó destrozado y nadie sobrevivió; hacía diez años de eso. Desde entonces no se había vuelto a enamorar, pero el daño aún parecía estar fresco.

Del otro lado del Atlántico, la salud de don Carlos estaba muy deteriorada. El doctor pensaba que moriría, ya había hecho todo lo que podía por él, pero su gravedad superaba a sus conocimientos. Lo mantenía en un cuarto de su consultorio solamente para atender sus heridas y por cualquier eventualidad. María no se había hecho presente, y tampoco pensaba hacerlo, sin embargo, y, a petición de su madre, fue por unos minutos.

—No sé para que querías que viniera, mamá, ni siquiera sabe quien está aquí

—Es por humanidad, hija. Después de todo es tu padre

—Él desconoce lo que es eso, mamá ¿Qué clase de padre puede causar tantos años de sufrimiento a uno de sus hijos? Eso no es paternidad, ni es amor, es egocentrismo, amor a él mismo

—María, deja que Dios lo juzgue, hija, tú no debes hacerlo

—Precisamente porque soy su hija, porque solo mis hermanos y yo, somos los únicos que pueden juzgarlo como padre, y nadie más. Tú misma puedes juzgarlo, pero solo como esposo

—Tiene razón mi hermana, mamá —dijo Carlos, apoyando el argumento de María.

—Bueno, pues aquí solamente Dios se encargará de tomar la decisión —acabó diciendo Isabel, y salió de ahí.

A María le indignaba hasta el dolor, que en ocasiones su madre le pidiera visitarlo. Ella mejor que nadie sabía que, el dolor en el que vivió sumergida durante tantos años, lo había provocado su propio padre. Como si fuera una penitencia que, a su juicio, tenía que pagar para expiar su pecado. María sentía que visitaba a su peor enemigo, y no a al hombre que la engendró. Verlo en ese estado le causaba lástima, sin embargo no le mortificaba, solamente habían disminuido el odio y el rencor, que sentía por él. Fue como si ella misma se hubiera cobrado algunas de las que le debía, y pensaba que eran muchas.

*****

Manuela solía comprar en el mercado algunas de las hierbas para sus remedios, otras tantas se las llevaban recolectores de fuera y, en ocasiones, ella misma recogía una que otra. Como experta yerbera sabía que cada hierba tenía una función que, si bien no era conocida, no indicaba que no pudiera ser aprovechable. Muchas de las hierbas de sus remedios nadie más las utilizaba, ni siquiera sabían que, por sus cualidades intrínsecas, ofrecieran algún beneficio.

Una tarde se encontraba Manuela por la orilla del río, recolectaba algunas hierbas en compañía de Benito, cuando se acercó Celia en su piragua, y se detuvo en la orilla frente a ellos. Al verla, Benito sonrió un poco ruborizado, pensando en que quizá recordara que levantó su camisón para ver su desnudez.

—¡Buenas tardes, señora! ¡Buenas, Benito!

—¡Hola, hija! ¿Cómo estás? —le contestó Manuela.

Benito solamente levantó la mano en señal de saludo, sin pronunciar palabra.

—Gracias a Dios y a usted, bien, seño —se acercó llevando su pequeña embarcación hasta la playa, para descender sin quitar su mirada de Benito.

Él se inquietó con su presencia, le gustaba mucho y, después de verla tan cerca esa noche, le gustó aún más; la recordaba constantemente.

—¿Qué te trae por aquí, Celia? —preguntó Manuela.

—Venía de paso pero los vi. Además de saludarla quise aprovechar, seño, porque mi papá me dijo que fuera a verlos

—¿Por alguna razón?

—Solo para ver si nos hacían el favor de acompañarnos

—¿A dónde, hija?

—Es que cumplo años, y mi papá dice que gracias a usted seguiré cumpliendo. Quiere que ustedes nos acompañen a festejarlo en una comidita que me van a hacer

—¿Y cuándo es eso?

—Mañana, seño

—¿Y dónde vives, Celia? De este lado del río casi no he venido

—Allá —dijo, señalando con su mano —, donde está el puente bajando de este lado, una casita amarilla del lado derecho

—Pues dile a tu papá que ahí estaremos, hija

—¡Gracias, seño! —subió en su piragua y se marchó, volteando a ver a Benito, que tampoco le quitaba la vista de encima.

A Benito le entusiasmó la idea de volver a verla, pensó que sería una buena oportunidad para estar más tiempo con ella.

—¿Vamos a ir, mamá?

—¡Claro que iremos, hijo! Sería bueno comprar un regalito en Frondoso para que tú se lo lleves. Tal vez un pastel

Al otro día al regresar de la escuela, Benito compró un pastel para Celia; venía feliz por volver a verla. Sentía mucho afecto por Carmen, todo lo que había vivido con ella era muy especial, lleno de pasión y de sexo, pero Celia le había gustado desde hacía tiempo. La primera vez que la vio se iba de pesca con unos amigos, pero al dirigirse al río para encontrarse con ellos, escuchó su canturreo; su curiosidad lo desvió y, dejándose guiar por el sonido de su voz, dio con ella. La vio desnuda, y ahí se quedó estupefacto, contemplándola mientras se bañaba, era la primera vez que veía a una mujer desnuda. Estaba tan excitado con su bella figura, que se olvidó de la pesca y sus amigos; nunca llegó a su encuentro. Ellos cansados de esperarlo habían terminado por marcharse.

A partir de ese domingo, siempre estaba justo a la misma hora. Ilusionado y con la esperanza de que Celia llegara para contemplarla y masturbarse, mientras ella le daba todo un espectáculo bañándose. Lo hacía con tal gracia y sensualidad, que trastornaba a Benito. Parecía como si supiera que la observaban, y a propósito efectuaba sin ningún recato esos movimientos cadenciosos, que sin duda lo enloquecían. Su cita de los domingos para espiarla, era una especie de rito sagrado que no pensaba romper, a menos que, su relación con ella, floreciera.

Cuando llegaron a la comida, los recibió Filomeno acompañado de su esposa y de Celia, que lucía un vestido muy sencillo con bordados en el cuello y en las mangas, aunque no llevaba cinto, la tela se ceñía a su cuerpo lo suficiente para dejar ver su espléndida figura. En el jardín había dispuesta una mesa larga con mantelitos, y sillas a ambos lados. Algunas mesas aún olían a pintura fresca; estaba dispuesta en diagonal para evitar algunos árboles frutales. Sobre de ellas, algunas flores del entorno lucían en pequeños floreros, que daban una apariencia natural y sencilla, pero bella. Ya estaban sentados algunos invitados; parientes y amiguitas de Celia.

—¡Bienvenidos! Adelante, por favor —les dijo Filomeno, extendiendo su mano, y los acomodó en la mesa.

—¡Muchas gracias por la invitación, Filomeno! ¿Cómo estás?

—Bien, gracias, Manuelita. Es lo menos que puedo hacer después de lo que uste hizo por mija, invitarla a esta pobre comida, pero siéntensen por favor, les voy a trai un traguito especial que hizo mi vieja

—¡Gracias!

Sin necesidad de buscarla, Celia fue a sentarse justo junto a Benito. Le parecía muy atractivo, y todo indicaba que no pretendía esconderlo; podría decirse que ella fue quien tomó la iniciativa.

—¿Cómo estás, Benito?

—¿Y...y...yo? Bien, gracias, te traje este pastel —farfulló, cohibido.

—¡Gracias, Benito!, para que te molestaste

—No es ninguna molestia ¿Y tú cómo sigues?

—¡Muy bien gracias a tu mamá!

–Me da mucho gusto

–¿No vino tu novia, Benito?

Enseguida vino Carmen a la mente de Benito. Pensó en lo que había vivido, gozado y aprendido con ella, pero a pesar de todo no sabía que era para él, ni lo que significaba en su vida. Cavilaba si era una relación sustentada solamente en la lujuria, o en un amor real, pero de momento no tenía claras las respuestas. Iba a decir la verdad, pero la atracción que sentía por Celia era muy fuerte, y se lo contuvo.

–No tengo novia ¿Y tú tienes novio?

–Tampoco

–¿De verdad?

–Si así fuera te lo diría, ¿no crees?

–Supongo que sí

–¿Y qué haces los fines de semana?

–Cuando estoy aquí, a veces voy a pescar ¿Y tú?

–¿Cuándo estás aquí?

–Sí, casi siempre me voy a San Miguel con mi mamá

–¡Ah!, como esa vez que me enfermé. Un fin de semana que no salgas a ver si me invitas a pescar, ¿te gustaría?

–¡Claro que sí!, y te llevaré a uno de mis lugares favoritos

–Bueno, y yo te llevaré al mío

–¿En dónde está?

–Por ahí. Es un lugar muy bonito, parece mágico –dijo, meneando las manos.

–Me encantaría conocerlo

–Pos iremos cuando quieras

Estaban muy contentos pasando una tarde agradable, ambos disfrutaban de su mutua compañía. Manuela también se sentía a gusto, y el menú era abundante y sabroso: sopa de mariscos, arroz con camarones, y pescado al acuyo, todo producto de la pesca de Filomeno; de postre había dulce de coco con leche. Ella comió de todo y bebió también: aguardiente de caña con agua de guanábana, el "traguito especial".

Más tarde, Manuela tuvo necesidad de ir al baño, y Celia le indicó el camino pero cuando llegaban al pequeño cuarto de madera, salía la mamá de Celia cargando a una niña de casi diez años.

—¿Quién es la niña? —Manuela preguntó a Celia, extrañada.

—Es Flor, mi hermana la menor. Le decimos así pero se llama Flora

—¿Qué tiene? ¿Está enferma?

—Sí, le dio esa enfermedad de las piernas y no puede caminar

—¡Ah! Sí, he visto mucha gente con ese mismo padecimiento

La pequeña era víctima de poliomielitis, la había dejado impedida para caminar. Eso llamó mucho la atención de Manuela; ahora estaba viendo una enfermedad muy diferente a las que había estado tratando. Ese cuadro presentaba un verdadero reto, no se imaginaba siquiera si con su remedio mágico podría curarla. Le fascinaban los retos, pero también aliviar el dolor de las personas; decidió investigar para tratar de aliviarla.

—¿Hace mucho que se enfermó?

—Pos sí, hace algunos años. La que se acuerda bien es mi mamá

—Pues ahora que yo salga del baño, me llevas con ella

—Está bien

Poco después, Manuela estaba sentada en la mesa con la pequeña y su mamá. No tenía idea de cómo afectaba ese mal. Cómo la mayoría, pensaba que se originaba en los huesos, y no que se trataba de un virus que se aloja en la médula. Este caso estaba muy lejos de todo con lo que había tenido que contender. Se enfrentaría a algo totalmente desconocido, pero al menos sabía que, si no lograba curarla, como siempre, no correría ningún riesgo. Lo más importante era dar con las hierbas adecuadas, con el vehículo que necesitaba la magia de Benito para ejercer sus beneficios. Se quedó conversando con la mamá de Flora, tratando de averiguar lo más posible sobre la enfermedad. Tal vez conociendo sus antecedentes pudiera tener algún indicio de cómo combatirla, pero la información con la que se contaba era prácticamente muy pobre por no decir que nula.

Más tarde con la llegada de los moscos, se despidieron.

—¡Gracias por todo!, Filomeno —dijo Manuela.

—Gracias a uste por venir, Manuelita. Mi vieja y yo estamos muy agradecidos

—No tienen qué agradecer, hasta luego

—Adiós, señor, hasta luego, señora, nos vemos, Celia —les dijo Benito.

Por el momento decidió mantener en secreto su idea de elaborar un remedio que ayudara a Flora. Primero tenía que estar segura de su preparación para no ilusionarlos con falsas esperanzas. Hasta ahora sus remedios habían sido infalibles, y no dudaba que esta vez lo fueran, siempre y cuando, diera con el vehículo adecuado.

Dos días después, finalmente decidió manejarlo como tal: una parálisis. Existen varias yerbas que sirven para dichas funciones. Se decidió por el casahuate y la milenrama. El casahuate es un árbol cuya madera es utilizada en ebanistería, pero su corteza contiene una resina que actúa sobre el sistema nervioso periférico. También escogió la milenrama por su contenido de antiespasmódicos, sin embargo incluye otros ingredientes activos que favorecen, entre muchas cosas más, la salud de la médula. Hirvió varios trozos de casahuate en agua hasta que adquirió un tono rosado, y en otro recipiente, hojas y flores de la milenrama. Después los coló, los mezcló, los endulzó con miel de abeja, y le puso una gotita de su toque mágico. Nunca estaba segura de cómo reaccionaría su remedio, cuando lo utilizaba por primera vez en un mal que desconocía. En este caso estaba menos segura que nunca; no tenía idea si el remedio pudiera hacer algo con una afección que tenía años arraigada en la humanidad de Flora. Decidió decirles que con el remedio sentiría mejor las piernas, sin ponerlos a la expectativa de alguna posible cura.

Nunca había tenido tanto tiempo para pensar en la elaboración de un remedio, porque siempre tuvo que combatir los males casi en el momento, pero esta enfermedad era muy distinta. Ahora los nervios estuvieron más tiempo con ella que de costumbre, al menos esos dos días. Además la incertidumbre era más grande; por una parte los resultados del remedio, pero la otra, ni siquiera era directamente con la enferma: no imaginaba cual sería la reacción de Filomeno y su esposa, si el remedio llegara a funcionar. Pero no solamente la de ellos sino la de todos los que conocían su enfermedad. No obstante, sentía la necesidad persistente de ponerse a prueba con su panacea, y desafiar a todos los males posibles. Como si esa temeridad formara parte de sus instintos, y fuera algo inexorable. Les llevó el remedio y Benito la acompañó, no podía perderse cualquier oportunidad para ver una vez más a Celia.

—Es una porción para tres tazas: una hoy en la noche, otra mañana en la mañana y por la noche la otra

—Cómo uste diga, Manuelita —le dijo Filomeno, después de los milagros que sus remedios hicieron en Celia, le tenían una fe ciega.

—Cualquier cosa me avisan, ¿de acuerdo?

—¿Cosa cómo de qué? —preguntó su esposa.

—Me refiero a que me avisen cómo se siente

El terrible padecimiento que aquejaba a la pequeña, esa noche robó el sueño de Manuela; estaba intranquila. Pensaba en la perversidad inaudita de esa enfermedad, y en su enfrentamiento con ella, pero se aprobaba así misma su decisión; su desgarrador estado en verdad la había conmovido. Pero esa noche Manuela no era la única inquieta, en casa de Filomeno la pequeña Flora se quejaba dolorosamente mientras dormía; estaba agitada, tenía pesadillas y sudaba copiosamente. Sus quejidos se escuchaban por toda la casita, y entre un ambiente de preocupación, levantaron a todos. Más tarde despertó con un dolor de piernas tan intenso, que Filomeno tuvo que ir a casa de Manuela para avisarle; estaba despierta cuando llegó, y casi sale de inmediato. Lo primero que le vino a la mente, fue preparar un remedio para contrarrestarlo, pero una vez que lo preparó y lo llevaron a su casa, el dolor había desaparecido. El resto de la noche la pasó un tanto intranquila, pero amaneció sin novedad.

—¿Cómo te sientes, Flor? —le preguntó Manuela, cuando se despertó.

—Bien, señora

—¿Ya no te duelen las piernas?

—No ya no

—¿Puedes moverlas sin dolor?

—Sí, las siento igual que siempre

—Hay que calentar otra taza para que te la tomes

—¿Pero no le hará daño, señora? —preguntó su madre, preocupada por la reacción provocada por remedio.

—¡Al contrario!, se sentirá mejor

Se acabó las tres tazas, y parecían no haber hecho efecto. Preparó una dosis igual, y pidió que continuaran administrándola de la misma forma. Cuando la terminó, ya no había dolores y tampoco pesadillas, pero seguía en las mismas condiciones. No había un cambio aparente en su estado. Esto provocó que volviera a hacer una prueba de caducidad a su elixir, pero se encontraba en perfectas condiciones. Preparó una tercera dosis y la indicó de la misma forma. Pasaron varios días, Manuela seguía administrando el remedio, y Flora seguía igual, hasta que al onceavo día comenzaron a verse algunos cambios. Flora podía mover las piernas un poco más que antes, y mejor aún, se estaban fortaleciendo.

La mejoría de Flora fue evolucionando lentamente, y solamente las personas que no la veían diariamente lo notaban. La propia Manuela, que, la vio un par de semanas después, quedó sorprendida con su mejoría. No cabía duda el remedio estaba funcionando, pero no sabía cual era la causa del efecto retardado. Pensó que quizá se debía a que el mal tenía años enraizado en el cuerpo de Flora, y fue hasta ese momento que volvió a su mente, el riesgo que correría si sanaba totalmente. Nadie sobre la tierra podría curar ese mal, y ella tampoco hubiese podido explicar cómo lo hizo. Pero los estragos causados por la enfermedad durante tantos años, desafortunadamente para Flora eran irreversibles. Solo se alivió la médula y se fortaleció su sistema nervioso periférico. Sus piernas tuvieron una gran mejoría, y comenzó a dar sus primeros pasos por sí sola. Al menos le dieron un poco de autonomía.

No era necesario decirles la verdad ni a ella ni a su familia, fue evidente su intervención, y le estaban más que agradecidos. Manuela por su parte, también estaba satisfecha, sus remedios devolvieron en parte la salud a alguien más, aunque este no había sido uno de esos casos que la llenaban de emoción, y la estremecían hasta las lágrimas.

*****

Don Carlos se aferraba a la vida, y era gracias a su fortaleza que se mantenía vivo. En contra de la predicción del doctor parecía mejorar, pero no tenía sensibilidad en ambas piernas. "No cabe duda mala hierba nunca muere", decía el doctor, cuando consideró que estaba fuera de peligro y lo trasladaron a su casa. Comenzó a probar alimento pero aún no tenía fuerzas para levantarse, había perdido mucha sangre, y estado en ayuno por varios días. María regresó a verlo un par de veces más, y nuevamente por darle gusto a su madre. El distanciamiento, propiciado por la actitud de don Carlos, era tan terminante que a ambos les disgustaba su mutua cercanía.

–¿Cómo está, padre?

–¡Mal!

–¿Se le ofrece algo?

–¡Estar solo!

—De acuerdo...¡hasta pronto!

Isabel le daba los tres alimentos en la cama. Habían pasado varios días desde su llegada cuando intentó levantarse, pero por más esfuerzos que hizo las piernas no le respondieron. La herida en la columna había tenido trágicas consecuencias. Ahora se confirmaba el infausto pronóstico del doctor: quedó parapléjico. Al darse cuenta de su impedimento no se conformó, hacía esfuerzos sobrehumanos por tratar de levantarse y caminar, pero era en vano. Una vez que la herida había sanado, estuvo terriblemente angustiado, irritable y nervioso. Unos días más tarde, preparaba un viaje a Veracruz para consultar a otros doctores. Había decidido que si no podían curarlo, viajaría hasta México o a donde fuera necesario; no se resignaba a permanecer en ese estado por el resto de su vida.

Unas semanas más tarde se encontraba en el puerto de Veracruz. Lo acompañaban Isabel y Carlos, su hijo, que, cansado de cargarlo, compró una silla de ruedas. Don Carlos la empujó diciendo: "jamás me sentaré esa chingadera", pero finalmente lograron convencerlo, argumentando que así se facilitarían las muchas visitas a los médicos. Visitaron a los más reconocidos de la localidad, sin embargo todos opinaron lo mismo. Además de que, el campo de la medicina era muy limitado, la lesión intratable; ninguno le daba esperanzas.

—La herida dañó la columna y no hay forma de operar —le dijo uno de los médicos.

—Pero algo podrán hacerme, ¿o no?... Un tratamiento o algo

—Lo siento, señor Montoya, pero la columna no puede operarse. No hay forma de restablecerla

—¿Piensa que me conformaré con estar sentado en una silla de ruedas, el resto de mi vida?

—No es que lo piense, pero no le veo otra salida. Si quiere consultar otra opinión adelante, está en su derecho

—Desde luego que consultaré otra, y las que sean necesarias —dijo molesto, y salió de ahí con el humor más ennegrecido.

Cada vez que consultaba a otro médico sucedía lo mismo, hasta que decidió viajar a la ciudad de México. Su determinación de no quedarse en una silla de ruedas, en ocasiones desvirtuaba su razonamiento. Estaba empeñado en ver a todos los médicos posibles, hasta encontrar a alguno que lo aliviara; aunque eso era menos que imposible. Días más tarde y, después de más de veinte horas de camino, salía del andén del ferrocarril que lo llevó a la gran ciudad, en compañía de Isabel y de Carlos - Esa ruta fue la primera del país. En 1869 el presidente Benito Juárez, inauguró el tramo de la ciudad de México a la ciudad de Puebla. En 1873, el presidente Sebastián Lerdo de Tejada, Inauguró la parte restante a la ciudad de Veracruz -.

De la estación se dirigieron a un hotel cerca del zócalo. Una vez que se hospedaron, Carlos salió a investigar direcciones, horarios de los médicos y hospitales, que visitarían. Al otro día desde muy temprano, iniciaron el penoso recorrido. Uno y otro doctor, tenían la misma opinión, y daban el mismo pronóstico. La columna quedó dañada y no había forma de operarlo. Por las noches, al final de cada jornada, se la pasaba vociferando en contra de los médicos que lo habían diagnosticado durante el día, pero él mismo se daba ánimos. Pensaba que al día siguiente encontrarían a alguno que pudiera sanarlo.

Tristemente todos los médicos que visitaron hicieron el mismo diagnóstico. Después de una semana, y casi una veintena de médicos de varias especialidades, decidió regresar. Ante tales circunstancias, estaba abatido por la pena, era un hombre muy activo, y jamás se conformaría a permanecer en ese estado.

Cuando regresaron a Frondoso, había perdido toda esperanza de recuperarse, y su semblante era otro; decayó notoriamente, entró en un estado depresivo intenso. Casi no hablaba, apenas comía, y no salía de su habitación. Además de Isabel, la negra Milagros, quien llevaba sus alimentos, era la única que podía verlo. Únicamente cuando era realmente indispensable recibía visitas, y estas se limitaban al doctor y a sus hijos: Carlos y María, ni siquiera a sus trabajadores de confianza, que ahora trataban con Carlos, su hijo. María visitaba a su madre periódicamente, pero seguía evitando ver a su padre lo más posible. Cuando lo hacía, era exclusivamente a petición de Isabel pero en ocasiones, con nada lograba convencerla.

–Sube a ver a tu padre, hija

–Hoy no quiero verlo, mamá

–Nada te cuesta, está muy triste. Anda, hija, verte quizá lo alegre

–No lo creo ni tantito

–Eres su hija, ¿por qué no habrá de alegrarse?

–Pues entonces hoy no se va a alegrar

–¡María!

–No, mamá. Hoy no quiero verlo, siempre se está quejando

–¡Pues debes de entenderlo!

–¿No se te ha ocurrido que, tal vez, esto sea un castigo divino?

–¡No digas eso, hija! –dijo, persignándose.

–Lo siento, mamá, pero creo que eso fue un castigo de Dios. Puedo estar segura

A ninguna de las dos les gustaba discutir por don Carlos, entre ellas siempre había comprensión y sensatez. Se amaban y su relación era de plena armonía, pero cuando tenían alguna diferencia jamás se herían, después de unos momentos olvidaban todo, y continuaban su relación sin rencores, como si nada hubiera pasado. Isabel estaba consciente del daño que don Carlos le había causado a María, pero no deseaba que ella adoptara una posición que, con el paso del tiempo, lamentaría. Le decía: "los remordimientos son muy dolorosos hija, es preferible que nunca tengas de qué padecerlos".

*****

En Cádiz todo estaba dispuesto para la boda. El día que Alfonso recogió las invitaciones para titularlas, su madre fue a que le tomaran medidas para su vestido, y esto coincidió con el afortunado encuentro de los hermanos a solas. Por una u otra razón, Esther no había podido hablar con Alfonso, siempre tenía pegada a su madre como policía, quizá presintiendo que al menor descuido la echaría de cabeza; pero la boda estaba cada vez más cerca, y su confesión sería más devastadora. Sofía era su mejor amiga, pero su amistad no tenía que ver con la dicha de su hermano, y ella sabía adonde estaba. Vio la oportunidad y se dijo: "perdonadme por lo que haré Sofía, pero se trata de la felicidad de mi hermano, y bien que la merece. Al fin justos por pecadores". Meneando la cabeza se persignó y, decidida, se dirigió a hablar con su hermano; estaba en la biblioteca revisando la lista de invitados.

—Y bien, Alfonso, ¿estáis feliz por vuestra boda? —le dijo, cuando abrió la puerta y la cerró tras ella.

—Pues os diré una cosa, hermana, en realidad estoy tranquilo, creo que es algo que debo hacer. Ya no soy joven, y me gustaría tener mi propia familia, pero no os diré que soy completamente feliz

—¿Todavía pensáis en María?

—¿Aún recordáis lo que os dije?, ¿o acaso os dijeron algo Sebastián y Rodrigo?

—Yo sé muchas cosas Alfonso, pero antes de seguir quiero que seáis sincero con vos y conmigo. Decidme, ¿todavía amáis a María?

—Es tarde para eso, Esther, no cambia en nada que os lo diga

—¡Contestadme con la verdad! Os lo ruego, que nunca es tarde

Alfonso colocó la pluma que tenía en la mano sobre el tintero, y se quedó unos segundos con la mirada perdida, antes de responder.

—Sí...la amo con toda mi alma, y creo que jamás volveré a amar a nadie como la amo a ella —lo dijo muy seguro, y hasta con ganas de decirlo, como si hubiera estado esperando ese momento para desahogarse.

—Pues debéis poneros feliz, porque María os sigue amando, y de hecho, nunca os ha dejado de amar

Al escuchar eso palideció, se puso de pie como un resorte, y a temblar de pies a cabeza. Sintió como si hubieran encendido una luz en su interior apagado.

—P...pero, ¿qué estáis diciendo, Esther? ¿Cómo podéis saber semejante cosa?

—El Cónsul de España en Veracruz, vino a traeros un recado de María

—¡Qué! —exclamó, palideciendo lleno de asombro —, ¿cuándo?, ¿qué recado?, ¡por Dios Esther!, ¡habla! —le dijo, tomándola por los hombros y viéndola de frente.

—Que os sigue amando como el primer día que la amasteis

Eso era lo más hermoso que Alfonso había escuchado en muchos años. Sus ojos se enrojecieron al borde de las lágrimas.

—¿Es verdad eso, hermana mía?

—Es verdad, Alfonso, y que aún os sigue esperando

—¿Por qué no lo habíais dicho? —le preguntó con la voz entrecortada, cuando se escapó una lágrima de un río completo que trataba de contener.

—Por mi madre que me obligó a callar, pero no es justo que vuestra felicidad tenga que estar sometida a la de ella

—¿Cuándo vino el Cónsul Martínez?

—Hace ya varias semanas, pero todavía hay más, Alfonso

—¿Qué pasa?

—Pero la noticia que os daré, y la que os acabo de dar, a ver como las manejáis porque no quiero encima a mi madre reprochando ¿Estamos?

—¡Estamos!... ¡Pero decidme ya!

—Tuvo un hijo de vos, razón por la que prohibieron que os buscase, y no solo eso, la enclaustraron para que no pudiera escapar para veros. Cuando pudo hacerlo os buscó, pero igual que todos ignoraba que vuestro nombre fue cambiado, por ello nunca dio con vos. Pero el Cónsul asegura que os buscó como loca. Vos no lo sabíais porque mi madre prohibió a Rodrigo y a Sebastián, que os lo dijeran, pero no podéis culparlos

Tuvo que sentarse, le faltaba el aire; con la impresión que le causó escuchar esa noticia, sus piernas ya no podían sostener el peso de su cuerpo.

—¡Un hijo mío y de María! ¡Dios mío!... —dijo, con la mirada extraviada.

—De nadie más, hombre, y por cierto, el Cónsul asegura que es idéntico a vos, hasta el mismo color de ojos, de piel y de cabello, dice que hasta la misma estatura, y se muere por conoceros

Alfonso no pudo contenerse, y dejó escapar en silencio ese río de emoción y de sentimiento, pero al mismo tiempo de impotencia y de amor. Por fin tenía esa respuesta que clamaba escuchar desde el fondo de su corazón. Ni siquiera cuando había quedado en libertad había experimentado tanta dicha. En el fondo de su alma lo sabía; algo le decía que ella aún lo amaba. Esa pavesa que había permanecido dentro de su corazón sin extinguirse, de pronto se convertía en un fuego inextinguible.

—¿Por qué me han ocultado tantas cosas, hermana? Lo del Cónsul, lo de María, lo de mi hijo, lo del nombre... —dijo, poniéndose una mano en su frente y meneando la cabeza.

—Porque mi madre no quiere que vos volváis a Veracruz. Tiene miedo, y en el fondo la entiendo, pero a vos también

—No puedo hacer otra cosa. Ella es el amor de mi vida, mi felicidad, además tenemos un hijo. Él debe estar conmigo, y yo quiero y debo estar con ellos

—Pues pensad bien como le diréis a mi madre, sin que me delatéis

—No debéis preocuparos que sabré manejarlo. ¿Pero qué más os dijo Martínez?

—Que María era una mujer hermosísima, inteligente, buena y que os seguía amando

—¿Qué más?

—Que cuando la conoció, se dio cuenta de que habían cometido un error en alejaros de ella, cuando salisteis de prisión

—¿Y qué más?

—¡Ya hombre!, eso fue todo... ¡Ah! que era una gran mujer, y que Salvatierra andaba tratando de conquistarla

—¡Qué! Ese...se las tendrá que ver conmigo, y cualquiera que trate de quitármela

—¡Alfonso! No vayáis a cometer una locura

—Descuida, hermana, que no lo haré

—¿Y qué pensáis hacer, Alfonso?

—Viajar cuanto antes a reunirme con María y con mi hijo

—¿Y la boda? ¿Qué pensáis hacer con eso?

—Ahora mismo terminaré con esto. Hablaré con Sofía, y le confesaré la verdad

—Alfonso, pensadlo bien. Mi madre se pondrá histérica cuando sepa que canceláis vuestra boda y os marcháis a México —dijo, angustiada.

—Esther, solo contestadme con toda sinceridad... ¿No pensáis que después de los años de sufrimiento que tuve que pasar por este amor, merezca encontrar la felicidad que nos arrebataron?

—¡Ni hablar! Soy la primera en pensarlo y apoyarlo, porque la de vos y María, es una verdadera historia de amor

—¡Gracias, Esther!, habéis devuelto la dicha a mi corazón

Abrazó y besó a su hermana, con verdadero amor y agradecimiento. Le había devuelto su sueño. Esther sintió una gran emoción y lo acompañó en sus lágrimas, dejando escapar las suyas, pero no sabía si sus lágrimas eran de tristeza o de alegría; eran de una felicidad remendada.

Sin perder más tiempo, Alfonso se dirigió a comprar su pasaje para viajar a México, y de paso unos obsequios para María y su hijo. La suerte estaba de su lado, el barco más próximo zarpaba en tres días, iba a San Juan, a La Habana, y finalmente a Veracruz. Ese día no quiso ver a Sofía, anduvo deambulando por el muelle frente al mar, pensando en el inmenso desierto de agua que lo separaba de su dicha, y en la eternidad que pasaría al cruzarlo; era un largo camino. Reflexionaba sobre el daño que pueden causarse los seres que se aman aun sin quererlo, y en el sufrimiento que había pasado para recuperar su felicidad al lado de su amada. Pero estaba resuelto, y nada ni nadie iban a detenerlo.

Al otro día, llegó a la casa de Sofía seguro de su decisión, aunque le pesaba. Hasta ese momento, se dio cuenta de lo que había ocasionado hacerles caso a sus hermanos y a Salvatierra. Lamentaba profundamente herir los sentimientos de Sofía que, finalmente, fue una víctima circunstancial; ¿pero quién no lo había sido en todo ello? Tocó en el portón de hierro, contemplando la casa que se miraba entre los barrotes al final del pequeño jardín, y pensando que sería por última vez. A pesar de haberla visitado infinidad de ocasiones, nunca la había visto como ahora; le pareció triste y agostada. Solo veía desolación, como si estuviera desierta, y como si la propia Sofía no existiera. Por un momento hasta había olvidado su rostro: para su corazón había muerto, o tal vez, en realidad nunca estuvo viva. Con su vergüenza escondida tras su decisión, recordaba sus palabras y promesas a Sofía, y cerraba los ojos arrepentido. Era el último escollo por el que tendría que pasar para llegar a María. De pronto, ella abrió la puerta de la casa, atravesó el jardín y llegó al portón. Ajena a su próxima desdicha, abrió, lo saludó gentilmente con un beso en la mejilla, al tiempo que lo hizo pasar. Lo tomó del brazo, y se encaminaron hacia la casa.

—Sofía, tengo algo muy importante y delicado, que hablar con vos —le dijo, mientras llegaban a la sala.

—Pues hablad con confianza, amado mío —dijo Sofía, ofreciéndole un lugar para sentarse junto a ella.

—En realidad...es que yo...os quiero liberar de vuestro compromiso

—¡P...pero qué estáis diciendo!... —se levantó tan pronto como su palidez afloraba en su rostro, y lo miraba incrédula —. ¿Por qué?... ¿Acaso no me amáis? —preguntó.

Alfonso no deseaba hacer la herida más grande, con una verdad que acabaría partiendo el corazón de Sofía, pero su decisión era irrevocable.

—No, no es eso. A decir verdad viajaré a México

Sofía se quedó aturdida, eso era lo que menos deseaba escuchar. Tuvo que sentarse, sentía que iba a desfallecer.

—¿A México? p…pero, ¿por qué? —preguntó, pasmada.

—Tengo que cumplir un compromiso que ignoraba tuviera

—Pero, ¿qué clase de compromiso? El que sea puede esperar hasta después de la boda

—Este compromiso no puede esperar

—¿De qué se trata?

—Una persona viajó desde México, para informarme de que embaracé a una mujer y tuvo un hijo mío

—¡Pero cómo! —exclamó, palideciendo notoriamente.

—Os juro que lo ignoraba y acaban de enterarme. No viviría feliz sabiendo que nuestra felicidad está por encima de un hijo mío que me necesita

—¡No es posible! ¡No puede ser! —dijo, poniéndose de pie nuevamente, y caminando hacia el ventanal.

Enseguida se llevó una mano a la boca y rompió en llanto. De pronto todos sus sueños se vinieron abajo como un telón de teatro; Alfonso le ofreció su pañuelo y le dijo:

—Lo siento, Sofía. No sé qué más pueda deciros que os haga sentir mejor

—Nada podría hacerme sentir mejor —dijo Sofía, con la mirada hacía la ventana, dando la espalda a Alfonso y enjugando su llanto.

—Lo siento, Sofía, en verdad lo siento —decía Alfonso, con la cabeza agachada.

—¡Yo lo siento más!, y no os imagináis cuánto. Ahora dejadme sola, por favor —le dijo, sin siquiera despedirse.

—¡Está bien! ¡Adiós, Sofía! —dijo, con sumisión.

Sintió mucho pesar lastimar a Sofía, no era un hombre al que le gustara el sufrimiento ajeno, y menos causarlo. Salió de la sala despacio, con la cabeza agachada, y en cuanto traspasó el umbral de la puerta se dio prisa, pero el pequeño jardín que separaba el portón de la calle, ahora parecía inmenso e interminable. Cuando por fin salió a la calle levantó la cara, tenía un mejor semblante, sentía ganas de correr o de volar. Volvió a aspirar aire con fuerza, y lo dejó escapar con suavidad, lentamente, igual que lo hiciera cuando salió de Veracruz, pensando en deshacerse de sus sentimientos por María sin conseguirlo. En ese momento lo hacía para vaciar la carga de un compromiso que, hasta ese momento, le pareció azaroso y descabellado; se sintió aliviado. Ahora lo único que deseaba era abordar ese barco que lo llevaría al encuentro con su felicidad.

No le comentó nada a su madre, y en lo sucesivo trató de evitarla. Sofía no había dicho por vergüenza, cual había sido el verdadero motivo de la ruptura. Solamente dijo que Alfonso tenía que viajar a México por un compromiso que acababan de enterarlo, pero no sabía cuando volvería. El día que doña Carolina se enteró, fue en un desayuno con sus amigas; parecía haber sido la última en enterarse, y eso la avergonzó. Cuando terminó el desayuno fue de inmediato por una explicación de Alfonso, pero al llegar a su casa se encontró con su equipaje al pie de las escaleras, muy cerca de la puerta, y le vino un fuerte dolor de estómago. Lo miraba con tristeza, algo en su corazón le había alertado de lo que acontecería. De pronto Esther le vino a la cabeza, pero no podría estar segura. Cuando se disponía a subir la escalera rumbo a la habitación de Alfonso, él descendía. Se quedó de pie sostenida del barandal, hasta que Alfonso terminó de bajar.

—¿Qué significa esto, Alfonso? —le preguntó, con una mezcla de coraje y de tristeza.

—Que me marcho, madre —le dijo seguro, con gran impavidez.

—¿A dónde? —le preguntó, haciéndose la sorprendida; estaba más que enterada.

Respetando el pacto con Esther, Alfonso tuvo que ingeniárselas para no enemistarla con su madre.

—A México. Recibí una carta en donde me explican algunos asuntos que reclaman mi presencia. Lo siento madre

—¡No puede ser, hijo!, tu boda está en puerta. No podéis romper vuestro compromiso así porque sí

—¡Ya lo hice, madre!

—¡Dios mío! ¡Qué vergüenza!, ¡qué pensará la familia de Sofía!, ¡y qué dirá vuestro padre cuando se entere! —dijo, llevándose una mano a la frente.

—Preguntadle, madre, está en su despacho. Ahora mismo voy a verle para informarle y despedirme

Ambos se dirigieron al despacho. Don Rodrigo se encontraba sumergido en un libro, y acompañaba su lectura con un puro y una copa de brandy. Era un hombre sensato y de buenos sentimientos. Por más duro que pareciera por dentro había un corazón noble, y tan dulce como el azúcar.

—¡Rodrigo! ¡Alfonso se marcha a México! —le dijo, doña Carolina angustiada, en cuanto abrió la puerta.

La noticia le cayó a don Rodrigo como un baño de agua fría. En el fondo también sabía que algo se interponía en la felicidad de su hijo, pero pensaba que se trataba de los recuerdos funestos de cuando estuvo en prisión, que en ocasiones lo atormentaban. Se quitó los lentes y se puso de pie, dirigiéndose a Alfonso con el rostro melancólico.

—¿Cuándo pensáis partir, hijo mío?

—Ahora mismo, padre. El barco zarpa dentro de una hora —dijo, consultando su reloj de bolsillo.

—¡Haced algo! ¡No debe marcharse! —dijo, doña Carolina angustiada.

—¡Es su vida, mujer! Alfonso está bastante crecido, y es igual a mi abuelo —lo dijo, visiblemente abatido.

—¡Lo siento padre! No sé si lo heredé de mi bisabuelo o no, pero en realidad quiero irme. No sé cuando regrese pero os prometo que volveré con mi mujer, y con mi hijo

—¡Dios mío! ¡Esto es una verdadera locura! —replicó, doña Carolina angustiada, pero haciéndose la ingenua.

—¡Cuando vos tengáis hijos ya habré muerto, Alfonso! — dijo don Rodrigo, poniendo su copa sobre el escritorio, con el rostro desencajado.

—¡No, papá!, me voy porque recibí noticias de México. Una carta en donde me dicen que tengo un hijo con la mujer que he amado toda mi vida. Él es ya un jovencito, tiene más de dieciséis años

Al escuchar eso su rostro cambió, y hasta dibujo sin dificultad una sonrisa. Doña Carolina en cambio se sintió descubierta, y sus mejillas enrojecieron. Aunque ignoraba si en realidad Alfonso había recibido una carta, si se entrevistó con alguien relacionado con México, o que Esther se lo haya confesado, pero no se atrevería a preguntar, ya no tendría ningún caso.

—¿Por qué no me habíais dicho? —preguntó don Rodrigo, casi feliz.

—Porque me acabo de enterar, dicen que es idéntico a mí

—Pues entonces traedlo, hijo mío. Este es su lugar, aquí con nosotros. Anda que yo no moriré hasta conocerlo —dijo bromeando, don Rodrigo.

—¡Lo traeré, papá!

—Alfonso, ¿de verdad volveréis? —preguntó su madre, llorando.

—Volveré, madre, os lo prometo a vos y a mi padre

—¡Qué Dios te acompañe, hijo! —le dijo, doña Carolina.

Abrazó a sus padres efusivamente. Después de todo, no le guardaba rencor a su madre por haberle ocultado la verdad. Ella solamente defendió, lo que suponía, el bienestar y la felicidad de su hijo; lo mismo que ahora él pretendía hacer. La despedida fue corta pero emotiva, Alfonso estaba feliz, solo deseaba que nada empañara nuevamente la felicidad que lo esperaba al lado de María y de su hijo. Salió de su casa feliz, la calesa que lo llevaría al muelle ya aguardaba en la puerta.

Cuando llegó al muelle descendió de la calesa con sus maletas, y alzó la vista hacia el barco. Lo miraba como si fuera un ángel que lo llevaría de la mano con María; "Así que tú me llevarás con mi amada", se dijo, y abordó. Durante su travesía tendría tiempo suficiente para planear su vida. Ahora tenía un hijo, y era lo que nunca se hubiera imaginado, pero tampoco de qué forma se desenvolvería su renovada relación con María. Después de todo habían transcurrido muchos años; "la gente puede cambiar", pensaba. Él mismo cambió, había perdido su ingenuidad, que más bien le fue robada. Se la pasaba gran parte del día meditando, recargado en la barandilla del barco viendo el océano. Le parecía infinito, como si de pronto viviera en un mundo de mar en donde no existieran los puertos, y se hallara preso en ese barco, y se entristecía, porque ahora mejor que nadie conocía el valor de la libertad. Podía sentirla en cada poro de su piel, con la brisa que llegaba del piélago, plena de ilusiones. Había esperado muchos años por ese día que parecía nunca llegar, aun con su paciencia inquebrantable, que había sido una de sus virtudes.

Cuando cruzaron el Atlántico y arribaron a Puerto Rico, la cercanía con México le dio cierta reciedumbre, pero cuando salió de La Habana estaba totalmente renovado. Por fin, semanas más tarde de haber zarpado de Cádiz llegaba a Veracruz, y desembarcaba en San Juan de Ulúa, con una lágrima solitaria que de pronto escapó de sus emociones. Al llegar a la playa, sintió un ligero cosquilleo nervioso en todo el cuerpo, como si por sus venas la sangre circulara más rápido que nunca a su corazón; cada vez estaba más cerca de su amada. La sensación que le produjo su paternidad era totalmente nueva y maravillosa, pero en su pensamiento estaba María. Experimentaba unos deseos irresistibles por verla, como si tuviera hambre y sed por ella; se había adueñado no solo de su corazón, también de todas sus fantasías y sus sueños eróticos. Había conocido el placer en su cuerpo, y fue ella quien lo hizo sentirse amado por primera vez. Aún recordaba cada momento que estuvieron juntos, sin olvidar ningún detalle; siempre los había revivido para no olvidarlos, y le dieran fuerzas para enfrentar sus peores momentos.

Apenas podía esperar para buscar un transporte a San Miguel, pero ya no encontró ni botes ni carruajes; tuvo que quedarse en Veracruz, y esperar a la mañana siguiente para partir. Aprovechó su estancia en el puerto para hacer otras compras, entre ellas un bello collar de perlas para María, y un fino reloj de oro de bolsillo para Benito. Todo a su alrededor le parecía hermoso, diferente y vivo; hasta la misma gente. Todo había cobrado nuevos y distintos matices, desde la última vez que estuvo ahí con sus hermanos; poco antes de partir con el corazón destrozado. Esa noche apenas pudo dormir, su ansiedad devoraba su fatiga.

Al otro día muy temprano, iba en un bote rumbo a San Miguel. Conforme se iba acercando los nervios y la tensión, se iban incrementando; el trayecto parecía interminable. Cuando llegó, enseguida fue buscar un carruaje; era más rápido llegar a Frondoso que por el río. Cada minuto le costaba más trabajo sostener el aire, aspiraba grandes cantidades como si en sus pulmones desapareciera sin haber sido exhalado; el camino se acortaba cada vez más y su angustia crecía. Le parecía irónico, iba a casa de su peor enemigo, el único que había tenido en toda su vida, en busca de su amor. No le importaba, sería capaz de enfrentarlo a él, y al mismo demonio por María. Las manos le sudaban, y permanecer inmóvil era menos que imposible. Le dieron ganas de cerrar los ojos, y dormir para no sentir el tiempo, y despertar solo cuando estuviera frente a ella.

Mientras, en Frondoso, María estaba nuevamente en casa de sus padres, había vuelto por la insistencia de Isabel, aunque permanecía muy poco tiempo en ella; gran parte del día la pasaba con Manuela y Benito. Ese día no había sido la excepción, salió muy temprano y tenía poco de haber llegado. Había estado en la mansión con ellos, y como siempre, reviviendo su amor con Alfonso en cada rincón. Revisaba unos apuntes que le entregó el arquitecto, cuando se escuchó la campana de la reja.

—¡Milagros, llaman! —gritó a su nana.

Cuando Milagros salió, se encontró con quien jamás hubiera esperado: Alfonso Linares. Desde que le llevó la carta de María no volvió a verlo, pero lo reconoció de inmediato; fue tal su emoción que casi lo abraza. Era la pieza que faltaba en la felicidad de María, el hombre al que tanto había amado, y por quien tanto había sufrido en silencio.

—¿Está María? —preguntó Alfonso, temblando de emoción, y pidiendo a Dios que estuviera; por fin estaba a tan solo unos pasos de su amada.

—¡Claro que está! Ha estado siempre para usted, pase por favor —le dijo, con lágrimas que, de la emoción, ni siquiera se dio cuenta cuando escurrieron de sus ojos.

—¿Y su padre?

—Ya no debe preocuparse por ese… —dijo con desdén, limpiándose las lágrimas sin mencionar su nombre.

Alfonso se introdujo en la casa, nunca se imaginó estar dentro de ella. La miraba con extrañeza observando los cuadros, los muebles, los pisos y muchos detalles. Oliendo la conjunción de aromas que hacen cada hogar diferente; los que identifican a una familia. Ahí pertenecía María, y su olor formaba parte de los otros; ahí nació, creció, y la tuvieron encerrada. Aunque distinta a las prisiones donde él había permanecido, esa había sido su prisión durante nueve meses, quizá más, no podía saberlo. A cada paso sentía que iba a desfallecer de emoción, el aire comenzaba a faltarle, sus manos sudorosas se congelaron. Milagros lo condujo hasta donde estaba María. Sumergida en sus apuntes, jamás hubiera imaginado quien llamaba en la puerta; sin levantar la vista, preguntó:

—¿Quién era, Milagros?

Y Alfonso contestó:

—¡Yo, María! ¡Alfonso Linares!

Al escuchar eso, María se quedó inerte, su vista se nubló, sus fuerzas la abandonaron como una exhalación, y se desmayó. Milagros y Alfonso, se apresuraron a asistirla. Tardó varios segundos sin sentido, antes de sobreponerse al impacto que causó la voz de Alfonso en sus entrañas. Él la vio más hermosa que nunca, se había convertido en una mujer extraordinariamente bella, que superó su propia belleza de juventud.

—¡María!, ¡amor mío! —decía Alfonso, tratando de hacerla recobrar el conocimiento, contemplando su rostro inconsciente como si estuviera dormida, y golpeando suavemente su mano, con la palma de la suya.

María reaccionó lentamente, abrió los ojos poco a poco, solamente para cerciorarse de que no había sido un sueño; era una realidad y estaba frente a ella. Lo tomó del rostro con ambas manos, mientras su ávida mirada lo exploraba centímetro a centímetro. Como si tratara de encontrar en él la historia de tantos años de ausencia y sufrimiento; ahora parecía un siglo y a la vez un día. Sus manos trémulas lo soltaron solo para abrir los brazos, y estrecharlo con toda la fuerza que su amor lo permitía. No quiso pronunciar una palabra, el llanto se le vino como un rosario de lágrimas que no encontraban la salida. Se abrazaron con tal amor y pasión, que parecían fundir sus cuerpos en uno solo. Así permanecieron unos instantes, antes de que sus lágrimas por fin encontraran la salida, cuando sus labios rompieron el silencio.

—¡Te amo, Alfonso!, ¡con toda el alma!

Era como un sueño para los dos, y su dicha inconmensurable. Su amor les había sido arrebatado por muchos años, y en todo ese tiempo no murió. Sobrevivió dentro de sus corazones, luchando contra todo, y con la fuerza de un león. Milagros contemplaba la escena llorando a lágrima viva, hasta que sus gemidos fueron escuchados por Isabel que bajó para ver qué sucedía. Al presenciar la escena se unió al concierto del llanto. Los labios de los enamorados se unían una y otra vez, alternados con lágrimas, abrazos y palabras amorosas. Mientras Isabel y Milagros, se abrazaron contemplándolos, sin dejar de llorar, con una felicidad que, a esas alturas, les parecía amarga y a destiempo. Salieron de ahí lentamente, volteando a verlos sin decir nada.

Durante un largo rato se llenaron de besos y abrazos. Por primera vez después de tanto tiempo, Alfonso se sintió completamente feliz, y, aprobó dichoso, su decisión de romper el compromiso de su absurda boda. Siempre supo que su verdadera felicidad, solo llegaría con el amor de María. Pero la felicidad de ella no era menor, después de tantos años de sufrimiento y espera, ahora se sentía la mujer más dichosa sobre la tierra. Más tarde la euforia poco a poco fue atenuando y vino la calma. María parecía vivir en un sueño, el que tuvo durante tanto tiempo, y que Alfonso también compartía. No había palabras que pudieran describir el amor que sentían el uno por el otro, las que conocían les parecían pequeñas y anodinas. Alfonso se sentía culpable por no haber confiado en el amor de María, y ella responsable por su encierro. Ambos eran inocentes, fueron víctimas de la soberbia, de la maldad, del destino y hasta de la casualidad. Permanecieron largo rato en una mutua contemplación, con los rostros llenos de felicidad y de ilusiones, sin mencionar sus desdichas.

Un poco después, María le dijo:

—Mi amor, qué torpe soy, ni siquiera te he ofrecido algo, un café o un té —dijo, enjugando sus últimas lágrimas y poniéndose de pie.

—Bueno, ahora que vos lo decís, un café me vendría bien

—Ahora lo traigo

Se dirigió a la cocina, y se encontró con Isabel y Milagros. Aún lloraban sentadas en la mesa, resumiendo la historia de María, y pensando que pudo ser diferente, de no ser por don Carlos. Las miró con cierto resquemor, y meneando la cabeza, les dijo:

—¡Ya no lloren! Ya pasó todo

—Hija, es que yo quisiera… —decía Isabel, cuando María la interrumpió.

—Olvida todo, mamá. Nana, sírvenos un café por favor, y vénganse a platicar con nosotros. Quiero que conozcan al amor de mi vida, y vean por qué me enamoré de él —les dijo, secando una de sus propias lágrimas, y con los ánimos en alto.

Prepararon el café, y volvieron con ellos con los ojos aún llorosos. Cuando entraron a la sala, María presentó a su madre.

—Ella es mi madre, Alfonso —dijo María, señalando a Isabel —él es Alfonso, mamá —le dijo a Isabel, acurrucándose en un brazo de Alfonso.

—Encantado, señora, es un placer conoceros

—Mucho gusto, don Alfonso —dijo, enjugando unas lágrimas de emoción que no terminaban de escurrir.

—A Milagros ya la conocías —dijo María.

—Por supuesto, desde hace años tuve el gusto

Se sentaron con ellos y, mientras bebían su café, Alfonso les comentó algunas anécdotas de su viaje y sobre España, sin mencionar ningún detalle de su estancia en prisión. Pero ellas tampoco querían evocarlo, la vergüenza parecía quemarlas, sobre todo a Isabel, que siempre se sintió la culpable de toda esa tragedia. Finalmente ella fue quien mandó espiar a María y avisó a don Carlos. Después de tratarlo tan solo unos momentos, se sintió peor aún. Alfonso, además de buen tipo le pareció un hombre educado, de buenos principios, de nobles sentimientos, preparado y encantador. No encontraba la forma de disculparse, pero también pensó que, la estupidez más grande de su marido, había sido separarlos, y de pronto lo aborreció más que nunca.

Un poco después, María y Alfonso, salieron de la casa, y tomados de la mano caminaron sin rumbo por las calles empedradas, contemplando sus rostros, sus miradas, sus risas y sus gestos, hasta que llegaron a un pequeño parque. El día era espléndido, el sol lucía radiante, y un viento apacible reducía sus efectos. Se sentaron bajo la sombra de un árbol con cientos de aves que parecían entonar sus canciones para ellos, y conversaron durante horas; tenían un río de cosas que contarse. Alfonso sacó la carta que le entregó Milagros; la guardó todo ese tiempo. Estaba maltrecha, algunos de los dobleces separados y la tinta borrosa por las lágrimas, por el sudor o quizá de tanto leerla, solo él podría saberlo, pero aún estaba legible. María la tomó con cuidado para no romperla y lloró de emoción. Casi podía recordar lo que había escrito en ella, y lo repetía desde el fondo de su corazón. Se daba cuenta de la grandeza de su amor, y de cuanto se habían necesitado. Casi sin verla la leyó para Alfonso, como él la escuchaba en sus pensamientos, y que cada vez que la leía, deseaba con vehemencia oírla de sus labios, embriagado por su infinito amor a María, y con una dicha quebrantada por el sufrimiento.

"Amor mío:

Cuando leas esta carta estaré pensando en ti como lo he hecho cada minuto de mi vida, desde el día en que te conocí. Sería más fácil dejar de respirar el aire que me da la vida, que olvidarte. No existe nadie en este mundo que ame tanto como te amo, y ninguna mujer tan dichosa como yo, al soñarme dueña de tu amor.

Por ahora no podré verte, me será imposible volver a la mansión, y espero que lo entiendas. No me busques que mi vida no me pertenece, y no puedo manejarla a mi libre albedrío. No puedo hacer ni decidir por las cosas que amo, solo tengo mi corazón y ese, te ha pertenecido siempre.

Estos días han sido los más tristes de mi vida, porque el peor de mis castigos, es no verte. En cuanto pueda me reuniré contigo, porque te extraño y te necesito tanto, como las flores a la lluvia para mostrar su belleza, y los peces el agua para vivir. Pero no me importa el peor de los castigos, después de haber vivido la gloria de tu amor. Te amo, te amaré toda la vida…y aún después.

Eternamente tuya

María"

María le devolvió la carta, y Alfonso la guardó con los ojos enrojecidos por el llanto; el dolor que ambos vivieron durante tantos años, parecía haber llegado a su fin. Volvieron a abrazarse, y así se quedaron por unos instantes, en silencio, solo se escuchaban el canto de las aves, y un perro que ladraba a lo lejos, hasta que sus lágrimas desaparecieron. Fue entonces que cada uno narró su propia historia, y María concluyó con la de Benito. Poco después volvieron a casa de María por el equipaje de Alfonso, subieron al carruaje, y se dirigieron al hotel del centro para hospedarlo. Cuando llegaron a la plaza frente al hotel, algunos que aún lo recordaban, iniciaron los peculiares murmullos de pueblo acompañados de codazos; podían sentir sus miradas irreverentes y maliciosas, tras ellos, como si les estuvieran respirando en las nucas.

Una vez que Alfonso se registró, subieron las escaleras por un lado del portal, y caminaron por el pasillo arcado que rodeaba un jardín con muchos árboles, hasta que llegaron a la habitación. Alfonso metió la llave y abrió la puerta. Apenas había dejado sus cosas, María la cerró y comenzó a desnudarse, Alfonso hizo lo mismo sin quitar su mirada del voluptuoso cuerpo de María. Se abrazaron desnudos, y se amaron como si no hubiese transcurrido un solo día desde la última vez, pero fue como antes o quizá mejor; sus deseos habían crecido de una forma incontenible, y a pesar del tiempo y la distancia, su amor también. Era un momento que soñaron miles de veces, durante todos los años que estuvieron separados. Ni siquiera hubo oportunidad de que Alfonso le diera los regalos. En ese momento eran lo de menos, lo importante era su amor que por fin se desataba, y brillaba con una luz tan intensa que opacaba todo a su alrededor. Más tarde le entregó el collar, y salieron felices rumbo a casa de Manuela para buscar a Benito. Alfonso apenas podía creer la historia de su hijo, y tanta infamia de don Carlos; solo su lastimoso estado lo detuvo para no enfrentarlo.

Al llegar a casa de Manuela, ella abrió la puerta, y se quedó pasmada al descubrir quien la acompañaba. Le tenía un gran aprecio a María, y sabía lo que Alfonso significaba para ella: el amor de su vida, su sueño y su felicidad. Le pareció tan increíble verlo ahí, como el mismo parecido que le encontró con Benito.

–¡Él es su padre! –exclamó Manuela, impresionada, volteando a ver a María con la boca abierta.

–¡Sí, Manuela, es él! –dijo, María orgullosa –, te presento a Alfonso Linares, el padre de Benito ¡El Cónsul cumplió su promesa! – agregó, sonriendo emocionada.

–A sus pies, señora. Os agradezco infinitamente el trato que ha dado a nuestro hijo –dijo Alfonso con impavidez.

–Bueno, al hijo de los tres porque también es mío –aclaró Manuela, tratando de sonreír.

–¡Desde luego, señora! Es más hijo vuestro, pero os lo agradezco de todo corazón –dijo Alfonso, sonriendo y poniendo su diestra en su pecho.

–¿Está Benito? –preguntó María.

–Fue a la casa de Celia, una amiguita al otro lado del río, no debe tardar pero pasen por favor, les daré limonada fresca o café

—Café estará bien, Manuela —dijo María, al sentarse junto de Alfonso sin soltarse de su mano.

—María me platicó lo que habéis pasado con Benito —dijo Alfonso.

Manuela tomó un poco de aire, como si su contestación requiriera de un gran esfuerzo; presentía que ahora las cosas cambiarían definitivamente para ella y Benito.

—En efecto, hemos pasado por muchas cosas, pero ahora parece que todo está entrando a su curso. También es increíble por lo que usted pasó, pero sobre todo espantoso— dijo, aunque todo era culpa del padre de María, y se arrepintió por decirlo.

—Así es, pero ya quedó en el pasado. También me ha dicho que vosotras habéis hecho una gran amistad

—En verdad que sí, nos hemos llevado muy bien —decía Manuela, volteando a ver a María, y con gusto veía la espléndida pareja que hacían.

—Manuela y yo no solo nos llevamos bien, en verdad que nos queremos como si fuéramos hermanas —dijo María.

Continuaron con su charla, y poco después llegó Benito; al ver el carruaje de su madre se alegró, pero jamás imaginó lo que le esperaba dentro.

—¡Ya vine! ma… —decía, pero cuando notó la presencia de Alfonso enmudeció. Su gran parecido lo delató; era su padre, y le parecía un sueño.

—¡Hijo, te presento a tu padre! —dijo María, emocionada, poniéndose de pie.

Alfonso se puso de pie, y se quedó mirando a Benito. Sus ojos zarcos y diáfanos, se encontraron como en un espejo del tiempo, como si él mismo se viera reflejado décadas atrás. Asombrado veía su parecido, y lo mismo le ocurrió a Benito, que mudo de felicidad por ver a su padre, no pronunció ni una palabra, solo estiró la mano para saludarlo, pero Alfonso lo jaló hacia él para darle un abrazo.

—¡Ven a mis brazos, hijo mío!

Casi desmoronándose por dentro, Benito lo abrazó con verdadero amor. Estaba muy impresionado, orgulloso y susceptible, las palabras de su padre lo sacudieron de emoción. Solamente bastó con escuchar los sollozos de María y de Manuela, que, al ver la escena no pudieron controlar sus lágrimas, para que las suyas hicieran coro; era el cuadro de un final feliz. Por fin padre, madre e hijo, juntos, y partir de ese momento permanecerían unidos.

Benito no cabía de dicha por ver a su padre. Era una felicidad nueva para él, como un regalo que muy poco tiempo había anhelado, pero que ni siquiera había imaginado, porque en toda su vida jamás lo imaginó. Estaba muy orgulloso, apenas lo había conocido a través de su madre, y sin haberlo visto lo amaba, hasta el dolor por el que había pasado en prisión, ahora él también lo sufría; en tan solo unos meses, ya soñaba con ese momento. Pero la realidad superaba sus propias expectativas, Alfonso era un hombre alto, bien parecido, de una gran personalidad, y con una semejanza física extraordinaria. Estaban felices, en un par de horas conversaron de todo, hasta del incidente de don Carlos que lo dejó parapléjico.

Poco después, Alfonso sacó el regalo de Benito.

—Hijo, os he traído este pequeño obsequio —dijo, mostrando el reloj de bolsillo —espero que sea de vuestro agrado

—¡Está increíble! ¡Gracias! —dijo Benito, admirando su regalo lleno de dicha.

—Por nada, hijo. Lo increíble es que sois idéntico a mí

—Eso dicen todos los que lo conocen, señor

—Nada de señor, hijo mío, llamadme papá. Es lo que orgullosamente soy de vos

—Está bien, papá —dijo Benito, lleno orgullo, y viendo a su padre con una felicidad inefable.

—Vuestros abuelos se llevarán una grata impresión al conoceros

—¿Vinieron contigo? —preguntó Benito, entusiasmado.

—No, hijo, iremos a verles —volteó a ver a Manuela, y a María, y sonriente le dijo —todos iremos. Vuestra madre, Manuela, vos y yo —agregó.

—¡Iremos todos a España! —dijo Benito, lleno de emoción.

—Así es Benito, se lo prometí a vuestros abuelos, además a los tres les vendrá bien un cambio de aires

—¿Cuándo será eso? —preguntó Benito.

—Cuando termines la escuela —Dijo Manuela.

—Y nos casemos tu madre y yo —dijo Alfonso.

—¿No te arrepentirás? —dijo María, sonriendo.

—Pudiera ser que sí —dijo, sonriendo Alfonso, apretando las manos de María.

—Mañana quiero que vayamos a hablar con el padre Cipriano, se pondrá feliz —dijo María entusiasmada, y continuaron charlando.

Más tarde se despidieron de Manuela y Benito, abrazó muy fuerte a su padre, y volvió a llorar de felicidad. María fue a dejar a Alfonso al hotel, y estuvieron despidiéndose por cerca de una hora. Después de más de una década, había sido el día más bello de María, se dio cuenta de que, a pesar del tiempo, seguían tan enamorados como al principio. Al llegar a su casa aún estaban despiertas su madre y Milagros; sentadas en la mesa de la cocina bebían café. La aguardaban emocionadas y ansiosas, para escuchar los detalles de su reencuentro. Ambas habían esperado por tantos años a que Dios les hiciera ese milagro, que también a ellas ahora les parecía como un sueño. En cuanto escucharon que entró el carruaje, salieron a su encuentro como si fueran mascotas que reciben a su amo; se le fueron encima con sus preguntas, y la reseña terminó hasta tarde.

Pese a la desvelada, al otro día María se levantó muy temprano, se arregló, y pasó por Alfonso al hotel; lo encontró en el restaurante desayunando, y lo acompañó con un café. Poco después fueron a la iglesia, María no aguantaba las ganas de que el padre lo conociera. Estaba enterado de su historia de amor y hasta pensó que, gracias a él, tuvo aquel acercamiento con Dios, y eso había influido en su reencuentro; le presentó orgullosa y feliz, a Alfonso.

–¡Padre! Le traje al papá de mi hijo para que lo conozca –le dijo María, tomando el brazo de Alfonso.

–¡Mucho gusto, padre! –dijo Alfonso, estirando la mano y haciendo una reverencia.

El padre se puso feliz, y, a pesar del tiempo transcurrido, logró reconocerlo. Al observarlo detenidamente, también le sorprendió el asombroso parecido con Benito, pero más aún su aparición, se le hacía un verdadero milagro. Era una historia de dolor y de amor, apenas creíble, pero lo llenaba de alegría por el cariño que sentía por María.

–Ya tenía el gusto de conocerte, hijo. Fue hace muchos años aunque solamente de vista y muy poco, pero me da mucho gusto verte aquí por fin, al lado de María y de tu hijo, que por cierto es idéntico a ti.

–¡Gracias, padre!

–Sé lo que has tenido que sufrir por la soberbia de algunos… –dijo, abriendo sus manos y subiéndolas ligeramente.

–Desafortunadamente, padre, pero lamentablemente pienso que no sufrí solo –dijo Alfonso, abrazando a María.

–Lo sé, hijo. Por desgracia así fue

–¡Padre, queremos casarnos! –dijo María, emocionada.

–¡Qué bueno, hija! Nada me hará más feliz que unirlos en sagrado matrimonio, ¿y cuándo quieren casarse?

El padre estaba muy feliz por María, el haber encontrado a Benito fue una bendición, y ahora lo hacía parte de un acontecimiento muy especial. Había sido testigo de una crueldad muy grande, pero veía con satisfacción que, finalmente, la mano de Dios hacía justicia.

–En cuanto Benito salga de la escuela, padre. Mientras tendremos tiempo de ir a Veracruz a comprar mi vestido, y los trajes para ellos –dijo María.

—Pues entonces ustedes decidan cuando y me avisan, hija, que estaré muy feliz de casarlos el día que lo dispongan

—¡Gracias, padre! —dijo María.

—Yo también os lo agradezco, padre —dijo Alfonso.

—Hijo mío, tú no tienes nada que agradecer. Has sido una víctima que ha sufrido por los injustos pecados de otros. Para mí es un honor casarte, además, con esta linda criatura a la que quiero tanto.

—Gracias otra vez, padre —dijo Alfonso.

—Por nada, hijo. Y dime, María, ¿ya lo sabe tu papá?

—No, pero no me importa decirle, padre

—Pero, hija, tal vez en el estado en que está, valdría la pena decirle. Quizá mejore su ánimo y quisiera acompañarte

—No, padre, además de que seguramente él no querrá, yo tampoco. Usted mejor que nadie sabe por qué

—Bueno, hija, es una idea que, tal vez, podría ser un regalo de humanidad para el día de tu boda —dijo, uniendo las palmas de sus manos.

—Ni aun así, padre. Quiero que mi hijo esté con nosotros, y no soportaría que mi papá que, tanto daño le ha hecho, esté con él bajo el mismo techo. Además, nunca estaría presente en la unión que él mismo se encargó de impedir

—Quizá tengas razón, pero será un día maravilloso, hija. Dios por fin pondrá su bendición sobre ustedes

Poco después se despidieron, y el padre que, los acompañó hasta la puerta de la iglesia, veía alejarse a la pareja con una sonrisa en los labios; "tenían derecho a ser felices, señor, sufrieron demasiado", dijo, levantando la cabeza y viendo hacia el cielo. María y Alfonso, fueron a recoger a Benito para ir a casa de Carlos.

Cuando llegaron, les dieron un gran recibimiento. Carlos compartía la felicidad de su hermana, pero le agobiaba el tiempo que Alfonso había pasado en prisión, por la vileza de su padre; si bien no fue su culpa, aun así lo avergonzaba. Aunque

en los últimos tiempos, las actitudes de don Carlos avergonzaban a todos.

—¿Ya lo ves, sobrino?, ahora estás completo —le dijo, a Benito.

—Sí, tío, ya estamos los tres juntos

—Alfonso, quiero ser sincero contigo, me avergüenza la actitud de mi padre y te pido perdón. Sé que el daño que te hizo
es irreparable, aunque lo mejor es tratar de olvidarlo. Pero por
favor cuenta conmigo para todo. Esta es tu casa, y siempre
serás bienvenido, con los brazos abiertos

—¡Gracias, Carlos! Os lo agradezco de corazón —dijo, llevándose una mano al pecho.

—No tienes nada que agradecer, hombre. Muy pronto serás
mi hermano, y estaré feliz que lo seas

—Y yo, de vos —dijo, sonriendo Alfonso.

Después de un rato de convivencia se dirigieron a la mansión, María quería mostrarle a Alfonso el proyecto que había
comenzado a realizar. Él se quedó gratamente sorprendido,
y estuvo de acuerdo; María recordaba lo que Alfonso tenía
planeado hacer en ella, y lo había seguido al pie de la letra. Se
habían deshecho de la maleza, y de las raíces que trepaban por
los muros de piedra; también habían comenzado a restaurar la
barda y los jardines. La mansión Linares estaba recobrando, al
menos en el exterior, toda su grandeza. Alfonso la contemplaba emocionado, y recordaba las palabras de su abuelo cuando
le hablaba de ella: "Esa es la casa de mis sueños, y tal vez lo
será de los tuyos cuando la conozcas", le decía, y tenía razón,
era majestuosa, bella, y a él le fascinaba. Sentía que no podría
haber ningún lugar en el mundo en donde fuera más feliz;
aunque ya lo había sido con María, como si la predicción de
su abuelo se hubiera cumplido. "Aquí seremos muy felices",
pensaba.

Estando en la mansión, decidieron hacer el viaje a Veracruz
para comprar sus galas. María estaba más dichosa que nunca,
y parecía que, a medida que pasaba el tiempo, con el amor de

Alfonso se volvía aún más hermosa. Él se había repuesto, y sus penas parecían haber quedado en el pasado, uno tan oscuro que ninguno de los dos deseaba recordar.

*****

Manuela estaba satisfecha con el viaje a España. Ni en su más dulce sueño, hubiera imaginado conocer un país del otro lado del océano; en especial aquel de donde venía tanta gente que conocía. Sin embargo, no estaba muy convencida con la idea de abandonar Frondoso, ni su estilo de vida. Se había acostumbrado a que la vieran de otra forma. Cómo si se hubiera convertido en una mujer distinta. Una que podía encajar en la vida de otra clase de personas, incluyendo a las de gran posición económica. Se sentía importante, y hasta cierto punto insustituible. Eso no podría sentirlo en otras tierras, ni siquiera sabía si podría volver a trabajar con sus remedios. Era una decisión que tenía que pensar con mucha claridad y paciencia.

Tendría la oportunidad de hacerlo. Desde la llegada de Alfonso, permanecía más tiempo en completa soledad. Constantemente Benito se iba a pasear con sus padres, pero no le molestaba, eso le permitía atender a sus clientas, asear su casa, o simplemente organizar sus hierbas y preparaciones. Una tarde que se encontraba sola, sumergida en sus labores, Carmen llegó de visita.

—Buenas, Manuela

—¡Carmen! ¿Cómo estás, hija?

—Muy bien ¿y tú?

—Pues aquí, tratando de poner un poco de orden en mis cosas

—¿No está Benito?

—No, hija, salió

—¿Pero regresará más tarde?

Manuela volteó a ver a Carmen, y quiso confesarle la verdad sobre el origen de Benito. Después de todo era de su entera confianza y, de algún modo, su cómplice. Al fin que tarde o temprano terminaría por enterarse.

—Siéntate, hija. La verdad es que Benito está con sus padres

—¡Con sus padres! ¡Pero cómo! —preguntó asombrada.

—Yo soy su mamá porque lo crié, a mí me lo regalaron cuando nació. Su verdadera madre es la señora que vino a preguntar por mí, y platicó contigo aquella vez, ¿no lo recuerdas? —dijo, mientras pensaba en sus adentros "por la que, por tu culpa, seguramente perderé a Benito".

—¡Esa es su mamá! ¡Es muy guapa!

—Sí, bastante guapa. Ahora vino su papá y se van a casar

—¿Pero por qué te lo regalaron?

—Es una historia muy larga, hija, que después te contaré

—¡Ay, Manuela! Quisiera conocer a su papá —dijo emocionada.

—Después tendrás oportunidad de hacerlo, seguramente hoy vienen a traerlo. Benito se parece mucho a él

—¿A qué hora vendrán?

—No lo sé, hija, pueden venir en unos minutos o en horas, ¿tienes prisa?

—No, Manuela

—Entonces, ¿por qué no lo esperas?

Manuela veía la oportunidad de recolectar otro poco del elixir mágico de Benito, y no la perdería. Carmen por su parte también deseaba verlo, y estar a solas con él, desde que comenzó a salir con María, la había tenido un tanto abandonada. Tenía algunos quehaceres, pero como siempre, esos podían esperar.

—Es que...

—Quédate a tomar un café conmigo, y sirve que das tiempo a que llegue

—¡De acuerdo!, me quedo —dijo, satisfecha de su decisión.

Manuela tuvo tiempo suficiente, para contarle a Carmen la historia de Benito con todo detalle; bebieron café, y se entretuvieron jugando cartas. Cuando daban inicio a la tercera partida, escucharon que llegaba el carruaje de María, pero no se detuvieron, solo dejaron a Benito, y escucharon cuando se iban.

—Creo que no se detuvieron, hija, solo trajeron a Benito

—¡Ni modo!, otro día lo conoceré

Manuela ya sabía lo que tenía que hacer, y suponía que Carmen también, pero para no elucubrar, antes de que entrara Benito volvió a decirle.

—Me imagino que querrás estar a solas con él, ¿verdad?

—Es que…la verdad, me ha tenido muy abandonada

—Pero no se te olvide mi encarguito

—No, Manuela

Manuela saludó a Benito, y salió de la casa. Mientras ellos ponían en marcha su acostumbrada actividad amorosa.

—¿Por qué no me has visitado, Benito?

—Es que no he tenido tiempo, perdóname

Carmen notó un poco frío a Benito, pero conocía de memoria sus puntos débiles, y empleó todas sus mañas para seducirlo. Comenzó por acariciarlo y besarlo, hasta sentir el miembro erecto de Benito; lo demás era sencillo.

—Mi amor, te he extrañado —decía Carmen, mientras le besaba el cuello.

—Yo también te he extrañado

Ella comenzó a desnudarse ante la mirada de Benito, que se excitaba más con cada prenda de la que Carmen se despojaba. Cuando exhibió su vulva desnuda, Benito estaba completamente enardecido, en su máximo grado de excitación. Carmen le puso el condón y se entregaron al placer.

Manuela estaba haciendo tiempo muy cerca de su casa. Caminaba descalza pensativa, por momentos remojaba sus pies en el agua fresca sobre la orilla del río, enmudeciendo a su paso los sonidos del entorno, y espantándose uno que otro mosco. Aún no había decidido si ir a España o no; estaba nostálgica. A veces quisiera que retrocediera el tiempo hasta donde María no había aparecido en sus vidas. A pesar de que le había tomado tanto cariño, su vida con Benito ya no era la misma. De cierta forma sentía que había perdido todos los derechos que antes tuvo como madre. Además, el amor de Benito por María se fortalecía cada día más, y con la llegada de su padre no cambiaron mucho las cosas. Era cierto que María deseaba estar un tiempo a solas con Alfonso, pero la mayor parte la pasaban los tres juntos; sentía que comenzaba a quedar fuera de contexto.

Pensaba que, si no se iba con ellos a España, perdería a Benito para siempre, pero también que, al tiempo de haber llegado, cada quien haría su vida, y ella solamente sería un estorbo. "El muerto y el arrimado a los tres días apesta", se repetía. Por otra parte, había amasado una cantidad de dinero nada despreciable, que estuvo guardando para Benito, y también para su vejez. Él ya no lo necesitaría, su padre tenía dinero en abundancia. Hasta pensaba que, seguramente Benito, al conocer a su familia paterna y su posición económica, ya no querría volver a Frondoso. También tenía una reserva suficiente de su elixir para aliviar a un pueblo entero, y, por si fuera poco, sus conocimientos sobre la herbolaria eran vastos. Eso la hacía sentir fuerte e independiente. Quizás esos argumentos que se repetía constantemente, la hacían dudar si viajar con ellos o quedarse a continuar su vida como hasta ahora.

Después del que juzgó un tiempo razonable, regresó a su casa. Ya no se encontraban ni Carmen ni Benito; acababan de salir. Muy seguramente a casa de Carmen, pero su preservativo estaba en el macetón de piedra. Lo recogió como un tesoro, aún estaba tibio. Lo sostuvo por unos momentos en sus manos, y de pronto se quedó muy pensativa. Volteaba al cielo mirando a las estrellas, como si tuviera una gran interrogante, y buscando en alguna de ellas su respuesta. Después de unos minutos se metió a la cocina, lavó el preservativo, cogió un cucharón de madera limpio y se encerró en su habitación.

Se quitó los calzones, se sentó con las piernas abiertas, tomó
el condón, le amarró un cordel delgado de una de las puntas,
y lo introdujo lentamente en sus entrañas, empujándolo con
mucho cuidado del mango del cucharón, cuando lo sintió en
el fondo, lo sujeto, y al mismo tiempo tiró del cordón; el preservativo se reventó dentro. Elevó las piernas, y las recargó en
la pared; así permaneció durante algunos minutos. Se le había
metido en la cabeza la idea de embarazarse.

De pronto no supo ni por qué había tomado esa decisión.
Sin embargo, más tarde fue a casa de Carmen para invitarla
nuevamente al otro día. Argumentó que necesitaba de su ayuda para poner en orden su cuartito de trabajo, ella aceptó feliz,
pero esta vez se aseguró de que Benito no se fuera; los puso a
limpiar y a clasificar las hierbas. Los volvió a dejar solos, y una
vez que hicieron el amor repitió la misma operación. Lo hizo
durante tres días seguidos, al cuarto le fue imposible. María y
Alfonso, vinieron a recoger a Benito, para llevarlo a Veracruz
a comprar sus galas. Al menos le consolaba pensar que, precisamente, había aprovechado los días más receptivos para un
embarazo; aunque no estaba segura de poder embarazarse, y
tampoco si lo que hacía era lo correcto.

Amaba a Benito, y pensaba que quizá lo perdería para siempre. La única forma en que veía disminuir su soledad era traerlo con ella de regreso, pero desde el inicio, desde su concep-
ción y nacimiento. Solo que ahora viviría sin temores, porque
ya no tendría miedo a perderlo ni a compartir su amor con
otra madre. Además, pudiera ser que fuera un varón, y here-
dara el prodigioso don de su padre, así podría continuar con
la elaboración de sus remedios durante muchos años más. Era
una realidad que la hacía feliz aliviar el dolor de sus pacientes,
en especial los moribundos, pero también que deseaba seguir
incrementando sus ingresos. Había pasado muchos años de
privaciones, y pensaba que era el momento de remunerarse,
y darse una vida mejor, pero no hundida en la soledad, sino

teniendo a alguien con quien compartirla, y ya no pensaba en una pareja.

*****

María, Alfonso y Benito, viajaron a Veracruz a comprar el ajuar de María, y los trajes para Benito y Alfonso. Benito veía satisfecho la felicidad de sus padres, y su dicha lo contagiaba; pero estaba muy meditabundo. Le gustaba mucho tener sexo con Carmen y el deseo era mutuo, ella lo había iniciado, y ya se habían acoplado más que bien; cada vez que hacían el amor la disfrutaba más. No obstante, ahora no podía sacarse a Celia de la mente, durante el camino estuvo pensando más en ella que en Carmen, aunque no sabía si ella sentía lo mismo por él. Ahora que se iba a España no le gustaba la idea de conquistarla y abandonarla; ignoraba cuando regresarían, si es que algún día lo hicieran.

Llegando al puerto, se dirigieron al consulado de España. El recibimiento que les dieron fue por demás cordial. El Cónsul estaba muy complacido al verlos juntos; ante sus ojos María y Alfonso, hacían una pareja excepcional. Además y, después de todo, se sentía muy orgulloso, de que él había puesto su granito de arena para que volvieran a reunirse, y era verdad; sin su ayuda jamás lo hubieran logrado.

–¡Enhorabuena!, ¡dichosos los ojos! –exclamó, el Cónsul cuando los vio.

–¡Señor Cónsul! ¿Cómo le va? –le dijo María.

–Señor Martínez. Gusto en saludarle –dijo Alfonso.

–¡Mi querido amigo! ¡Por fin, María!, lo que os dije se cumplió. Ya lo tenéis aquí, y no me cabe duda que vosotros hacéis una espléndida pareja. Benito, parecéis el vivo retrato de vuestro padre –dijo el cónsul, abrazando a Alfonso.

–Gracias, señor Cónsul, pero este reencuentro se lo debemos a usted –dijo María, agradecida.

–¡Vamos, hombre!, cualquiera lo hubiese hecho después de haber metido la pata, ja ja ja – dijo, soltando una sonora carcajada.

—No cualquiera, señor Cónsul, ¿lo recuerda? —arguyó María, pensando en Salvatierra; él también pudo hacerlo, pero prefirió conquistar a María.

—Es cierto lo que os dice María, señor Martínez —confirmó, Alfonso.

—Es verdad, María, lo recuerdo. Pero díganme, ¿qué os trae por acá?

—Bueno, pues nos vamos a casar, venimos a comprar nuestras galas, y quisimos aprovechar para saludarlo —contestó María.

—Pero también a invitaros cordialmente —dijo Alfonso –, por supuesto, al señor secretario del consulado también

—¡Hombre!, si nos es posible desde luego que iremos, será un verdadero placer ser testigos de esta hermosa y esperada unión

—Queremos que usted participe de nuestra dicha, ya que en parte se la debemos. Nos casaremos en la catedral de Frondoso —le dijo María, entregándole su participación.

—Muchas gracias, María, espero poder acompañaros. Y, ¿cuándo será esto?

—Dentro de mes y medio, el día veinte a las doce del día — respondió María.

—Bueno, pues muchas felicidades, y precisamente, eso no le va a gustar a cierta persona que conocemos, ¿verdad, María?, ja ja ja —dijo el Cónsul, guiñándole el ojo y en tono de burla.

—Así es, señor Cónsul. Pero bueno, no le quitamos más el tiempo, nos vamos de compras —dijo María.

—¡Adelante y felicidades!

—Despídete, hijo —dijo María.

—Hasta luego, señor

—Adiós, muchacho, por allá nos veremos

Alfonso se acercó al Cónsul, y le susurró con discreción:

—¿Puedo hablar con vos unos segundos? —dijo, tomándolo del brazo.

—¡Desde luego, Alfonso!

—Adelántense, os alcanzo en un minuto —les dijo.

—¿Y bien? – dijo el Cónsul.

—Aquí os dejo los datos de María y de Benito –dijo, entregándole unos papeles –, quiero que mi hijo quede asentado como legítimo ante la corona. Por favor extienda los documentos correspondientes. Y una última cosa, entere a Salvatierra de todo. Tengo entendido que anda por aquí

—En efecto, anda por aquí, y que bueno que vos lo mencionáis y lo recuerdo, Salvatierra tenía encargado vender la propiedad

—Así es. Pero la venta quedó cancelada, María no desea venderla, y ahora yo menos. Pensamos vivir en ella toda vez que termine con su reconstrucción

—Cuando marché a España vino a recoger los papeles, pero esos los tengo yo. María me dijo que la propiedad la deseaba para su hijo, claro, antes de vuestro feliz encuentro. Os sugiero que una vez que os casen lo registréis como hijo legítimo, también aquí en Veracruz, así pondremos los papeles a su nombre, si es que deciden heredársela, ¿os parece bien?

—De acuerdo. Así pensábamos hacerlo, y si juzgáis pertinente invite a Salvatierra de mi parte, solo deseo ver la cara que pone cuando nos hayamos desposado

—¡Ja ja ja! –se rio el cónsul.

—Gracias por todo, señor Martínez, por vos he vuelto a ser feliz. Os esperamos

—De nada hombre ¡Vayan con Dios!

Cuando salieron del consulado, se dirigieron a casa de Ismael. María estaba ansiosa porque Bertha y su hermano, conocieran el final de la historia. No los esperaban, y cuando llegaron su sorpresa fue enorme, muy grata, y el recibimiento espléndidamente cordial y efusivo.

—Ismael, él es Alfonso Linares

—Mucho gusto, Ismael –dijo Alfonso, esbozando una franca sonrisa.

Con solo ver a Alfonso, Ismael percibió que sus lágrimas podrían traicionarlo; se emocionó al extremo. Nunca se sintió ofendido por el embarazo de María; no lo recordaba, era un pequeño cuando todo sucedió. De Benito se había enterado hasta el día en que ella lo llevó; Don Carlos supo hacer las cosas furtivamente bien. Al igual que su hermano, solo veía en Alfonso a una víctima de la crueldad su padre, que pagó con el precio más alto el amor a su hermana: su libertad. Le fue robada injustamente, y no había nada que pudiera resarcirla. Quizá solo en una parte el amor de María, pero ni ella ni nadie, podrían hacerle olvidar todo el dolor y el sufrimiento que, durante tantos años, le hicieron padecer. Ese, lo llevaría grabado en el alma para siempre, como el tatuaje de un pirata sobre la piel. En esos momentos sintió un odio profundo por don Carlos; "Es increíble que mi padre pueda ser tan ignominioso y perverso", se dijo.

–¡El gusto es para mí, Alfonso! –le dijo, abriendo los brazos para darle un abrazo sincero –, este momento lo esperé con mi hermana durante mucho tiempo. Bienvenido a la familia

–Gracias, Ismael. Yo también lo esperé tanto como vosotros

–Lo imagino, Alfonso, lo imagino –dijo, pensando en que, en las condiciones que estuvo, debieron parecerle siglos.

Era un momento muy emotivo. Bertha no pudiendo tragarse las lágrimas que se venían como un torrente, comenzaron a rodar por sus mejillas, una a una sin importarle mostrarlas. María le siguió, tras ella Benito, y finalmente Ismael. Los ojos de Alfonso se enrojecieron pero no lloró; parecía que ya no tuviera más lágrimas, como si tras los muchos años que estuvo deshaciéndose de ellas, y, con las últimas emociones que vivió con María y Benito, se le hubiesen agotado.

–Esta es tu casa, y yo un hermano –dijo Ismael, secándose una lágrima.

–Muchas gracias. Aprecio muy encarecidamente vuestras palabras –contestó, emocionado.

–¡Te dije que vendría, Ismael! –dijo María, emocionada y enjugando su llanto.

–Cierto. No lo dudaste ni por un momento, ¿verdad Benito? –dijo Ismael.

–Yo tampoco, tío –dijo Benito, entusiasmado.

Bertha estaba feliz, viendo una escena irrepetible, la que había sido esperada durante muchos años por la ahora dichosa María. La veía llena de vida, alegre y jovial, pero sobre todo enamorada.

–Ella es Bertha, mi esposa

–¡A sus pies, señora!

–Mucho gusto, don Alfonso, estoy muy feliz por usted y por María –dijo Bertha, enjugando una lágrima.

–Muchas gracias, señora

–Ellos son mis hijos –dijo, presentándolos orgullosa.

–¡Vaya!, ¡qué niños tan guapos! –dijo Alfonso, sonriendo.

Estuvieron varias horas conviviendo amenamente y charlando de todo, evitando hablar del sufrimiento de Alfonso en prisión, y de lo que sufrió su María con su padre. Pero sí hablaron de algunas anécdotas de la infancia de María que, fuera de su amor con Alfonso, era la única época feliz que recordaba y vagamente. El dolor posterior en el que la sumergió su padre, opacó en su memoria muchas de las cosas buenas que vivió. Alfonso también les comentó algunas de las suyas, que solo demostraban el amor que había recibido al lado de sus padres; una infancia plena y feliz. Les comentó que cierta ocasión los habían vestido de gala a él y a sus hermanos, para asistir a una comida familiar en un bello terreno con vista al mar, propiedad de su abuelo. Se llevaría a cabo la colocación de la primera piedra, de lo que sería una finca de descanso; apenas tenía seis años. Cuando un trabajador comenzó a batir la mezcla de cal con estuco, se quedó fascinado observando con detenimiento cómo lo hacía, y le dijo a su padre: "ya sé lo que quiero hacer cuando sea grande". Poco después de la ceremonia, y, durante la comida, se les perdió de vista. Volvió a donde estaba la mezcla y comenzó a pegar piedras. En tan solo unos momentos estaba hecho una desgracia. Cuando lo vieron, le dijo a su padre: "quiero hacer casas". Su padre lejos de enojarse rio a carcajadas, lo cargó, y le dijo: "las harás, pero vos no seréis quien pegue las piedras, porque mirad como os ponéis", y siguió riendo cuando se lo llevó en los brazos. Pero pensaba que, aunque había tenido una infancia dichosa, los niños no tienen la consciencia ni entienden el valor de su dicha, solo son felices o no. Que la verdadera felicidad es cuando se tiene la plena consciencia de ella, y esa la había encontrado en el amor de María, aunque a ambos les había sido arrebatada.

Poco después les hablaron de su boda y lo celebraron con júbilo, dijeron que serían los primeros en acompañarlos; durante muchos años fue el anheló de María, y contentos veían la dicha que irradiaba de su rostro. Su amor inconmensurable había tenido que vencer los obstáculos más difíciles, los que puso su propio padre para que finalmente saliera victorioso. Momentos antes de despedirse, María mencionó lo del asalto, y del lamentable estado en el que dejó a su padre.

—Según tengo entendido, ya estás enterado de lo mi padre. Lo del asalto que lo dejó en una silla de ruedas

—Lo estoy —respondió Ismael, negando con la cabeza —. Me escribió mamá enseguida que ocurrió, y lo lamento por él y por ella, porque imagino el humor que se carga. Pero creo que así está pagando el daño que ha hecho. Nada es gratis, María, tal vez, hasta lo merezca y no puedo imaginarme tantos males y pecados que cometió. A mí me dio por muerto, y me dijo que no quería volver a verme en su vida. Le di gusto, por eso ni siquiera he ido a verlo, y tampoco pienso hacerlo

—Lo recuerdo bien, y está mal que lo diga, pero yo también pienso que lo merece, que fue un castigo de Dios

—¿Y ya se enteró de tu boda?

—No sé si mamá se lo haya dicho, yo no. Pero como hizo las cosas…no me importa —dijo, negando con la cabeza.

–Ni se lo menciones. No tiene que ser parte de una dicha que él mismo ensombreció

–No pienso hacerlo. De todos modos nunca aceptará mi relación con Alfonso, y yo jamás aceptaré sus menosprecios

–Bien hecho, hermanita. Al fin que ya se acabó tu sufrimiento –dijo feliz.

–Sí, aunque después de muchos años –dijo María, viendo a Alfonso con ojos de amor y apretando su mano.

Al final se despidieron efusivamente y con mucho cariño. Ismael estaba realmente impresionado con el carisma, amabilidad y sentimientos de Alfonso, y se congratulaba por su hermana; como todos, también estaba de acuerdo que hacían una pareja sensacional. Solo seguía avergonzado por la actitud de su padre. Ahora que lo había conocido, era claro que, Alfonso, nunca mereció tal ruindad por parte de su padre. Hasta le pareció una estupidez haberlos separado; coincidiendo con su madre, aunque muy seguramente con todos.

El viaje a Veracruz fue muy provechoso para los tres. Se integraron rápidamente en una gran armonía familiar. Benito y Alfonso, se llevaban espléndidamente, y, tal vez, eso se debía a que eran muy semejantes, y no solo físicamente. Aún les parecía increíble lo que estaban viviendo. Solamente en sus sueños Alfonso había visto a su propio hijo, pero jamás imaginó verlo de pronto de la edad Benito, y estaba muy orgulloso. Solo lamentaba no haber estado con él mientras crecía. Haber perdido sus primeros pasos, sus primeras palabras, jugar con él, pasearlo, llevarlo a la escuela y demás. A María le sucedía lo mismo, y cada vez que lo recordaba, se desahogaba despotricando en contra de su padre. Visitaron muchas tiendas, y comieron de todo lo que encontraban en el puerto; tomaron paseos por el mar, fueron al teatro, a comprar sus pasajes a España, y a la oficina de correos, para enviar una carta a los padres de Alfonso y tranquilizarlos. En esa convivencia pudieron confirmar cuanto se amaban, pero también cuanta dicha les robó don Carlos al separarlos. Y aun en ese deplorable estado en el que se encontraba inmerso, María le guardaba un odio profundo, que solamente desvanecía su amor por Alfonso.

–María, ¿sois feliz? –le preguntó Alfonso.

–Sí, mi vida, ahora soy la mujer más feliz del mundo. Te amo y amo a Benito. A ti desde que te vi por primera vez, y a él desde que se concibió en mi vientre

–Pues yo os amé desde que recién llegué, cuando os vi por primera vez afuera de la tienda de don Celedonio, ¿lo recordáis?

–Jamás podré olvidarlo –le contestó, besándolo en la mejilla.

–Y a Benito, aunque apenas lo conozco también lo amo. Es mi hijo, fruto de nuestro amor. Una conjunción de vuestro ser y el mío, como si fuese nuestro amor convertido en un ser humano.

–Sí, mi vida, lo es

–Además es un gran muchacho, ¿verdad? Seguramente mi padre enloquecerá de dicha el verlo

–Sí, pero hay algo que no te he dicho de él ¿Lo has olido?

–Por supuesto, siempre trae una fragancia floral

–Es su aroma

–¿Vos se la compráis?

–No, Alfonso, no me has entendido, es su olor natural. Tu hijo huele así, es su olor

–¡No puede ser!

–Sí puede, cuando nació el doctor lo puso en mis brazos, y desde entonces me di cuenta; es su sello. Una particularidad que lo hace único en el mundo

–¡Pero qué cosa decís, María! ¡Eso es imposible!

–No lo es. Y si suda, la fragancia a flores es aún más fuerte

–Pero, eso... ¿no es malo?

–Al contrario, es bueno. Yo lo encontré por eso

–¿Cómo?

–Una muchacha que dice ser su novia, platicó conmigo...

–¿Tiene novia? –preguntó con pasmo, interrumpiendo a María.

–Digamos que una amiga. Pero ella me comentó que le gustaba mucho que siempre oliera a limpio, a flores frescas. Por eso supe que se trataba de nuestro hijo. Por supuesto que al verlo lo confirmé, es idéntico a ti

–Así es, no cabe duda que es mi hijo

–Es que si tuviera tu edad, sería tu gemelo, je je je

En una de las tantas tiendas que visitaron, María le preguntó a Benito.

–¡Mira mi vestido, hijo! ¿No es hermoso?

–Sí, mamá, lo es

–¡Y mira que lindo vestido le compré a Manuela para la boda! Y estos zapatos que hacen juego ¿Te gustan? –dijo, mostrándole todo.

–¡Están lindos, mamá!

–Hijo, ¿no quieres llevarle algo a tu novia?

–¿A Carmen?

–Bueno, es a quien conozco

–¿Crees que deba llevarle algo?

–Yo pienso que sí, ¿tú no?

–Sí, pero no sé que comprarle

–Bueno, ¿qué te parece si tu madre te ayuda a escoger?

–De acuerdo

–Si fuera tú le llevaría esta pañoleta, o tal vez este abanico – le decía, mostrándole varios objetos a Benito –, o este pequeño alhajero –agregó.

–¡Todos están bonitos!

–¿Pues cuál prefieres?

Benito estaba indeciso y no era por los regalos, sino por decirle a María que deseaba llevar un regalo para Celia, y otro para Carmen.

–¿Podría llevar dos?

–Si lo deseas, llévale dos

—No, mamá, quisiera llevar dos regalos para dos personas

—¿Quieres llevarle uno a Manuela? A ella le llevo varios, hijo

—N...no, no es para ella

—¿Tienes dos novias?

—No, una es mi novia y la otra es mi amiga

—Está bien, hijo, ¿cuál quieres para tu novia?

—La pañoleta, y la cajita para mi amiga

—¿No sería mejor al revés?

—No, mamá, así está bien

—Si tú lo dices...

María se quedó pensando en lo que le dijo Benito, no le parecía lógico que el mejor regalo fuera para una amiga, y no para su novia. Más tarde en el hotel, lo buscó en su habitación, y conversando con él, le preguntó:

—A ver, hijo, ¿por qué prefieres el mejor regalo para tu amiga, en vez de para tu novia?

—Bueno, lo que pasa es que esa amiga me gusta mucho

—¡Ah!, eso quiere decir que le eres infiel a tu novia

—Pues no, porque primero pienso romper con ella

—¿Tanto te gusta la otra muchacha, hijo?

—¡Mucho!, desde hace tiempo me gusta. Fue la primera mujer que me gustó

—¿Y cómo la conociste?

—Pues verás...pero antes, debes prometerme que no te enojarás conmigo por lo que voy a contarte —preguntó Benito, viendo a María con sumisión.

—De acuerdo, hijo, no me enojaré, te lo prometo —dijo, levantando su mano derecha.

—Es que ella se bañaba en el recodo del río y yo la espiaba

—¡Hijo! —exclamó, con sorpresa.

—Bueno, la primera vez la oí que estaba cantando y me acerqué, sin querer la encontré desnuda, y me gustó mucho

—¿Cómo se llama?

326

—Celia, pero la conocí cuando se puso muy enferma, y la llevaron a la casa de mi mamá Manuela. Estaba muy grave, pero le dio unos remedios y la salvó

—Los remedios de Manuela son estupendos, muy milagrosos —dijo, sin saber que, el milagro de esos remedios, lo tenía frente a sus ojos.

—Pero como estaban muy agradecidos nos invitaron a una comida, y desde entonces la he seguido viendo

—¿Y te gusta más que Carmen?

—¡Sí, más! Bueno, más bien me gusta pero de otra forma —no podía decirle que sexualmente le gustaba más Carmen.

—Pues debe ser muy guapa, y mira que Carmen no es fea, sobre todo tiene un hermoso cuerpo. ¿Y quieres a Carmen?

—Pues sí la quiero mucho, pero Celia me gusta más...bueno la verdad es que Carmen también me gusta y mucho...

—Dime una cosa, hijo ¿En quién de ellas piensas a cada momento?

—En Celia...pero también en Carmen

—¿Y en las noches cuando te vas a dormir?

—En Celia, pero...

—¡Hijo!, ¿a qué hora dejas de pensar en Celia para pensar en la otra?

—Pues casi...a veces sí, mamá

—Yo creo que estás enamorado de Celia, hijo, pero deberías hablar con Carmen y decirle lo que sientes

—¿Y qué tal si después Celia no me quiere?

—Es un riesgo que tendrás que correr. Y ahora duerme, que mañana temprano nos vamos a Frondoso

—Hasta mañana, mamá

—Hasta mañana, mi vida —le dijo, dándole un beso en la frente.

Al mediodía que regresaron a Frondoso, Benito conversó con Manuela sobre Carmen y Celia. Le mortificaba que pudiera terminar su noviazgo con Carmen, sería muy infortunado también para ella. Le quedaban muy pocas semanas a Benito en Frondoso, Carmen era su única abastecedora, y dejaría de proveerla de una valiosa cantidad de elixir. Sin embargo no quería decidir sobre los gustos y sentimientos, de Benito, después de todo aún se sentía su madre, y buscaba su felicidad. Era curioso, pero ahora cada vez que Benito le decía mamá, lo sentía como un regalo.

—Pues piénsalo bien, hijo

—¡Eso haré, mamá!

—Carmen te quiere mucho y la vas a hacer sufrir, en cambio con Celia no hay nada todavía

—Pero es que Celia siempre me ha gustado, y además siempre estoy pensando en ella

—Mira, hijo, ¿por qué no haces lo siguiente? Llévale primero su regalito a Celia y te le declaras, si ella te dice que sí, entonces terminas con Carmen, pero así ya la tienes segura

—Dice mi mamá María, que primero termine con Carmen

—Es un punto de vista diferente, hijo, yo te doy el mío, puedes elegir el que tú desees

—Pues prefiero hacerlo como tú me dices

—Por cierto, quiero avisarte que invité a Carmen a la boda de tus padres, como sabes he hecho gran amistad con ella. Te lo digo para que no vayas a invitar a Celia y se te junten las dos. No creo que sea buena idea

—No, mamá, no lo haré

Por la tarde, salió Benito a casa de Filomeno llevando el alhajero para Celia. Cuando llegó lo recibió feliz de verlo. Benito le entregó el regalo, y le contó sus aventuras en Veracruz al lado de sus padres, ya no podía ocultarlo; en unos días más todos en Frondoso lo sabrían. Quizá no tanto por su madre, sino por su padre y toda su historia, o mejor dicho, sus leyendas.

—¡Está lindo el alhajero, Benito!, ¿tú lo escogiste?

—¡Por supuesto!, aunque le pregunté a mi mamá si estaba bien para ti

–¡Qué bello detalle!

–Gracias pero... ¿sabes Celia?, quería preguntarte una cosa

–Dime Benito

–Es que tú me gustas mucho, y quería saber si…tú… –dijo, con un rubor asomando en sus mejillas.

–Si yo qué, Benito

Estaba muy nervioso, las palabras se le atoraban en los labios, y no podía expresarse como él quisiera. Después de una pausa respiró profundo, y le preguntó:

–¿Quieres ser mi novia? –le dijo, abochornado.

–Sí, Benito, sí quiero

–¿De verdad?

–¡Sí, Benito!

–¡Qué bueno!, lo deseaba desde hacía mucho

–¡Yo también!

Benito la trajo hacia él y le dio un beso, después otro y muchos más. Los dos estaban muy entusiasmados y comenzaron a excitarse. Benito se había vuelto todo un experto en los brazos de Carmen; acariciaba las piernas de Celia, pero cuando comenzó a tocar su bajo vientre, ella lo detuvo.

–¡No, Benito!

–¡Perdóname, Celia! –dijo, cabizbajo apenado.

–Está bien, Benito…es solo que…es muy pronto, y además, no es el lugar. Mejor te espero mañana bajo el puente del río

–¿A qué hora? –preguntó animado.

–A las cuatro nos vemos allá

–¡De acuerdo! –dijo feliz.

Se despidieron con un cálido beso, y Benito se fue a casa de Carmen. Ella también salió feliz al verlo, sin imaginar lo que pasaba en sus sentimientos.

–¡Hola, mi amor! ¿Cuándo llegaste? –le dijo, echándose a sus brazos.

–Hoy a mediodía, mira te traje este regalito

–¡Mi vida! ¡Qué lindo detalle!, ¡está preciosa!

—Carmen…quiero decirte algo —le dijo, pensando que era el momento de acabar su relación con ella, pero Carmen no le permitió terminar.

—¿Qué tienes ganas, mi vida?... Yo también —le dijo, tomando la mano de Benito, y poniéndosela en la vulva bajo el calzón, al tiempo que besaba su cuello.

Benito sintió unas ganas inmensas de hacerle el amor. Lo tenía atrapado sexualmente, conocía sus puntos débiles y todo lo que le excitaba; ya no terminó lo que deseaba decirle. La desnudó, y más tardó en hacerlo que, olvidando el condón y, confiando en el ciclo de Carmen, terminaron copulando. Cuando Benito salió de ahí iba un poco frustrado, se dio cuenta de que Carmen le tenía tomada la medida, y se sentía entre la espada y la pared. Sin embargo y, pensándolo bien, cómo le gustaba que así fuera; en verdad la deseaba, y la disfrutaba mucho. Cualquiera lo haría, el cuerpo de Carmen era realmente hermoso.

Cuando llegó a su casa Manuela lo estaba esperando, pidiéndole a Dios que su relación con Carmen no hubiera terminado. Era cierto que necesitaba el elixir, pero también se había encariñado con Carmen. Si por ella fuera estaría feliz que Benito la eligiera. Él por su parte tenía más confianza con Manuela que con su madre, y decidió contarle que no había podido romper con Carmen. Ella se puso feliz, pero cuando le confesó por primera vez que habían tenido relaciones sexuales, dijo, con cara de asombro:

—¡Cómo se te ocurre hacerle el amor!, ¡para eso debes estar protegido, hijo! —le dijo, como si fuera de su total desconocimiento —¿Qué no ves que puede quedar embarazada?

—Yo pensé que ella sabía cuándo podía y cuándo no…

—Pues sí, pero que tal si la muy ladina lo que quiere es que la embaraces, no ves que le gustas mucho, y además te adora

—¿Tú crees, mamá?

—¡Claro que lo creo, hijo! Pero después hablaré con ella. No te preocupes, pero no vuelvas a hacerlo. ¿De acuerdo? —pensando para sí, que continuara haciéndolo pero con los preservativos.

–¡Está bien, mamá!

Al día siguiente, pasado el mediodía, Benito tomó el frasco donde Manuela ponía los condones, lo puso en un morral y salió. Muy orgulloso miraba constantemente su nuevo reloj, calculó el tiempo; a las cuatro en punto ya se encontraba bajo el puente, como había acordado con Celia. Estaba impaciente y muy nervioso, por lo que iba a suceder. De pronto la vio venir, y ambos sonrieron con gran satisfacción.

–¿Cómo estás, Celia?

–Bien, Benito, ¿y tú?

–También, ¿me das un beso?

–¡Por supuesto! –le dijo jalándolo hacia ella, y dándole un beso que lo dejó excitado.

–¿A dónde vamos? –preguntó Benito.

–Ya lo verás, solo sígueme

Caminaron por una vereda, y poco a poco se internaron jugueteando infantilmente entre la selva. En ocasiones ella corría para esconderse de Benito, y cuando la alcanzaba era el pretexto para darse un beso. Pero cada vez les gustaban más y eran más prolongados; decidieron continuar el juego que comenzó a enardecerlos, hasta casi no poder contenerse. De pronto Benito reconoció el lugar por donde caminaban.

–¿No me irás a llevar a una lagunita que está más adelante, verdad?

Ella se detuvo, y volteó a ver a Benito con incertidumbre.

–¿La conoces? –preguntó con pasmo.

–¡Claro! Ese es el lugar a donde te iba a llevar

–¡Y es mi lugar favorito!, ja ja ja

Cuando llegaron a la pequeña playa de la fosa, se sentaron en la arena seca, y se recargaron sobre unas enormes rocas. Con tanto beso que se habían dado, la excitación era delirante, y todo pasó de prisa. Continuaron besándose, vinieron las caricias, y se desnudaron en un santiamén. En su mente, Benito comparó el cuerpo de Celia con el de Carmen; a pesar de no ser tan bello y voluptuoso, también lo entusiasmaba. Instintivamente puso en práctica todo lo que había aprendido con Carmen: cómo besarla, en qué partes del cuerpo, de qué forma acariciarla, cómo penetrarla, y demás; esta vez obedeció a Manuela y se protegió. Celia era virgen, y sintió un intenso dolor pero lo calló, sus deseos por Benito eran más grandes que su dolor, y no deseaba echar a perder ese momento. Cuando terminaron se recostaron; estaban felices y satisfechos. Celia se volteó y recargo su barbilla sobre el pecho de Benito, y conversaron.

–Celia...había soñado muchas veces con esto –dijo Benito.

–¿De veras, Benito?

–Sí, de verdad. De casualidad descubrí donde te bañas en el río, y cada vez que podía, te espiaba

–Lo sé, Benito. Una vez te vi, pero no sé cuantas veces me habías espiado antes de que me diera cuenta

–Pero si sabías que alguien te espiaba, ¿por qué te seguías bañando?

–Porque desde que te vi la primera vez me gustaste mucho. Cuando me di cuenta que eras tú el que me espiaba no me importó que lo hicieras...al contrario me gustaba. Pensaba que así algún día te decidirías, y me hablarías

–¡Me gustas mucho!, pero no sabía cómo acercarme a ti

–Bueno, ahora no solo te acercaste, te metiste en mí, ja ja ja

–¿Te gustó, Celia?

–Me dolió, pero me gustó mucho, Benito. Te amo –dijo, dándole un beso.

–¿Me esperarás a que regrese de España?

–¡A España! ¿Te vas a ir? –dijo, con desilusión.

–Sí, me voy con mis padres

–¿Con tus padres? ¡No sabía que tenías papá!

Benito decidió contarle la historia de Manuela y de sus padres. Igual que todos, tarde o temprano se enteraría.

–¿Y cuándo te irás?

–Supongo que después de su boda

Benito deseaba invitarla pero sabía que Carmen estaría ahí, recordaba el gran aprecio que Manuela sentía por ella y no se equivocaba. Aunque él hubiera preferido que fuera Celia quien lo acompañara; después de todo Carmen lo tenía atrapado por el sexo, Celia por el corazón...aparentemente.

–¡Benito, tienes que regresar!... ¡Prométemelo!

–No estoy muy seguro de cuando regresaremos, pero le preguntaré a mis padres; te lo prometo

–¿Cuándo se casan?

–El día veinte del mes entrante, ya habré salido de la escuela

–¡Ya falta muy poco!, ¿no podrías quedarte?

–¡Por supuesto que no! –contestó con seriedad y enfado –. Voy a ver a mis abuelos que quieren conocerme, y a mi familia que tengo en España. La verdad es que el viaje es únicamente por mí

–¡Pero por favor regresa, Benito!

Benito no pudo contestar. No estaba seguro de las decisiones que habían tomado sus padres, pero quería estar con ellos. Eran su verdadera familia, y, ahora que por fin la tenía no pensaba perderla, además estaba orgulloso de ellos. Así que, cualquier decisión que tomaran, él estaría de acuerdo, sabía que lo amaban, y que nunca decidirían algo que no fuera por su bien. "Ya han sufrido bastante por mí, los amo y jamás me alejarán de ellos, ni Celia ni nadie", pensó.

Sin decirle nada a María, Benito continuó viendo a Carmen y a Celia. Manuela lo sabía pero ella no era moralista, así que, si Benito estaba feliz con ambas, ella también. Al menos hasta el día de la boda estaría en contacto con Carmen, y podría seguir coleccionando su elixir maravilloso.

*****

El tiempo pasó de prisa y faltaban pocos días para la boda, cuando don Carlos, decepcionado y abatido por su estado, se encerró en su despacho; se embriagó y no quiso salir ni abrirle a nadie. Tanto Isabel como Milagros, estuvieron insistiendo tratando de hablar con él; por su lucida terquedad sus insistencias de nada sirvieron.

—¡Carlos!, ¡ábreme por favor!, ya llevas encerrado día y medio

—¡Váyanse y déjenme solo!

—¡Abre por favor! No has comido nada, aquí te traigo tu comida

—¡No quiero comer!, quiero que se larguen y me dejen en paz

Nadie pudo hacerlo entrar en razón. Al segundo día, totalmente embrutecido por el alcohol, la decepción y el dolor, tomó una pistola y se disparó en la sien. No soportó verse confinado a una silla de ruedas para el resto de su vida. Al escuchar la detonación, Isabel presintió lo que había sucedido. Llamó a Jacinto para que forzara la puerta, y encontraron la trágica escena. Isabel dio muestras de su temple, ella sola se encargó de todo: lo limpió, lo arregló, avisó a sus hijos, y mandó avisar a la funeraria. En cierto modo por sus actitudes hostiles y vituperables, había contemplado un desenlace no muy grato en la vida de don Carlos; si no ese, alguno parecido.

Durante todo el día, Isabel estuvo recibiendo condolencias, y conforme pasaba el tiempo iban a darle más. Estaba tan harta de don Carlos que, más que sentir pena, las últimas las tomaba como una felicitación. Entrada la noche comenzó a llegar mucha gente de otros lugares cercanos, algunos que fueron avisados vinieron de San Miguel, otros desde Veracruz, pero no así Ismael; ellos ya se habían matado mutuamente. Desde que don Carlos lo dio por muerto cuando se casó con Bertha, Ismael dio por muerto a su padre. Sus amigos, con los que siempre acostumbraba reunirse para beber, ayudaron en lo que pudieron, y se encargaron de avisar a sus demás conocidos. María no se inmutó con el suceso, lo sintió más por su madre que por él mismo; hasta fue como si todo el odio que le tenía, de pronto hubiera desaparecido. "Muerto el animal se acabó la rabia", pensó.

–¡Fue egoísta hasta el final, mamá! –dijo María.

–¿Por qué lo dices, hija?

–Porque como siempre solo pensó en él. Si hubiera pensado como cualquier otra persona, sabría que, encima de causarte dolor, te dejaría sola. Además no lo hubiera hecho a unos días de mi boda

–Ya no lo juzgues, hija, será Dios quien lo haga

–Tienes razón, mamá, ya lo creo que Dios se encargará de juzgarlo, y le va a ir como en feria

Manuela, Benito y Alfonso, acompañaron a María en todo momento. Después se les unió Carmen, deseaba estar con Benito, pero él solo lo hacía por acompañar a su abuela. Sabía que igual que a él, a su padre y a su madre, la muerte de don Carlos no les había importado en lo absoluto. Los funerales fueron sencillos, y el padre Cipriano dio la misa sin ningún sermón; pensaba hacerlo pero después de recordar y meditar detenidamente, sobre el abominable comportamiento de don Carlos, se arrepintió. Hacía un calor sofocante en el cementerio, y cuando llegó el cortejo, Isabel notó con extrañeza que la tumba apócrifa de Benito había desaparecido, en su lugar estaba la fosa donde sepultarían a don Carlos.

–María, ¿tú escogiste este lugar?

–Sí, mamá, está cerca de los abuelos, pero no lo suficiente –le contestó sin inmutarse.

Isabel ya no dijo nada, después de todo a ella le tenía sin cuidado el lugar. Un poco más tarde, todos los presentes fueron a casa de los Montoya; bebieron café y comieron pequeños bocadillos que hizo Milagros. Algunos bebieron alcohol; los amigos de don Carlos. Más tarde todos comenzaron a retirarse, hasta Manuela y Benito, con Carmen, que, por el asombroso parecido, no le quitaba los ojos de encima a Alfonso, y se decía: "así será de guapo Benito cuando tenga su edad"; él fue el último en marcharse. Desde su llegada, aprovechaba cualquier minuto para estar al lado de María, como si quisiera recuperar todo el tiempo que les había sido robado.

Al día siguiente, Benito estaba a punto de ir a casa de Celia, cuando llegó Carmen, y terminaron haciendo el amor, y así sucedió varios días. En ocasiones no podía dormir pensando que hacer. Era muy fuerte el vínculo sexual que mantenía con Carmen, que también tenía sus encantos, y además lo hacía disfrutar más que Celia. Carmen tenía experiencia, con ella había una confianza lasciva, y su acoplamiento sexual por demás satisfactorio. Estaba en una verdadera encrucijada, y lo comentó con Manuela:

—Me encanta Carmen y quiero a Celia

—Quizá debas decidirte por una, no es buena idea tener a las dos. Un día tendrán que enterarse, y te quedarás sin ninguna

—Es que no sé qué hacer, mamá

—Te diré qué es lo que harás, hijo: dejarás de verlas por un tiempo, a la que no resistas dejar de ver, es a la que tienes que acercarte. Esa es a la que amas realmente —propuso con resignación.

—¿Lo crees?

—Por supuesto que sí, hijo, aunque en España no verás a ninguna de las dos

—¡Tienes razón!

Benito decidió seguir el consejo de Manuela, y se alejó de ambas esperando ver los resultados de su corazón. Esto afligió un tanto a Manuela, que pensaba seguir recolectando el valioso néctar, pero debía ser honesta con Benito. Lo amaba y su felicidad, para ella, estaba por encima de cualquier cosa, incluyendo sus propios intereses.

Faltando poco más de una semana para la boda y el viaje, Manuela les anunció que había decidido no ir con ellos. El más impactado por la noticia fue Benito, la amaba con toda el alma, y estaba ilusionado en que fueran los cuatro, se había acostumbrado a tener a María y a Manuela, cada una con su personalidad y carácter; a esa dualidad de propuestas de las que seleccionaba lo que pensaba mejor de cada una. María no le insistió pero aun a ella le entristeció su determinación, le tenía mucho cariño, y se había convertido en una gran amiga, en la mejor que había tenido en toda su vida. Durante el tiempo que habían convivido tuvieron una gran identificación, y le costó mucho trabajo aceptar su decisión. Únicamente le pidió que se hiciera cargo de los proyectos de la mansión, y una vez terminada habitara en ella; tratándose de un bien que, en parte pertenecía a Benito, Manuela no tuvo objeción y aceptó gustosa. Había espacio de sobra, aunque no estaba segura si volverían.

Benito aún no había tomado una decisión, tampoco sabía cuando regresarían o si optaran por quedarse en España. El día que le preguntó a su padre, le contestó:

—Cuando vuestra madre y vos lo dispongáis. Quiero veros felices, y si allá está vuestra felicidad allá nos quedaremos, si por el contrario pensáis que está aquí, volveremos. No debéis preocuparos por ello, hijo mío. Lo importante es que nos mantengamos unidos y felices

Después le preguntó a María, y ella le dijo:

—Si no te sientes a gusto allá, te prometo que nos regresaremos a vivir en la mansión, hijo. Lo único que queremos tú padre y yo, es que seas feliz, pero también que conozcas a tu familia que, según dice, es muy numerosa. Además tu abuelo se muere por conocerte

Se quedó enteramente igual que al principio, parecía que el regreso dependería de su propia decisión, pero él mismo no estaba seguro de lo que encontraría por allá, y si después de conocer España y a toda su familia, quisiera volver.

Benito fue a despedirse de Celia, se dio cuenta de que estando con ella no necesitaba a Carmen; habían hecho el amor en varias ocasiones, y comenzaban acoplarse sexualmente; "todo era cuestión de tiempo y hacerlo mucho", pensaba. Celia llenaba su vida, sentía que la había amado desde que la vio por primera ocasión en el río. Hicieron el amor por última vez, y se despidieron en medio de un llanto; todo indicaba que de verdad se amaban.

–¡No me olvides, Benito!

–¡Nunca podría olvidarte!, siempre estoy pensando en ti

–Yo también, Benito. Te amo

–Y yo te amo a ti –se dijeron, dándose un último beso, y después se marchó.

Camino a su casa, pensó decirles a sus padres que volvieran pronto, pero después se quedó pensando que, dada la posición de la familia de su padre, en todos sus parientes, las cosas y lugares, que podría conocer en Europa, se dijo; "creo que mejor regresamos cuando mis padres quieran, si es que algún día quieren hacerlo".

Alfonso y María, estaban recibiendo al fin la dicha que tanto uno como el otro, creyó perdida para siempre. Al pasar los días estaban más felices, y disfrutándose como hacía muchos años lo habían hecho. María seguía conservando su sensualidad cautivadora que enloqueció a Alfonso. Él por su parte, ahora disfrutaba con madurez de cada rincón del esplendoroso cuerpo de María, haciéndola gozar intensamente, y, como entonces, parecía que su amor y sus deseos, no conocían los límites. Alfonso había aprendido muchas cosas de María que nunca olvidó, y que ahora había puesto en práctica como un amante experimentado y feliz.

*****

Por fin llegó el día de la boda. Las campanas en la iglesia de Frondoso tañían con regocijo anunciando el tan esperado momento. Se escuchaban en todo el pueblo como si fuera un evento histórico; el padre había dado tales indicaciones. El Cónsul y el secretario, se hicieron presentes, Salvatierra también aunque había visto con tristeza, como se desvanecieron todas sus intenciones con el regreso de Alfonso. La mamá y los hermanos de María, con sus esposas e hijos, y un sinnúmero de amistades más; la negra Milagros, Carmen y Benito, todos felices. María llevaba un hermoso vestido que la hacía lucir espectacular, bellísima; Alfonso y Benito, vestían iguales, a la moda, con sus chalecos grises, camisas con cuello de aletilla, corbatas de seda, pantalones de finas rayas verticales y sus chaqués de alpaca. Manuela estaba sensacional y Carmen radiante, se había confeccionado un lindo vestido que hacía lucir su bella y armoniosa figura, que no pasaba desapercibida por los varones; era una mañana espléndida.

La misa fue por demás hermosa, el padre Cipriano se inspiró en el sermón; hizo llorar a todas las damas presentes, con un resumen de la historia de amor de los contrayentes. En esos momentos, María, hincada frente al altar y mirando al cristo del retablo, recordó lo que había pedido en aquel día en que fue a confesarse. Ese viejo aroma a iglesia lo trajo a su memoria como si fuera el día en que todavía se sentía desolada, con el corazón hecho pedazos. Pensaba en todo lo que había sufrido, la cadena de lágrimas por la que la había hecho pasar su propio padre, y el sufrimiento que había tenido que soportar ese hombre noble y bueno, que el único pecado que había cometido fue amarla, y que con su propia pena la sumergió en una agonía. Ese dolor lo estaba desquitando al recuperar a su hijo, y a su amado Alfonso, en ese día que era el más feliz de su desdichada vida. Ahora su felicidad no cabía en su pecho. Dos almas que fueron separadas por la maldad y la soberbia, estaban siendo unidas en el nombre de Dios.

Al terminar la ceremonia, se llevó a cabo un banquete en la casa de Carlos, el hermano de María; en la de Isabel se guardaba luto. La felicidad se hizo presente en el rostro de todos, especialmente en el de María y Alfonso. Milagros no paraba de llorar, Benito estuvo muy contento, y Manuela hizo gran amistad con el Cónsul, que la estuvo viendo con muy buenos ojos y, quien además, tenía una sorpresa para los novios. En el

momento preciso se levantó, alzó su copa, y golpeándola ligeramente con una cuchara, hizo llamar la atención de todos, y
dijo, dirigiéndose a los contrayentes:

—Me permitiré leer el párrafo final que es para ustedes, de
una carta que me llegó hace dos días y que os he traído, me
pidieron que así lo hiciera si llegase a tiempo, y os lo leyera en
este día tan especial. Dice así: "Dios bendiga a los tres. Que
la felicidad que les fue robada la recibáis con creces. ¡Muchas
Felicidades! Les esperamos ansiosos con los brazos abiertos".
Firman vuestros padres, Alfonso

Se escucharon aplausos para el Cónsul y su carta. María y
Benito, se emocionaron hasta las lágrimas; todos estaban felices. La cordialidad y la dicha de los novios, flotó en el ambiente durante toda la toda celebración. Muchos de los presentes
conocían los valores que ambos poseían, concordaban en que
se merecían uno al otro, y brindaban gustosos por la dicha que
les esperaba juntos.

Al terminar la celebración, María, Benito y Alfonso, se
dirigieron a casa de Isabel. Ahí pasaron la noche de bodas,
Benito por primera vez se despidió de Manuela, pero solo era
el preludio de una dolorosa despedida; él como miembro de la
familia se quedó también. Su equipaje, al igual que el de sus
padres, estaba listo, al otro día tenían que partir muy temprano a Veracruz, para abordar el barco que los llevaría a Cádiz.

Poco después del amanecer, desde Frondoso partió una caravana para despedirlos en Veracruz. La madre y los hermanos de María, con sus esposas, la negra Milagros, Manuela,
Carmen, el Cónsul y el secretario, que se habían quedado en el
hotel. Durante el trayecto al puerto, Manuela no se despegó de
Benito, y Carmen procuraba hacer lo mismo. Cuando llegaron al muelle de San Juan de Ulúa, con excepción de Alfonso
y, el personal del consulado, los demás lloraban emocionados,
y más aún al llamado para abordar el barco. No fue hasta que
escuchó su campana, que Alfonso se percató de su nombre:

"El Piranesi". Quizá bautizado así, en honor del célebre arquitecto veneciano famoso por sus grabados, y el mismo en el que había partido a España, cuando salió de prisión.

Los abrazos fueron más que prolongados, les costaba trabajo separase una vez que sentían la proximidad de su distanciamiento. María y Manuela, también lloraron, se abrazaron muy fuerte y con mucho cariño. Dos mujeres que fueron unidas por el amor de un mismo hijo y una entrañable amistad, se decían adiós. Subieron por la escalerilla, y aún no terminaban de despedirse. Carmen abrazó a Manuela, y convertida en un mar de lágrimas le pidió que la ayudara, cuando desde el puente, Benito, con lágrimas en los ojos les decía adiós con la mano y les enviaba besos.

Por fin, había llegado ese día que Manuela tanto temía. Ese día que estaba perdido en el tiempo, sin que nadie precisara una fecha. Solo en el fondo de su ser sabía que ahí estaba, latente, y amenazando con presentarse tarde o temprano. Benito regresaba a donde pertenecía dejándole un enorme vació en el alma. Había sido durante casi diecisiete años su hijo, su fiel compañero y el remedio a su soledad. Con él su vida había cambiado de la oscuridad a la luz. Aprendió lo que era ser madre y a sentir el amor de un hijo, aunque solo hubiera sido prestado, pero en el fondo sabía que tomó la mejor decisión; María y Benito lo merecían. La campana del barco volvió a tañer, y comenzó su marcha; los tres seguían en el puente diciendo adiós. Manuela se quedaba llena de recuerdos, y con la vaga esperanza de que algún día volvieran. Mientras el barco se alejaba cada vez más, sentía que su corazón se vaciaba al mismo tiempo dejándole una gran oquedad. Ella seguiría con su vida pero no como al principio, sino con las vivencias de una historia extraordinaria, un secreto que se llevaría hasta la tumba, y haciendo sus famosos remedios.

Secaba sus lágrimas, cuando una vendedora de flores que pasaba a su lado la sustrajo de sus pensamientos. Extrañamente el aroma de las flores le abrió el apetito, se le hizo agua la boca tan solo de olerlas; se quedó petrificada. Ignoraba a qué obedeció ese impulso irresistible y absurdo, y no salía de su extrañeza, cuando no pudiendo contenerse, y, sin que nadie la viera, le robó una rosa y se la comió.

Fin

Editorial LibrosEnRed

LibrosEnRed es la Editorial Digital más completa en idioma español. Desde junio de 2000 trabajamos en la edición y venta de libros digitales e impresos bajo demanda.

Nuestra misión es facilitar a todos los autores la edición de sus obras y ofrecer a los lectores acceso rápido y económico a libros de todo tipo.

Editamos novelas, cuentos, poesías, tesis, investigaciones, manuales, monografías y toda variedad de contenidos. Brindamos la posibilidad de comercializar las obras desde Internet para millones de potenciales lectores. De este modo, intentamos fortalecer la difusión de los autores que escriben en español.

Ingrese a www.librosenred.com y conozca nuestro catálogo, compuesto por cientos de títulos clásicos y de autores contemporáneos.